W0462411

Astrid Thadewaldt / Carsten Bauer

BLUTBLUME

Astrid Thadewaldt / Carsten Bauer

BLUTBLUME

Der zweite Fall für Frithjof Arndt

KRIMI IM GMEINER-VERLAG

Wir machen's spannend

Bibliografische Information
der Deutschen Bibliothek
Die Deutsche Bibliothek verzeichnet diese
Publikation in der Deutschen Nationalbibliografie;
detaillierte bibliografische Daten sind im Internet
über http://dnb.ddb.de abrufbar.

Personen und Handlung sind frei erfunden.
Ähnlichkeiten mit lebenden oder toten Personen
sind rein zufällig und nicht beabsichtigt.

Besuchen Sie uns im Internet:
www.gmeiner-verlag.de

© 2007 – Gmeiner-Verlag GmbH
Im Ehnried 5, 88605 Meßkirch
Telefon 07575/2095-0
info@gmeiner-verlag.de
Alle Rechte vorbehalten
2. Auflage 2008

Lektorat: Isabell Michelberger, Meßkirch
Umschlaggestaltung: U.O.R.G. Lutz Eberle, Stuttgart
unter Verwendung eines Fotos von sxc.hu
Gesetzt aus der 9,5/13,1 Punkt GV Garamond
Druck: Fuldaer Verlagsanstalt, Fulda
Printed in Germany
ISBN 978-3-89977-741-3

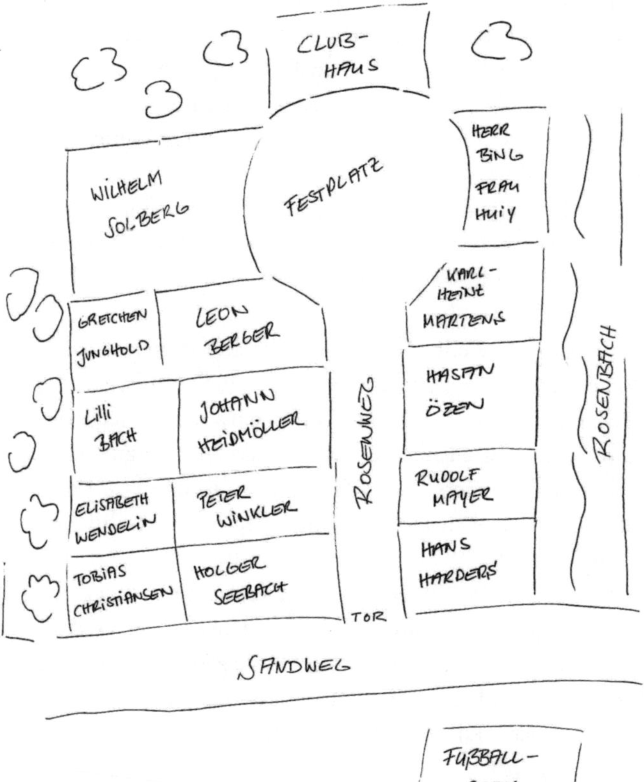
CLUB-
HAUS
FESTPLATZ
WILHELM
SOLBERG
HERR
BING
FRAU
HUIY
KARL-
HEINZ
MARTENS
GRETCHEN
JUNGHOLD
LEON
BERGER
LILLI
BACH
JOHANN
HEIDMÖLLER
HASAN
ÖZEN
ROSENWEG
ROSENBACH
RUDOLF
MAYER
ELISABETH
WENDELIN
PETER
WINKLER
HANS
HARDERS
TOBIAS
CHRISTIANSEN
HOLGER
SEEBACH
TOR
SANDWEG
FUßBALL-
STADION

Prolog

Reglos saß sie auf dem Bett in ihrem weißen Kleid, das ihr vor langer Zeit ein Mann geschenkt hatte. Wie lange hatte sie keine Geschenke mehr erhalten? Damals fand sie sich schön, mochte ihre vollen Haare, ihre grünen, strahlenden Augen. Sie mochte es, wenn man ihr Komplimente machte, und nahm das Leben so, wie es kam. Sie nahm alles wie ein Geschenk, das verpackt in einem glänzenden Papier vor ihr lag, egal, was es war.

Wie lange ist das her? Mittlerweile existierte nur noch die blasse Erinnerung an das schimmernde Papier. Anfangs hatte sie geweint, wenn sie daran dachte. Jetzt empfand sie rein gar nichts mehr.

Eine ganze Weile schon starrte sie an die weiße, kahle Wand. Sie suchte Ruhe an der glatten hellen Oberfläche, doch alles, was um sie herum war, verschwamm. Nichts bekam Gestalt. Ihre Lider verharrten nahezu bewegungslos, während sich, nach langer Zeit, Tränen in ihren Winkeln sammelten. Wie Insekten in einem Spinnennetz blieben sie dort hängen.

Heute hatte sie das Haus nicht verlassen. Es war den ganzen Tag über zu heiß gewesen. Und ihre wirren Gedanken verunsicherten sie viel zu sehr. Sie schwirrten um sie herum wie ein Mückenschwarm über der Wasseroberfläche eines Sees. Die Welt hätte sie nur noch mehr irritiert. Es war am besten, niemanden zu sehen.

Ruhig saß sie auf ihrem Bett, die Hände auf dem Schoß gefaltet. Die Füße baumelten in der Luft. Der Schmerz, den ihr gekrümmter Rücken ausstrahlte, störte sie nicht, denn ihre ganze Konzentration galt der weißen Wand.

Langsam senkte sich die Sonne Richtung Horizont. Ihr Licht zeichnete die Umrisse der mächtigen Kastanie an die Wand, die draußen im Garten stand. Ihr Schatten war langsam in den letzten Stunden vorbei gezogen, von einer Ecke des Zimmers in die andere. Die flatternd tänzelnden schwarzen Flecken legten sich schwerelos über ihr Bett und über den kleinen Tisch an der Wand. Der spärlich eingerichtete Raum tat ihr gut, sie mochte diese klare Einrichtung. Sie mochte es, wenn sich ihre Gedanken nicht an unnützen Dingen festhielten.

Träumerisch hatte sie den Schatten nachgesehen, wie sie zeitlupenartig alles zu ertasten suchten.

So langsam, dachte sie. Die Welt dreht sich so langsam. Wir Menschen drehen uns schneller. Das passt nicht zusammen.

So etwas musste dann passieren. War es ihre Schuld?

Langsam stand sie auf. Die Beine fühlten sich wackelig an und in den Füßen kribbelte es, als ob sie in einem Ameisenhaufen stünde und Abermillionen dieser kleinen Tiere über sie hinwegwuselten.

Sie hörte Stimmen von irgendwoher. Sie waren ihr vertraut. Manchmal lauschte sie ihnen. Es waren traurige Stimmen zu traurigen Geschichten. So traurig wie die ihre.

Nun stand sie am Fenster und sah hinaus. Ihre Stirn hatte sie an die Scheibe des geschlossenen Flügels gelehnt. Ihre Finger umklammerten die Fensterbank.

Wenn sie sich anstrengte, konnte sie durch die Kastanien den Hafen sehen, die Lichter der Kräne und der Fähren. Ab und an erklang ein dumpfes Horn, wenn die imposanten Schiffe ausliefen.

Über den Kastanien hing der Mond wie ein überdimensionaler Dotter, kräftig gelb und grell.

Als sie einen Schritt nach hinten trat, knirschte es unter ihren Füßen. Sie mochte das Geräusch dieser kleinen Sandkörnchen, die sich nach ihren letzten Strandspaziergängen mit hineingeschlichen hatten in das Haus.

Ein leichter Wind versetzte die Blätter der Kastanien, der Büsche und Hecken in Bewegung und ließ sie aneinander rascheln. Die Natur brachte die schönsten Geräusche hervor, fand sie. Außerdem roch es wunderbar nach Sommer und der ersten Liebe, nach Sonnencreme und dem ersten Kuss, nach verschwitzter Haut zweier Liebender, nach der Schwüle vor einem erfrischenden Sommerregen. Nach Salz auf der Haut, den Lippen, der Zunge, dem anderen, dem Aufgeben der Unschuld, dem Sichhingeben und Nie-wieder-loslassen-wollen.

Sie war glücklich. Mit den Händen strich sie sich sanft über ihre Unterarme, wo sie den weichen Flaum der aufgestellten Haare spürte.

Sie ging in den Raum hinein. Der Mond schien so hell, dass sie ihre Füße deutlich erkennen konnte. Sie blickte auf ihre kleinen, wohlgeformten Zehen. Manchmal hatte sie sie lackiert. In grellen Farben.

Als sie auf ihre Zehen sah, bemerkte sie zum ersten Mal bewusst, dass es Nacht geworden war. Der Tag hatte sich verabschiedet. Ganz unbemerkt von ihr. Wie so vieles in der letzten Zeit.

Plötzlich veränderte sich etwas. In ihr. In der Umgebung. Im Raum.

Sie spürte auf ihrem Hals eine Hand. Sie war feucht und schnürte ihr den Atem ab. Sie wollte den Kopf drehen, sich aus der Gefangenschaft der fremden Arme befreien, die ihren Körper von hinten hielten. Jedoch vergeblich. Sie fühlte sich gefangen, umgarnt wie ein flatterndes Insekt, das keine Chance hatte, sich aus den klebrigen Fäden des Spinnennetzes zu befreien.

Ihr Herz blieb stehen – für immer, dachte sie.

Stillstehen. Verharren. Zeit verlieren.

Die eine Hand wurde zu hunderten, die sie überall berührten.

Auf ihrem Hals, dem Mund, der Brust, dem Unterleib, den Schenkeln.

Jemand drückte ihr Gesicht auf den Boden. Wieder das Rascheln der Büsche. Der Geruch nach Blumen und Gras. Kein Abenteuer mehr, keine Freiheit, keine Jugend. Alles vorbei. Nur in einem einzigen Moment. Sie würde versuchen über den Verlust zu trauern, der so jäh kam, den man nicht erleben konnte, der ihr aufgezwungen wurde.

Das weiße Kleid verfärbte sich und alle Geräusche verschwanden. Sie hörte nur seine Stimme in ihrem Ohr. Lechzend, röchelnd, wahnsinnig. Bis Dunkelheit über sie hereinbrach.

Etwas Warmes überströmte sie. Ihr wurde schwindelig, die Beine gaben nach, ihre Augenlider zuckten, sie weinte lautlos. Doch kein Laut wollte ihrer Kehle entspringen, brüllen, nach Hilfe rufen, nach Vergebung, nach Gnade. Nichts konnte sie tun, nichts, was die Welt stehen bleiben ließ.

Dann war es vorbei. Die Hände hatten sich zurückgezogen und gaben ihr wieder die Möglichkeit zu atmen. Erschöpft stand sie in ihrem Zimmer und wiegte sich wie ein Ast des Kastanienbaums hin und her.

Das dunkle Horn einer Fähre drang in ihr Zimmer und sie wünschte sich auf dieses Schiff, weit weg, alles neu beginnen, das Alte hinter sich lassen, kein Blick zurück, denn das wäre zu grausam. Einfach alles im Rauschen der Kastanien verwehen zu lassen.

Als der letzte Ton des Horns verklungen war, löste sich auch ihre Hoffnung auf, dass alles irgendwann wieder gut werden könnte.

Es war vorbei.

Lächelnd lehnte sie wieder ihre Stirn gegen die Scheibe des Fensters.

Es war vorbei und es begann.

Immer wieder.

Sie setzte sich auf das Bett. Auf dem Nachttisch lag ihr Tagebuch und daneben stand ein Kunststoffbecher mit Mineralwasser, aus dem die Kohlensäure längst entwichen war.

Unter ihrem Bett, fein säuberlich aufeinandergeschichtet, lagen ihre Kohlezeichnungen.

Ruhig hob sie den linken Arm und führte ihre Hand an den Mund. In ihrem Kopf herrschte vollkommene Leere, als die Lippen das Handgelenk berührten.

Ihre Zähne schlugen in das Fleisch über der Pulsader. Wie ein Raubtier seine Beute reißt, gruben sich ihre Zähne in ihre Haut. Für sie war es nicht ihre Haut, es schien vielmehr, als würde sie in eine Frucht beißen, die längst verdorben war.

Sehnen und Muskeln wurden beim Zubeißen verletzt. Sie hatte jedes Gefühl von Schmerz ausgeschaltet, das hatte sie in all der Zeit gelernt. Alles geschah wie in Trance, wie ein Befehl, eine Aufgabe, der sie sich nicht entziehen konnte.

Warmes Blut spritzte ins Gesicht. Einige Male musste sie die Augen schließen. Tief dunkles Rot verfärbte das weiße Kleid. In dunklen Bahnen rann es den Arm hinunter und tropfte dickflüssig auf den Boden. Die Füße baumelten wieder hin und her. Es pochte in der offenen Wunde. In dicken, pulsierenden Rhythmen ergoss sich das rote Elixier aus ihrem Körper. Wie eine Außenstehende, eine nicht Beteiligte, blickte sie emotional leer auf das Geschehen. Etwas geschah, was geschehen musste, was richtig war.

Mit blutverschmiertem Mund, roten Lippen und Zähnen, beugte sie sich über das rechte Handgelenk und biss auch dort hinein. Und wieder verbreitete sich in ihrem

Mund der Geschmack von rohem Fleisch und kupfernem Blut.

Sie lächelte.

Es war vorbei und es begann.

1

Hauptkommissar Frithjof Arndt stellte vorsichtig, aber noch hustend, den Kaffee ab, an dem er sich gerade verschluckt hatte.

»Wo hat man die Leiche gefunden?«, fragte er, obwohl er ganz genau verstanden hatte.

»In einer Regentonne. Man hat den Mann dort förmlich hineingequetscht.«

Gabrielle, die Sekretärin der Mordkommission Vier, kurz M4, stand in Frithjofs Büro und nestelte nervös an ihrer toupierten Frisur herum. Die Vorstellung war ihr wohl ebenfalls unbehaglich.

Frithjof hatte während seiner Dienstkarriere schon so einige Leichenfundorte kennen gelernt: Kühlschränke, Gefriertruhen, Öltanks, Holzfässer, sogar ein Wäschetrockner eines öffentlichen Waschsalons, aber an eine Regentonne konnte er sich beim besten Willen nicht erinnern.

»Ist er dort ertränkt worden?«, hakte er nach und schob gleichzeitig einen riesigen Stapel Akten ein Stück zur Seite, damit vor ihm wenigstens Platz für ein normales Din-A-4-Blatt entstand.

»Nein. So wie es aussieht, hat man ihn vorher erschlagen.«

»Aha, also hat man ihn dort lediglich entsorgt«, sprach er mehr zu sich als zu Gabrielle. Sein Blick wanderte von seiner Kaffeetasse, die auf der kleinen Freifläche des Schreibtisches stand, auf die gerahmte Fotografie dahinter.

Sie zeigte glänzend weiße Eisberge hinter einem unheimlichen türkisfarbenen See, dem Jökulsárlón, auf Island. Frithjof hatte dieses Foto mit einem Paket aus Island erhalten. Auf seiner Rückseite stand: Sie sind wie du, rau und kühl. Man betrachtet sie und ist erschrocken von der Schönheit und Eleganz der Stille. Nur in leisen, kleinen, verwunschenen Augenblicken erhascht man einen Anflug von Zärtlichkeit. Dann, wenn sie sich zeitlupenartig, fast unmerklich aneinander reiben und sich der Nähe hingeben; nicht weil sie es wollen, sondern weil sie es müssen. Um dann wieder getrennt, zeitlos, unnahbar weiter zu treiben, in die Weite des Meers. Wir wünschen dir Reibung, Zärtlichkeit und den Mut zu verschmelzen.

Hastig trank Frithjof seinen Kaffee aus und blickte wie aus einem Traum erwacht zu Gabrielle hoch.

»Wo steht denn nun die Regentonne?«

»In der Kleingartensiedlung *Kleinklee*«, berichtete Gabrielle und wartete auf die Reaktion.

»Kleingärtner?«

Gabrielle nickte und lächelte in sich hinein. Sie wusste, Frithjof war nicht gut zu sprechen auf pedantische Menschen wie Versicherungsvertreter, Tauben- oder Kaninchenzüchter und all die kleinbürgerlichen Menschen in solchen Vereinen.

»Das geht nicht gut«, sagte Frithjof und schüttelte den Kopf.

»Ich vermute das auch.«

»Warum können wir nicht einfach mal einen normalen Toten in einem normalen Haus, an einem normalen Tatort finden?« Frithjof lehnte sich stöhnend in seinem ausladenden Schreibtischstuhl zurück.

Gabrielle zuckte mit den Schultern. »Weil irgendwann das ZDF dein Arbeitsleben verfilmen wird und es an normalen Tatorten zu langweilig wäre.«

»Ich bin aber keine Bella Block!«

»Zumindest trinktechnisch seid ihr euch ähnlich.«

»Ihre Frisur sitzt besser.«

»Frithjof, du hast keine Frisur.«

»Bitte?«

»Deine kurz geschorenen, blonden Haare gelten nicht als Frisur.«

Gabrielle legte ihm den Zettel mit den Notizen auf den Schreibtisch und griff sich die Kaffeetasse vom Vortag, während Frithjof aus dem Fenster des 11. Stocks blickte. Von hier aus konnte er bis zum Atomkraftwerk in Brokdorf sehen. Die Windkrafträder standen still auf den Feldern. Seit Wochen war nicht einmal der zarteste Windhauch zu spüren. Der Hochsommer lähmte alles mit seinen extremen Temperaturen, die schon vormittags auf über 25 Grad stiegen.

»Bella Block hat wenigstens Simon, und ich?« Das Selbstmitleid konnte kaum überhört werden.

Gabrielle setzte sich an Frithjofs Schreibtisch. »Ich könnte dich jetzt nach Johanna fragen, wenn du nicht versuchen würdest, von deiner Leiche im Schrebergartenverein abzulenken. Und trotzdem bist du irgendwie wie Bella Block: Du trinkst zu viel, bist sarkastisch, unnahbar, aber trotzdem liebenswert.« Sie lächelte ihn an und legte die Hand auf seine Schulter. »Ich sag den anderen Bescheid, damit sie nachkommen können. Die Spurensicherung und Blanca sind schon vor Ort.«

Frithjof wandte sich vom Fenster ab und suchte sein Handy und die Autoschlüssel auf dem Schreibtisch.

»Frithjof, was hältst du davon, deinen Schreibtisch mal wieder zu entrümpeln?«

»Nichts. Dann finde ich noch weniger, weil alles in irgendwelchen Schubladen versteckt liegt.« Er deutete auf das Papiergebirge vor ihm. »Und so muss ich nur hier suchen.«

Nachdem er einige Aktenhügel versetzt und die Kaffeetasse dadurch bedenklich nahe an die Tischkante geschoben hatte, entdeckte er Handy und Schlüssel und hob sie triumphierend vor Gabrielle in die Luft. »Tadah!«

Bevor er an ihr vorbeieilte, streifte sein Blick nochmals die Fotografie der Eisberge: rau, kalt, kühl. So wollte er nicht sein, doch anders ging es nicht. Nicht im Moment.

Als Frithjof auf dem Weg zur Kleingartenkolonie die Große Paaschburg entlangfuhr, drückte er in seinem Volvo die Knöpfe für die Radiosender, die die größte Musikvielfalt versprachen. Zu hören war jedoch der immer gleiche Mix: Robbie Williams, Madonna, DJ Bobo und irgendwelche Popsternchen, die nach wenigen Wochen Radiokarriere den nächsten Dieter-Bohlen-Superstarsängern weichen mussten. Genervt nach so viel Einheitsbrei kramte Frithjof aus dem Handschuhfach des Wagens eine CD von Renée Fleming heraus und schob sie in das CD-Fach. Die Sopranistin erfüllte das Innere des Wagens, als Frithjof durch Itzehoe fuhr, vorbei an zahllosen Bäckerläden, Handyshops und Billigdiscountern. Dazwischen vermisste er die alteingesessenen Geschäfte, die der Innenstadt früher ihren Charakter gegeben hatten. Frithjof wurde den Eindruck nicht los, dass er durch eine Stadt fuhr, die langsam dahinsiechte.

Ich lebte für die Liebe, sang Renée Fleming.

Hab ich, wann immer ich Elend sah, geholfen. In aufrichtigem Glauben stieg mein Gebet zu den heiligen Tabernakeln hinauf, in aufrichtigem Glauben schmückte ich den Altar mit Blumen. In dieser schmerzvollen Stunde, warum, warum, o Herr, warum belohnst, du mich so?

Nun geht es also wieder los, dachte Frithjof, als sich seine Grübeleien auf den neuen Fall richteten. Wieder der Versuch, einen Menschen verstehen zu wollen, der getötet hat. Wieder der Versuch, eine Geschichte nachzuerzählen, um einem getöteten Menschen seine Würde wiederzugeben, die ihm der grausame Mord genommen hatte.

Erst vor ein paar Monaten, im tristen Frühjahr, hatte Frithjof zuletzt in Gedanken die Schuhe eines anderen Menschen angezogen. Hatte versucht, in ihnen zu gehen, die Schritte zu verstehen. Nun standen neue imaginäre Schuhe für ihn parat. Sie würden zuerst nicht passen. Sie würden drücken. Zu groß oder zu klein sein. Sie würden sich nicht schnüren lassen. Würden immer wieder aufgehen. Die Sohlen würden ihn rutschen, stolpern und davon gleiten lassen.

Es gibt einen Streit. Ich bin wütend und schlage auf einen Menschen ein. Der Mann liegt auf dem Boden. Er muss verschwinden. Ich schultere ihn und stopfe ihn in eine Regentonne. Ich habe getötet.

Die Straße Am Lehmwohld war durch Polizeisperren abgeriegelt. Der Polizist am Durchlass erkannte Frithjof und winkte ihn durch. Der Volvo des Kommissars rumpelte über einen Sandweg, auf der linken Seite tauchten die Freiluftsportanlagen des Sophie-Scholl-Gymnasiums auf, dahinter das Stadion des Itzehoer SVs. Etliche Polizeiwagen standen auf einem Schotterparkplatz, davor ein in der Sonne glänzender, schwarzer Leichenwagen. Rauchend standen zwei Männer des Bestattungsunternehmens daneben und unterhielten sich.

Frithjof nickte ihnen zu, als er ausstieg. Er bewunderte es, wie sie diesen Job machen konnten. Am Anfang seiner Karriere hatte er sich eingeredet, gehofft, mit den Jahren würden das Herzrasen und das Stechen in der Magengegend verschwinden, das er verspürte, wenn er eine Leiche zum ersten Mal sah. Doch hatte er sich bis heute nicht an den Anblick toter Menschen gewöhnt.

Nach der angenehmen Kühle des Volvos verschlug ihm

die Außentemperatur fast den Atem. Über dem Boden flirrte die Luft und während sich Frithjof den Weg zur Kleingartenkolonie vorwärts quälte, ärgerte er sich über sich selber. Wieso hast du Idiot die Klimaanlage auf die höchste Stufe gestellt? Er spürte das Kitzeln der Rinnsale an den Schläfen und den Armen und sein Hemd klebte nach nur kurzer Zeit am Rücken fest.

Ein Polizist hob grüßend die Hand, als Frithjof die Kolonie durch ein Gittertor betrat. Der Hauptweg führte geradewegs auf die Polizeiabsperrung zu, die stramm gespannt mehrere Parzellen einschloss. Die Kollegen der Spurensicherung in ihren weißen Schutzanzügen hatten sich wie Marsmenschen über das Gelände verteilt, packten Teile mit Pinzetten in Plastiktüten, fotografierten, bastelten an Abdrücken und sondierten konzentriert alle Oberflächen, während die Schutzbeamten wie Türsteher um die Parzellen herumstanden und aufpassten, dass sich niemand dem Tatort näherte, der dort nichts zu suchen hatte.

Plötzlich hörte er eine Stimme hinter sich: »Der Winkler hat es verdient! Ein Wunder, dass man dem nicht schon viel früher den Schädel eingeschlagen hat!«

Da die Sonne dem Kommissar ausgerechnet aus der Richtung des Rufers entgegenblendete, konnte er niemanden hinter der Ligusterhecke erkennen. Frithjof blieb abrupt stehen.

Das geht ja gut los, dachte er, erst drei Schritte in der Schrebergartenkolonie getan und gleich den Ersten an der Backe.

Frithjof drehte sich zur Seite, ging auf die Person zu und hielt sich die flache Hand an die Augenbrauen, um seine Augen vor der Sonne zu schützen.

Der ältere Herr hatte wohl nicht mit der Aufmerksamkeit des Hauptkommissars gerechnet, denn er trat einen Schritt zurück in die Sicherheit seines Gartens.

Du bist auch einer dieser Rumnörgler und Rummotzer, die die Klappe aufreißen. Und wenn es mal ernst wird, dann scheißt du dir in die Hose, schoss es Frithjof durch den Kopf.

Als er bis zur Hecke auf den älteren Mann zuging und seine fast zwei Meter mit geradem Rücken aufbaute, wich der Alte nochmals einige Schritte zurück und lächelte angestrengt, während seine Augenlider nervös zuckten.

»Niemand hat so etwas verdient«, sagte Frithjof ruhig, »wir sprechen uns später noch, Freund der Sonne.«

Der Mann nickte einige Male und sah verlegen zur Seite auf seine letzten blühenden Stiefmütterchen und Hornveilchen.

»Wie heißen Sie?«

»Seebach. Holger Seebach. Ich bin ...«

»Interessiert mich jetzt nicht. Wir sprechen uns später. Verstanden?«

»Ja, ja.«

»Und verkneifen Sie sich weitere unqualifizierte Zwischenrufe. Verstanden?«

»Ja. Nein, ich meine, ich werde keine ... also, ich habe verstanden, also ... ja ...«

Frithjof drehte sich ohne weiteren Kommentar von Holger Seebach weg und ging zwischen den ordentlich gepflegten und geharkten Beeten, zwischen Margariten, Azaleen und Sommerflieder entlang zur Polizeiabsperrung.

Von überall her starrten Frithjof neugierige Augenpaare an. Die Kleingärtner wirkten zwar geschäftig, denn sie fuhrwerkten mit ihren Harken in den Beeten herum oder schnitten die schon längst geschnittenen Hecken, doch ihre Aufmerksamkeit galt vorwiegend dem Geschehen im Garten des Opfers.

Ein bisschen konnte Frithjof das Interesse der Nachbarn

nachvollziehen, als er seine SpuSi-Kollegen in ihren weißen Anzügen betrachtete, die aufmerksam suchend durch die Gegend schritten – und das bei dieser brütenden Hitze. Dazwischen leuchteten zwei Krankenpfleger in grell-roten Jacken. Sie folgten einem Kollegen hinter die Laube.

Aus Funkgeräten ertönten mechanische Stimmen.

Frithjof betrat den Garten von Winkler. Im Gegensatz zu den anderen war dieser in Sachen Pflege eine Katastrophe. Das Unkraut wuchs fröhlich vor sich hin, das Gras des Rasens stand fast 30 Zentimeter empor und in den schiefen Beeten glich das Gemüse nicht im Entferntesten dem, was dem Standard der *Kleinklee*-Gartenanlage entsprach.

Frithjof ging weiter auf die Laube zu, die am Ende der Parzelle stand. Auf seinem Weg stieg er über einen umgestoßenen Grill und darum verteilte Kohleklumpen.

Die Gartenlaube bot einen ebenso trostlosen Anblick wie der Garten. Dort, wo die gelbliche Farbe an der Wand noch zu sehen war, bildete sie pockenartige Blasen. Auf der Veranda lagen jede Menge leere Zigarettenpackungen, Bier- und Kornflaschen herum. Er blickte in das Innere der Laube, wo ihm ein Kollege eine Pornozeitschrift entgegen streckte.

»Moin, Frithjof, Interesse?«

Auf dem Deckblatt war eine nackte junge Frau mit gespreizten Beinen zu sehen.

»Wenn, dann der Sportteil.«

Sie lachten, während der Kollege weitere Schundheftchen eintütete, die überall verstreut herumlagen.

Sicher geht das eine oder andere Heft in den privaten Besitz eines Beamten über, mutmaßte Frithjof. Er lächelte und besah sich auf der Veranda die vertrockneten, armseligen Pflanzen, die bräunlich über noch armseligeren, dreckigen und meist kaputten Blumentopfrändern hingen.

Ein Windspiel hing träge von einem Balken herunter.

Es gab keinen Wind, der ihm hätte einen Ton entlocken können.

Einen Augenblick verharrte er noch im Schatten des Verandadaches. Es war erst kurz vor 10 Uhr und Frithjof hatte bereits jetzt das Gefühl, er müsse sich umziehen und erneut duschen. Er starrte in die Sonne und ließ den Kopf kreisen, sodass einige Wirbel knackten.

»Das kann nicht gut sein«, sagte jemand.

Als er in die Sonne hinaussah, tanzten weiße Lichtflecken vor seinem Gesichtsfeld, in das Blanca Falcone getreten war, die Pathologin des Kreises und Leiterin der gerichtsmedizinischen Abteilung. Sie sah sogar in ihrem weißen Schutzanzug attraktiv aus.

»Was kann nicht gut sein?«, fragte er.

»Das mit dem Knacken.«

»Egal.« Er lockerte seine Schultern, indem er sie kreisen ließ. »Moin, erstmal.«

»Moin.« Blanca hatte sich zwischenzeitlich an die norddeutsche Umgangssprache gewöhnt. In den fünf Jahren, die sie nun schon in Deutschland war, hatte sie ihre Sprachkenntnisse enorm verbessert. Es war nur noch ein ganz leichter Akzent zu hören. Und der auch nur, wenn sie ein wenig aufgeregt war.

»Gabrielle hat mir erzählt, der Tote befindet sich in einer Regentonne.«

»Auch nicht alltäglich, was?« Sie gab ihm mit der Hand ein Zeichen, ihr zu folgen und Frithjof trottete brav hinter ihr her um die Laube herum.

»Hast du schon gefrühstückt, Frithjof?« Blanca verlangsamte nicht ihren Schritt, während sie sprach, sondern lief zielsicher in Richtung Regentonne.

»Nein. Wieso?«

»Dein Glück«, meinte sie ruhig und zog aus einer Tasche eine kleine Tube hervor, die sie Frithjof reichte.

»Was ist das? Ein neues Intensiv-Deodorant gegen Extremhitze-Schweiß?« Frithjof untersuchte die Tube kritisch.

»Quatsch, schmier dir das unter die Nase. Es riecht nach Eukalyptus.«

Noch bevor Frithjof die Gelpaste unter der Nase verteilt hatte, traf er weitere Kollegen, die neben der Laube um eine Regentonne standen. Die meisten hielten sich, obwohl unter ihren Nasen Reste der Paste zu erkennen waren, die Hand vor die Nase. Auch Frithjof merkte nun, wieso.

Ein süßlicher Geruch schlug ihm entgegen, der sich in seiner Nasenwand festzusetzen schien. Schnell rieb er sich das Gel unter die Nase, hob seinen Unterarm vor das Gesicht und nahm dort einen tiefen Atemzug, wo er sich heute Morgen einige Spritzer Parfüm von Jil Sander aufgesprüht hatte.

»Das riecht nicht besonders gut«, bemerkte Frithjof gequält und wies mit dem Kopf in Richtung Regentonne.

Blanca deutete in die Tonne. »Der sieht auch nicht besonders gut aus!«

Frithjof blickte vorsichtig hinein und zog blitzartig seinen Kopf wieder zurück.

»Mein lieber Scholli!«, entfuhr es ihm.

»Du kennst ihn?« Blanca schaute Frithjof mit großen Augen an.

»Ich? Nein, wieso?« Frithjof blickte irritiert auf.

»Warum sagst du dann *lieber Scholli* zu ihm?«, fragte die Pathologin verwundert.

Frithjof ließ seinen Kopf auf die Brust sinken und verdrehte die Augen. Blanca sprach zwar ein perfektes Deutsch mit italienischem Akzent und kannte im Gegensatz zu Frithjof sogar den Unterschied zwischen Akkusativ und Genitiv, jedoch brachte sie die Kollegen zum Verzweifeln, was deutsche Redensarten oder Sprichwörter anbelangte.

»Nein, Blanca, er heißt nicht Scholli. Das ist nur so eine Redensart.«

»Ach so«, nickte sie gelehrig und blickte auf den unglücklichen Toten. »Wir gehen davon aus, dass der Tote Peter Winkler heißt. Ihm gehört diese kleine Parzelle.« Sie überflog kurz ihre Notizen. »Er wurde vermutlich mit dem Gesäß auf den Rand der Tonne gesetzt und dann, wie ein Taucher, rückwärts hineingestoßen. Der Rücken ist an den gegenüberliegenden Rand des Behälters geprallt, dann ist das Gesäß eingesackt und kam als erstes Körperteil auf dem spärlich mit Wasser gefüllten Boden an.«

Die Beine des Toten ragten empor, sodass der Kopf zwischen den Unterschenkeln steckte. Die Füße ragten über den Kopf hinaus.

»Man hat ihn da wohl regelrecht reingestopft, so fällt kein Mensch«, stellte Frithjof fest, »auch nicht in eine Regentonne.«

Ich trage einen toten Menschen. Auf einer Schulter. Oder vor der Brust. Ich wuchte ihn auf die Kante der Regentonne. Der Körper ist in sich zusammengefallen. Ich packe ihn. Dann lasse ich den Toten rücklings fallen. Der Rücken des Toten prallt an die gegenüberliegende Wand der Tonne. Haut wird verletzt. Ich stemme mich auf den leblosen Körper. Ich drücke ihn hinein.

Blanca hatte Latexhandschuhe übergestreift und deutete auf die Schultern des Mannes. »Man hat ihn, nachdem man ihn dort hineinbefördert hat, hinuntergedrückt.« Sie wies auf Blutergüsse an den Schultern. »Die Füße waren wohl im Weg, als er da – wie sagt man – hineinplumpste. Da sich der Deckel der Tonne nicht mehr schließen ließ, hat man das Opfer passend gemacht.«

Neben der Tonne lehnte ein moosbewachsener ehemals schwarzer Deckel, der offensichtlich zur Regentonne gehörte.

»Schau mal«, sagte Blanca. Frithjof trat einen Schritt näher an die Tonne heran und konnte sich nun fast über den Toten beugen. Dabei überlegte er sich, wie viel von der Gelpaste wohl nötig wäre, um nichts mehr von dem süßlichen Geruch zu riechen. Da nahm Blanca plötzlich den Kopf des Mannes in die Hände und zog ihn nach hinten. Etwas knackte. Frithjof zuckte zusammen. Sein Herz begann zu rasen.

Er fühlte sich, als würde man ihm ein Messer in den Magen rammen. Irgendwie machten ihm die Geräusche der Toten Angst. Er biss Ober- und Unterkiefer fest aufeinander.

Zwischen den Unterschenkeln erschien ein einstmals menschliches Gesicht. Das getrocknete Blut hatte einen Großteil der linken Gesichtshälfte überzogen und eine große, offene Wunde klaffte von der Augenbraue bis hin zu den Haaren. Zwischen dem Blut, den Haaren und den auseinandergerissenen Hautstücken pulsierte mittlerweile fremdes Leben. Überall krochen weiße Larven und um den Kopf herum schwirrten und surrten Insekten.

»Er wurde erschlagen und hier versteckt«, erklärte Blanca. »Vermutlich war schon der erste Schlag tödlich. Stumpfes Schädelhirntrauma. Näheres später.«

»Der Täter musste doch davon ausgehen, dass jemand dort hineinsieht«, sagte Frithjof.

»Nur wann, ist die Frage.« Blanca sah sich zu den neugierigen Nachbarn um. »Wenn man dem Glauben schenken kann, was die Leute hinter ihren Hecken tuscheln, war der Mann nicht sonderlich beliebt.«

»So was habe ich auch schon gehört, als ich hier ankam.« Frithjof dachte an den älteren Herrn am Eingang. Trotzdem konnte er nicht verstehen, warum der Täter den Körper nicht einfach liegen gelassen hatte? Warum machte er sich die Mühe und stopfte ihn in die Regentonne? Warum ging er die Gefahr ein, weitere Spuren zu hinterlassen. Jeder hinterlässt irgendwelche Spuren. Egal ob er es will oder nicht. Haare, Fasern, Hautschuppen, Erde, die unter den Schuhen klebt, oder Ähnliches.

Ich bin im Garten von Peter Winkler. Er steht vor mir. Ich erschlage ihn. Er liegt vor mir auf dem nicht gemähten Rasen. Ich schultere ihn und trage ihn um die Laube herum. Ich setze ihn auf den Rand der Regentonne. Noch darf er nicht gefunden werden. Ich stoße ihn hinein. Will den Deckel auflegen. Die Füße sind im Weg. Ich drücke den Körper in die Tonne. Fest. Mit grober Kraft. Der Deckel passt.

Sosehr Frithjof versuchte, sich in den Täter hineinzuversetzen, ihm fiel kein guter Grund ein, warum er das Opfer versteckt hatte. Wieso verstecken?

Wollte der Täter den genauen Todeszeitpunkt verschleiern? Sollten die kleinen Tierchen lange genug an Peter Winkler nagen, die Hitze den Zersetzungsprozess beschleunigen und aus ihm eine gasförmige Hülle machen?

Frithjof schnürte die Schuhe noch einmal.

Ich habe Streit mit Peter Winkler. Der Streit in seinem Garten eskaliert. Ohne dass ich es geplant habe, greife ich nach etwas und schlage zu. Im Affekt. Aus einer Stimmung. Aus Wut und Hass.

Ich sehe mich um. Hat mich jemand gesehen? Hat jemand den Streit gehört?

Wenn ich jetzt gehe und so tue, als wäre nichts gewesen, und Peter Winkler läge nicht tot auf seinen nicht gestutzten Beetkanten, verdächtigt mich niemand.

Er muss verschwinden. Kein Toter im Garten. Kein Verdacht gegen mich.

Frithjof dachte an Blancas Worte: »Nur wann, ist die Frage.«

Wenn es Peter Winkler tatsächlich verdient gehabt hätte, getötet zu werden, so würde das Verschwinden zwar auffallen, suchen würde ihn jedoch niemand.

Hatte der Täter das beabsichtigt? Hätte man den Körper erst viele Wochen später gefunden, dann könnte man nicht mehr genau sagen, wer wann wo und wie mit Winkler Streit gehabt hatte. Der Täter hatte dann viele Kleingärtnergesichter.

Blanca holte ihn aus seinen Gedanken. »Sebastian wird jetzt das restliche Wasser ablaufen lassen und es in einem separaten Behälter auffangen. Vielleicht finden wir dort Spuren, auf alle Fälle aber Larveneier.«

Frithjof ging beiseite und sah Blancas jungen Kollegen Sebastian auf sich zukommen. Er konnte nicht verstehen, wie sich ein junger Mensch so unbefangen mit Toten befassen konnte, er selber würde das nicht können.

Sebastians Gesicht lugte durch das freie Gesichtsfeld des weißen Schutzanzuges. Frithjof entdeckte sofort die rötliche, etwa 8 bis 10 Zentimeter lange Narbe, die sich auf dessen rechter Wange befand. Sie war zwar längst verheilt, sie hob sich aber noch von der umgebenden Haut ab. Sie erinnerte an den letzten Einsatz im Frühjahr, bei dem Frithjof mit Sebastian zusammengearbeitet hatte. Zwei junge Menschen waren mit Pfeilen an Holzpfählen regelgerecht hingerichtet worden. Sebastian musste sich damals durch unwegsames Gelände kämpfen. Egal wie oft sich Frithjof bei ihm für diesen Einsatz bedankte und gesagt hatte: »Konnte ja keiner ahnen, dass dies so dichtes Gestrüpp war«, antwortete Sebastian immer: »Ja, ja, immer auf die jungen Kollegen. Ist schon recht. Wo sind denn eigentlich deine Narben, Frithjof?«

Einmal hatte er versucht ernst zu klingen und geantwortet: »Die sind nicht äußerlich, Bastian. Die sitzen hier«, und er hatte eine Hand auf sein Herz gelegt, »ganz, ganz tief.«

»Ganz ehrlich, Frithjof, die Tabletten, die du nimmst, will ich auch«, erwiderte Sebastian darauf schlagfertig.

Dann hatten sie beide gelacht.

Jetzt stand Sebastian vor Frithjof und der Regentonne. »Moin, Frithjof.«

»Moin, Bastian.«

»Se-bastian.«

»Üble Narbe. Arbeitsunfall?«

»Irgend so ein Arsch von Vorgesetztem hat mich im Frühjahr durch fieses Gelände geschickt.«

»Konnte wahrscheinlich keiner ahnen, wie dicht das Gestrüpp war.«

»Sicher.«

»Narben machen sexy.«

»Komisch, dass ich Single bin.«

Blanca schaltete sich ein, nachdem der separate Behälter noch immer nicht mit dem Wasser der Tonne gefüllt war. »Ob die beiden Herren ihre autistische Unterhaltung beenden könnten? Die Gelpaste ist fast aufgebraucht!«

Frithjof und Sebastian lachten sich an und der junge Kollege beugte sich zu dem Ablauf der Regentonne und ließ das Wasser ab. Vielleicht fanden sich in dem stinkenden Wasser ja Spuren, die ihnen weiterhelfen würden.

Nachdem Sebastian fertig war, traten zwei seiner Kollegen an die Regentonne, um den toten Körper zu halten, während die Tonne für den Abtransport in die Pathologie verpackt wurde.

Die Hitze in der geschlossenen Regentonne hatte den Zersetzungsprozess beschleunigt. »Totes menschliches Gewebe wird erst flüssig, dann gasförmig. Und dieser ganze Prozess beginnt schon wenige Minuten nach Eintritt des Todes. Die Natur lässt keine unnötige Zeit verstreichen, um die Nahrungskette zu schließen«, erklärte Blanca ganz wissenschaftlich.

Kaum stand die Tonne im Transporter, eilte einer der beiden Kollegen, die den leblosen Körper gehalten hatten, zu einer Hecke des Nachbarn, wo er sich erbrach. Da half auch keine Gelpaste mehr.

2

Ein schwarzer, teurer Mercedes bog auf den Schotterweg vor der Kleingartenkolonie ein. Hinter sich her zog er eine riesige Staubwolke. Als er am Seitenrand anhielt, blitzte das Metall in der Sonne. Neugierig begafften einige Leute den edlen Wagen, der nicht hierher passte. Auch Frithjof, der gerade in der Nähe des Eingangs am Gittertor stand, reckte seinen Kopf. Die hintere linke Tür wurde aufgestoßen und zu seiner Überraschung stieg Robert van Versendaal, Frithjofs Kollege, aus dem Wagen. Robert sagte noch etwas ins Wageninnere, dann schloss er die Tür und ging auf das Gittertor zu.

Frithjof winkte den Kollegen heran, der seit dem Frühjahr in seiner Abteilung arbeitete. Er war Ende 20 und kam frisch von der Kieler Polizeiakademie. Zuerst gefiel es Frithjof gar nicht, einen Frischling in seinem Team zu haben. Doch die Vorteile von Roberts hellem Köpfchen belehrten ihn schnell eines Besseren. Darüber hinaus passte Roberts Schwerpunkt, der auf Profiling lag, ausgezeichnet in das Team.

Mit schüchternem Blick, der an James Dean erinnerte, kam er auf Frithjof zu. Er trug einen leichten *Armani*-Anzug und ein rosafarbenes *Ralph-Lauren*-Hemd.

Er hatte seine modische Brille von *Tommy Hilfiger* gegen eine *Ray Ban*-Sonnenbrille eingetauscht. Vermutlich mit Stärke, dachte Frithjof und malte sich den Preis hierfür aus. Und er wusste, dass Robert sich darum keine Gedanken machen musste.

»Entschuldige die Verspätung«, sagte Robert, der seine Aktentasche unter den Arm klemmte. Auf eine Erklärung für die Verspätung wartete Frithjof umsonst. Ebenso wie für die Anwesenheit der Edelkarosse. Wie sehr Frithjof Robert in der kurzen Zeit ihrer Zusammenarbeit auch schätzen gelernt hatte, immer mehr ärgerte es ihn, dass Robert anscheinend etwas zu verbergen schien. Des Öfteren waren in den letzten Monaten Männer in dunklen Anzügen im Präsidium aufgetaucht und hatten mit Robert sprechen wollen. Mehr als einmal sah Frithjof, wie sie Robert Akten überreichten. Bisher hatte Frithjof nur vage versucht, Robert darauf anzusprechen. Es waren nur Andeutungen, leise, vorsichtige Vorstöße, denn Frithjof wollte seinen Kollegen genügend Freiraum geben. Er mischte sich aus diesem Grund äußerst selten in ihre Privatsphäre ein, doch wenn vor seinen Augen, und dann auch noch im Polizeipräsidium, etwas vorging, was seiner Meinung nach nicht ganz koscher war, musste er bald reagieren. Er musste Robert zur Rede stellen. Doch für heute ließ er es erst einmal auf sich beruhen, schließlich befanden sie sich an einem Tatort.

Beide gingen den schmalen Gang zwischen den Gärten entlang. Ein hölzernes Schild wies ihn als Rosenweg aus.

In kurzen Zügen erklärte Frithjof, was bisher geschehen war.

»Du wirst später die Bilder sehen, die Blanca gemacht hat. Jetzt geht es erst einmal darum, herauszufinden, wem die Gärten gehören, die an den des Opfers grenzen, und wie die Beziehung der Gärtner untereinander ist.«

»Nicht gut«, kam es plötzlich hinter einer Hecke hervor. »Sehen Sie sich nur an, wie es da beim Winkler aussieht!« Und da die Kommissare ihn etwas verdutzt anschauten, fügte der Mann mit dem Strohhut erklärend hinzu. »Mayer. Rudolf Mayer. Unglücklicherweise war Peter Winkler mein Gartennachbar.«

Der etwa 60-Jährige erzählte ihnen, dass er Postbeamter im Vorruhestand sei. Frithjof und Robert sahen an dem kleinen Mann hinunter. Rudolf Mayer trug Plastiksandalen, solche, die man im Urlaub an steinigen Stränden trägt, um sich nicht die Fußsohlen aufzuschlitzen. Schlimmer als diese Sandalen, fand Frithjof, war, dass Rudolf Mayer weiße Tennissocken in ihnen trug. Roberts Blick hingegen blieb auf Mayers Brille hängen, einem riesigen 80er-Jahre-Gestell, an dem zwei Sonnenbrillengläser emporgeklappt waren.

»Sehen Sie sich mal meinen Prachtgarten an!« Er zeigte mit ausgestreckter Hand stolz auf seine Beete und den gestutzten Rasen. Ringsherum blühten prächtige, wohl platzierte Stauden, ein farbenprächtiges Spektakel aus Bauernrosen, Akelei, Rittersporn und Hortensien.

Frithjof verkniff sich die Frage, ob Herr Mayer im Garten auch Staub saugte oder jedes einzelne Blatt der Büsche, Sträucher und Blumen abwischte. So stellte man sich einen akkuraten deutschen Kleingarten vor.

»Der Winkler hat nur Ärger gemacht. Hat jeden aufgehetzt und tyrannisiert. Es gab keinen Tag, an dem es mal keinen Ärger mit ihm gab.« Nun fuchtelte der Gärtner wild mit seinen Armen in der Luft herum.

»War er denn immer hier?«, fragte Robert. »Es ist doch eigentlich nicht erlaubt, eine Laube so einzurichten, dass sie bewohnbar ist.«

»Es schien, als würde der hier wohnen. Immer wenn wir kamen, war er schon hier – meist betrunken. Und abends, wenn wir gingen, war er immer noch da – noch betrunkener.«

»Wenn er angeblich so viel Ärger gemacht hat und keiner ihn leiden konnte, war es dann nicht möglich, ihm zu kündigen?« Frithjof kritzelte bereits fleißig in sein Notizbuch.

»Da fragen Sie mal unseren Herrn Vorsitzenden, den

Solberg. Der hätte was unternehmen können, klar. Aber der hat ja mehr mit anderen Sachen zu tun.« Verschwörerisch hielt sich Mayer einen Zeigefinger an die Lippen. »Von mir haben Sie das nicht, aber der soll was mit seiner Chefsekretärin haben. Da ist er zurzeit mehr Vorsitzender als bei uns.«

»Ich glaube, rechtlich ist es gar nicht so einfach, jemandem seine Parzelle zu nehmen, nicht wahr?«, fragte Robert.

»Leicht ist es nicht«, stimmte Mayer ihm zu. »Genau weiß ich das aber nicht. Da müssen Sie wirklich Solberg fragen.« Er nickte mit dem Kopf, was die beiden Klippgläser hinunterschnellen ließ. Erschrocken zuckte Mayer zusammen. »Verfluchte Dinger«, entfuhr es ihm und klappte sie wieder hoch.

Frithjof zog Robert ein wenig zur Seite. »Mach doch gleich mit Herrn Mayer weiter und arbeite dich auf dieser Seite vorwärts. Ich werde mir die andere Seite des Rosenwegs vornehmen.« Er wischte sich den Schweiß von der Stirn und wunderte sich über Robert, dem die Hitze anscheinend nichts ausmachte. Seine Haare lagen akkurat, die Haut glänzte nicht und offensichtlich fühlte er sich auch noch wohl bei diesen Temperaturen. »Ich habe Gabrielle im Präsidium angerufen und sie gebeten, uns alles über Peter Winkler herauszusuchen.«

»Alles klar, dann fange ich gleich an. Ist Lars schon da?«, fragte Robert und strich mit einer Hand über seine Haare.

»Der steht irgendwo in Hamburg im Stau. Er hat vorhin angerufen.«

Frithjofs Handy klingelte. Auf dem Display erschien der Name Becker. Robert verabschiedete sich, zog ein Notizheft aus der Aktentasche und ging mit Rudolf Mayer in seinen Garten.

»Lust auf Sommerbowle?« Robert Mayer grinste spitzbübisch und wendete seinen Kopf Richtung Laube, was die Schnappgläser wieder hinuntersausen ließ. »Mistdinger.«

Während sie auf eine kleine, im Schatten stehende Sitzgruppe zuliefen, verneinte Robert dankend die Sommerbowle.

Frithjof nahm in der Zwischenzeit das Gespräch mit dem Chef der gesamten Mordkommission an. »Moin, Alfred.«

»Moin, Frithjof. Was ist das für eine Hitze?! Ich bin kaum in unser M4-Stockwerk gekommen.«

Frithjof stellte sich Alfred Becker vor, wie er seinen gewaltigen Bauch jede einzelne Stufe hinaufquälte und mehr und mehr zu schwitzen begann.

»Frithjof, was habt ihr?«

»Einen Toten in einer Regentonne.«

»In einer Regentonne?«

»Der klassische Mord in der Bibliothek ist out. Jetzt müssen wir uns dem neuen Trend wohl beugen.«

»Name des Opfers?«

»Peter Winkler.«

»Ist er identifiziert worden?«

»Von zwei Nachbarn aus dem Schrebergarten. Wir müssen aber die Untersuchungen abwarten. Vielleicht ist er registriert, dann wissen wir es hundertprozentig. Wir gehen aber erst einmal von dem Namen Winkler aus.«

Frithjof suchte sich einen schattigen Platz unter einem Apfelbaum, wo ihm keiner zuhören konnte.

»O.K. Sonst noch was?«

»Wie es aussieht, hatte er nicht viele Freunde in der Gartenkolonie. Wir sind gerade dabei, die Parzellennachbarn zu befragen.«

»Und die Spurensicherung?«

»Ist soweit durch. Winklers Garten ist abgesucht worden. Der Körper ist in der Gerichtsmedizin bei Blanca und Gabrielle checkt die Bio des Toten.«

»Wunderbar. Dann läuft das ja wie immer bei euch«, schnaufte Albert zufrieden. Im Hintergrund hörte Frithjof, wie eine Flüssigkeit in ein Glas plätscherte.

Doch plötzlich überdeckte ein Geräusch alles andere. Es war schrill und laut und lang anhaltend.

»Verdammt, was ist da los?«, rief Frithjof schockiert in das Handy.

»Der Feueralarm«, stieß Alfred genervt hervor.

»Die machen bei dem Wetter eine Übung?« Voller Mitgefühl dachte Frithjof an Alfred, der sich nochmals die Stufen hoch- und runterquälen musste.

»Von wegen Feueralarm. Die Bommel hat heute Morgen einen Kurzschluss im Kopierraum fabriziert. Seitdem bekommen die Techniker den Alarm nicht in den Griff.«

Frithjof schaffte es nicht, ein Lachen zu unterdrücken. Frau Bommel war als neue Kraft ins Präsidium gekommen, um Gabrielle in einigen Monaten abzulösen. Doch bisher sah es nicht so aus, als ob Gabrielle tatsächlich in ihren wohlverdienten Ruhestand gehen könnte.

Frau Bommel war es gelungen, in wenigen Wochen so viele Katastrophen auszulösen, dass alle im Gang einen weiten Bogen um sie machten. Jeder befürchtete, ganz unerwartet in einen weiteren Strudel von Apokalypsen gezogen zu werden.

»Halte durch, Alfred. Wir sehen uns später zur ersten Besprechung«, sagte Frithjof aufmunternd und beendete lachend das Gespräch. Er sah wieder zur Sonne hinauf. »Geh weg!«, bat er sie mit der Hoffnung, dass mit jedem sinkenden Grad Celsius die Trägheit von ihm abfallen würde. Der Schweiß klebte überall an seinem Körper. Er nahm ein Tuch, wischte sich Stirn und Hände ab und ging schweren Schrittes den Weg zurück zu dem älteren

Mann, der ihn heute Morgen beim Betreten des Kleingartenvereins so seltsam begrüßt und sich mit Holger Seebach vorgestellt hatte.

Der Hobbygärtner kniete in kurzen, abgeschnittenen Jeanshosen und buntem Hawaii-Hemd zwischen den Erdbeerpflanzen. In einer Hand hielt er eine Wasserwaage, in der anderen einen Spachtel.

Etwas ungläubig betrachtete Frithjof für einen Moment die Prozedur, die der Mann dort vollzog. Holger Seebach rutschte auf seinen Knien die Erdbeerbeetkante entlang und prüfte anhand der Wasserwaage, ob die Kante auch ja gleichmäßig war. An den Stellen, wo es Unebenheiten gab, besserte Seebach mit dem Spachtel aus.

Auf Seebachs Kopf thronte ein Safarihut, von dem, an kleinen Fäden festgehalten, Korken hinunterbaumelten. Seine Füße steckten in weißen Tennissocken und beigefarbenen Ledersandalen.

Das mit den Tennissocken muss in der Vereinssatzung stehen, dachte Frithjof und beendet seine Beobachtungsstudie des Kleingärtners. »Moin, Herr Seebach. Arndt ist mein Name«, rief Frithjof ihm zu. »Kann ich hereinkommen?« Noch während er sprach, betrat Frithjof den Garten.

»Selbstverständlich, Herr Arndt.« Sie reichten sich die feuchten Hände.

»Kommen Sie doch mit auf die Veranda. Dort haben wir wenigstens ein wenig Schatten.« Holger Seebach führte den Kommissar zwischen Pfingstrosen, in Ampeln hängenden Geranien und Tontöpfen mit Weihrauch hindurch.

Das Verandadach bestand aus einer mit Knöterich bewachsenen Pergola. Das Schlängelunkraut, wie Frithjof es nannte, war ordentlich geschnitten. Kleine Windlichter hingen in akkuratem Abstand darin, kleine Tonfiguren grinsten um die Wette. An einer Seite der Pergola stand eine Hollywoodschaukel, deren grellgrüner Bezug in den Augen wehtat.

Passt irgendwie zu Seebachs Hemd, überlegte Frithjof.

Aus einem Kofferradio klang *Die Welle Nord.*

Das wird nicht mein Tag, entschied er für sich.

Auf dem Tisch in der Mitte der Veranda stand in einem Kühler eine Wasserflasche. »Wollen Sie ein Glas Wasser?«, fragte Seebach, als er Frithjofs sehnsüchtigen Blick sah.

»Geben Sie mir die ganze Flasche«, scherzte er.

Herr Seebach ging in die Laube, indem er bunte, längliche Plastikstreifen zur Seite schob, die als Insektenschutz dienen sollten. Frithjof hatte diese klebrigen Dinger nie gemocht, er kannte sie aus dem Garten seiner Großeltern. Das Einzige, was sie taten, war, sich an dem zu verheddern, der durch sie hindurchging. Nur Insekten konnten ungehindert durch die Lücken ins Innere schlüpfen.

Als Seebach wieder herauskam, hatte er seinen Safarihut abgenommen. Seine grauen Haare lagen nass auf dem Kopf. Er stellte Frithjof ein Glas auf den Tisch.

Auf dem Glas winkten ihm Samson und Tiffy aus der *Sesamstraße* zu. Frithjof erinnerte sich, dass es der Aufdruck einer Senffirma war. Vor etlichen Jahren hatte man diese Gläser nach dem Leeren ausgewaschen und sie als Trinkgläser benutzt. Er hätte nicht gedacht, dass diese Gläser noch irgendwo existierten.

Nachdem Seebach ihm eingeschenkt hatte, trank er das Wasser im Stehen in einem Zug aus. »Diese Hitze«, stöhnte er.

»Die Bauern werden kein gutes Jahr haben«, erklärte Seebach, »es wird alles vertrocknen. Es soll erst einmal keinen Regen geben.«

Frithjof nickte. Im Grunde hasste er es, über das Wetter zu reden. Für ihn war es eine fruchtlose Unterhaltung. Man konnte es eh nicht ändern. Nur Menschen, die sich nichts zu erzählen haben, reden über das Wetter, behauptete er immer wieder. Doch mit dieser Hitze verhielt es sich anders. Es war, als würde man sich dem Anderen offenbaren und ihm von alten Kriegswunden erzählen. Man musste einfach loswerden, wie es einem ging.

Die tropischen Temperaturen machten die Menschen in diesen Tagen zu Verbündeten.

Frithjof nickte dankbar, als Seebach ihm erneut einschenkte, trank in zwei Sekunden leer und stellte das Glas auf die Schaumstofftischdecke zurück.

»Setzen Sie sich doch«, bot Seebach Frithjof einen Platz an. Seebach selber setzte sich auf den einzigen Stuhl, der am Tisch stand, so blieb für Frithjof nur die Hollywoodschaukel.

Etwas unsicher ging er auf das Möbel zu und reckte seinen Hintern vorsichtig über die Sitzfläche. Da er dummerweise die Mitte der Schaukel gewählt hatte, kam er nicht an die Lehnen heran, als er sich behutsam in das Polster fallen ließ, und dieses nach hinten wegdriftete. Erschrocken schnellten seine Arme nach vorne, um sich am Tisch fest zu halten, was bewirkte, dass die Schaukel noch weiter nach hinten pendelte.

Dann schaukelte das Geschoss nach vorne, er fiel rücklings nach hinten, während seine Beine nach oben wirbelten und beinahe die Tischplatte trafen.

»Sie dürfen sich nicht bewegen«, sagte Seebach lachend. »Herr Arndt! Nicht so rumzappeln!«

Frithjof bekam schnaufend einen der Schaukelpfosten zu fassen und klammerte sich an ihn. Vollkommen unbequem sitzend, verschwitzt und erschrocken kauerte er an dem Metallgestell der Schaukel, das mit quietschenden Lauten zum Stillstand kam.

»Na also«, meinte Seebach begeistert, »Sie habens raus! Das können nicht viele so schnell! Bequem so eine Schaukel, was?«

Frithjof unterdrückte seinen spontanen Einfall, aufzuspringen und die Schaukel mit einer Axt zu zerlegen. Eine Axt würde hier im Garten schnell zu finden sein, allerdings das Aufspringen würde den Plan scheitern lassen. Er kam ganz einfach nicht aus diesem Möbel heraus, um es zu zerlegen.

Alter, zieh hier stumpf deine Arbeit durch, sprach er zu sich, sonst drehst du durch!

»Herr Seebach, Sie waren heute Morgen mit meiner Kollegin im Garten von Peter Winkler und haben den Toten identifiziert.«

Seebach nickte.

»Sind Sie sicher, dass es sich um Peter Winkler handelt?«

»Ja«, auch er trank einen Schluck. »Der Anblick war zwar nicht schön, aber man konnte ja noch viel von dem Gesicht erkennen. Dort, wo die Viecher nicht rumkrabbelten, meine ich.« In seinem Kopf schienen die Larven wieder zu krabbeln, kriechen und krauchen. Er machte eine kleine Pause. »Aber das war eindeutig Winkler.« Er sah Frithjof in die Augen. »Wer sonst hätte es verdient, da drinzuliegen?«

»Wieso hat Peter Winkler so etwas verdient?«

Seebach antwortete ohne Zögern. »Er war ein böser Mensch. Er hatte die Augen des Teufels, die immer bei anderen etwas suchten, das nicht ganz in Ordnung war.«

»Und hat er es gefunden?«, fragte Frithjof verwundert. Langsam bekam er Mut und löste seine verkrampfte Haltung an dem Gestell der Schaukel.

»Ich weiß nicht, wie er es geschafft oder angestellt hat, aber irgendwie wusste er in sehr kurzer Zeit von einigen

Leuten Geheimnisse. Er hat sie nie direkt ausgesprochen, sondern immer nur Andeutungen gemacht.« Seebach blickte mit verschwörerischer Miene um sich, so, als befürchtete er, jemand könne ihn hören. »Wissen Sie, jeder versucht hier ganz vorbildlich zu sein. Und wenn dann plötzlich jemand daher kommt und auf kleinen Festen oder bei Gesprächen auf dem Rosenweg kleine, spitze Bemerkungen macht – das mag keiner.«

Frithjof stellte sich die eingeschworene Gemeinschaft der Kleingärtner vor, die viel Zeit mit der Verschönerung ihres Gartens verbrachten, an den Hecken miteinander klönten, bei Bier und Bowle zusammensaßen oder grillten. Man half sich gegenseitig und wurde eine richtig kleine Familie, in der jeder die Marotten des anderen kannte.

Oder glaubten sie sich nur zu kennen?, überlegte Frithjof. Wie hätte es Peter Winkler ansonsten schaffen können, so viel Unruhe ins Kleingartenleben zu bringen?

Frithjof erwartete zwar keine ehrliche Antwort, er versuchte es jedoch trotzdem: »Was war es bei Ihnen, Herr Seebach? Womit hatte er Sie in der Hand?«

Seebach ruckte verlegen auf seinem Gartenstuhl herum. Unter ihm bewegte sich das Blümchenpolster hin und her. »Ach, er hat mich hochgenommen. Wegen meines Akkordeons. Ich spiele gerne die alten Lieder von der Küste oder alte Gassenhauer. Mit Kalli zusammen.« Er deutete auf die andere Seite des Rosenwegs. »Karl-Heinz Martens. Er hat in seiner Kindheit mal Akkordeon gespielt, es aber irgendwann aufgegeben. Als er mich dann hier einmal hörte, bekam er wieder Lust, sein Instrument vorzuholen. So beschlossen wir, eine kleine Gruppe zu gründen. Wir wollten auf den *Kleinklee*-Festen spielen. Ein, zwei Lieder nur, mehr nicht.«

»Ich verstehe nicht, wie Peter Winkler Sie damit hochnehmen konnte?«, wobei Frithjof sich bei dem Gedanken an Akkordeonmusik bildhaft ausmalen konnte, wie gehässig die Kommentare sein konnten. Akkordeonmusik kam für ihn gleich hinter Spielmannzügen, die einen auf Straßenfesten akustisch vergewaltigten.

»Der Kalli und ich haben uns mit Gustav zusammengeschlossen. Gustav Wendelin. Er war damals über 80 und noch recht flott mit den Fingern, als wir das *Seebach Akkordeon Trio* gründeten. Wir haben Aufnäher, Sticker und kleine Wimpel bestellt. Und als sie gerade aufgenäht und aufgeklebt waren, starb Gustav.« Traurig sah Seebach auf seine Hände.

»Also war das *Seebach Akkordeon Trio* eigentlich immer ein Duo«, sagte Frithjof vorsichtig in die Nachdenklichkeit seines Gegenübers hinein.

»Ja. Mit Wimpeln eines Trios.«

»Trotzdem verstehe ich nicht, wie Sie das treffen konnte. Jeder hier kannte doch die Geschichte.« Frithjof war sich sicher, dass Seebach ihm etwas verheimlichte. Das würde er wahrscheinlich von jemand anderem erfahren. Man selber reißt sich ungern in den Abgrund.

»Im Grunde hat es nicht wirklich an mir gekratzt. Mir tat nur immer Elisabeth leid, Gustavs Frau. Ich hoffte, dass sie es irgendwann überhören würde, aber Winkler hatte eine penetrante Art, die einem das Blut hoch kochen ließ«, sagte er entschieden und zog aus seiner Brusttasche eine Packung Zigaretten hinaus.

Dafür stopfe ich keinen in eine Regentonne, dachte Frithjof. Oder war es zu einem unglücklichen Streit gekommen, mit einem noch unglücklicheren Ende?

Seebach zündete sich eine Zigarette an und streckte das geöffnete Päckchen Ernte 23 Frithjof entgegen.

»Rauchen Sie auch?«

Frithjof verneinte höflich. Er hatte im Frühjahr auf Wunsch seiner Freundin Johanna aufgehört. Und seither war er standhaft geblieben, was ihm jedoch noch immer schwer fiel.

Frithjof musste sich jetzt langsam auf dem Polster der Schaukel nach vorne bewegen, um Seebach ein leeres Blatt Papier über den Tisch zu schieben. Ebenso einen Stift. »Herr Seebach, würden Sie mir bitte eine kleine Skizze der umliegenden Gartenparzellen anfertigen mit den Namen der jeweiligen Pächter?«

Seebach nahm den Stift und begann gewissenhaft Linien und Rechtecke aufzuzeichnen. Zwischendurch hob er den Kopf, schaute prüfend um sich, zog weitere Linien und schrieb in die Rechtecke sorgfältig Namen hinein.

»So, das wäre geschafft.« Seebach schob stolz das Papier über den Tisch.

»Herzlichen Dank, Herr Seebach. Das wird mir und den Kollegen helfen.«

Für Seebach war dieser Dank wie eine Verabschiedung. Gerade wollte er aufstehen, da zeigte Frithjof auf den kleinen Bach, der parallel zum Rosenweg verlief. »Und die Parzellen dahinten. Hatte Peter Winkler mit denen nichts am Hut?«

»Hinter dem Rosenbach kommen wieder zwei Parzellen nebeneinander, dann ein Weg – in diesem Fall der Seerosenweg –, wieder eine Parzelle und dann der Seerosenbach und so weiter. Wir alle gehören zwar dem *Kleinklee e.V.* an, wir haben aber nicht so viel Kontakt zu den Leuten über dem Bach. Und die auch nicht zu uns.«

Frithjof wollte aus der Hollywoodschaukel aufstehen, als sie wieder drohte, loszuschwingen. Reflexartig griff er nach dem Pfosten neben ihm.

»Herr Seebach, sind Sie so nett und helfen mir aus diesem Ungetüm heraus?«

»Sie müssen einfach nur ...«

»Helfen Sie mir oder ich brülle um Hilfe! Wie Sie wollen?!«

Nein, das wollte Holger Seebach nicht, dass ein Hauptkommissar in seiner Gartenparzelle um Hilfe rief. So reichte er Frithjof eine Hand und gemeinsam schafften sie es, Frithjof unbeschadet dort hinauszubefördern.

Als Frithjof auf sicherem Boden stand, fragte er Seebach: »Haben Sie eine Axt?«

»Bitte?«

»Schon gut«, wischte er seine Frage fort und trank im Stehen den letzten Schluck Wasser aus seinem Glas. Sie betraten den Rasen und verließen somit auch den kühlenden Schatten unter der Pergola.

Frithjof sah hinüber zu Peter Winklers Garten. »Hatte Winkler viel Besuch?«

»Nein. Ich kann mich nicht erinnern, überhaupt einmal jemanden dort gesehen zu haben.«

Sie blickten in den verwilderten Garten von Peter Winkler und die heruntergekommene Laube.

»Und Sie? Sie sind einer der Nachbarn im Rosenweg, haben Sie ihn nicht besucht?«

»Ich? Wozu? Nein, ich war nie in Winklers Garten.« Seebachs Augen weiteten sich erschrocken. Abwehrend hielt er die Hände vor seinen Körper.

»Wo hat er gewohnt, wenn er nicht hier war?«

Seebach drehte sich von Winklers Garten fort und deutete in die gegenüberliegende Richtung.

»Sehen Sie?« Er zeigte mit dem Finger auf wild wachsende Büsche, Sträucher und Bäume hinter dem Sandweg. »Hinter dem Sandweg kommt ein kleiner Knick, dann zwei kleine Straßen: Heinrich-Rave-Straße und Johann-Holm-Straße. In einer der beiden hat er gewohnt. Hat er jedenfalls einmal erzählt. Ob es stimmt?«

»Wissen Sie, was er beruflich gemacht hat?«

»Nein. Ich glaube Hartz IV. Hat Geld vom Staat bekommen, sich davon seine Bierchen gekauft und es sich gut gehen lassen. Schönes Deutschland.«

Insekten schwirrten Frithjof um die Nase. Er scheuchte sie mit der Hand fort, bemüht keine hastigen Bewegungen zu machen, um nicht gestochen zu werden.

»Sauer, sauer, sauer«, raunte Seebach.

Das glaub ich jetzt nicht, dachte Frithjof. Wie alt sind wir? Fünf?

»Das hilft immer«, sagte Seebach leise zu ihm und dann wieder zu dem Insekt: »Sauer, sauer, sauer.«

Frithjof nahm die Skizze der Gärten, rollte sie zusammen und schlug das Insekt an der Pergola tot. »Das hilft immer.«

Er rollte die Skizze wieder auseinander und zeigte auf sie. »Neben Winkler hat Johann Heidmöller seine Parzelle, derjenige, der die Leiche gefunden hat. Können Sie sich vorstellen, warum der wohl in die Regentonne seines Nachbarn geguckt hat?«

»Na ja, wissen Sie ...«, Seebach sah sich um, ganz vorsichtig, ohne eine schnelle Bewegung. Es war mehr so ein zufälliges Hin- und Hersehen und doch bemerkte Frithjof es. Seebach wollte wahrscheinlich, bevor er antwortete, prüfen, ob er auch keine Zuhörer hatte. Doch die hatte er. Einige Male stutzte er während einer Bewegung. Augen trafen sich, Köpfe nickten. Seebach schien sich plötzlich nicht mehr richtig wohl dabei zu fühlen, mit dem Hauptkommissar zusammenzustehen.

Frithjof blickte sich ebenfalls um. Wer sah zu ihnen hinüber, dass Seebach plötzlich so nervös wurde?

Hinter Winklers Garten erkannte Frithjof einen Mann. Laut Skizze war es Johann Heidmöller. Ihm etwas schräg gegenüber stand ein weiterer Mann an seiner Pforte. Frithjof sah auf die Skizze: Karl-Heinz Martens.

»Herr Seebach? Wieso hat Herr Heidmöller in die Regentonne gesehen?«, fragte Frithjof noch einmal.

»Weil seit zwei Tagen niemand die Blumen gegossen hatte – jedenfalls die, die nicht eh schon tot waren«, sagte er nun schnell.

»Heidmöller und Winkler konnten also ganz gut miteinander?«, fragte Frithjof, der es merkwürdig fand, dass Winkler, der allem Anschein nach bei keinem der Kleingärtner sonderlich beliebt war, einen guten Kontakt zu seinem Parzellennachbarn hatte. »Sonst würde man doch gar nicht auf die Idee kommen, bei diesem Störenfried die Blumen zu gießen.«

»Wissen Sie, auch wenn er ein schlechter Mensch war, die Blumen konnten doch nichts dafür.« Er lächelte und sah auf die Tränenden Herzen in seinem Garten. »Es ist um jede Pflanze schade. So sieht man das als leidenschaftlicher Gärtner. Dem Winkler ging das nicht so.«

»Und zufällig steckt Winkler dann in seiner Tonne?«

Holger Seebach bückte sich zu einem seiner Beete hinunter und rückte zwei Gartenzwerge zurecht, die nicht parallel zur Beetkante standen.

»Was heißt hier zufällig? Man sieht halt nach, ob noch Wasserreserven da sind, bevor man an den Hahn der Parzelle geht. Wasser ist teuer.«

»Heidmöller und Winkler«, überlegte Frithjof laut, »was gab es da für Probleme?«

Seebach sah sich wieder um. Wieder vermutete er hinter jeder Hecke lauschende Ohren und neugierige Augen. »Von mir wissen Sie das nicht, Herr Arndt, also: Heidmöller war Lehrer und hat uns immer erzählt, er sei wegen nervlicher Belastung in den Vorruhestand geschickt worden.«

Frithjof sah an Seebach vorbei über Winklers Garten hinweg zu dem alten Mann, der ihnen unauffällig auffällig zuhörte, indem er wieder und wieder an seiner Hecke herumschnitt, die längst geschnitten war. Johann Heidmöller.

»Dem war nicht so?«

»Bisher hatten wir keinen Grund, ihm nicht zu glauben. Bis vor drei Tagen.«

»Bis vor drei Tagen?«, Frithjof sah ihn erwartungsvoll an.

»Da haben wir unser alljährliches Sommerfest gefeiert, auf dem Festplatz.« Er tippte auf die Skizze, die Frithjof noch in den Händen hatte. »Es gab ein kleines Lagerfeuer auf dem Festplatz, wir haben gegrillt und jeder hat Getränke mitgebracht. Winkler war schon zu Beginn betrunken. Es wäre für alle besser gewesen, wenn er gar nicht erschienen wäre, denn er nutzte das Fest für einen Rundumschlag aus.« Seebach zog ein Stofftaschentuch aus seiner kurzen Jeans und wischte sich über die Stirn.

»Und dort haben Sie und die anderen erfahren, was der wirkliche Grund war, warum Herr Heidmöller in Frührente geschickt wurde?«

Langsam und vorsichtig kam Seebach Frithjof näher, ganz verschwörerisch flüsterte er: »Grapschen.«

»Grapschen?«, fragte Frithjof und sah zu Heidmöller, ohne dass er dies wollte. Der alte Mann an der Hecke guckte erschrocken fort. Auch Frithjof sah erschrocken zur Seite und trat unbeabsichtigt auf eine Beetkante. Er tat, als wäre nichts geschehen. Falsch lächelnd wartete er auf Seebachs Antwort.

»Ob Mädchen oder Jungen, das weiß ich nicht. Winkler hat nur getönt: Na, welche Schenkel hast du heute wieder gestreichelt?« Seebach senkte seine Stimme. »Johann hat einen ziemlichen Aufstand gemacht. Hat von Verleumdung und übler Nachrede gesprochen. Fast wäre es zu einer Schlägerei gekommen.« Seebach lachte. »Der alte Mann ist noch ziemlich fit für sein Alter. Er ist zwar Kettenraucher, aber sein Körper scheint das nicht zu stören. Mit Mühe haben wir ihn von Winkler abhalten können.« Mit einem

Grinsen auf dem Gesicht dachte Seebach noch einmal an diesen Abend und an die Rangelei.

Wenn Blancas Berechnungen stimmten, dann könnte der Mord in jener Nacht passiert sein. Frithjof näherte sich mit zwei Fingern ganz vorsichtig einer Wespe, die sich auf seinen Arm gesetzt hatte, und schnippte sie fort.

Ich habe dem Teufel gegenübergestanden. Wir haben gestritten. Es gibt mit dem Teufel nur Streit. Er sucht das Böse. Er gräbt es aus. Zerrt es ans Tageslicht. Gut behütete Geheimnisse werden zutage befördert. Der Teufel ist betrunken. Ich habe leichtes Spiel. Ich beende den Streit. Ich schlage zu.

»Herr Seebach, haben Sie Winkler nach dem Sommerfest noch einmal gesehen?«

Er überlegte und knetete seine Unterlippe. Angestrengt sah er auf seine Lavendelbüsche, um deren Blüten sich emsige Bienen stritten.

»Nein. Nach dem Sommerfest habe ich ihn nicht wieder gesehen.«

»Wann ist er gegangen?«

»Die genaue Uhrzeit weiß ich gar nicht. Ich weiß nur, dass ihm jemand Kontra gegeben hat. Irgend so ein Spruch, der ihn ordentlich getroffen haben muss. Jedenfalls verschwand er.«

»Was gesagt wurde und wer es gesagt hat, wissen Sie nicht mehr?«

»Nein.« Seebach schüttelte entschuldigend den Kopf. Er ging weiter in den Garten hinein und zupfte hier an seinen Bohnen und da an seinen Tomaten, nur Frithjof bewegte sich nicht. Nur nicht den Fuß von der Beetkante nehmen, das gibt ein Donnerwetter, befürchtete er.

Er sah wieder auf die Skizze. Über Heidmöller stand der Name Leon Berger.

»Schauen Sie hier, Herr Seebach, der Herr Berger, was ist das für ein Mensch?«

Seebach richtete einige Rosen und kam dann wieder zu Frithjof und stellte sich neben ihn.

»Der Leon, ja, ja, ein netter Junge – Leon, komischer Name, nicht? Haben Sie den schon mal gehört?«

»Kaum«, krampfte es Frithjof, der diesen Namen nicht mehr ertrug, da seit Jahren alle Neugeborenen Jungen Leon oder Finn genannt wurden. Es tat ihm um die Lehrer leid, die in ein paar Jahren in der Schule einen Leon oder Finn aufrufen und 27 Kinder sich angesprochen fühlen, an die Tafel zu gehen. »Ein netter Junge, wie Sie sagen.«

»Er ist gebürtiger Holländer, wissen Sie, wie die Linda de Mol. Die mit der *Traumhochzeit*. Das war immer schön.«

War es nicht, dachte Frithjof. Außer einem legendären TV-Moment in dieser Sendung, in der live gefragt wurde: Wo hatten Sie das letzte Mal Geschlechtsverkehr? Und der Mann sagte: in der Küche. Und die Frau sagte: im Po.

Frithjof schmunzelte und bat Seebach weiterzureden.

»Leon ist Mitte 30 und arbeitet bei der Commerzbank. Er ist mit Hasan Özen und Gretchen Junghold der Jüngste im Rosenbezirk.«

Um sich zu orientieren, blickte Frithjof auf die Skizze und suchte die eben erwähnten Namen.

»In Bergers Parzelle gab es doch sicherlich die ein oder andere Party, oder nicht?«, vermutete Frithjof und stellte sich die jungen Bänker vor, die unter Lichterketten und bei Soulmusik die eine oder andere Mischung tranken und bis weit in die Nacht hinein tanzten und Party machten.

»Das haben wir zuerst auch gedacht«, erklärte der Gärtner. »Aber im Gegenteil. Leon ist ein ruhiger junger Mann. Er war die meiste Zeit alleine. Ab und zu kamen Freunde vorbei. Auf einen Kaffee oder ein Bier am Abend. Mehr nicht.« Seebach steckte sich eine weitere Zigarette an. »Den Garten hatte er ordentlich. Man konnte ihn zwar nicht mit unseren vergleichen, aber er hat sich ehrlich bemüht.« Der Rauch der Zigarette hing schwer in der heißen und windstillen Luft. »Er hat oft an seinem Laptop gearbeitet. Meist bis spät in die Nacht.«

»Schon ungewöhnlich für einen jungen Mann, einen Schrebergarten zu pachten. Ich habe immer geglaubt, junge Menschen würden sich für die Gartenarbeit nicht sonderlich interessieren.« Frithjof ließ seinen Blick über die Gärtner schweifen.

»Nein, nein. Leon sagte, er bräuchte ein wenig Ablenkung von seiner Arbeit. Da war ihm die Gartenarbeit gerade recht. Und er sagte, er würde die Ruhe hier genießen. Er hat eine Wohnung ohne Balkon und Terrasse. Und hier hat er seinen Kopf frei bekommen.«

Seebach hatte sich von dem Kommissar entfernt, um vom Gartentisch seinen Aschenbecher zu holen. Unbedacht trat Frithjof auf ihn zu, als Seebach zurückkehrte.

»Wissen Sie, was er bei der Bank gemacht hat?«

»Sie sind auf eine Kante getreten!«, entfuhr es Seebach mit spitzer Stimme.

»Das ist mir dumm«, sagte Frithjof in nordischer Redensart.

Hastig wuselte Seebach in seine Erdbeerbeete, um die Wasserwaage und den Spachtel zu holen.

Während er die Kante wieder herrichtete, antwortete er auf Frithjofs Frage.

»Kreditbearbeitung. Einige von uns hat er in finanziellen Dingen beraten.« Er schnippte Asche fort. »Sie wissen ja selber, wie kompliziert einige Formulare sind. Er war sehr hilfsbereit.«

Frithjof lehnte sich zu Seebach hinunter. »Womit hat Winkler ihn gepiesackt?«

Für einen Moment ließ Seebach die staubige Erde, die er hin und her schob, sein und richtete sich auf. »Das habe ich auch nicht verstanden, Herr Arndt. Er sagte immer so etwas wie Gesichter oder so.«

»Ich verstehe nicht ganz«, sagte Frithjof.

»Ich auch nicht, leider. Gesichter. Mehr kann ich Ihnen auch nicht sagen«, und wieder widmete sich Seebach seiner Beetkante.

Frithjof notierte sich diese Aussage und machte ein Fragezeichen dahinter.

Der Teufel hat viele Gesichter.

Ein lauter Pfiff ertönte. Seebach und Frithjof sahen auf und blickten zum Rosenweg. Dort stand Lars und winkte ihnen zu. Frithjof winkte ihn zu sich. »Mein Kollege Lars Hennings«, erklärte er Seebach.

Seebach war fertig mit der Reparatur der Kante, noch einmal prüfte er anhand der Wasserwaage, ob alles schier war, dann stand er auf und ging in die Laube. Als er wieder herauskam, hatte er ein Glas mit Grobi-Aufdruck für Lars in den Händen. Sie reichten sich unter der Pergola die Hände und Seebach bot Lars einen Platz auf der Hollywoodschaukel an. Unbekümmert und ohne Schwierigkeiten setzte Lars sich in sie hinein. Sie schwank leicht hin und her und kam dann zu stehen.

Lars hatte dunkle Ringe unter den Augen. Einzig sein breites Bodybuilding-Kreuz zeugte noch von einer kraftvollen Erscheinung. Ansonsten sah er schlapp und niedergeschlagen aus. Er bedankte sich für das Wasser, das Seebach ihm einschenkte.

Eigentlich wollte Frithjof Lars erzählen, was geschehen war, wie sie im Moment vorgingen und was seine Aufgabe war, denn durch seine Verspätung fehlten ihm die nötigen Informationen.

Seebach erkannte die Situation wohl sofort und sagte höflich, wie er war: »Meine Herren, ich vermute, Sie wollen einen kurzen Augenblick alleine sein, um sich zu besprechen.« Er holte seinen Safarihut aus der Laube und machte sich bereit zum Gehen. »Ich gehe zu Johann Heidmöller rüber. Wenn es noch Fragen gibt, finden Sie mich dort.« Bevor er sich umdrehte, meinte er mit einem breiten Grinsen: »Genieren Sie sich bitte nicht, noch eine Flasche Wasser aus dem Kühlschrank zu nehmen. Man muss viel trinken bei dieser Hitze.«

Frithjof und Lars schickten ihm ein dankbares Lächeln, bevor Seebach den kleinen, gepflegten Mittelgang seines Gartens entlang trottete, vorbei an Gazanien, Fuchsien und Lobelien. Bis zum Gartentor bückte er sich drei Mal, um Unkraut aus dem Boden zu ziehen. Dann ging er den Rosenweg links hinauf.

»Tut mir leid wegen der Verspätung.« Lars stützte die Ellenbogen auf dem Tisch ab und vergrub sein Gesicht in den Händen.

»Was ist mit dir los?«, fragte Frithjof besorgt, setzte sich auf Seebachs Stuhl und sah Lars an, wobei er bereits vermutete, dass es um Rai ging. Lars' Bruder. Seit einem Unfall kümmerten sich seine Eltern zu Hause um den Sohn. In einem Krankenbett, angeschlossen an Maschinen, lag Rais Körper seit Jahren reglos da. Lars' Eltern pflegten ihn und vergaßen darüber ihr eigenes Leben. Es war eine Kräfte zehrende fast 24-stündige Pflege.

Lars flüchtete immer häufiger zu seiner Freundin nach Hamburg, da er es kaum mehr ertrug, im Haus seiner Eltern zu sein. Das lag nicht etwa an ihnen – er liebte sie. Es war der Geruch nach Krankenhaus, der ihm zu schaffen machte.

Zugleich deprimierten ihn die ausgemergelten und traurigen Gesichter seiner Eltern. Er sah ihren Verfall. In der letzten Zeit stritten sie häufig, weil er sie regelrecht aufforderte, Rai in ein Pflegeheim zu geben, wo man sich um ihn kümmerte und wo sie ihn so oft sie wollten besuchen konnten. Doch das war für Lars' Eltern undenkbar.

»Es ist wegen Rai, nicht wahr«, hakte Frithjof vorsichtig nach, als Lars nicht antwortete. Der nickte nur, zuckte mit den Schultern und sah Frithjof an. Seine Augen waren leer. Man konnte zwar noch erkennen, dass einmal etwas Aufgewecktes und Neugieriges in ihnen lag, doch nun wirkten sie hauptsächlich müde und hoffnungslos.

»Rai, meine Eltern, alles.« Er seufzte. »Es scheint alles im Moment bergab zu gehen.« Er sah in sein Wasserglas, in dem ein Insekt seine letzten Züge strampelte. »Paula hat mich gefragt, ob ich nicht nach Hamburg ziehen will. Zu ihr. Ich soll rauskommen aus diesem Nest hier. Ich bräuchte Abstand.«

»Du willst dich versetzen lassen?« Frithjof war schockiert. Er wollte Lars auf keinen Fall verlieren.

»Nein. Keine Angst. Du und das Team, ihr gebt mir Halt. Ihr wisst um mich und meine Familie. Ich könnte euch nicht hergeben. Das wäre mein Todesstoß.« Er nahm das Glas und beförderte den Inhalt und das nun tote Insekt auf den Rasen. »Ich würde pendeln, meine Wohnung aufgeben und wenn ich über Nacht hier bleiben müsste, hätte ich immer noch das Zimmer bei meinen Eltern.«

»Ich dachte, gerade von da würdest du weg wollen, Lars.« Er blickte seinen Kollegen eindringlich an.

»Es ist ja nur für den Notfall. So oft wird es ja nicht der Fall sein. Ich löse sie ja oft genug ab, wenn sie mal einen freien Abend haben wollen. Das passt schon.« Müde sah er an Frithjof vorbei und betrachtete verträumt die Bienen und Hummeln, die bei den Kletterrosen hinter ihm an der Pergola von einer Blüte zur anderen schwebten.

»Es ist so friedlich hier«, flüsterte er in Richtung Frithjof.

Der lehnte sich zu Lars hinüber und sah ihn an. »Bis auf den Toten in der Regentonne.«

3

Frithjof stand auf dem Rosenweg und ging ihn hinauf in Richtung des Festplatzes. Sein Blick wanderte über die einzelnen Parzellen. Mit schlechtem Gewissen dachte er an seinen Garten, der das genaue Gegenteil von dem war, was er hier sah. Die Pflanzen im *Kleinklee*-Verein standen in Reih und Glied, Wasserschläuche waren ordentlich zusammengelegt, Schleswig-Holstein-Fahnen hingen patriotisch an Masten und unter Vordächern standen Sitzgarnituren einladend im Schatten.

Er vermied es, Blickkontakt zu den Gärtnern aufzunehmen. Im Moment wollte er sich sein eigenes Bild machen und sich nicht reinreden lassen. Erst einmal musste diese kleine, sonderbare Welt auf ihn wirken, sich ihm offenbaren, sich ihm zu erkennen geben. Dann, so hoffte er, würde er die Menschen in diesem Umfeld besser verstehen können. Warum sie so waren, wie sie waren, eigenbrötlerisch, sonderbar und, wie er fand, skurril.

Er selber konnte sich nicht in diesem Menschenschlag wieder finden. Ihm war das Pedantische und Akkurate irgendwie fremd. Auch die Lust, die gesamte Energie einem Hobby zu widmen, kam ihm seltsam vor. Frithjof merkte, dass er sich mittlerweile eher zurückzog und sich selbst genug war. Früher einmal hatte er seine Hobbys gepflegt, hatte Platten gesammelt, von den Beatles, den Stones, den Dire Straits, später von Mark Knopfler. Mit Leidenschaft hatte er sich in die Songtexte hineingehört, Lieder wie *Getting Better*, *Tomorrow never knows*, *Hand in Hand* oder

Rip this joint geliebt. Die Texte hatten ihm geholfen, sein Leben zu deuten, es zu verstehen. Mit einem warmen Gefühl dachte er an die gemütlichen Abende, an denen er mit einem guten Whisky vor dem Kamin die großen Plattencover in seinen Händen geschwenkt hatte, sie betrachtet und sich an ihnen wie an Kunstwerken erfreut hatte.

Vor langer Zeit war er gerne verreist und hatte sich auf diese Reisen intensiv vorbereitet, hatte alles Lesenswerte förmlich eingesogen, um informiert zu sein und um verständnisvoll den fremden, anderen Kultur entgegenzutreten.

Heute war das anders. Der Tod seiner Frau hatte ihn verändert. Ohne Bente war er nicht mehr ganz. Er hatte diesen Ausdruck in schwülstigen Filmen oder Büchern immer gehasst, aber auch nur, weil er dieses Gefühl damals noch nicht gekannt hatte. Aber es war so, man konnte sich so fühlen: nicht ganz, wie seltsam sich das auch anhörte. Nicht mehr Teil von jemand anderem zu sein. Und irgendwann und irgendwo, ganz unbemerkt, ging seine Leidenschaft zu lieben verloren. Sie wurde vergessen wie ein Hut oder ein Schirm, wie ein Zettel mit einer verheißungsvollen Telefonnummer einer unbekannten Frau, wie ein Lachen, wenn man merkt, man müsste eigentlich heulen.

Rau, kalt, kühl.

In seine Gedanken hinein drang plötzlich eine quakende Stimme. Es dauerte ein paar Sekunden, bis Frithjof reagierte und verwirrt zur Seite sah.

»Sie sind von der Polizei, nicht wahr?«, fragte ein Herr über den Zaun hinweg, der die beiden trennte.

»Ich würde lügen, wenn ich es verneine. Sie sind?«

»Solberg. Wilhelm Solberg.«

Solberg war ein korpulenter Mann mit gelblichen Haaren. Sein Gesicht glänzte rot, wobei Frithjof dies nicht nur der intensiven Sonneneinstrahlung zuschrieb.

Solbergs Wurstfinger hielten einen Spaten in der Hand,

mit dem er die Beetkanten eines Radieschenbeetes begradigt hatte. Solberg kam auf Frithjof zu und öffnete ihm die Gartenpforte. »Kommen Sie doch herein. Sie werden sicher ein paar Fragen haben. Wir können das ja auch im Schatten besprechen.« Er roch nach Schweiß und Alkohol. Er musste schon einige Bierchen am Morgen getrunken haben.

Während Solberg den Kommissar zur Gartenlaube führte, bot er ihm ein Bier an. Der lehnte dankend ab. Die Laube bestand aus festem Mauerwerk. Eigentlich war das ja nicht erlaubt, aber es störte wohl niemanden. Auf der Terrasse befand sich eine sehr bequeme Sitzgruppe um einen runden Tisch. Alles war aus hochwertigem Kunststoff. Der umliegende Garten strahlte wie die anderen Gärten das Flair des pedantisch Gepflegten aus.

Frithjof trat ermattet in den Schatten. »Herr Solberg, wenn ich richtig informiert bin, sind Sie der Vorsitzende von *Kleinklee*?«

»Richtig. Mit Leib und Seele. Das muss man im Blut haben«, erklärte Solberg, indem er seine Brust nach vorne schob. Dann ließ er sich mit einem Ächzen in den Gartenstuhl fallen und zog das hochgerutschte, schmuddelige Doppelrippunterhemd nach unten. Mit einem Nicken und einer einladenden Geste forderte er Frithjof auf, sich ihm gegenüber zu setzen. So schwerfällig wie Solberg in seinem Stuhl saß, machte es auf Frithjof den Eindruck, als würde dies ein längeres Gespräch werden. Der Vorsitzende fühlte sich anscheinend äußerst wichtig und im Vollbesitz aller Einzelheiten des Schrebergartenlebens von *Kleinklee*.

Als Solberg tief Luft holte und gerade seinen Vortrag beginnen wollte, fuhr ihm Frithjof einfach über den Mund.

»Wie schmeckt es denn einem Vollblutgärtner, wenn jemand wie Peter Winkler hier eine Parzelle bekommt?«

Solberg kratzte sich irritiert am Kinn. Anscheinend

wollte er etwas ganz Anderes erzählen und auf keinen Fall von diesem schwarzen Schandfleck berichten, der auf dem Verein klebte. Er lachte verächtlich aus und machte mit der Hand eine wegwerfende Bewegung. »Der Winkler, ha, ja, ja, der. Jeder setzt sich mal eine Laus in den Pelz. Man kann bei der Vergabe der Parzellen ja nicht in die Leute reingucken. Der Winkler war ganz nett und höflich, als er sich vorstellte.«

Aus einer Kühlbox unter dem Tisch, fischte sich Solberg ein Flens, ploppte es auf und trank einen großzügigen Schluck. Einen anschließenden Rülpser konnte er gerade noch unterdrücken.

»Wirklich kein Bier?«, fragte Solberg und deutete auf die Kühlbox.

»Nein.«

Solberg leckte sich Bierschaum von den Lippen und schien kurz nachzudenken. »Dann hatte der Winkler auch noch so einen Wisch von einer Betreuungsstelle bei sich, der ihm nur die besten Absichten bescheinigte. Wiedereingliederung oder so.« Er wischte sich am Mundwinkel heruntergelaufenes Bier fort, das er mit der Zunge nicht mehr erwischt hatte.

»Wiedereingliederung?«, fragte Frithjof neugierig. »Von was?«

»Weiß nicht recht. Hat wohl mal gesessen oder durfte eine Zeit lang auf Bewährung keinen Unfug bauen.« Wieder kam die Flasche zum Mund. Dieses Mal auch ein Rülpser. »Tschuldigung. Das perlt mal wieder.« Während er sich Bier vom Kinn wischte, fuhr er fort: »Hab da nicht weiter nachgefragt. Der Junge machte einen netten Eindruck. Warum sollte man ihm nicht eine Chance geben. Jeder baut doch mal Mist.«

Frithjof dachte an die kleinen Geheimnisse, die Winkler aufgespürt hatte. Was hatte er bei Solberg herausgefunden, dass dieser nun so gleichgültig über diesen Mist hinwegsah? Welchen Dreck hatte er am Stecken? Er musste konkreter werden.

»Was passierte auf dem Sommerfest, Herr Solberg?«

Wieder lachte Solberg, wieder war es aufgesetzt und wieder war ihm die Frage nicht angenehm. Schließlich bedeutete das Schrebergartenleben eine heile Welt, da passte ein Toter in der Regentonne nicht hinein. Und er als Vorsitzender musste das nun irgendwie relativieren. Wie Frithjof fand, gelang ihm das miserabel. Er fühlte sich in seiner Einschätzung bestätigt, dass hier etwas nicht koscher war.

»Auf dem Sommerfest? Meine Güte! Da eskalierte es. Die ganze Geschichte fing aber schon viel früher an.« Solberg überlegte und sah an Frithjof vorbei in seinen Garten, in den wolkenlosen, blauen Himmel. »Die ersten ein, zwei Wochen war er ganz anständig. Ignorierte zwar unsere Vorschläge und Tipps zur Gartenpflege, aber trotzdem war da nichts Auffälliges. Aber dann schaltete sein Gehirn plötzlich auf Aggression. Er pöbelte uns an, wir sollten uns um unseren eigenen Scheiß kümmern und ihn in Ruhe lassen. Das ging dann immer so weiter. Seit letztem Frühjahr.« Er strich sich über die gelben, zurückgekämmten, schweißnassen Haare und seine Stimme schwoll etwas an. »Dieses Jahr war es dann nicht mehr zu ertragen.«

»Was gab es für Streit auf dem Sommerfest?« Frithjof lehnte sich auf den Tisch und beugte sich zu Solberg vor. Seine Augen waren zu kleinen Schlitzen geformt, die den Gärtner visierten.

»Im Grunde geschah das, was er sonst im Einzelnen machte: Er beleidigte einen. Und auf dem Sommerfest waren dann alle einmal auf einem Haufen.« Nervös rutschte Solberg auf dem Stuhl herum, wieder strich er sich über die Haare.

Platter konnten sie gar nicht mehr kleben, dachte Frithjof und ihn ekelte schon der Moment, wo er ihm die Hand zum Abschied reichen musste.

Wie bei Seebach versuchte es Frithjof bei Solberg direkt. »Womit hat er Sie beleidigt?«

Erschrocken sah Solberg ihn an. »Mich? Nein. Bei mir hat er sich zurückgehalten. Als Vorsitzender hat man da seine Vorteile«, log er, fand Frithjof.

Solberg wedelte abwehrend mit den Händen. In der rechten hielt er die Bierflasche, von deren Inhalt etwas auf die Verandafliesen schwappte.

»Ich dachte, gerade weil man der Vorsitzende ist, Herr Solberg, bekommt man von allen Seiten Gegenwind. Entscheidungen werden kritisiert. Man mäkelt am Führungsstil ...«

»Nein, nein. Wir sind wie eine kleine Familie. Gut, es gibt auch da ab und zu Streit, aber wir halten zusammen.«

»Welche Art Streit meinen Sie?«

Dicke Schweißperlen liefen Solberg die Schläfen hinunter. Unter den Achseln bildeten sich ebenfalls dicke Schweißbahnen.

»Kleinkram. Hecken, die nicht richtig gestutzt wurden. Keine Mitarbeit bei Gemeinschaftsarbeiten«, und nun nahm er, wie Seebach, eine gebückte, verschwörerische Haltung ein. Auch er schien sich vergewissern zu wollen, ob auch niemand zuhörte. »Der Türke«, er wies schräg über den Festplatz, auf die andere Seite des Rosenwegs. »Der hat meist nie am Säubern des Rosenwegs mitgeholfen, wenn wir Gemeinschaftsdienst hatten.«

»Der Türke heißt Hasan Özen«, maßregelte Frithjof streng, der es hasste, wenn man einen Menschen auf seine Nationalität reduzierte.

»Wie?«, Solberg verstand nicht und sah ihn dumm mit großen Augen und offenem Mund an.

»Der Mann heißt Hasan Özen. Ich sage ja auch nicht der Deutsche, der gleich vorne am Eingang wohnt.«

Solberg hatte Mühe, Frithjof zu folgen: »Was ist mit Seebach?« Wieder duckte er sich vor. »Vor Seebach sollten Sie sich in acht nehmen! Man munkelt, er will selbst Vorsitzender werden und mich stürzen! Von mir haben Sie das nicht!«

»Wie kommen Sie darauf? Haben Sie Herrn Seebach darauf schon einmal angesprochen?« Frithjof verschränkte seine Arme vor der Brust und ließ sich in die Lehne fallen.

Ist ja interessant, dachte er, zuerst erzählt er von einer großen Familie und im nächsten Moment haut er ein Familienmitglied in die Pfanne.

»Ja, natürlich. Er hat es abgestritten. Was soll er auch anderes machen. Mir ins Gesicht sagen: Ja, ich will, dass du deinen Stuhl für mich räumst?« Solberg schüttelte höhnisch lachend den Kopf, was bewirkte, dass einige Schweißperlen auf dem Tisch landeten. Frithjof beschloss spontan, sich nicht mehr auf die Wachsdecke zu lehnen.

»Also vermuten Sie das nur?«

»Fragen Sie mal rum. Sie werden noch den ein oder anderen finden, der auch so denkt.«

Frithjof sah über die Schulter zum Rosenweg. Überall in den Parzellen war ein munteres Treiben. Jedenfalls schien es so. Jeder hatte seit dem Eintreffen der Polizei irgendetwas Wichtiges im Garten zu verrichten. Anscheinend wollte niemand etwas verpassen, dabei jedoch auch nicht zu neugierig erscheinen.

»Wann haben Sie Peter Winkler das letzte Mal gesehen?«, setzte Frithjof seine Befragung fort.

»Auf dem Sommerfest«, erwiderte Solberg schnell, zu schnell, wie Frithjof fand, und dann setzte sich Solberg gerade in seinem Stuhl auf und grinste unschuldig.

»Nicht noch einmal später?«

»Nein.«

Wenn du eins nicht kannst, dann Lügen, mein Freund, schoss es Frithjof durch den Kopf.

»Wem würden Sie zutrauen, Peter Winkler getötet zu haben?«

»Ha!«, rief Solberg aus. »Sie denken doch nicht, dass ich jemanden verpfeife!?«

»Könnten Sie?«

»Sie verdrehen mir das Wort im Mund.« Solberg trank den letzten Schluck des Bieres aus und zog sogleich ein weiteres Flens aus der Kühlbox. »Nein, nein. So geht das nicht! Sie können hier nicht einfach hereinspazieren und erwarten, dass man Ihnen den Mörder auf einem Silbertablett serviert.«

Frithjof zog böse die Augenbrauen nach unten. »Sie werden schon merken, wie es mit dem Catering bestellt sein wird, wenn wir erst einmal weiter ermitteln«, drohte er. »Es könnte Ihnen oder einem Ihrer Kollegen nur helfen, mit uns zusammenzuarbeiten.«

»Es war keines unserer Mitglieder. Dafür lege ich meine Hand ins Feuer!« Solberg schlug mit der Hand auf den Tisch. Dort blieb sie liegen, während er Frithjof angriffslustig ansah. Er duldete es nicht, dass man jemanden aus seiner ›Familie‹ verdächtigte.

»Einfach so ist Peter Winkler nicht in die Regentonne gekommen, Herr Solberg. Da hat schon jemand nachgeholfen.« Auch Frithjof sah ihn nun streng an.

»Das ist Ihr Job. Ich kann Ihnen nur sagen: Von uns war es niemand. Den Tod haben wir ihm wohl alle gewünscht. Doch der Wunsch alleine macht niemanden zum Mörder.«

Beide schwiegen eine Weile. Frithjof ließ die letzten Worte auf sich wirken. Sie klangen dieses Mal nicht gelogen, wie er fand. Dann erhob er sich schwer aus dem Stuhl. Es hatte keinen Sinn, Solberg anhand der Skizze nach den Kleingärtnern zu fragen. Solberg würde mauern.

Die Mittagssonne hatte nun ihren höchsten Stand erreicht. Ein wenig taumelte er, als er sich erhob, und kickte aus Versehen einen Gartenzwerg von einem Podest. Der winkende Zwerg zerbrach auf einer kleinen Kante.

Das Winken zerbröselte, so wie das freundliche Lächeln von Wilhelm Solberg. »Das war Fritz.«

»Das tut mir leid um Fritz. Entschuldigung.« Frithjof blickte peinlich berührt zu den Scherben des einstigen Fritz hinunter.

»Fritz war ein guter Kamerad.«

»Das war Fritz bestimmt«, bestätigte Frithjof und wunderte sich gleichzeitig, wieso ihm so eine dumme Bemerkung entglitt.

Solberg bewegte sich von seinem Stuhl hinunter auf den Boden und fummelte mit seinen Wurstfingern in den Resten von Fritz.

»Armer Fritz.«

»Ja, armer Fritz.« Mit einem versteckten Grinsen im Gesicht verließ Frithjof den Solberg`schen Garten.

4

Es hätte zu keinerlei Erfolg geführt, weitere Befragungen im Kleingartenverein durchzuführen. Diese Gemüse-Cowboys waren zu neugierig, als dass sie nützliche Informationen geliefert hätten. Solange der Fall noch so frisch war, wollte bestimmt jeder etwas Besonderes und Spektakuläres erzählen, um sich wichtig zu machen, dachte Frithjof. Seebach und Solberg waren zentrale Figuren, die eine gewisse Rolle in der Hierarchie des Kleingartens spielten. Sie hatten gewisse Ermittlungsstränge offen gelegt, denen man nachgehen konnte. Da gab es einen Grapscher, dann jemanden, der am Stuhl des Vorsitzenden sägte. Es wurde von Gesichtern gesprochen, Drohungen und Anfeindungen. Genug Nährboden also für Spekulationen, in denen sich Frithjof nicht verfangen wollte. Fakten würde er hier und heute nicht mehr bekommen.

Lars und Robert hatten ebenfalls fürs Erste genug. Sie liefen auf dem Rosenweg zurück zu ihren Autos und ignorierten die Geschäftigkeit um sie herum.

Frithjof fuhr in seinem Volvo zurück ins Präsidium. Er hatte schon den Finger am Knopf, als er sich dagegen entschied, die Klimaanlage wieder voll aufzudrehen. Er wollte sich die Erkältung sparen, die er sicherlich bekommen würde, hätte er sich dem Wunsch nach Abkühlung hingegeben.

Als Frithjof das M4-Stockwerk im Präsidium erreichte, erblickte er einen vollkommen erschöpften Alfred Becker. Bei seinem Anblick fiel Frithjof spontan das Lied: ›Schieb den Wal, schieb den Wal zurück ins Meer‹ ein und dabei musste er grinsen.

Dieses Grinsen bemerkte Alfred sofort. Er hob drohend seinen Finger und fuchtelte damit herum. »Wenn du jetzt, wie alle anderen auch »Schieb den Wal, schieb den Wal zurück ins Meer« pfeifst, lasse ich dich wie alle anderen feuern!«

In diesem Moment ertönte der Feueralarm. Alfred hielt sich die Ohren zu und schrie aus voller Kehle. »Wenn ihr meinen Tod wollt, warum erschießt ihr mich nicht einfach, anstatt mich hier zu Tode zu quälen?« Über den Alarm hinweg führte er Frithjof in das Besprechungszimmer. »Das geht schon den ganzen Tag so. Ich bin fix und fertig. Meine Nerven liegen blank. Erst diese Hitze und dann dieses Gepfeife und Gedröhne der Alarmanlage. Ich krieg hier einen zuviel.«

Auch Frithjof kämpfte mit seiner Stimme gegen den Lärm an. »Das ist alles nur wegen des Kurzen von der Bommel im Kopierraum?«

»Schön wäre es«, Alfred schlug voller Wut die Tür des Besprechungszimmers zu. »Gerade als die Techniker die Alarmanlage wieder unter Kontrolle hatten, hat die Bommel noch einen draufgesetzt. Da!« Er zeigte in die hinterste Ecke des Besprechungszimmers. Erst jetzt roch Frithjof, dass es hier gebrannt haben musste. An der Wand sah man schwarze Rußflecken und Reste von Löschschaum. »Ich weiß, ich weiß, die Bommel hat es nur gut gemeint, aber in diesem Fall: ein Königreich für ein wenig Hirn.« Er schüttelte entnervt den Kopf. »Die hat uns Ventilatoren aufgestellt und diese mit unzähligen Dreier- und Vierersteckdosen verbunden und: Zack, Kurzer, Stichflamme. Da dudelte die vermaledeite Feuersirene schon wieder los!«

In diesem Moment verstummte die Sirene.

»Ich bin am Ende meiner Nerven, Frithjof. Die Bommel

ist nun seit dem Frühjahr hier und seit dem jagt eine Katastrophe die andere. Das geht so nicht weiter. Die bringt mich ins Grab. Mein Blutdruck ist so enorm gestiegen, dass selbst mein Hausarzt mich schon gefragt hat, was los sei. Bommel, hab ich da nur gesagt. Die Bommel ist los. Das Dumme ist nur: Dagegen gibt es keine Tabletten! Und wenn es sie gäbe, würde ich arm werden, wenn ich bei dem Konsum die Rezeptgebühr jedes Mal bezahlen müsste.«

Gabrielle kam mit zwei Krügen Eistee herein und stellte sie auf dem großen Tisch in der Mitte des Raumes ab, um den etliche einfache Stühle standen. Die restlichen Stühle türmten sich in einer Ecke.

»Wenn diese Alarmanlage noch einmal losgeht, werde ich zum Tier«, schimpfte der Ruhepol der Abteilung. Gabrielle hatte sonst immer ein liebes Wort bereit, wenn jemand an einem Fall oder seinem Leben verzweifelte. Sie konnte zuhören und nur durch Blicke einem eine Antwort übermitteln. Doch nun war wohl auch ihre Gutmütigkeit erschöpft.

»Frithjof, da ist ein Mann im Gang. Red du mal mit ihm. Er will partout nur mit Robert sprechen.« Genervt deutete sie hinter sich auf die offene Tür.

Wieder einer dieser Männer, dachte Frithjof und wie am Morgen ärgerte es ihn, dass er nicht wusste, was da vor sich ging und was Robert hinter seinem Rücken und dem der Kollegen trieb.

Er trat auf einen schlanken Mann zu, der einen schwarzen Anzug trug und in seiner Hand eine Akte hielt. Das Gesicht des Mannes war ernst.

»Mein Name ist Arndt. Kann ich Ihnen helfen?«

»Ich möchte mit Herrn van Versendaal sprechen. Danke.« Seine Stimme war höflich, jedoch bestimmt.

»Ich bin der Leiter dieser Abteilung. Ich könnte Herrn van Versendaal etwas von Ihnen ausrichten«, er sah auf die Akte, »oder ihm etwas geben.« Frithjof streckte die Hand aus.

»Nein. Danke.« Der Mann lächelte kurz und sah dann wieder in die andere Richtung, ohne den Gesichtsausdruck zu verändern.

In Frithjof kochte es. Wer war dieser Mann, dass er sich dieses Verhalten gefallen lassen musste? Gerade als Frithjof lauter werden wollte, trat Robert durch die Glastür am Ende des Ganges. Mit schnellen Schritten kam er auf die beiden zu. »Hey, Frithjof«, grüßte er und bat den Mann in Schwarz in sein Büro. Bevor er die Tür schloss, warf er Frithjof zu, er sei in zwei Minuten bei ihm. »Es dauert nicht lange.« Dann schloss sich die Tür hinter ihm.

Wie bestellt und nicht abgeholt stand der Kommissar nun vor der geschlossenen Tür im Gang. In diesem Moment beschloss er, dass die Zeit reif war, um sich Robert zur Brust zu nehmen. Egal ob es eine private Angelegenheit war, so hatte man ihn nicht zu behandeln. Nicht wie einen kleinen Jungen, der von Erwachsenen ausgeschlossen wurde, wenn sie etwas zu besprechen hatten.

Wütend stapfte er in Richtung Besprechungszimmer davon. Als ein Kollege aus der M3 seinen Weg kreuzte, schnauzte er diesen an: »Aus dem Weg!«, und bereute es schon, während er es sagte. Entschuldigen tat er sich dennoch nicht, dazu war er zu sauer.

Im Besprechungszimmer ordnete Frithjof genervt seine Unterlagen und startete den Computer, während Gabrielle Gläser für alle bereitstellte. Alfred saß unbeweglich in seinem Stuhl. Er hatte die Augen geschlossen und atmete schwer.

Die schwüle Luft des Sommers hatte Gabrielles weiße Locken zu einem Afrolook aufgetürmt. Die toupierte Frisur von heute Morgen hatte empfindlich gelitten.

»Yo, Baby«, begrüßte sie Robert, als er tatsächlich nur

wenige Minuten, nachdem er mit dem Mann in seinem Büro verschwunden war, hereinkam. Noch immer sah er aus wie aus dem Ei gepellt. Seine Haut war gebräunt. Anders als bei Lars, der nach Robert ins Besprechungszimmer eilte und dessen Nase und Wangen durch die Sonneneinstrahlung extrem rot glänzten. Seine Arme sahen ebenfalls nach zu viel Sonne aus.

In kurzer Zeit saßen alle um den Tisch herum und blätterten eifrig in ihren Notizen. Dass Gabrielle an den Besprechungen teilnahm, hatte sich vor Jahren durch Zufall einmal ergeben. Sie hatte damals so nebenbei, während sie den Kaffee servierte, einen entscheidenden Tipp zu dem gerade verhandelten Mordfall abgegeben. Ab dieser Zeit wurde sie immer dann, wenn sie in einem Fall feststeckten, nach ihrer Vermutung gefragt.

Frithjof öffnete die Datei mit der Skizze, die Holger Seebach für ihn gezeichnet hatte, sodass sie auf dem Plasmabildschirm zu sehen war, der an der gegenüberliegenden Wand hing. Er hatte sie eingescannt, damit alle Beteiligten wussten, wer wo seine Parzelle hatte. Zudem hatte er jedem den Plan ausgedruckt.

Er berichtete kurz vom Fundort und vom Zustand der Leiche.

»Die Bilder vom Tatort wird euch Blanca später zeigen. Sie hat auch schon die ersten Ergebnisse der Leichenöffnung für uns parat. Mal sehen, wie weit sie mit den Tests gekommen ist. Nur soviel: Wir gehen davon aus, dass der Tote Peter Winkler heißt. Er wurde erschlagen und dann in seiner Regentonne versenkt. Danach stülpte man den Deckel der Tonne über ihn, um ihn zu verbergen.« Frithjof machte eine kurze Pause, in der er nachdenklich auf seine Papiere sah. »Wieso dies geschah, der Mord und das anschließende Verstecken der Leiche, das wird uns nun beschäftigen.« Frithjof deutete mit einem Kugelschreiber auf den Festplatz, der auf dem Bildschirm gut zu sehen war. »Vor zwei Tagen gab es in der Kleingartensiedlung *Kleinklee e.V.* das alljährliche Sommerfest. Auf diesem Fest wurde Peter Winkler zum letzten Mal gesehen.«

Er blickte zu Lars und Robert hinüber. »Oder habt ihr bei euren Befragungen etwas anderes gehört?«

Beide schüttelten verneinend die Köpfe.

»Also gut. Winkler wurde das letzte Mal auf dem Sommerfest gesehen. Alles, was danach geschehen ist, müssen wir rekonstruieren.«

Peter Winkler verlässt das Sommerfest. Es ist späte Nacht. Ich gehe zu ihm. Wir geraten in Streit. Ich erschlage ihn. Ich beseitige ihn. Ich stopfe ihn in die Regentonne.

Robert strich sich seine Haare aus der Stirn. »Wir sollten uns aber nicht alleine auf die Kleingärtner konzentrieren«, mahnte er. »Wer weiß, wo sich Winkler nach dem Sommerfest herumtrieb?«

»Richtig. Er könnte auch zu Hause gewesen sein oder bei Freunden«, ergänzte Alfred.

Frithjof kam wieder zu Wort. »Wenn Blancas Todeszeitberechnung stimmt, dann kann er so viel nicht mehr unternommen haben, denn irgendwann in der Nacht muss ihn jemand erschlagen haben. Vermutlich dort in der Siedlung.«

»Wie kommst du darauf?«, wollte Gabrielle wissen.

»Es wäre zu auffällig gewesen, die Leiche in die Kolonie zurückzuschleppen. Der Täter müsste ihn doch auf dem Rosenweg entlang getragen haben, vorbei an Holger Seebachs, an Hans und Edith Harders sowie an Rudolf Mayers Garten. Ebenso hätte er damit rechnen müssen, dass ihm Gäste des Festes auf dem Rosenweg entgegenkommen.«

Lars sah zur Skizze und tippte jedes Mal, wenn er einen Namen der Kleingärtner erwähnte auf die entsprechende Parzelle. »Dann könnten Johann Heidmöller, Elisabeth

Wendelin oder Tobias Christiansen bemerkt haben, was dort in Winklers Garten geschah, wenn sie dort waren.«

»Und Lilli Bach«, ergänzte Alfred, der die Skizze eingehend prüfte und die Lage des Nachbargartens von Heidmöller begutachtete.

»Nein«, meinte Lars. »Frau Bach ist vor ein paar Wochen in ein Pflegeheim gekommen. Sie ist bettlägerig. Aber ihre Enkelin hat mit dem Einvernehmen von Solberg den Garten übernommen.«

»War sie am Sommerfest dort?«, fragte Frithjof.

»Nein. Sie war mit ihrem Baby an der Ostsee.«

Frithjof zog die Tastatur zu sich heran, um die Skizze zu aktualisieren. »Wie heißt die Enkelin?«, hakte er nach.

Lars sah ihn entschuldigend an. »Sorry, hab ich vergessen. Kümmere ich mich noch drum.«

Frithjof sah ihn streng an. Lars durfte so ein Fehler nicht unterlaufen. Egal, was gerade zu Hause bei seinen Eltern und seinem Bruder Rai geschah. Er musste sich bei der Arbeit zusammenreißen. Frithjof würde ihn im Auge behalten.

Robert berichtete, dass er außer Hasan Özen, Herrn Bing und Frau Huiy alle Kleingärtner in seiner Reihe erreicht hatte. Alle waren auf dem Fest. Laut Hans Harders waren Hasan Özen, Herr Bing und Frau Huiy ebenfalls am Abend dort.

»Wann ging das Fest los?«, fragte Alfred, der sich immer wieder Schweißperlen von seiner Stirn wischte.

»Gegen 18 Uhr haben sich die meisten eingefunden, um mit dem Grillen zu beginnen«, antwortete Robert. »Außerdem gab es noch ein bayerisches Büfett, das die Eltern von Gretchen Junghold gesponsert hatten. Ihnen gehört eine Fleischerei in Itzehoe.«

Zum Glück konnten sie sich immer wieder auf der Skizze orientieren, um bei all den Namen nicht die Übersicht zu verlieren.

Lars berichtete, dass Tobias Christiansen ebenfalls dort war, was ihm dessen Frau bestätigte.

Elisabeth Wendelin und Ute Christiansen hatten auch Gretchen Junghold gesehen, was logisch war, da ihre Eltern das bayerische Büffet gesponsert hatten.

Im Grunde war fast jeder der Kleingärtner bei dem Sommerfest dabei gewesen. Jeder hatte die Möglichkeit gehabt, Peter Winkler etwas anzutun.

Frithjof beschäftigte der Gedanke, dass niemand gesehen hatte, was in Peter Winklers Garten vorging, obwohl fast alle Kleingärtner in der Kolonie waren. Hatte wirklich niemand gesehen, wer Winkler den Schädel eingeschlagen hatte? Oder war es so, wie es Solberg beschrieben hatte: Sie alle waren eine große Familie. Und innerhalb einer Familie würde man auch niemanden belasten.

Alfred verschränkte die Arme über seinem mächtigen Bauch und ließ sie dort gemütlich liegen. Für einen Moment schloss er wieder die Augen. »So, Jungs, bevor wir uns an eure Befragungen machen, fängt Gabrielle bitte an, uns etwas über diesen Winkler zu erzählen.«

Gabrielle blätterte in ihren Notizzetteln zurück und räusperte sich, in etwa so, wie es Schulkinder taten, die ein Referat vortragen müssen. »Peter Winkler war 33, als er erschlagen wurde. Geboren in Kiel, Eltern aus ärmlichen Verhältnissen, was heute auch noch so ist. Der Junge hat sich ganz an seinem Vater orientiert. Gewalttätig, ein Nichtsnutz und Herumtreiber. Hat die Hauptschule vor dem Abschluss verlassen und sich mit Gelegenheitsarbeiten durchgeschlagen. Er war vorbestraft: Autodiebstahl, Einbruch, Schlägereien.« Sie legte den obersten Zettel vom Stapel und sah in die Runde. »Vor gut zwei Jahren lauerte er einem jungen Mädchen auf. Sie war gerade von einem Freund in der Nähe ihres Elternhauses abgesetzt worden.« Sie machte eine Pause und atmete aus. Das, was jetzt kam, schien sie mitzunehmen, die Blätter in ihren Händen zitterten. »Aus einer Hecke sprang Peter Winkler hervor und überwältigte sie. Er hielt ihr ein Messer an die Kehle und drohte, wenn sie um Hilfe schreien würde, würde er sie – wie es in dem Vernehmungsprotokoll steht – abstechen und ausbluten lassen wie ein Stück Vieh.«

Gabrielle machte eine Pause. Sie ließ ihre Worte einen Moment wirken. *Ausbluten lassen wie ein Stück Vieh.* Gabrielle hatte in ihrem langjährigen Berufsalltag bei der Polizei schon viele Grausamkeiten miterlebt, doch bis heute konnte sie nicht verstehen, wie Menschen fähig waren, solche Dinge zu tun. Ihr Mund war trocken geworden. »Was er genau mit ihr vorhatte, ist bisher unklar. Er hat weder versucht, sie zu vergewaltigen, noch hat er versucht, sie auszurauben.« Sie schob ein paar Kopien in die Mitte des Tisches und blickte in die Runde. »Ihr könnt euch das alles in Ruhe durchlesen. Es ist erschreckend – und so sinnlos.« Sie machte eine Pause und biss auf ihrer Unterlippe herum. Ihr war nicht wohl bei diesem Bericht. »Peter Winkler hat 16 Mal auf das Mädchen eingestochen. Einfach so. Ohne Grund. Erst als sie sich tot stellte, hat er von ihr abgelassen und ist verschwunden.«

»Kannte er sie?«, fragte Lars leise. Auf seinen Unterarmen war eine Gänsehaut getreten.

Gabrielle schüttelte den Kopf. »Das ist ja das Sinnlose und Unfassbare an der Sache. Er hat sie sich wahllos gegriffen. Es hätte auch jemand anderes sein können.«

»Das Mädchen muss überlebt haben, sonst wäre er nicht auf freiem Fuß«, vermutete Lars.

»Sie hat sich mit letzter Kraft nach Hause geschleppt. Blutüberströmt. Sie konnte noch die Klingel der elterlichen Wohnung drücken. Als diese die Tür öffneten, sahen sie ihre Tochter auf den Stufen liegen.«

»Mein Gott«, entfuhr es Frithjof. Er hielt sich eine Hand

vor den Mund. Auch er bekam eine Gänsehaut, egal wie warm es in dem Raum war. »Was muss in einer Mutter und in einem Vater vorgehen, wenn sie ihre Tochter da so liegen sehen? Das Liebste und Wertvollste abgeschlachtet und blutüberströmt.«

»Sie hat überlebt«, berichtete Gabrielle und schluckte. »Sie schwebte zwei Tage in Lebensgefahr, bis die Ärzte den Eltern wieder Hoffnung machen konnten.«

»Wo ist das Mädchen heute?«, wollte Robert wissen.

»In Kiel. In einer psychiatrischen Klinik. Sie hat das nicht verkraftet. Sie hat zwar nach einem Dreivierteljahr versucht eine eigene Wohnung zu beziehen, doch immer wieder kam die Angst in ihr hoch. Jedes Geräusch, das sie hörte, versetzte sie in Panik. Sie vermutete immer, Winkler würde ihr wieder auflauern. Sie ging nicht alleine auf die Straße und konnte natürlich ihren Beruf nicht weiter ausführen, weil sie ständige Begleitung brauchte. Am Ende hat sie versucht, sich das Leben zu nehmen.« Gabrielle versuchte, den Kloß in ihrem Hals hinunterzuschlucken. »Mit einem Messer. Sie stach sich in den Unterleib. Ihre Schwester, die einen Schlüssel zu ihrer Wohnung hatte und sie spontan besuchen wollte, fand sie schließlich.«

Frithjof durchlief ein eiskalter Schauer. Wie konnte man es verkraften, ein Mitglied seiner Familie so zu sehen? Blutüberströmt und in sich zusammengefallen. So ohne Hoffnung, all das Schreckliche hinter sich zu lassen. Er dachte an Bente, er hatte nur aus den Protokollen erfahren, dass man sie in einem Rinnstein liegend gefunden hatte. Aus einem Auto heraus erschossen. Er wusste bis jetzt noch nicht, ob es für ihn leichter gewesen wäre, wenn er sie dort gesehen hätte. Denn das, was man nicht vor Augen geführt bekommt, bleibt ein grausames Produkt der Fantasie.

In diesem Moment verabscheute er Winkler, die Tat, die

Justiz, alles, was es Winkler möglich gemacht hatte, weiter so zu leben, als wäre nichts geschehen.

»Winkler hat dieses Leben kaputt gemacht«, sagte Lars in die Stille hinein.

Robert setzte sich auf und sah Gabrielle an. »Wie ist man damals auf Winkler gekommen?«

»Das Mädchen konnte erkennen, dass der Täter in einen Opel Manta gestiegen war. Davon gab es in Kiel nicht mehr all zu viele. Mit Hilfe von Funk und Fernsehen wurde dann eine groß angelegte Suchaktion gestartet. Man hoffte, dass in dem Wagen Spuren vom Blut des Mädchens nachzuweisen waren. Und tatsächlich, nach nur einer Woche wurde Winkler bei einer Routinekontrolle geschnappt. Er gestand nach wenigen Verhören.«

»Wie lautete das Urteil?« Robert konnte die Antwort kaum abwarten.

»Das ist ja gerade das, was mich am deutschen Rechtssystem stört. Wegen eines geklauten Fahrrads bekommt man eine höhere Strafe, als wenn man ein Leben ruiniert.« Gabrielles Stimme wurde zornig. »Die Psychologen stellten eindeutig fest, dass das Mädchen unter psychischen Störungen litt. Sie konnte keine Freundschaften mehr pflegen, von intimen Kontakten ganz zu schweigen. Außerdem litt das Mädchen nach der Tat unter ausgeprägten Ängsten.« Gabrielle klatschte vor Entrüstung mit der flachen Hand auf den Tisch. »Und stellt euch vor, später, als es zur Gerichtsverhandlung kam, spielte ihr Selbstmordversuch keine Rolle. Der Anwalt Winklers meinte: ›Wer weiß, was das Mädchen dazu getrieben hat? Eine neue, nicht erwiderte Liebe? Ein Streit in der Familie? Bei der Arbeit?‹«

Alle sahen verdattert vor sich hin.

»Und wisst ihr was? Er bekam recht.«

Unter den Kollegen herrschte Aufruhr.

»Wartet, es kommt noch besser: Da Opfer und Täter

sich nicht kannten, konnte man keine Mordabsicht feststellen, also keinen versuchten Mord. Also ging es nur noch um diese Messerstiche. Wie viel ist so etwas Wert?«, fragte Gabrielle.

Zuerst verstand Frithjof nicht: Wie viel ist ein Messerstich wert? Wie viel ein Menschenleben? Aber sie hatte tatsächlich recht, Messerstiche in solchen Prozessen werden nach einem Katalog der Justiz bestimmt. Jeder Stich gibt einen gewissen Wert an Entschädigung. Jede Tat wird beurteilt nach Schwere und Gewicht der Tat sowie nach der Liquidität des Täters.

»Nach mehreren Verhandlungen waren es 35.000 Euro Schmerzensgeld. Schon vorher bat Winklers Anwalt darum, die Strafe niedrig zu halten, weil Winkler sowieso Prozesskostenhilfe bekam, da er keine Arbeit hatte und seine finanziellen Verhältnisse einen Schadensersatzanspruch nicht zuließen.«

»Im Grunde ist das Leben des Opfers nur so viel wert, wie der Betrag auf dem Konto des Täters«, platzte es aus Frithjof heraus.

»Im Grunde ja«, fügte Gabrielle empört hinzu. »Es wurde nämlich später nicht weiter über das Mädchen gesprochen. Ich habe euch die Protokolle und Schriftstücke der Anwälte kopiert.« Sie deutete auf einen weiteren Stapel neben sich. »Alles Weitere lief darauf hinaus, dass über die Vermögensverhältnisse von Peter Winkler gesprochen wurde. Und am Ende, jetzt haltet euch fest, waren es anstelle von 35.000 Euro nur noch 12.000 Euro.«

»So viel kostete es Winkler, ein Leben zu ruinieren.« Lars schaute resigniert in die Runde. Die Kollegen vermieden seinen Blick. Jeder hatte Wut in sich.

»Musste er nicht einmal in den Knast?«, fragte Lars zornig.

»Nein«, Gabrielle lachte gehässig. »Weil das Mädchen

nicht tot war, sie sich nicht kannten und es kein geplantes Verbrechen war, wurde er auf Bewährung entlassen. Das Geld hat er bis heute nicht gezahlt. Nicht mal eine Rate.«

Alfred wischte sich wieder Schweiß von der Stirn. »Und was machte Winkler dann in Itzehoe?«

»Nichts«, antwortete Gabrielle. »Sein Anwalt riet ihm, Kiel zu verlassen, weil das Medieninteresse extrem hoch war. Er sollte hier in Itzehoe neu anfangen. Zuerst bemühte er sich wohl um Jobs. Und in dieser Zeit muss er sich auch bei *Kleinklee* um einen Garten beworben haben. Keine Ahnung, wie er den bekommen hat ...«

Frithjof unterbrach sie. »Er hatte ein Schreiben dabei. Vermutlich von seinem Anwalt, der ihn wahrscheinlich aus Kiel weghaben wollte. In ihm stand nur Positives über Winkler. Von wegen Chance und dergleichen. Das hat mir Wilhelm Solberg erzählt. Zu diesem Zeitpunkt machte Winkler einen guten Eindruck auf ihn.«

Robert nestelte an seiner Brille herum. »Was ich nicht verstehe: Wie hängt der Fall aus Kiel mit unserem zusammen?« Er drehte, während er sprach, an seinem Kugelschreiber herum, sodass dieser ständig klickte. Eine dumme Angewohnheit, an die sich jedoch jeder längst gewöhnt hatte. »Peter Winkler wird nicht bei *Kleinklee* aufgetaucht sein und von der Sache in Kiel erzählt haben. Das schließt aus, dass ein Parzellennachbar ihn wegen dieser Tat bestrafen wollte.« Er sah zu Gabrielle. »So wie du es gerne getan hättest, nicht wahr.«

»Wenn er noch leben würde, sollte er sich wünschen, mich nicht in einer dunklen Gasse zu treffen.«

Robert drehte weiter an dem Stift und sah aus dem Fenster. »Gibt es Verwandte des Mädchens, die im *Kleinklee* eine Parzelle besitzen und die ihn erkannt haben könnten? War einer der Gäste auf dem Fest verwandt oder bekannt mit dem Mädchen? Wurde er dort wieder erkannt?«

Alfred sah den Jungen prüfend an. »Robert, du bist dir nicht sicher, dass die Sache von damals etwas mit dem Mord an Winkler heute zu tun hat.«

»Nein. Noch nicht ganz. Aus mehreren Gründen, die wir schon einmal durchgesprochen haben: Die Parzelle von Winkler ist einzusehen, ebenso war der Rosenweg an diesem Abend stark frequentiert. Wenn man ihn also dorthin gebracht hätte, als er schon tot war, hätte jemand etwas sehen müssen.« Er machte eine Pause. »Wenn es ein Fremder oder ein Gast des Festes gewesen sein sollte, war das Zusammentreffen ein großer Zufall.«

»Was meinst du, Robert?«, wollte Frithjof wissen, schließlich war er als Profiler auf der neuen Kieler Akademie ausgebildet worden.

»Die Art und Weise, wie Winkler in dieser Tonne versteckt wurde, ist für mich eine unüberlegte Handlung. Wenn ich jemanden verschwinden lassen will, dann nicht in dieser kleinen Parzelle, sondern woanders. Vielleicht nicht gerade am Abend des Festes, aber doch spätestens in der nächsten Nacht. Dieses Wegschaffen der Leiche aus dem *Kleinklee* gehört für mich zu einem durchdachten Mord. Nicht aber die Tonne. Die Tonne«, führte er weiter aus, »ist das Resultat eines überhitzten Streites. Ein Wort ergibt das andere. Winkler ist ein Scheusal und kann nie aufhören. Der Streit eskaliert. Jemand schlägt ihm etwas über den Schädel und er ist tot. Der Täter oder die Täterin hat das nicht gewollt und unüberlegt, weil noch nie in einer solchen Situation, wird Winkler in die Regentonne geworfen.«

Nachdenkliche Stille, bis Frithjof das Schweigen brach.

»Das ergibt Sinn«, stimmte er Robert zu, »vor allem, weil wir wissen, dass Winkler ein Arschloch war. Er hat jeden gepiesackt und Unruhe gestiftet. Bei irgendjemandem hat er es zu weit getrieben und musste sterben. Einen plötzlichen Streit, mit Totschlag im Affekt, kann ich mir auch besser vorstellen als einen Rachemord.«

Gabrielle verteilte Papiere, die sie zusammengetragen hatte. »Ihr wisst jetzt jedenfalls, was der Tote für ein Mensch war.«

Frithjof dachte an die Worte, die er heute Morgen von Holger Seebach gehört hatte.

»Der Winkler hat es verdient! Ein Wunder, dass man dem nicht schon viel früher den Schädel eingeschlagen hat!«

5

Die Luft stand förmlich in dem Besprechungsraum und aus Angst, die Feuersirene könnte wieder losgehen, vermieden es die Kollegen, einen Ventilator anzuschließen. Das Öffnen der Fenster hätte ebenfalls wenig zu einer Abkühlung beigetragen, da die Hitze draußen flirrte.

Frithjof klappte seinen Ordner zusammen und klatschte in die Hände. »Abmarsch!«, befahl er. »Für die nächsten Stunden brauchen wir keinen PC. Wir gehen die Befragungen der Parzellennachbarn durch. Das können wir auch ebenso gut in meinem Garten machen.« Er dachte an den kleinen Steg dort, der in einen See führt, und stellte sich vor, wie er im Schatten der alten Weide sitzt und seine Füße in der Kühle des Wassers plätschern.

Es dauerte nicht lange, bis Lars, Frithjof, Robert, Alfred und Gabrielle ihre Unterlagen zusammengerafft hatten und aus dem Eingang des Präsidiums traten. Träge schleppten sich Passanten vorbei. Kaum ein Auto quälte sich die Große Paaschburg entlang. Die meisten Itzehoer hielten sich an den umliegenden Seen auf oder hatten sich in ihre kühlen Wohnungen zurückgezogen.

Robert winkte den anderen kurz zu. »Ich komme gleich nach. Ich fahre noch mal kurz zum *Kleinklee*. Vielleicht habe ich Glück und erwische die, die heute Vormittag nicht da waren.« Er stieg in einen teuren BMW. Beim Verlassen des Hofes öffnete sich automatisch das Dach. Frithjof wusste, dass Robert aus reichem Hause stammte. Ansonsten hätte er sich fragen müssen, wo das Geld für einen solchen Wagen herkam.

Das kleine Häuschen, das Frithjof bewohnte, lag ein wenig außerhalb der Stadt an einem See. Außer ihm und seiner älteren Nachbarin Helene hatte niemand Zugang zu dem See. Ringsherum gab es nur Wiesen und Wälder. Die Straße säumten eine Hand voll Häuser, die weit genug voneinander entfernt lagen, um die nötige Privatsphäre zu sichern.

Der Kieselweg vor Frithjofs Haus knirschte unter den Reifen der Wagen und unter den Sohlen, als sie auf das schlichte Einfamilienhaus zugingen. Der rote Klinker war an manchen Stellen etwas verblichen, dafür strahlten die dunklen Mahagonifenster dank ihres neuen Anstrichs. Frithjof wusste um seine nicht vorhandenen handwerklichen Qualitäten und hatte erst kürzlich eine Firma damit beauftragt. Am Eingang hing ein Tonschild, auf dem stand: Hier wohnen Bente und Frithjof Arndt.

Frithjof hatte sich schon vor längerer Zeit vorgenommen, dieses Schild abzunehmen, denn Bente war nun schon fast fünf Jahre tot und Johanna sah immer etwas traurig auf den Namen seiner verstorbenen Frau.

Zuerst wollte Frithjof warten, wie sich die Beziehung zu Johanna entwickelt. Noch hatten beide getrennte Wohnungen. Doch nun, obwohl sie bereits mehr oder weniger bei ihm eingezogen war, hing das Schild immer noch. Bisher hatte Johanna zwar nichts gesagt, jedoch wusste Frithjof, dass es reine Höflichkeit von ihr war. Es lag an ihm, diesen Schritt zu tun.

Als die Kollegen das Haus betraten, wetzte Puma, Frithjofs Jack-Russel Terrier, auf sie zu und sprang an ihnen hoch. Aus der Küche steckte Johanna ihren Kopf heraus. »Hallo zusammen!«, rief sie und ihre braunen Locken wirbelten um sie herum. Ihr Lächeln war das Wunderbarste, das Frithjof je gesehen hatte. Er küsste sie und sah über ihre Schulter, dass Johanna gerade dabei war, Salat für das Abendessen zu richten. Sie liebte es, andere mit ihren Kochkünsten zu verwöhnen und viele Leute um den Tisch sitzen zu haben. Deshalb freute sie sich über diese spontane Ansammlung von Gästen. »Das reicht für alle! Wir haben frisches Landbrot und Wein, Tomaten und Mozzarella!«

»Wir müssen aber leider noch arbeiten. Wir haben schließlich nur das stickige Büro gegen den Steg eingetauscht«, vertröstete Frithjof seine Freundin und schielte währenddessen hungrig auf die knackigen Salatblätter. Insofern klang sein Widerstand nicht richtig überzeugend.

»Ach was, ihr werdet ja nicht die ganze Zeit arbeiten. Irgendwann ist auch mal Schluss«, sagte sie und klopfte Alfred auf den dicken Bauch. »Da musst du mal ein Machtwort sprechen, Alfred.«

»Du hast recht. Vielleicht sollten wir erst einmal eine kurze Pause einlegen, damit unsere Köpfe nachher wieder klar denken können«, bestätigte er Johanna zufrieden, die schon wieder auf dem Weg zur Küche war. Sie öffnete die rustikalen Holztüren und stellte Gläser, Teller und Besteck auf ein Holztablett. Dabei machte sie einen entspannten Eindruck. Sie war ein Mensch, der nicht so leicht aus der Ruhe zu bringen war. Seitdem sie im Haus wohnte, hatten sich alle Räume, speziell die Küche, sehr verändert. Alles folgte einer praktischen Ordnung. Geschirr, das sich in der Spüle stapelte, gehörte der Vergangenheit an.

Die Kriminalisten der M4-Abteilung hatten sich unterdessen auf der Terrasse bereits von Schuhen und Socken befreit und liefen leichtfüßig über den Rasen einen kleinen Hügel hinunter bis zum hölzernen Steg. Eine imposante Trauerweide warf ihren wohltuenden Schatten über den Steg und das Uferstück, auf dem es sich die M4ler bequem machten.

»Na, wie gefällt euch der Arbeitsplatz hier«, rief Frithjof seinen Kollegen zu. »Passt aber auf, dass euch keine wichtigen Papiere in den See fallen.« Er setzte sich auf den Steg und hielt die Füße ins Wasser, Lars tat es ihm gleich. Gabrielle und Alfred bevorzugten den Schatten an einem alten, schweren Holztisch, den Johanna liebevoll restauriert hatte. Sie ließen sich in die weichen Kissen der Korbsessel plumpsen und schoben den bunten Strauß Sommerblumen auf dem Tisch etwas zur Seite, um für ihre Ordner Platz zu schaffen.

Wenig später kam Robert hinzu. Der berichtete, dass die bisher fehlenden Nachbarn erst später am Tag in den Kleingarten kommen würden. Sie einigte sich darauf, die Befragung in den nächsten Tagen fortzusetzen.

Libellen flogen zwischen ihnen hindurch und verschwanden über der Seeoberfläche. Endlich senkte sich die Sonne, aber nur ganz langsam, sodass die Abendhitze im Schatten des großen Baumes erträglich wurde. Jetzt gab es sogar ab und an einen kleinen Windhauch. Johanna brachte ihnen Eistee an den Steg sowie ein Gläschen *Hexecco* aus der Winzergenossenschaft Kappelrodeck.

»Prickelt, erfrischt und macht die Gedanken leichter«, sagte sie lachend und verschwand wieder im Haus.

Puma war glücklich über so viele Hände, die ihn streichelten.

Robert begann zu berichten, was er zwischen Rosenweg und Rosenbach herausgefunden hatte. Währenddessen schauten die anderen konzentriert auf die Skizze des Kleingartens, um ihm folgen zu können.

»Herr Harders ist 65 und seine Frau 59. Er war als Lokführer bei der Deutschen Bahn angestellt.« Robert erzählte zügig weiter. »Sie wohnen einige Straßen von der Gartenkolonie entfernt in der Carl-Stein-Straße. Die Harders haben wohl entscheidend dazu beigetragen, dass der Rosenweg in den letzten Jahren des Öfteren den *Kleinklee*

Preis für den besten Bezirk gewonnen hat. Die Harders züchten Rosen«, Robert pfiff leise durch die Zähne, »es ist eine Pracht! Überall nur Rosen: Kletterrosen, Edelrosen Englische Rosen und Stockrosen. Das hat geduftet! Großartig. Die beiden haben es sich zur Aufgabe gemacht, alte Rosenarten wieder zu beleben.«

»Probleme mit Winkler?«, fragte Frithjof, dessen Füße noch immer im Wasser baumelten.

»Ich glaube nicht. Harders haben sich natürlich nicht selbst belastet, aber auch die anderen konnten mir nichts erzählen. Ihr müsst wissen, die Harders sind ein reizendes, liebevolles Pärchen.« Die Kollegen schauten Robert fragend an.

»Wirklich, so wie man sich eine Oma und einen Opa vorstellt.« Er sah einer Hummel nach, die um sie herumgeflogen war. Ihr Hinterteil war gelb verklebt von Blütenstaub. »Herr Harders hat mir erzählt, er hätte auf Winklers ungepflegter Terrasse manchmal eine Vase stehen sehen, in der Rosen steckten. Er war sich ziemlich sicher, dass Winkler sie aus seinem Garten geklaut hatte.«

Gabrielle schenkte jedem von dem Hexecco nach, der in einer kühlenden Manschette steckte.

Danach setzte sie sich zu den Männern auf den Steg und ließ ihre Füße ins Wasser hängen.

»Was haben die Harders über die anderen Pächter gesagt? Tratsch und Klatsch, sozusagen«, fragte Frithjof.

»Nicht viel. Ehrlich. Dafür sind sie nicht die Menschen. Das Einzige, was ihnen rausrutschte, war, dass Solberg als Vorsitzender nicht mehr lange da sein wird.«

»Wie kommen sie darauf«, wollte Lars wissen und besah sich seine Füße, die unter Wasser eigenartig blass aussahen.

»Das munkelt man. Mehr konnten sie mir auch nicht sagen. Sie würden sich aus diesen Geschichten raushalten.«

Robert setzte sich im Stuhl zurück, blätterte eine Seite weiter und kam zum nächsten Parzellennachbarn. »Der Nächste ist Rudolf Meyer, 60. Er hat mit Hans Harders Skat gespielt. Der dritte Mann war Johann Heidmöller, einer von deinen Leuten Frithjof.«

Dieser nickte bestätigend.

»Die hatten sich mehr in der Wolle, als dass sie gespielt haben, erzählte Frau Harders. Ihr Mann hat das natürlich bestritten. Das Rumgeplänkel gehört nun mal dazu, hat er dazu gemeint. Harders wurde auch *Slowhand* genannt, weil er anscheinend nie zu Potte kam beim Spiel.« Robert trank genüsslich einen Schluck Hexecco und fuhr dann fort. »Auch Rudolf Mayers Garten sieht bestens aus. Er baut lieber Gemüse an. Das Getütel mit den Rosen sei nicht sein Ding, erklärte er. Da hielte er sich lieber an die Bohnen.« Robert deutete in den Himmel. »Meterhoch ragten die Holzstangen für die Bohnenranken in die Höhe. Unglaublich.«

Frithjof erstaunte es, wie sehr sich Robert für die Kleingartenkunst begeistern konnte. Dabei passte das so gar nicht zu dem jungen Kollegen, der immer in den besten und teuersten Sachen zur Arbeit erschien, Szenekneipen in Hamburg besuchte und immer die richtige, passende und aktuellste Musik hörte. Erst die Euphorie wegen der Rosen, dachte er, und nun das Interesse an den Bohnengewächsen. Er merkte plötzlich, wie unbekannt ihm Robert doch noch war.

»Mayer ist pensionierter Postbeamter, macht also alles ein wenig langsamer. Seine Frau Barbara arbeitet im Rathaus. Sie ist erst 52. Also, eine sehr ruhige Ehe.« Robert klopfte nachdenklich mit seinem Stift auf den Notizblock. »Was er mit Winkler hatte? Keine Ahnung. Er hat nichts erzählt, nur das sie sich über die Pflege seines Gartens gestritten haben. Auch die anderen Nachbarn aus meiner

Reihe konnten mir keinen genauen Streit zwischen ihm und Winkler nennen.«

Alfred tupfte sich die Schweißreste von den Schläfen. Das Stofftaschentuch behielt er in der Hand. »Das sieht so aus, als hätte Mayer Glück gehabt.«

»Wer weiß«, Lars sah ihn zweifelnd an. »Die schlimmsten Geheimnisse kommen immer erst ganz zum Schluss raus.«

»Hast du einen Hinweis, weswegen Mayer ein Motiv gehabt haben könnte, Winkler umzubringen?«, wollte Robert von Lars wissen. Es hätte ja sein können, dass Lars von seinen Gesprächspartnern einen Grund für einen Streit erfahren hatte.

Lars schob seine T-Shirt-Ärmel noch ein wenig höher. Mit einem Blatt Papier fächerte er sich Luft zu. »Ich glaube nein.«

»Du glaubst?«

»Ich weiß nicht, was es ist. Es ist diese Von-mir-haben-Sie-das-aber-nicht-Information.«

Frithjof und Robert lachten. Sie wussten nur allzu gut, was er meinte.

»Spucks aus«, forderte Frithjof Lars auf. »Was hat man dir zugeflüstert?«

»Ute Christiansen, die Frau von Tobias Christiansen, erzählte mir, es käme von Zeit zu Zeit ein junges Mädchen zu Mayer, aber immer nur tagsüber zum Kaffee. Sie ist etwa um die 20, schätzt Frau Christiansen.«

»Weißt du, wer sie ist?«, fragte Gabrielle.

»Nein. Frau Christiansen kannte sie nur vom Sehen. Herr Mayer hat sie auch nie vorgestellt, wenn sie sich mal auf dem Rosenweg begegneten.«

»Vielleicht die Enkelin oder Nichte«, vermutete Alfred.

»Nein«, sagte Lars ganz klar. »Das Mädchen war nie

zusammen mit Barbara Mayer im Garten. Genau dieses Detail ist Frau Christiansen aufgefallen. Daher hat sie es mir erzählt. Sie fand das eigenartig.«

Gabrielle kämpfte mit einigen Mücken, die um sie herumschwirrten. »Wenn das Mädchen nur über Tag da war, ist es verständlich, dass sie sich nicht sahen. Da musste Frau Mayer arbeiten.«

Robert beendete diese Spekulation. »Gut, ich werde Herrn Mayer darauf ansprechen, dann wissen wir Genaueres.« Frithjof nickte und bat ihn, weiter zu machen.

Robert lächelte Frithjof schelmisch an. »Jetzt kommt ein Kandidat, mit dem du deine helle Freude gehabt hättest, Frithjof: Karl-Heinz Martens, genannt Kalli. 51 Jahre alt. Lehrer im Ruhestand. Angeblich wegen nervlicher Belastung.« Er machte eine Pause. »Der Einzige, der nervlich belastet war nach dem Gespräch, war ich.« Robert sah allen nacheinander ins Gesicht. »Ihr kennt mich. Ich bin ruhig, höflich und zuvorkommend. Aber zu unserem Kalli kann ich nur sagen: das größte Arschloch vor dem Herrn.«

Gabrielle kicherte: »Ro-bert!«

»Tschuldigung, Gabrielle. Aber das ist so. Hätte man Winkler und Martens in einen Sack gesteckt und drauf gehauen, man hätte immer den Richtigen getroffen.«

Frithjof gefiel dieser Vergleich. Wenn Robert Kalli Martens schon in Gedanken in diesen Sack gesteckt hatte, hätte Frithjof es sicher in Wirklichkeit getan. Er war ganz froh, Martens nicht auf seiner Liste gehabt zu haben. Es graute ihm schon jetzt vor der Begegnung, sollte es irgendwann einmal dazu kommen.

Robert fuhr fort: »Der hat Zeit. Der hat eine Unmenge an Zeit als Rentner, weswegen er den ganzen Tag in seinem Garten herumpuzzelt. Seine Frau ist nicht zu Hause, weil sie arbeitet. Alles weiß er besser, zu allem hat er einen Kommentar. Als Erbe seines Lehrberufes hat er die Langeweile des Erzählens zurückbehalten. Er kommt nie sofort auf den Punkt. In seinen Nebensätzen stichelt er gegen jeden, bis er mal zum Punkt kommt.« Robert schüttelte den Kopf. »Die Harders erzählten mir vorsichtig, er hätte zwar eine große Klappe, aber wenn es darum geht, einen Handschlag für die Gemeinschaft zu machen, schiebt er immer seine nervliche Belastung vor.«

»Typisch«, kommentierte Lars. »Elisabeth Wendelin hat das ebenso beschrieben. Und sie sagte sogar, er sei ein wenig fremden- und ausländerfeindlich. Wettert gerne gegen die Spargelstecher und das Ostblockgesocks.«

Alfred zog sich den Gartenplan heran. »Da hat es ja gerade den Richtigen getroffen. Er hat doch einen türkischen Nachbarn.«

Robert berichtete, dass es häufig Streit zwischen Hasan Özen und Martens gebe. Das hatte Rudolf Mayer ihm hinter vorgehaltener Hand erzählt. »Also, von mir haben Sie das nicht, Herr van Versendaal, aber angefangen hat immer der Kalli. Der Hasan ist ein ganz dufter Typ. Der ist bei allen beliebt. Auch seine Frau und die Kinder und die Tanten und die Onkel und die Nichten und die Neffen und die Enkel und die ...«

»Hatten Winkler und Martens Streit?«, erkundigte sich Alfred. »Es scheint doch so, als hätten die beiden die besten Freunde sein müssen, oder?«

»Du meinst, Arschloch und Arschloch finden sich und werden die dicksten Freunde? War aber nicht so, denn Winkler hat wohl das ausgesprochen, was die meisten der Kleingärtner über Martens gedacht haben: große Klappe, nichts dahinter. Das hat dem Martens natürlich nicht geschmeckt«, sagte Robert. Damit war er am Ende. »Herr Bing und Frau Huiy werde ich morgen befragen. Sie sind wie Hasan Özen in ihrem Geschäft, sagte Herr Harders.«

Da bisher kein Kleingärtner unter dringendem Mordverdacht stand, war diese Vorgehensweise in Ordnung, fand Frithjof. Alfred bestätigte ihn darin. Sollten diejenigen, die heute nicht angetroffen worden sind, auch morgen nicht im *Kleinklee* auftauchen, würde man sie zu Hause oder in ihrem Geschäft aufsuchen.

Bevor Lars weitermachen konnte, kam Johanna mit dem Holztablett den kleinen Hügel hinunter zum See. »Auch wenn ich störe, jetzt gibt es erst einmal etwas zu essen!«, flötete sie. Und nachdem sie das Tablett auf den Tisch gestellt hatte, tätschelte sie erneut Alfreds Bauch. »In welchem Monat bist du eigentlich?«

»Zwölfter. Die drei Kinder wollen einfach nicht raus.«

Johanna grinste und verschwand wieder im Haus. Robert und Gabrielle folgten ihr, um die restlichen Sachen zu holen, während Puma um sie herumsprang, immer in der Hoffnung, etwas Essbares abzubekommen.

Als Robert Brotkorb und Salatschüssel jonglierend den Hügel hinab ging, blieb Gabrielle kurz in der Küche zurück und bedankte sich bei Johanna für das Essen, das sie so spontan gezaubert hatte.

»Ach, dafür nicht. Erst musst du es mal probieren.«

Gabrielle legte eine Hand auf Johannas Schulter. Ihre Augen waren voller Wärme. Wie eine Großmutter zu ihrer Enkelin sprach sie: »Du tust Frithjof so unheimlich gut, weißt du das?« Gabrielle hatte miterlebt, wie schwer es Frithjof gefallen war, sich einer neuen Liebe hinzugeben, nachdem er Bente verloren hatte.

»Er tut mir auch gut«, sagte Johanna. »Ich weiß, dass Bente noch überall in diesem Haus ist. Ich will sie nicht verdrängen. Das Tempo gibt Frithjof vor. Ich kann warten. Ich kann Trauerarbeit nicht beeinflussen.«

»Du kannst sie nur anstoßen«, lächelte Gabrielle und Johanna lachte.

»Wenn es dann doch zu lange dauert, trete ich ihr in den Hintern!«

Sie lachten beide und wussten aber auch, dass das nicht so einfach war, wie sie es sich vorstellten. Bente war nicht einfach so gestorben, an irgendeiner Krankheit. Bente wurde auf offener Straße erschossen und der Täter wurde bis heute nicht gefasst.

6

Frithjof, Johanna, Lars, Robert und Gabrielle lagen rücklings auf dem Steg, während sich Alfred auf dem Korbstuhl ausstreckte. Alle hatten die Füße nach dem wundervollen Abendessen in das kühle Wasser des Sees getaucht. Die Abendsonne war nun zu ertragen und wärmte angenehm das Gesicht. Robert und Lars hatten ihre T-Shirts ausgezogen und Gabrielle legte träumend den Kopf zur Seite. »Wenn ich 40 Jahre jünger wäre, würde ich euch beide vernaschen«, lachte sie und die anderen fielen mit ein.

Doch an Feierabend war noch nicht zu denken. Frithjof forderte Lars auf, seinen Bericht der Befragungen abzugeben.

Lars griff nach seinem Notizblock und schlug die erste Seite auf. »Guckt bitte wieder in den Plan der Siedlung, dann muss ich nicht immer erklären, wer rechts oder links neben Winkler seine Parzelle hat.« Er sah sich entschuldigend um. Eine Eigenschaft, die Frithjof an Lars erstaunte. Er hatte zwar durch intensives Bodybuilding eine kräftige Figur und seine Körpergröße von zwei Metern trugen entsprechend zu einem imposanten Auftritt bei, sein Verhalten entsprach jedoch nicht dem, was man erwarten würde. Es war sanft und behutsam, so wie man mit einem Vogel umgehen würde, der sich einen Flügel gebrochen hatte.

Ohne Lars' Bitte zu kommentieren, zogen sich seine Kollegen den Plan zu Gemüte, als er mit seinem Bericht begann.

»Als Erstes ist da der Garten von Tobias und Ute Christiansen. Tobias Christiansen ist 45 Jahre alt, Ute 31. Herr Christiansen arbeitet bei der AOK, sie ist Kindergärtnerin. Derzeit im Mutterschutz mit Constanze. Sie ist eineinhalb.« Lars ließ das Blatt sinken. »Das war es eigentlich auch schon. Ehrlich. Die beiden haben nicht viel mit den anderen Kleingärtnern am Hut, hat mir Frau Christiansen erzählt. Ihr Mann wolle sich nach der Arbeit entspannen und sich am Wochenende um seine Familie kümmern. Beide hatten kein großes Interesse an Skatabenden oder Rosenzüchtungen. Die Christiansens sind höflich und nett zu den anderen, mehr aber auch nicht.«

»Aber auf dem Sommerfest waren sie doch.«

»Natürlich«, bestätigte Lars, ohne in seine Unterlagen zu gucken. »Diese Pflichttermine halten sie ein. Ute Christiansen hat aber auch erzählt, dass sie nicht lange geblieben sind. Den Streit, den Winkler am Feuer anzettelte, hat sie mit keinem Wort erwähnt. Ich vermute, dass sie zu diesem Zeitpunkt schon wieder in ihrem Garten waren. Sie hatten ein befreundetes Ehepaar zu Besuch und aus diesem Grund ihre eigene kleine Feier.«

Ein Reiher landete am anderen Ufer des Sees und schien die merkwürdigen Gestalten auf dem Steg zu beobachten. Nun, da es kühler geworden war, kamen nach und nach die Tiere heraus, die den ganzen Tag über geschwiegen und sich irgendwo an einem kühlen Ort aufgehalten hatten.

»Dann war da noch Elisabeth Wendelin, 93.« Lars setzte sich auf. Zu seinem Sonnenbrand auf dem Gesicht gesellte sich nun auch noch ein roter Streifen verbrannter Haut auf seinem Waschbrettbauch. »Wenn man an eine 93-Jährige denkt, hat man irgendwie sofort das Bild einer gebrechlichen, kränkelnden Frau im Kopf, ich jedenfalls – bis heute. Frau Wendelin jedoch ist flinker als manch eine 16-jährige Pubertierende.« Er lachte. »Sie hat wohl dem Winkler des Öfteren die Leviten gelesen, sagte sie. Ihr Garten ist hinter der Laube von Peter Winkler. An dem Abend des Sommerfestes ist sie früher gegangen. Von dem Streit während des Festes hat sie nichts erzählt. Nur«, er machte eine kunstvolle Pause, »von einem Streit im Garten von Winkler!«

Plötzlich setzten sich alle auf und sahen sich an. Von einem Streit im Garten von Winkler hatte bisher keiner der Kleingärtner gesprochen, und Frithjof war sicher, dass irgendeiner etwas davon erzählt hätte, alleine um sich wichtig zu machen.

Frithjof grübelte: »Lars, hat Ute Christiansen denn von dem Streit erzählt. Schließlich liegt ihr Garten schräg gegenüber und auch sie ist früher von dem Sommerfest gegangen«.

»Nein, sie hat nichts von einem Streit erwähnt«, berichtete Lars. »Ich werde da noch mal nachhaken.«

»Konnte Frau Wendelin etwas zu dem Streit sagen?«, interessierte sich Robert. »Hat sie mitbekommen, worum es ging?«

»Nein. Sie sagte nur, es war ein kurzer, heftiger Streit. Dann war alles ruhig.«

Frithjof zog die fremden Schuhe an.

Peter Winkler beleidigt mich auf dem Sommerfest. Er verlässt es. Ich gehe ihm hinterher. Ich schlüpfe in seinen Garten. Keiner sieht mich. Ich stelle ihn zur Rede. Wir streiten. Er hört nicht auf mit seinen Anschuldigungen. Ich gerate in Rage. Ich erschlage ihn.

Warum aber wurde er von dem Täter versteckt?

Wenn der Täter sich nicht beobachtet fühlte, konnte er Winkler einfach liegen lassen und verschwinden. Das Herumtragen der Leiche hätte entdeckt werden können. Auch das Versenken der Leiche in die Regentonne war riskant.

Wenn er unerkannt in den Garten von Winkler kam,

wieso war er dann nicht einfach unerkannt wieder verschwunden? Wieso dieses Risiko?

Frithjof berichtete von seinen Gesprächen in der Kleingarten-Siedlung. Holger Seebachs Geschichte mit dem *Seebach-Akkordeon-Trio* versuchte er, nicht in komischen Zügen auszuschmücken. Auch wenn es ihm schwer fiel, keine dumme Bemerkung zu machen.

Frithjof bestätigte den Verdacht der Eheleute Harders, an Solbergs Stuhl als Vorsitzender würde gesägt werden. Seebach fühlte sich anscheinend als selbsternannter Vorsitzender, auch wenn er es nicht eindeutig sagte.

»Wilhelm Solberg ist der Vorsitzende des *Kleinklee e. V.* Er vermutet einen Putsch von Seebach. Genaueres konnte er mir nicht sagen. Nur, dass so einiges hinter seinem Rücken geredet wird. Er aber gewappnet sei.« Frithjof nahm die Füße aus dem Wasser und streckte seine Beine aus. Seine Zehen waren durch das Wasser verschrumpelt.

»Solberg hat Winkler die Parzelle verpachtet, weil er einen guten Eindruck von ihm hatte und weil dieser ein gutes Zeugnis von seinem Anwalt vorlegen konnte. Solberg meinte, dass jeder eine zweite Chance verdiene.«

Nach Gabrielles vorherigen Erläuterungen fiel es Frithjof schwer, Winkler eine zweite Chance zuzubilligen. Mit der Tat und seinem Verhalten danach hatte er seiner Meinung nach viele Sympathien verspielt.

Wasserläufer flitzten über die Oberfläche des Sees. Von irgendwoher hörte man Enten schnattern. Puma reckte kurz den Kopf, entschied sich dann aber doch dazu, neben Robert liegen zu bleiben, der ihm den Nacken kraulte.

»Jetzt, wo ich darüber nachdenke, bin ich der festen Überzeugung, Solberg hat, als er über Winkler sprach, auch über sich gesprochen. Jeder verdient eine zweite Chance.« Frithjof sah die Kollegen an. »Er hat nichts von einem Streit mit Winkler erzählt. Ich kann nicht genau sagen, was es ist, aber meiner Meinung nach hofft auch er, eine zweite Chance zu bekommen. Es kursiert das Gerücht, er würde nicht mehr lange Vorsitzender sein. Nicht ohne Grund gibt es im Geheimen schon einen selbsternannten Nachfolger.«

Und dann war da noch die Sache mit dem Verhältnis zu seiner Chefsekretärin. Dieses Verhältnis hatte Seebach ausgeplaudert, natürlich hinter vorgehaltener Hand, ausposaunt hatte er es dennoch. Aber ob es stimmte?, fragte sich Frithjof und rief sich Solbergs Bild vor Augen. Der dickliche, schwitzende, nach Bier riechende Mann, der auf die Wachsdecke tropfte. Der sollte ein leidenschaftlicher Lover sein? Oder streute Seebach schmutzige Gerüchte, um ihn als Vorsitzenden abzulösen?

Und wenn, überlegte Frithjof, spielte es keine Rolle. Es ging um Peter Winkler, nicht um kleine, schmutzige Intrigen zweier alter Männer.

Oder doch? Worum ging es bei dem Streit in Winklers Garten, den bisher nur eine Person bestätigt hatte? Hatte es Winkler zu weit getrieben? Vor allem: Wer machte dem Ganzen ein Ende?

Frithjof wunderte es nicht, dass es keine Spekulationen zum Täter gab. Im Grunde war jeder Kleingärtner froh und glücklich darüber, Winkler los zu sein, da verpetzte man niemanden.

Frithjof sah auf den See. Die Abendschatten spiegelten sich auf der Oberfläche.

Eine Weile lagen sie schweigend auf dem Steg, bis Robert seine Füße aus dem Wasser nahm und sich streckte. »Ihr kennt doch diese blöde Frage, wenn man Krimis liest oder sie im Fernsehen sieht: Wer ist der Mörder? Und die noch blödere Antwort: der Gärtner.« Er sah sich in der Runde um. »Was macht man denn nun, wenn man nur Gärtner als mögliche Verdächtige hat?«

7

Ein langer Tag ging zu Ende. Nachdem sich die Kollegen verabschiedet hatten, saßen Frithjof und Johanna noch eine ganze Weile bei Kerzenlicht am See.

Frithjof hielt Johannas Hand und fühlte sich glücklich. Es war ein Gefühl, das er seit Langem nicht mehr gespürt hatte. Etwas in ihm hatte sich verändert. Er war bereit, sich auf einen neuen Abschnitt in seinem Leben einzulassen und die Wenn und Abers zu verdrängen. Er wollte endlich aufhören, immer mit dem Kopf zu entscheiden. Er wollte auch einmal auf seinen Bauch hören.

Plötzlich flüsterte er Johanna ins Ohr, ganz leise, ganz vorsichtig und mit einem klopfenden Herzen: »Ich würde es schön finden, wenn du bei mir einziehst.«

Er spürte, wie sie seine Hand leicht drückte. Noch immer wanderte sein Blick über den See. Er traute sich nicht, sie anzusehen. Für einen kurzen Moment fühlte er sich wie ein Teenager, der seine Angebetene fragte, ob sie mit ihm gehen würde.

Johanna antwortete zuerst nicht. Sie schwieg und atmete dann tief ein. »Ich würde es auch schön finden.«

Überglücklich blickte Frithjof sie an und gab ihr einen Kuss. Er wollte noch etwas sagen, etwas, wie es Schauspieler in Serien tun, das sich immer schön und gebildet anhörte. Er suchte nach diesen Worten, doch er wollte nicht dumm und einfältig klingen.

Verdammt, wieso geht das im richtigen Leben nicht?,

fluchte er in sich hinein. Sag was, Alter! Sag was Schönes und Gebildetes!

»Schön«, sagte er stumpf.

Schön? Alter, was war das denn? Schön? Mehr kommt da nicht? Er schluckte nervös und merkte, wie er zu schwitzen begann.

Johanna sah ihm tief in die Augen und lächelte. »Du musst jetzt nichts Schönes oder Gebildetes sagen, Frithjof.«

»Will ich ja gar nicht«, log er und wusste, dass sie es wusste.

In Filmen enden diese Momente der Zweisamkeit meist, unter Begleitung von schwülstigen Celine-Dion-Songs, im Bett, wo das Unvermeidliche zwischen 480 spontan entzündeten Kerzen vollzogen wird. In der Realität jedoch ist es anders, in der Realität klingelt immer das Telefon, wie in diesem Moment. Zuerst ignorierten beide das penetrante Klingeln von Frithjofs Handy, bis Johanna es leid war und ihn bat, wenigstens auf dem Display nachzuschauen, wer es war.

Es war Blanca.

»Geh ruhig ran«, sagte Johanna und stand auf. Sie strich ihm über die Haare und gab ihm einen Kuss in den Nacken. »Wir haben ja genug Zeit für ...«, sie grinste süffisant und ging langsam den Hügel hinauf in Richtung Haus.

Für einen Moment sah Frithjof verträumt ihrem leichten, verführerischen Gang nach und lächelte verliebt. Dann nahm er das Gespräch mit Blanca an.

»Guten Abend, Bella«, flötete er und erwartete eine ebenso freundliche Begrüßung.

»Kannst du vorbeikommen?«, kam es kurz von Blanca. Ihre Stimme klang angespannt.

»Was ist los?«, fragte er sorgenvoll und setzte sich in seinem Sessel auf.

»Ich möchte dich bitten, dir etwas anzuhören.« Ihre Stimme klang hohl. Sie war vermutlich in ihrem Haus umhergegangen, während sie telefonierte, und stand nun in einem großen Raum.

»Was soll ich mir anhören?« Frithjof fand die Sache suspekt. Wieso hatte das nicht bis morgen Zeit? Was war da los? So kannte er Blanca gar nicht.

»Das kann ich dir am Telefon nicht sagen. Hast du für eine Stunde Zeit? Ich hoffe, ich störe dich nicht.«

Frithjof sah hinauf zum Haus. Was würde Johanna sagen, wie würde sie reagieren, wenn er ihr sagte, er würde für eine Stunde zu Blanca fahren? Gerade heute, wo er sie endlich gebeten hatte, bei ihm einzuziehen.

Blanca gehörte immerhin zum Kreis seiner besten Freunde. Da war nicht mehr, das konnten beide trennen. Und wie es sich anhörte, brauchte sie seine Hilfe. Johanna würde das verstehen, hoffte er.

»Ich komme«, sagte er und blickte noch einmal zum Haus, bevor er besorgt auflegte.

Johanna hatte keinerlei Einwände, ihn für eine Stunde nicht um sich zu haben. Ein wenig hatte Frithjof das Gefühl, dass es ihr sogar ganz recht war. Vielleicht wollte sie sich erst einmal klar darüber werden, was da auf sie zukam in der nächsten Zeit.

Frithjof fuhr aus der Stadt hinaus. Dabei war das Wort »fahren« eigentlich blanker Hohn. Er schlich im Schneckentempo von einer roten Ampel zur nächsten.

Er war gespannt, was er sich bei Blanca anhören sollte. Ob es mit dem Fall im Schrebergarten zu tun hatte, mit Peter Winkler? Dann hätte sie ihn aber bestimmt ins Gebäude der Spurensicherung bestellt, und nicht in ihre Privatwohnung. Blanca wirkte ungewöhnlich nervös und angespannt. Das kannte er an ihr gar nicht. In den letzten Jahren hatte er sie als couragierte und souveräne Frau kennen und schätzen gelernt. Die ganze Sache fand er merkwürdig.

Und wenn es doch um Winkler ging? Die verschiedensten Gedanken schwirrten ihm durch den Kopf. Er versuchte, sich ein Bild von dem neuesten Fall zu machen. Warum hatte der Täter die Leiche von Peter Winkler in die Regentonne gesteckt? Hoffte der Täter, sich einen zeitlichen Vorsprung verschaffen zu können.

Wie man es auch betrachten wollte, es ergab noch keinen Sinn.

Frithjof sah in den Rückspiegel, um den nachfolgenden Verkehr beobachten zu können.

Er musste gleich von der Hauptstraße abbiegen. Nachdem er auch das nächste Dorf hinter sich gelassen hatte, bog er in einen kleinen Weg ein, den er bis zum Ende fuhr. Vor ihm tauchte ein großes altes Bauernhaus auf. Mit der Bewirtschaftung der umliegenden Felder und Wiesen hatte Blanca nichts zu tun. Sie bewohnte nur eine geräumige Wohnung im Erdgeschoss. Es gab eine schöne Terrasse mit Blick auf das weite ebene Land.

Noch während Frithjof aus dem Auto stieg, öffnete sich die Wohnungstür des Hauses. Blanca stand dort und winkte ihm kurz zu.

»Was ist so geheimnisvoll, dass ich so spät kommen soll?«, fragte er neugierig.

Blanca trug eine bequeme Trainingshose und ein kurzes weißes T-Shirt mit einem italienischen Aufdruck. Ihre schwarzen Haare hatte sie zu einem Pferdeschwanz zusammengebunden. Barfuss ging sie wortlos vor Frithjof in die große Diele des Hauses.

Sie sah auf den Anrufbeantworter, der auf der Kommode stand. Sie hatte eine neue Nachricht. Einen Moment stand sie vor dem Möbel und starrte förmlich auf das blinkende Lämpchen.

»Was ist los, Blanca?«

Blanca ging zur Linken in ihr Arbeitszimmer, trat dort an das Fenster und schaute hinaus in die Dunkelheit. Nach einem kurzen Moment der Besinnung drehte sie sich zu Frithjof.

»Frithjof, ich habe dir einmal von meinem Bruder erzählt, von Francesco.« Jedes Wort kostete sie Anstrengung. »Der steckt in üblen Schwierigkeiten. Ihm wird vorgeworfen, am Tod des jüngsten Sohnes eines Unternehmers eine Mitschuld haben, dem man Beziehungen zur Mafia nachsagt.« Franca schluckte trocken. »Francesco beteuert zwar seine Unschuld, aber die glauben ihm nicht, da es belastende Aussagen gegen ihn geben soll. Was soll er denn nun tun? Er hat Todesangst.«

Frithjof hatte sich alles in Ruhe angehört. Im war nicht wohl bei der Sache. Er spürte, dass etwas Großes, Dunkles auf seine Freundin zukam. Nicht ohne Grund hätte sie ihn heute hierher nach Hause gebeten.

Als Blanca geendet hatte, ging sie entschlossen in die Küche. Frithjof folgte ihr, sagte jedoch nichts, sondern ließ ihr Zeit. Er war vermutlich der Erste, dem sie sich anvertraute.

Blanca bewegte sich wie ferngesteuert in ihrer supermodernen Designerküche, die man in dem alten Bauernhaus so nicht erwartet hätte. Sie öffnete einen *Klingelberger* Weißwein aus der Ortenau und schenkte beiden ein Glas ein. Sie liebte diese fruchtigen und bukettreichen Weine genauso wie die Weine aus ihrer Heimat Italien. Nachdenklich schaute sie aus dem Fenster, in dem sie jedoch nur ihr Spiegelbild wahrnahm. Bei Tag erstreckte sich davor ein großer Bauerngarten mit alten prächtigen Stauden und Büschen. Dahinter gab es Wiesen und Felder, so weit das Auge reichte.

Blanca drehte sich erschrocken um. Etwas Weiches hatte ihre Beine gestreift. Sie schaute nach unten und musste über sich selbst lachen. Vor ihr saß Cicero und guckte sie mit erwartungsvollen Augen an.

Cicero war ein getigerter Kater, der zum Hof gehörte. Als Blanca hier eingezogen war, hatte er sie zu seinem Frauchen ernannt und sich von ihr verwöhnen lassen. Blanca gab frisches Wasser und Trockenfutter in die Schälchen.

Argwöhnisch betrachtete Frithjof das Tier. Er selber konnte Katzen nicht leiden, ließ es sich aber nicht anmerken.

Nachdem Blanca die Katze versorgt hatte, nahm sie ihr Weinglas und bat Frithjof, ihr ins Wohnzimmer zu folgen.

Dieser Raum wurde von einer riesigen Fensterfront beherrscht. Es gab nur wenige erlesene Möbel. Blanca ging zu einer Schrankwand, in der die Stereoanlage untergebracht war. Sie wählte eine CD von Leonhard Cohen aus. Nachdem sie es sich mit dem Weinglas auf dem Ledersofa bequem gemacht hatte, sprang Cicero auf ihren Schoß und rollte sich sofort zusammen. Blanca strich ihm gedankenverloren über den Rücken.

Frithjof hatte es sich in einen überdimensionalen Sessel gesetzt und wurde langsam ungeduldig. Die Geschichte, die Blanca ihm gerade erzählt hatte, ließ nicht Gutes ahnen. Doch nun schien es, als würde sie ihren Schritt bereuen. Sie schwieg, seit sie ihr Arbeitszimmer verlassen hatte. Sie hatte den Wein wortlos eingeschenkt, ihrem Kater das Essen still zubereitet und die Aufforderung ihr ins Wohnzimmer zu folgen, waren die einzigen Worte, die sie gesprochen hatte. Auch jetzt, mit Cicero auf dem Schoß, starrte sie ins Leere.

Was willst du mir sagen?, überlegte er. Was sollte ich mir anhören? Soll ich das noch? Oder soll ich lieber gehen?

Frithjof wusste nicht, wie er sich verhalten sollte. Sollte er sie direkt fragen oder abwarten? Aber wie lange noch?

Blanca lauschte der Musik, während sie Cicero, der wohlig schnurrte, den Rücken kraulte. Sie selbst war nicht so entspannt wie die Katze. Blanca wusste, von wem die Nachricht auf ihrem AB stammte. Wusste, wieso sie einen Moment vor dem Gerät verharrt hatte.

»Wieso bin ich hier?«, beendete Frithjof die unangenehme Stille.

Mit traurigen Augen sah sie Frithjof an. Es schmerzte ihn, diesen Blick zu erfahren. In ihm lagen Angst und Unsicherheit. Es erschreckte ihn.

»Auf der Kommode in der Diele steht mein Anrufbeantworter«, sie deutete mit dem Kopf in Richtung Diele. »Bitte hör dir die Nachricht darauf an, Frithjof.«

Was hatte die Nachricht mit der Geschichte von vorhin zu tun? Er wollte sie fragen, doch Blanca war wieder versunken in sich und das Kraulen des Katers. Er stellte sein Weinglas auf dem Wohnzimmertisch ab und ging langsam in die Diele.

Das rote Lämpchen blinkte unaufhörlich. Noch einmal blickte er zurück ins Wohnzimmer und sah seine Freundin auf dem Sofa sitzen. Dann betätigte er die Wiedergabetaste.

»Sie haben eine neue Nachricht«, sagte eine mechanische Stimme, dann piepte es und eine Männerstimme war zu hören.

»Du solltest uns sagen, wo wir Francesco finden. Oder willst du Schwierigkeiten bekommen?«

8

Frithjof erwachte früh am Morgen. Er hatte nicht gut geschlafen und sich immer wieder von einer Seite auf die andere gedreht. Als er gestern nach Hause kam, hatte Johanna schon geschlafen und er hatte sich vorsichtig zu ihr ins Bett gelegt. Ihm war Blanca die ganze Zeit nicht aus dem Kopf gegangen. Er machte sich Sorgen um seine Freundin. Diese Anrufe, die sie bekam, beunruhigten ihn. Auch weil sie aus Angst um Francesco vorerst nicht wollte, dass die Polizei offiziell eingeschaltet wurde.

Er sah auf die Uhr, es war erst 6:30 Uhr, also jede Menge Zeit, um sich anzuziehen und sich auf die Besprechung in zwei Stunden vorzubereiten. Nachdem Frithjof eine Tasse Kaffee getrunken hatte, ging er eine Runde mit Puma spazieren. Danach machte er sich auf den Weg ins Präsidium.

Gleich im Flur lief ihm Alfred über den Weg. »Du weißt, dass wir uns in 10 Minuten zur Besprechung treffen? Blanca hat die Ergebnisse der Leichenöffnung.«

Alfred nickte. »Ich gehe nur schnell bei Quint vorbei. Wir sind gleich da.«

Frithjof setzte seinen Weg zum Besprechungsraum fort, wo Lars sich bereits um die technischen Vorbereitungen kümmerte, während Gabrielle noch dabei war, Becher und Kannen mit Kaffee auf den Tisch zu stellen.

»Moin, ihr beiden.« Frithjof setzte sich auf seinen gewohnten Platz vor dem Fenster und schenkte sich schon mal einen Kaffee ein. »Alfred und Quint sind auch gleich da. Dann fehlen nur noch Blanca und Robert.« Kaum hatte er zu Ende gesprochen, betraten auch schon Alfred und Staatsanwalt Quint den Raum.

»Guten Morgen, bitte um Entschuldigung, dass es noch etwas gedauert hat. Ich habe mich erst einmal organisiert. Ich muss nach dieser Besprechung für ein paar Tage auf Dienstreise.« Staatsanwalt Quint stellte seinen Stock an den Tisch und setzte sich dann nahe der Tür auf einen Stuhl.

Alle schenkten sich Kaffee ein und legten ihre Mappen bereit. In diesem Moment betrat Robert den Raum. Er grüßte einmal in die Runde und wollte gerade die Tür schließen, als Blanca in das Zimmer schlüpfte.

»So, dann sind wir ja vollzählig«, empfing Frithjof die zuletzt Eingetroffenen.

»Lasst uns keine Zeit verlieren und gleich beginnen. Wir werden heute von Blanca Ergebnisse von der Leichenöffnung erhalten. Dann werden wir überlegen, inwieweit wir unsere nächsten Schritte organisieren können.«

Blanca reichte Lars eine CD, die dieser in den Computer schob. Keine Minute später leuchteten auf dem LCD-Bildschirm die Datei-Symbole auf.

Sie arbeitete meist nach ein und demselben Schema. Deshalb stand in der ersten Zeile ›Leichenöffnung‹. Darunter kamen verschiedene Ordner: Bilder Körper / makroskopische Untersuchung; Organe / histologische Befunde; Serologie; klinische Befunde; toxikologische Befunde.

Sie tippte auf den ersten Ordner Bilder Körper/makroskopische Untersuchung. Auf dem Bildschirm erschienen Bilder des Toten.

»Die makroskopischen, also mit bloßem Auge sichtbaren Merkmale sind die schwere Kopfverletzung sowie die Abschürfungen beziehungsweise Blutergüsse auf der Haut.

Bei der Kopfverletzung handelt es sich wie schon bereits zu Anfang angedeutet um ein stumpfes Schädel-Hirn-Trauma. Dieser Schlag auf den Kopf in Verbindung mit dem Sturz auf die am Boden liegenden Steine war die Todesursache.«

Blanca tippte auf das nächste Bild. Hier konnte man die am Tatort liegenden Steine sehen und das sich daran befindliche Blut. Ebenfalls zu sehen waren die Reste einer Keramikfigur.

»Sowohl an den Steinen als auch an den Scherben haben wir Blut von Peter Winkler gefunden.«

Frithjof beugte sich nach vorne und stützte sich auf den Tisch. »Können wir davon ausgehen, dass er vor der Laube ermordet worden ist?«

»Dazu komme ich jetzt.« Blanca tippte auf das nächste Bild. Es zeigte Aufnahmen der verschiedenen Hautabschürfungen. »Hier könnt ihr sehen, dass es keinerlei Einblutungen in die Haut gegeben hat. Weder an den Ellenbogen noch am Rücken. Daraus können wir schließen, dass Peter Winkler bereits tot war, als man ihn in die Regentonne befördert hat.«

Robert, der bis jetzt nicht viel gesagt hatte, sondern laufend mitschrieb, hob nun den Kopf. »Kannst du etwas zum genauen Todeszeitpunkt sagen?«

»Darauf komme ich gleich zu sprechen.« Blanca öffnete den nächsten Ordner: Organe / histologische Befunde. »Bei der Leichenöffnung haben wir alle Organe entnommen, vermessen und gewogen. Dabei haben wir festgestellt, dass die Leber eine beginnende Zirrhose zeigt. Dies wird durch die histologischen Ergebnisse untermauert.«

Gabrielle schaute fragend auf. »Verstehe ich das richtig. Er hatte eine Säuferleber?«

»Ganz so würde ich es noch nicht sagen. Aber durch den jahrelangen Alkoholabusus war seine Leber stark geschädigt. Bis zu einem gewissen Grad kann sich ein Organ regenerieren, aber dann ist auch das irgendwann vorbei. Auf lange Sicht wäre das ein Problem geworden, wenn er seinen Alkoholkonsum nicht eingeschränkt hätte.«

Blanca tippte auf den nächsten Ordner: toxikologische Befunde.

»Wie ihr hier sehen könnt, liegt der Blutalkoholspiegel weit über dem Normalwert. Ein gewisser Grundpegel war also vorhanden.«

Jetzt drehte sich Blanca zu ihren Kollegen um.

»Die Werte sagen aber nichts über den genauen Todeszeitpunkt aus. Dazu musste ich die kleinen Tierchen zu Hilfe nehmen, die sich auf seinem Körper eingenistet hatten. Ich habe einen Kollegen in Kiel um Rat gefragt, der sich auf diesem Gebiet bestens auskennt. Er hat mir versichert, dass die Larven, die ich ihm geschickt habe, noch keine 48 Stunden alt sind. Damit wäre unsere anfängliche Vermutung, dass Peter Winkler nach dem Verlassen des Sommerfests erschlagen wurde, bestätigt. Man hat ihn kurz nach diesem Vorfall in der Regentonne entsorgt. Die Verwesung der Leiche ist unter diesen Temperaturbedingungen natürlich wesentlich schneller fortgeschritten, als es sonst der Fall gewesen wäre. Aber die Entwicklung der Larven und Eier widersprechen dieser Annahme. Das restliche Wasser aus der Tonne haben wir ebenfalls untersucht. Es befanden sich nur Mikroorganismen, Algen und Blutspuren vom Opfer darin. Dies war auch nicht anders zu erwarten, da die Leiche kaum Kontakt mit dem Wasser hatte. Das wars bisher.«

Blanca setzte sich an den Tisch und goss sich Kaffee ein.

Staatsanwalt Quint sah in die Runde und fasste für sich zusammen. »Peter Winkler wird nach dem Sommerfest erschlagen. Ob im Streit oder aus anderen Beweggründen wollen wir dahingestellt lassen. Der oder die Täter lassen ihn vor der Laube liegen. Später wird er dann, bereits tot, in die Regentonne befördert. Lassen wir im Raum stehen, dass es sich um ein und dieselben Täter handeln kann. So wie es aussieht, kommen jede Menge Personen für die Tat in Betracht. Das heißt, hier wartet noch viel Arbeit auf Sie.« Dann stand er auf, nahm seinen Gehstock und wandte sich an Frithjof.

»Sie werden in den nächsten Tagen alles Weitere veranlassen. Sobald ich zurückgekehrt bin, geben Sie mir einen umfassenden Bericht.«

9

Schnell einigte sich das Team darauf, welche Aufgaben an diesem Tag anstanden. Frithjof sollte sich die Wohnung von Peter Winkler ansehen, deren Adresse Gabrielle ermittelt hatte. Da er in seinem Büro nichts mehr zu erledigen hatte, schnappte sich Frithjof die Autoschlüssel und machte sich wieder auf den Weg. Er fuhr die Hindenburgstraße hinunter, bog in die Konrad-Adenauer-Allee ein und passierte den Bahnhof. Eine kleine Traube Menschen stand mit Koffern davor. In ihren Händen hielten sie ein Sektglas und stießen wohl auf eine gemeinsame Reise an. Ein Lächeln lag auf ihren Gesichtern.

Am Dithmarscher Platz musste er an die Seite fahren, weil ein Krankenwagen hinter ihm aufblinkte. Am Kreisverkehr *Adler* stieß er auf das nächste Verkehrshindernis: ein Fahrschüler, der sich nicht traute in selbigen hineinzufahren. Nachdem er die Edendorfer Straße entlanggefahren war, bog er in die Suder Allee ein und suchte auf der linken Seite die Heinrich-Rave-Straße. Gabrielle hatte ihm erklärt, dass es eine kleine Stichstraße sei, an der man gerne vorbeifährt. Er drosselte seine Geschwindigkeit, um die Einfahrt nicht zu verpassen, da hupte es plötzlich hinter ihm. Als er nach hinten schauen wollte, überholte ihn ein wild gestikulierender Mercedes-Fahrer. Frithjof zeigte ihm den Mittelfinger und fand die Straße.

Auf beiden Seiten standen weiße, ordentliche Blocks mit gepflegten Gärten. Am Ende der Straße stand ebenfalls ein Block quer. Die Häuser bildeten ein U.

Er hatte Glück und fand einen der wenigen freien Parkplätze. Auf einem Zettel hatte er sich die Hausnummer notiert, in der Peter Winkler gewohnt hatte. Seine Meldeadresse auf dem Personalausweis stimmte mit der Auskunft des Einwohnermeldeamtes überein.

Die Hausnummer neun befand sich auf der linken Seite. Vor dem Eingang standen drei Frauen und unterhielten sich. In ihren Händen trugen sie Feudel und Eimer mit Putzwasser. Sie lachten und grüßten ihn höflich. Die Frauen trugen Schürzen mit dem Emblem der Wohnungsbaugesellschaft, der diese Häuser gehörten.

Auf der anderen Seite der Straße arbeiteten Gärtner der Gesellschaft mit ihren einheitlichen grau-roten Overalls. Die Anlagen sahen überaus gepflegt aus.

Frithjof hatte sich mit einem Mitarbeiter der Baugenossenschaft verabredet, sah ihn aber noch nirgends. Den Schlüssel zu Winklers Wohnung hatten sie zwar in dessen Gartenlaube in einer Schublade gefunden, der Mann von der Baugenossenschaft müsste ihm jedoch Zutritt zu dem Hausflur gewähren.

Neben Frithjof hielt ein mit Werbung beklebtes Auto. Als es anhielt, stieg ein ungefähr 30-jähriger Mann aus, an dessen Polohemd ebenfalls das bekannte Emblem haftete. Er winkte freundlich. Seine Haare waren kurz und ordentlich gekämmt. Er trug eine legere Jeans und hielt an seinem Ohr ein Handy, in das er eifrig hineinredete. »Zahlen Sie die ausstehenden Mieten und wir können den Gerichtsvollzieher stoppen. Mehr kann ich da auch im Moment nicht machen.« Er hörte dem Gesprächspartner einige Sekunden zu, bis er sagte: »Das hätten Sie sich früher überlegen sollen. Gucken Sie, wo Sie das Geld auftreiben. Wir sind nicht die Bank. Gehen Sie dorthin! Leihen Sie es sich dort.« Der Mitarbeiter beendete das Gespräch und reichte Frithjof die Hand: »Moin, mein Name ist Kreutzer und

Sie müssen Herr Arndt sein.« Während Frithjof nickte, zeigte er entschuldigend auf sein Handy. »Eine der undankbaren Aufgaben in dem Job. Wir versuchen zu helfen, wo wir können. Machen Ratenzahlungen, schieben eine Miete mal nach hinten, damit wir irgendwann das Geld bekommen.« Er zuckte mit den Schultern. »Aber die, die sich nie melden, die sich keinen Deut um die Mietzahlungen kümmern, denen können wir irgendwann auch nicht mehr helfen. Da sind dann die Anwälte und zum Schluss der Gerichtsvollzieher am Zug.«

Frithjof begleitete Herrn Kreutzer die Straße entlang, bis sie zur Hausnummer neun einbogen. Der Hausverwalter grüßte zu den Gärtnern hinüber und diese nickten freundlich zurück.

»Was passiert mit denen?«, fragte Frithjof. »Wo bleiben die, die alles rausräumen?«

Der Mann zuckte mit den Schultern. »Wer weiß. Das ist nicht mehr unser Job. Wir sind auch nur ein Unternehmen, das überleben muss.« Er klimperte mit einem Schlüsselbund. »Wie gesagt, wir versuchen wirklich, den Leuten zu helfen. Da sind wir schon großzügiger als andere Unternehmen.«

»Und Herr Winkler? Was war er für ein Mieter? Hat er pünktlich seine Miete gezahlt?«

»Sicher. Das Geld kam vom Leistungszentrum. Und solange die ArGe das Geld nicht an die Mieter überweist, kommt es bei uns an.«

»Es kommt also vor, dass das Geld für andere Dinge ausgegeben wird, als für die Miete?«, fragte Frithjof, der langsam, aber sicher wieder anfing zu schwitzen.

»Was denken Sie? Viele sind der Meinung, es sei eine zusätzliche Zahlung und geben es aus!«

»Zusätzlich zu was?«

»Eben!«, der Mann lachte. »Die bekommen das Geld

vom Staat und einige denken tatsächlich, ab und an bekommen sie sogar noch was extra.«

»Ich vermute, dieses Geld sehen Sie nie wieder.«

»Richtig. Es gibt zwei Standardsprüche: a) ich nicht verstehen, oder b) ich hab ja nichts.«

Der junge Mann trat an die Eingangstür und zog einen länglichen, metallenen Tresor aus der Hauswand, den er mit einem Schlüssel öffnete. »Wir kommen ins Haus. Nicht in die Wohnungen!«, stellte er fest. »Was Ihre Frage bezüglich Herrn Winkler betrifft: Das Geld kam immer pünktlich von der ArGe. Es gab keine Beschwerden der Nachbarn und er rief nicht alle Nase lang in der Geschäftsstelle wegen Kleinigkeiten an.«

»Ein guter Mieter, also«, fragte Frithjof.

»Sie sagen es!«

Beide betraten den Hausflur. Es gab drei Parteien. Erdgeschoss, Obergeschoss und Dachgeschoss. Peter Winkler wohnte in der Mitte. Das Treppenhaus roch nach Reinigungsmitteln. Die Frauen des Unternehmens mussten es gerade erst frisch gereinigt haben.

Bevor Frithjof die Tür von Peter Winklers Wohnung öffnete, klopfte und klingelte er. Nicht selten war es passiert, dass er oder ein Kollege in eine Wohnung gegangen waren und dort Freunde des Opfers antrafen.

Nachdem keine Antwort kam, drehte er den Schlüssel im Schloss um und stieß die Tür auf.

Ein dicker Mief schlug Frithjof und Herrn Kreutzer entgegen. Kein Wunder, denn die Fenster waren fest verschlossen. Es roch nach Bier und verschimmelten Abfällen. Da Frithjof jedoch Schlimmeres gewöhnt war, musste er sich nicht die Hand vor die Nase halten. Es wunderte ihn jedoch, dass Herr Kreutzer es nicht tat.

»Da gibt es härtere Fälle. Glauben Sie mir«, sagte er und sah sich um.

Sie traten in die knapp 35 Quadratmeter große Zwei-Zimmer-Wohnung. Im spärlich eingerichteten Wohnzimmer stand ein Gartenstuhl vor einer Astrakiste, die als Tisch diente. In einer Ecke befand sich ein kleiner Fernseher auf einem DVD-Rekorder und darum herum lagen etwa ein Dutzend Porno-DVDS verstreut. Der PVC-Belag war mit Asche und Bierdosen zu gemüllt, dazwischen einige leere Dosen mit einer Gabel oder einem Löffeln.

Als die Männer ins Schlafzimmer schauten, sahen sie dort eine auf dem Boden liegende Matratze, darauf ein Leintuch mit braungrauen Gebrauchsspuren und weißlichen Flecken. Die Bettwäsche lag zerknittert und zusammengeknüllt darauf. Aber man konnte auf den ersten Blick erkennen, dass der Stoff schon lange keine Berührung mehr mit einer Waschmaschine hatte. Neben dem übervollen Aschenbecher am Matratzenrand lagen die *St. Pauli Nachrichten* geknickt und blanke Busen zeigend.

Der Kleiderschrank bestand aus mehreren Lidl- und Penny-Tüten. Der kleine Schreibtisch in der Ecke war das einzige Möbelstück, das einigermaßen ordentlich aussah. Frithjof zog einen der Pappschuber, die darauf angeordnet waren, hervor und fischte lose Blätter heraus. Beim Überfliegen der Papiere traute er seinen Augen nicht. Er griff gleich nach dem nächsten Schuber und wieder fischte er Notizen von Peter Winkler heraus.

Das, was Peter Winkler hier notiert hatte, schien hochinteressant zu sein. Es musste sich ausschließlich um die Kleingärtner handeln! Er entdeckte beim ersten Drüberschauen die Namen Seebach, Bing, Berger und Christiansen.

Frithjof holt sein Handy hervor und wählte Sebastians Nummer.

»Sebastian, ich habe hier einige Unterlagen, die ich gerne im Präsidium hätte.« Kurz und knapp erklärte Frithjof ihm den Weg. »Und wenn du schon hier bist, solltest du auf alle

Fälle einige Abstriche in der Wohnung nehmen. Von Zahnbürste, Gläsern, Besteck und Abflusssieb. Vielleicht gibt es in diesem Drecksloch Hinweise auf einen Besucher.«

Frithjof blickte aus dem Fenster des Schlafzimmers auf eine größere Rasenfläche. Darauf standen leinenbespannte Wäschepfähle, an denen Socken und Unterhosen hingen. Dort wo die Bettwäsche hing, bolzten zwei Jungen ihren Fifa-Ball in die frischen Laken.

Hinter der Grünfläche erstreckte sich eine geknickte Fläche mit Bäumen und Sträuchern, die exakt so lang war wie die Heinrich-Rave-Straße. In einem Busch erkannte Frithjof eine Piratenflagge. Die Jungen mussten sich dort ein Versteck gebaut haben.

Gleich hinter dem Knick befand sich der Schotterweg und dann kam auch schon der Kleingartenverein.

Ich kenne Winkler. Ich war in seiner Wohnung. Ich habe die Notizen gesehen. Mein Name taucht darin auf. Ich klingle an seiner Tür. Ich muss mit ihm darüber reden. Er ist nicht zu Hause. Er wird in seinem Garten sein. Ich stelle ihn dort zur Rede. Es kommt zu einem kurzen, jedoch heftigen Streit. Ich erschlage Winkler. Meine Notizen nehme ich an mich.

Nein, dachte Frithjof, die Aufzeichnungen hatte er in der Wohnung gesammelt, der Schlüssel lag jedoch in der Laube. Also brauchte der Täter Zeit. Hatte er sein Opfer deswegen versteckt?

Ich stopfe den toten Winkler in die Regentonne. Ich nehme den Schlüssel aus seiner Laube. Ich nehme die Notizen, die mich belasten. Ich lege den Schlüssel wieder zurück. Jeder wird glauben, einer der Namen auf den Zetteln muss es gewesen sein.

Würde das heißen, keiner der Kleingärtner, sondern ein vollkommen Fremder war dort am Abend des Festes? Wenn er aber so unbekannt war, nahm er zwei Mal das Risiko auf sich, dort gesehen zu werden.

Und wenn es ein Kleingärtner war? Dann müsste es jemand sein, dem man erst einmal keinen Grund für den Mord nachweisen konnte?

Frithjof fand den Gedanken suspekt: Sonst waren diejenigen verdächtig, die einen Grund hatten. Nun waren es diejenigen, die keinen Grund hatten.

Der Mann der Wohnungsbaugesellschaft schaute im Wohnzimmer nach der Heizung, als Frithjof durch das Zimmer in die Küche gehen wollte.

»Wohnungsabnahme«, erklärte Herr Kreutzer. »Wir müssen die Wohnung schließlich neu vermieten.«

Frithjof sah sich um. »Und wer zahlt das Entrümpeln? Die ArGe?«

Der Mann lachte und schüttelte den Kopf. »Der Vermieter. Wir, natürlich.« Er sah sich die vergilbten Wände an. Dann den Boden. »Dann dürfen wir einmal durchweißen und neuen PVC verlegen: ungefähr 2000 Euro. Dazu der Müllabtransport, die Verwaltungskosten und die Kosten für einen Leerstand. Können Sie sich ausrechnen, was uns das kostet.«

Die Küche und das Bad hatten außer weiterem Dreck nichts Interessantes zu bieten.

Frithjof bedankte und verabschiedete sich von Herrn Kreutzer und trat auf die Straße. Er wählte Gabrielles Nummer und bat sie, sich durch die Notizen zu arbeiten, die Sebastian ihr bringen würde. »Lars soll dir helfen. Ebenso möchte ich wissen, wieso Winkler gerade nach Itzehoe gekommen ist und was mit den Angehörigen von dem Mädchen passiert ist, das er damals überfallen hat: Wo leben sie und wo waren sie an dem Mordtag.«

»Du glaubst, das hat was mit dem Fall von vor ein paar Jahren zu tun?«

»Ich glaube nicht«, gab Frithjof zu. Er ging eher davon aus, dass Winkler im Streit erschlagen wurde. Und zwar von einem der Kleingärtner von *Kleinklee*. Im Affekt. Ein

Mord als Vergeltung für ein zerstörtes Leben konnte er sich nicht vorstellen. So ein Mord wäre anders vonstatten gegangen. Nicht bei einem Sommerfest bei so vielen Leuten, die als Zeugen hätten fungieren können.

»Ich möchte nur so vieles wie möglich ausschließen«, erklärte er Gabrielle. »Was macht Robert? Hat er sich gemeldet?«

»Nein. Er wird immer noch unterwegs sein zu den gestern nicht angetroffenen Kleingärtnern.«

Als Frithjof gerade in sein Auto steigen wollte, hielt Sebastian neben ihm. »Die Neun«, sagte Frithjof und deutete auf den Eingang. »Die Unterlagen bitte checken, dann zu Gabrielle damit, sie wird sie mit Lars auswerten. Alles andere zu Blanca.«

Sebastian sah ihn mit strengem Blick an. »Ach was, Frithjof. Das ist ja mal ganz was Neues. Gut, dass du mir hilfst. Und ich dachte schon: Unterlagen in die Cafeteria und alles andere zur Bommel.«

»Entschuldige, Bastian.«

»Se-bastian.«

Frithjof kniff die Augen zusammen und sah Sebastian an. »Sag mal, was hast du da auf deiner Wange? Eine Narbe?«

»Ja, so'n Volldepp von Polizist hat mich mal durch Gestrüpp geschickt.«

»Narben machen sexy.«

»Den Fetisch-Glauben hätt ich auch gern.«

Beide lachten und Frithjof klopfte Sebastian auf die Schulter. »Viel Spaß in dem Drecksloch.«

»Schon gut. Eine Wohnung ist immer noch besser als dichtes Gestrüpp.«

»Warte ab, bis du drin bist«, scherzte Frithjof.

»Du weißt, dass ich dich nicht mag?«

10

Lilli Bach hatte laut Kleingartenskizze schräg links über Peter Winkler ihre Parzelle. Die Kollegen hatten erfahren, dass Lilli Bach mittlerweile in einem Altenheim wohnte und nur noch selten in ihren Kleingarten kam. Trotzdem wollte Frithjof sie nun besuchen, auch wenn er nur Tratsch und Klatsch von der alten Dame erfahren sollte. Ein Fünkchen Wahrheit fand sich dabei immer.

Als er durch Itzehoe fuhr, fragte sich Frithjof, warum Altenheime in der letzten Zeit immer häufiger an Bahnschienen oder Hauptverkehrsstraßen gebaut wurden. Entweder war das günstiger Baugrund oder die Planer gingen davon aus, dass die älteren Herrschaften eh nicht mehr viel hörten.

Auch das »Waldheim« lag, anders als der Name versprach, an einem dieser Orte. Frithjof betrat eine wuchtige Eingangshalle. Auf Infotafeln hingen bunte Plakate mit Ankündigungen: Bingo, Tanztee, Grillfest, Wasseraerobic, Walken. Unzählige Fotos zeigten Heimangestellte mit den Bewohnern in verschiedenen Situationen. Sie erinnerten an unbeschwerte Momente, in denen Krankheiten oder Einsamkeit für eine kurze Zeit keine Rolle spielten. Die Geschichten hinter den Bildern sahen anders aus.

Am gläsernen Empfang erkundigte sich Frithjof nach Lilli Bach. Eine junge Frau erklärte ihm den Weg durch etliche Flure: »Zwei Mal rechts, dann geradeaus durch die Glastür. Beim Kaffeeautomaten gleich links und dann die Treppe oder mit dem Fahrstuhl nach oben. Den Gang einige Schritte zurück, links und dann fragen Sie bei der Info nach dem weiteren Weg.« Die junge Frau strahlte, als sei der Weg ganz einfach.

Frithjof hatte jedoch das Gefühl, als hätte sie ihm die Route durch das *Auenland* und *Mordor* gleichzeitig beschrieben.

Bald hatte er das Gefühl falsch zu sein. Er lief zurück, drehte nach links, suchte einen Kaffeeautomaten, fand ihn aber nicht, dafür eine Treppe, die nach oben führte.

Sollte hier nicht der Kaffeeautomat sein?

Wieder zurück, die Treppe hinunter, dann geradeaus.

Wo war die Glastür?

Er drehte sich um. Da, der Kaffeeautomat! Er ging auf ihn zu, stieß jedoch kurz darauf auf eine Glasscheibe.

Nichts mit Glastür, fluchte er.

Jetzt hatte er den Kaffeeautomaten endlich gefunden und kam gar nicht erst dazu, links und doppelt rechts zu gehen.

Verzweifelt fragte er eine Frau nach dem Weg, die eben auf den Flur herauskam. »Das ist ganz einfach«, antwortete sie, »Sie gehen hier an der Glaswand entlang, dann links. Dann kommen Sie an der kleinen Kapelle vorbei. Einfach den Gang entlang, Treppe hoch, Stück nach vorne, dann durch die Drehtür und beim Empfang im ersten Stock wieder fragen. Sonst wird das zu kompliziert!«, flötete sie und ging davon.

Konzentrier dich, Alter, dachte er. An der Glastür entlang dann links und an der Kapelle vorbei. Geschafft!

Er überlegte. Gang links oder rechts?

Links.

Nein.

Wo war die Treppe?

Er lugte die Gänge entlang. Keine Treppe in Sicht. Dafür sah er den Kaffeeautomaten. War der jetzt noch wichtig?

Ja? Nein? Sollte der Kaffeeautomat nicht in der Drehtür stehen, die sich auf der Treppe nach oben befand und in einen Fahrstuhl führte?

»Hilfe!«, brüllte er.

Ein Pfleger trat auf ihn zu lachte. »Die bauen die Dinger extra so groß und verwinkelt, damit die Angehörigen auch wirklich glauben, die Alten sind verrückt und verwirrt. Die sehen ihre Oma dann irrend auf den Gängen herumlaufen und nehmen die auf keinen Fall mehr zu Hause auf.«

»Ich will doch nur zu Lilli Bach.«

»Soll ich Sie begleiten?«

»Ja!« Fast hätte Frithjof dem Pfleger einen Kuss auf die Stirn gedrückt. Während er hinter ihm hertrottete, bekam er eine Ahnung davon, wie seine Situation in 30 Jahren sein könnte.

Nach endlosen Gängen erreichten sie im ersten Stockwerk das Zimmer von Lilli Bach.

»Das hätte ich ohne Sie nie gefunden«, bedankte sich Frithjof bei ihm. Der Mann winkte ab und ging den Gang entlang. Frithjof klopfte. Als niemand antwortete, öffnete er vorsichtig die Tür und lugte hinein.

Vor einem großen Fenster mit Balkon saß eine kleine Frau. Sie trug eine weiße Bluse und einen grauen Rock. Ihre weißen Haare waren ordentlich nach hinten gekämmt. Die Hände lagen auf ihrem Schoss. In ihnen hielt sie ein Stofftaschentuch, das sie von Zeit zu Zeit auseinander faltete und dann wieder zusammenlegte. Das machte sie, ohne darauf zu schauen.

Im Zimmer standen antike Möbel, die auf Frithjof einen teuren Eindruck machten: ein Jugendstil-Sekretär neben dem Fenster und an der gegenüberliegenden Wand ein schwerer handgearbeiteter Schrank.

An den Wänden hingen Familienfotos, die meisten waren schwarz-weiß und alle schon gelblich verblichen.

Auf dem Tisch in der Mitte des Raumes standen duftende Sommerblumen.

Als Frithjof sich räusperte, drehte sich die Dame langsam um. Ihr knöchriges Gesicht musterte ihn. Dann drehte sie sich wieder dem Fenster zu und faltete das Stofftaschentuch auseinander.

»Frau Bach?«, fragte Frithjof und trat vorsichtig neben sie.

Sie faltete das Stofftaschentuch wieder zusammen. »Ich bin Frau Bach«, sagte sie leise. »Wer sind Sie?«

»Mein Name ist Arndt. Frithjof Arndt.«

»Frithjof ist ein schöner Name. Ich kannte auch einmal jemanden, der so hieß. Ich glaube, ich war in ihn verliebt. Das ist lange her.«

Frithjof deutete auf einen Stuhl. »Darf ich mich setzen?« Frau Bach nickte ihm aufmunternd zu.

Eine Weile saßen sie nebeneinander und blickten hinaus. Lilli Bach roch nach Pfefferminze.

»Ich bekomme nicht oft Besuch«, sagte sie und faltete das Stofftaschentuch wieder auseinander. »Glaube ich. Ich erinnere mich nicht mehr so gut.« Sie faltete das Stofftaschentuch wieder zusammen.

»Sind Sie das auf den Bildern?« Frithjof sah an die Wände.

»Da war ich jung. Die Bilder hatten noch keine Farbe.«

»Sie sehen glücklich darauf aus«, fand er.

»Bilder können täuschen. Nur ein Klick. Dann ist man auf dem Papier. Nur ein Klick. Und ein ganzer Sommer ist festgehalten. Nur ein Klick. Und die Tränen, die vorher geweint wurden, sind nicht mehr da. Für immer. Wie es scheint.«

Ihre Stimme war brüchig. Sie sprach langsam. So, als würde sie jedes Wort wohl überlegt sagen. »Ich bekomme nicht oft Besuch.«

»Frau Bach, wissen Sie, wieso ich Sie besuche?«

Sie überlegte. »Wie ist Ihr Name?«

»Frithjof.«

»Das ist ein schöner Name. Ich kannte mal jemanden, der so hieß. Ich glaube, ich war in ihn verliebt.«

»War er auch in Sie verliebt?« Er lächelte sie an.

»In mich waren viele verliebt«, sagte sie und hielt verlegen ihr Stofftaschentuch vor den Mund. Es faltete sich auseinander.

»Das kann ich mir vorstellen«, sagte Frithjof, während sie das Stofftaschentuch wieder zusammenlegte. »Ich möchte etwas über ihre Zeit bei *Kleinklee* erfahren. Ich habe gehört, sie hatten fast über 40 Jahre dort einen Garten.«

»Das stimmt. Meine Wohnung hatte keinen Balkon. Ich mochte die Natur. Die Blumen. Ich mochte es, meinen Tee in der Sonne zu trinken und zu lesen. Am liebsten Krimis. Agatha Christie habe ich sehr gemocht.« Sie überlegte. »Wie hieß noch dieser belgische Detektiv?«

»Poirot. Hercule Poirot«, half Frithjof ihr.

»Ah, ja. Ich kannte mal jemanden, der so hieß. Ich glaube, ich war in ihn verliebt.«

Frithjof glaubte in diesem Moment, der Besuch würde ihn nicht weiterbringen. Er hatte gehofft, Lilli Bach würde ihm einige Geschichten und Geheimnisse erzählen können, die sich unter den Kleingärtnern über die Jahre angehäuft haben mussten. Schließlich war sie eine der ersten Pächter nach dem Krieg gewesen. Sie war sozusagen die Chronik des Kleingartens.

Doch je länger das Gespräch dauerte, umso klarer wurde Frithjof, das die Chronik langsam anfing zu verblassen. Wie alte Bücher, wenn sie der Sonne ausgesetzt sind.

»Erinnern Sie sich an Wilhelm Solberg?«

»Sicher, sicher! Der Soli. Er war der Chef vom Ganzen. Man hat ihm immer mal wieder vorgeworfen, die Wahlen zum Vorsitzenden seien nicht ganz richtig gelaufen«, lachte sie. »Nicht ohne Grund ist er so lange Vorsitzender. Das haben Sie aber nicht von mir.« Sie tätschelte ihm die Hand. »Das hat so manchen gewurmt, können Sie mir glauben. Vor allem den Seebach. Der wollte so gerne der Boss sein. Seit Jahren schon. Der betreibt Untergrundarbeit, um sich Stimmen zu sichern. Und wenn es dann zur Wahl kommt, hat es Solberg immer irgendwie geschafft, die Abtrünnigen zurück auf seine Seite zu holen.«

Von einem auf den anderen Moment änderte sich ihr Gesichtsausdruck, erschrocken sah sie Frithjof plötzlich in die Augen. »Wie geht es Elli? Der lieben Elli?«

»Sie meinen Elisabeth Wendelin? Der geht es gut. Ein Freund von mir hat erst gestern mit ihr gesprochen.«

Lilli Bach strahlte über das ganze Gesicht. »Wir haben uns im Krieg kennen gelernt und sind danach immer zusammengeblieben. Schon erstaunlich, wie das Leben einen zusammenführt.«

Sie faltete das Stofftaschentuch auseinander. »Und Gustav? Wie geht es ihm?«

Frithjof fand, eine Lüge wäre nicht schlimm. »Dem geht es auch gut.«

Ernst sah Lilli Bach aus dem Fenster. Ruckartig faltete sie das Stofftaschentuch zusammen. »Ist er denn noch nicht tot?«

»Bitte?«, fragte Frithjof erschrocken.

»Elli hätte ein so schönes Leben haben können, wäre Gustav nicht gewesen. Er hat sie ständig rumkommandiert. Manchmal auch geschlagen. Sie kam sehr oft zu mir und weinte sich aus. Sie sagte dann immer: Eines Tages werde ich ihn vergiften.«

Vielleicht wäre die Wahrheit doch besser gewesen, dachte sich Frithjof. Dann hätte Lilli Bach sich gefreut.

»Guckt der Hannes immer noch den jungen Dingern

nach?«, fragte sie Frithjof. Er wunderte sich, dass sie sich nicht an seinen Namen erinnern konnte, dafür aber an Dinge, die weit in der Vergangenheit lagen.

»Johann? Ich weiß nicht. Hat er das?« Frithjof wollte so verlegen tun, wie er konnte. Lilli Bach täuschte er nicht.

»Na, na, junger Mann. Als würden Sie nicht wissen, dass er seine Lehrerlaufbahn dafür aufgeben musste. In den Ruhestand hat man ihn geschickt deswegen. Das weiß kaum jemand. Von mir haben Sie das nicht.«

Frithjof nickte verschwörerisch. Schon die Zweite, die Heidmöller als Grapscher kannte. Ob Winkler das auch wusste? Aber woher hatte er diese Information?

»Kannten Sie einen Peter Winkler?«

Sie überlegte. »Nein.«

»Er hatte seinen Garten neben dem von Elisabeth und Holger Seebach. Und dem von Johann Heidmöller.«

Wieder überlegte sie. »Nein. Das tut mir leid.« Sie faltete ihr Stofftaschentuch auseinander. »Warum sind Sie hier?« Sie sah ihn so überrascht an, als hätte er sich gerade eben erst zu ihr gesetzt.

Er sah ihr fest in die Augen und lächelte.

»Ich bin hier, um Ihnen zu sagen, dass Gustav Wendelin tot ist.«

Erleichtert atmete die alte Dame aus. »Das ist gut. Das ist gut für Elli.«

Sie saßen eine Weile schweigend vor dem Fenster. Dann legte sie eine Hand auf Frithjofs. »Ich bekomme nicht viel Besuch.«

»Das ist schade.«

»Wie heißen Sie?«

»Frithjof.«

»Das ist ein schöner Name. Ich kannte einmal jemanden, der auch so hieß. Ich glaube, ich war in ihn verliebt.«

11

Robert machte sich auf den Weg zu Tobias Christiansen, der bei einer Krankenkasse arbeitete. Seine Parzelle lag schräg rechts unter Winklers Garten. Als er schon fast die Krankenkasse erreicht hatte, hörte er den Signalton in seinem kleinen Kopfhörerknopf. Er fuhr auf den Parkplatz des Plaza Marktes, um das Gespräch anzunehmen. Doch wegen des offenen Verdecks konnte er niemanden verstehen.

»Herr van Versendaal?«, hörte er ganz undeutlich eine piepsige Stimme.

»Ja.« Er stieg aus dem Wagen. Er erkannte die Stimme. Das Gespräch würde ein wenig dauern, glaubte er und sah sich um. Zum Glück war niemand in der Nähe. Sein Herz begann, schneller zu schlagen. Er musste vorsichtig sein, denn jetzt durfte nichts mehr schief gehen. Dieser Anruf war das Resultat seiner geheimen Nachforschungen, die er seit fast einem Jahr betrieb. Bisher konnte er sein Vorgehen weitgehend geheim halten, doch in der letzten Zeit hatte er immer häufiger das Gefühl, dass Frithjof misstrauisch wurde. Er musste unterbinden, dass ihn irgendjemand im Präsidium besuchte, damit es nicht wieder zu einem so heiklen Zusammentreffen mit einem Kollegen käme. Es war einfach zu riskant.

Sein Weg führte ihn zwischen Einkaufswagen schiebenden Menschen vorbei. Am Ende der Straße befand sich die Futtermittel-Fabrik Trede & von Pein. Lastwagen fuhren dicht an ihm vorbei. Robert bat den Anrufer einen Moment zu warten, bis er am Hafen war. Hier war er ungestört und konnte eventuelle Lauscher besser ausmachen.

Nur zwei Angler trotzten der Hitze. Sie sahen kurz zu dem Neuankömmling hoch und stierten dann wieder auf die Stör. Ein wenig weiter weg wurde gerade ein Schiff für den Getreidesilo von Rusch gelöscht.

»Jetzt kann ich zuhören«, sagte er, als er sich weit genug von den Anglern entfernt hatte.

»Warten Sie einen Moment, Herr van Versendaal.« Er wurde verbunden. Eine mechanische Frauenstimme bat ihn, erneut zu warten. Schließlich meldete sich derjenige, den er für seine geheimen Informationen bezahlte, illegal bezahlte.

Die Stimme klang wie ein tiefer Bariton. Robert nannte ihn Schiller, auch wenn er wusste, dass das nicht sein richtiger Name war.

»Ich habe Ihr Geld bekommen, Herr van Versendaal. Es ist weit aus mehr, als ich erwartet habe.«

»Wir sind ja auch noch nicht fertig.« Robert sah sich um. Er vergewisserte sich noch einmal, dass ihm niemand zuhörte.

»Was ist mit den Namen? Die, die ich aus offiziellen Kreisen bekommen habe, führten ins Leere.«

»Ich hoffe, unsere Namen werden das nicht.«

»Das hoffe ich auch für Sie!«, zischte Robert durch zusammengepresste Lippen. »Wann bekomme ich die Namen?«

»Heute Abend.«

»Wo?«

»An der alten Alsen Fabrik. Da sind wir ungestört. Kommen Sie zu den Sprayer-Silos. Gegen 11. Dann ist es dunkel.«

Die Verbindung wurde unterbrochen. Hätte man Schiller orten wollen, wäre die Zeit zu knapp gewesen. Ein

Profi. Deswegen hatte Robert ihn durch Mittelsmänner engagiert.

Die Sprayer-Silos lagen fast am Ende der übrig gebliebenen zerfallenden Gebäude der Alsen Fabrik. Durch Rohre gelangten Sprayer in das Innere des ehemaligen Zementwerks und verwandelten die einstmals grauen Wände in farbenfrohe Kunstwerke.

Heute Abend, dachte Robert, als er eilig zurück zu seinem Wagen lief. Äußerlich ließ sich der junge, gut aussehende Mann nichts anmerken, innerlich jedoch kämpften seine Gefühle heftig gegeneinander. Freude, Angst und das Gefühl, sich in große Gefahr zu begeben, wechselten sich im Sekundentakt ab.

Niemand durfte erfahren, was er vorhatte. Vor allem vor Frithjof musste er sich zukünftig mehr in acht nehmen.

Er verließ den Parkplatz des Plaza Marktes und fuhr wenig später in das Parkhaus am ZOB hinein. Zwischen den Bussen hindurch gelangte er zum AOK-Gebäude. Auf der Fahrt hierher hatte er fast zwei rote Ampeln überfahren, so sehr schwirrten in seinem Kopf die Gedanken um Schiller. Immer wieder musste er an den bevorstehenden Abend denken.

Nachdem er fast eine ältere Dame, die ihren Hackenporsche hinter sich herzog, gerammt hatte, trichterte er sich ein, sich auf den Fall zu konzentrieren.

Er betrat das Foyer der Krankenkasse, aus dem einem die stehende Hitze entgegenschlug. Entweder war die Klimaanlage defekt oder das Gebäude besaß keine. Zwischen den Grünpflanzen durchzogen lange Menschschlangen den Raum. Telefone klingelten ununterbrochen und zu viele Menschen rochen nach Schweiß.

An der Information hörte er eine ältere Dame schimpfen, man wolle durch diese ganzen Formulare nur bewirken, dass die alten Leute irgendwann aufgaben und sich das Geld nicht zurückholten. »Was kann ich denn dafür, dass man uns immer älter werden lässt? Nur, wenn man das schon macht und ordentlich damit abkassiert, sollte man uns älteren Menschen wenigstens auch helfen.«

Der junge Kundenberater sah Hilfe suchend zu seinem Chef. Der kam mit einem süffisanten Grinsen auf die Alte zu und sagte: »Da müssen Sie sich bei den Pharmakonzernen beschweren. Nicht bei uns. Da kann mein junger Kollege auch nichts dafür.«

»Papperlapapp! Pharmakonzerne! Wenn Sie und die Regierung nicht immer wieder diese Pharmakonzerne unterstützen würden, würde das alles gar nicht erst so weit kommen!« Sie reichte ihm einen ganzen Packen Formulare. »Was hat das jetzt wieder zu bedeuten? Mein Mann ist seit 15 Jahren durch einen Schlaganfall einhundertprozentig behindert und bettlägerig. Wieso muss ich jetzt – nach 15 Jahren! – diese sieben Bögen ausfüllen?« Sie kam richtig in Rage. Alle Köpfe in der Eingangshalle drehten sich zu ihr um. »Als hätte sich etwas verändert. Der springt nicht einfach wieder durch die Wohnung. Ich wasche ihn morgens, wechsle den Katheter, füttere ihn, bade ihn abends, ziehe ihn um, lege ihn ins Bett und versuche nicht daran kaputt zu gehen. 15 Jahre!« Sie zeigte auf den Abteilungsleiter. »Das wissen mindestens 17 Sachbearbeiter! So viele nämlich hatte ich in den 15 Jahren. Die Namen habe ich mir alle hier aufgeschrieben. Jedes Jahr musste ich meine Unterlagen wieder neu einreichen, weil der Vorgänger keine Übergabe oder dergleichen gemacht hat. Gut, habe ich mir die ersten Male gedacht, mach ich das, nach dem fünften Mal habe ich schon daran gedacht, die Krankenkasse zu wechseln. Dann hat mir Sachbearbeiter Nummer sechs aber versichert, es würde jetzt alles besser.« Sie holte theatralisch tief Luft: »Nein, wurde es nicht.« Sie knallte dem Mann die mehrseitigen Unterlagen auf den Tresen. »Und nun dies?!«

Robert fühlte mit der alten Dame mit. Das gleiche Spielchen trieben sie Jahre lang mit seiner Großmutter. Am Ende gab sie auf und bezahlte das meiste aus eigener Tasche.

Ihm wurde schlecht bei dem Gedanken, wie die älteren Menschen, die nach dem Krieg Deutschland wieder aufbauten, vor allem die Trümmerfrauen, immer mehr diskriminiert und von den Politikern ausgeschlachtet wurden. Die Krankenkassenbeiträge stiegen, die Arztbesuche mussten quartalsmäßig gezahlt werden und Rezeptgebühren standen an.

Und gleichzeitig wurden die Renten gekürzt. Die Politiker sollten sich schämen.

Robert wurde von hinten auf die Schulter getippt. Er solle aufrücken. Er war an der Reihe. Am Empfang stand ein junges Mädchen. Die Haare waren ordentlich frisiert, jedoch sah man ihren unglücklichen Versuch, sich die Haare zu färben wie Paris Hilton. Auf einen kleinen Schild las er: Auszubildende, Frau Müller.

Robert legte ihr seinen Ausweis vor und bat darum, mit Tobias Christiansen zu sprechen. Frau Müller sah ihn irritiert an und meinte etwas wie, den kenne sie gar nicht.

»Ich bin erst seit einem Monat hier«, lachte sie. »Aber man muss nur wissen, wo man nachgucken muss.« Sie tippte etwas in ihren Computer ein. Dann sah sie Robert an. »Ich glaube ... nein, Herr Christiansen arbeitet nicht hier. Ich habe keine Durchwahl. Und der Name ... nein, ich glaube, nein, den gibt es hier nicht.«

Robert versuchte, höflich und ruhig zu bleiben. »Meinen Sie nicht, dass glauben und wissen zwei verschiedene Paar Stiefel sind? Können Sie mir bitte jemanden holen, der mir weiterhelfen kann?«

Die Menschen hinter ihm in der Schlange wurden ungeduldig.

Eine streng wirkende Frau trat hinzu und schaute ihrer Kollegin über die Schulter. Diese erklärte ihr das Problem, dann sah Frau Ibsen, wie das Namenschild sie auswies, Robert an.

»Kommen Sie doch bitte einmal hier herum«, sie wies ihn an endlos und kompliziert gesponnenen schwarzen Bändern hindurch.

»Von der Kripo?« Sie musterte seinen Ausweis. »Sie sind noch recht jung.«

»Und?«

»Ich mein ja nur.

»Ich auch.«

Frau Ibsen wurde etwas unsicher in ihrer strengen Art. Dass der junge hübsche Mann ihr gegenüber selbstsicher blieb, überraschte sie. Das war sie nicht gewohnt. Normalerweise duckten sich ihre Gesprächspartner vor ihr und ihrer Art.

»Ich werde Herrn Jung holen müssen. Herr Christiansen hat in seiner Abteilung gearbeitet.«

»Was meinen Sie mit *er hat*?«

Frau Ibsen fuchtelte entschuldigend mit den Händen. »Das wird Herr Jung Ihnen sagen. Warten Sie einen Moment.«

Als sie Robert verließ, zog er sein Handy aus der Tasche und rief Lars an. »Hast du nicht gesagt, Christiansen arbeitet bei der AOK?«

»Ja. Das hat mir seine Frau gestern erzählt. Wieso, stimmt was nicht?«

»Angeblich arbeitet er nicht mehr hier.«

Herr Jung trat mit ausgestreckter Hand auf Robert zu. Robert verabschiedete sich schnell von Lars und steckte sein Handy weg.

Herr Jung, der einen billigen Anzug trug und dazu eine vollkommen unpassende Krawatte, führte Robert in ein kleines Büro. Es entsprach dem üblichen Standard. Eine Schrankwand, die bis unter die Decke ging. An der gegenüberliegenden Wand ein Fenster zur Straße.

In der Mitte des Raumes stand der Schreibtisch mit PC, dem Bürosessel dahinter und zwei Besucherstühlen davor.

»Sie wollen mit Herrn Christiansen sprechen, hat Frau Ibsen mir erzählt.«

Robert nickte und setzte sich Herrn Jung gegenüber in einen der beiden Stühle. Wahrscheinlich ergonomisch, dachte Robert und wusste, er würde nach zwei Minuten Rückenschmerzen haben.

»Herr Christiansen arbeitet seit knapp sechs Wochen nicht mehr bei uns, da wir Unregelmäßigkeiten in seinen Abrechnungen entdeckt haben.«

»Was meinen Sie damit?«

»Wir haben ein Verfahren gegen ihn eingeleitet, um die Angelegenheit zu überprüfen. Sie verstehen hoffentlich, dass ich zum gegenwärtigen Zeitpunkt nicht darüber reden darf.« Herr Jung nestelte an seiner Krawatte herum und sah Robert unsicher an.

»Sollten wir mehr darüber wissen müssen, werde ich mit einem richterlichen Beschluss kommen, Herr Jung.«

»Tun Sie das.«

Im Moment reichte Robert jedoch die Information, dass Christiansen seine Frau nicht über den Verlust seines Arbeitsplatzes unterrichtet hatte.

Konnte Winkler das herausbekommen haben? Hatte er gedroht, seiner Frau etwas darüber zu erzählen?

Unwahrscheinlich, dachte Robert. Christiansen hätte einfach seiner Frau alles erzählen müssen. Früher oder später hätte er es eh tun müssen. Spätestens dann, wenn sie keine Rechnungen mehr bezahlen konnten.

Oder hatte Winkler sogar die Machenschaften von Christiansen bei den Abrechnungen herausbekommen?

Wenn da überhaupt etwas war. Immerhin sollte das Verfahren erst stattfinden. Christiansen konnte auch als unschuldig freigesprochen werden.

Vor dem Gebäude der Krankenkasse fuhren etliche Busse in und aus dem ZOB heraus. Robert hatte das Gefühl, dass es draußen kühler war als in dem Gebäude. Er kramte sein Handy aus der Tasche und rief erneut Lars an.

»Hier ist Robert«, sagte er, »kannst du mir bitte die Adresse der Christiansens durchgeben?«

»Ist der Christiansen wirklich nicht mehr bei der AOK?«

»Nein. Gefeuert, fürs Erste jedenfalls. Es hat Unregelmäßigkeiten in seinen Abrechnungen gegeben. Seiner Frau hat er anscheinend noch nichts erzählt.«

»Versucht wohl das Schlimmste alleine zu regeln«, sagte Lars, »meistens geht das in die Hose und man rutscht noch tiefer.«

»Ich fahr mal zu denen nach Hause. Vielleicht hab ich Glück. Bis später. Was machst du?«

»Ich fahre zu Gretchen Junghold in die Fleischerei ihrer Eltern. Bis später.«

12

Lars trat in die angenehme Kühle der Fleischerei. Über der Tür hing das mittlerweile antike Firmenschild mit der Aufschrift *Metzgerei Junghold*. Es musste bereits seit mehreren Generationen dort hängen.

Hinter dem gläsernen Verkaufstresen reihten sich appetitlich die verschiedenen Fleischstücke. In der Mitte standen allerlei selbst gemachte Salate und rechts daneben befanden sich Wurstwaren in unzähligen Variationen. Alles war akkurat ausgerichtet.

Lars ahnte gleich, dass es sich bei der Frau hinter dem Tresen um Gretchen Junghold handeln musste. Sie strahlte ihn schüchtern an, als ob sie der Liebe auf den ersten Blick verfallen wäre. Der Eindruck jedoch, den Lars von ihr hatte, entsprach dem genauen Gegenteil. Für ihn war es unverständlich, wie man seinem Körper eine solche Fettleibigkeit antun konnte.

»Hallo«, schmachtete sie ihn an und wurde rot. Ihre kleinen, leuchtenden Augen konnte man kaum hinter dem Wulst aus Fleisch erkennen, der komplett alle Gesichtsknochen verschwinden ließ und ihr einen ebenen, runden Medizinballkopf verlieh.

Ihre weiße Kittelschürze spannte sich über ihren Körper, als wolle sie signalisieren: Ich bin zwei Öltanks.

»Hallo«, sagte Lars zurück. Er sah verlegen auf die Vorderschinken. Nicht die von Gretchen, sondern die, die an einem Haken an der Wand hingen.

»Sie kommen wegen Peter, nicht wahr?«

»Ja. Aber woher wissen Sie ...?« Lars hatte seinen Ausweis noch nicht gezeigt.

Gretchen Junghold zeigte mit einem ihrer Wurstfinger auf Lars' Dienstwaffe. »Ich denke nicht, dass Sie hier einen Salamiraub planen!«, grölte sie und stieß ein schrilles Lachen aus.

Würden hier leere Gläser herumstehen, dachte Lars, würden sie zerspringen. Das Lachen zog sich durch seinen Körper. Höflich, wie er war, lachte er einmal und stimmte ihr zu, keinen Salamiraub durchziehen zu wollen.

Salamiraub? Wie bescheuert ist das denn?, überlegte er und dachte an Frithjof, der schon jetzt durchgedreht wäre. Lars war da anders, ihn brachte so leicht nichts aus der Fassung. Eine Eigenschaft, die sein Gegenüber schon oft in den Wahnsinn getrieben hatte. Je brenzliger etwas wurde, umso ruhiger und überlegter wurde er.

»Ja, ich bin wegen Peter Winkler hier. Sie nennen ihn Peter, kannten Sie sich näher?«

Sie lehnte sich auf den Tresen und gab einen Einblick in den gewaltigen Ausschnitt der Kittelschürze. Ihr Tüchlein, das sie um den Hals trug, rutschte ein wenig nach unten. Lars erkannte eine rote Linie, die sich dort abzeichnete.

»Nein. Wir waren nur ungefähr gleich alt. Da siezt man sich nicht. Peter galt für viele als Scheusal. Ein wenig musste ich den anderen ja auch recht geben. Aber er war, glaube ich, kein schlechter Mensch. Man musste nur einmal zu ihm durchdringen.«

Stockholm-Syndrom, dachte Lars. Man sympathisiert mit dem Verbrecher. Wenn man selber ein kleines, unscheinbares Licht ist, versucht man sich an die ganz Harten heranzumachen. Man versucht sie zu bemuttern, in dem Glauben, sie zu bekehren und damit die Liebe des anderen zu gewinnen.

Gretchen Junghold war ein solch unscheinbares, dummes Licht, fand Lars. Eine Frau, die sich von den miesesten Kerlen hinters Licht führen ließ, ohne es zu bemerken. Diese Frauen wurden gnadenlos ausgenutzt und zum Schluss weggeworfen wie eine leere, zusammengedrückte Iso-Light-PET-Flasche. Dafür tat sie Lars schon wieder leid.

»Hatten Sie Streit mit ihm?«, fragte Lars und verschränkte die muskulösen Arme vor seiner Brust.

»Nein«, kam es schnell von Gretchen. Zu schnell. Selbst als Kind musste sie jedes Mal beim Lügen erwischt worden sein.

»Nein?«, bohrte er nach, weil er ihr nicht glaubte.

»Wissen Sie, es war nicht immer einfach, mit ihm klarzukommen, aber man hat sich arrangiert.«

»Wie hat man sich arrangiert?« Lars erste Vermutung, wie man sich mit Winkler arrangieren konnte, war die, ihn zu erschlagen und in einer Tonne zu versenken.

»Man ging ihm aus dem Weg.« Sie strich sich das splissige Haar aus dem roten Gesicht, das ihr vor die kleinen Knopfaugen gefallen war. »Es gab aber auch Tage, da konnten wir ganz vernünftig miteinander reden.«

Denkst du, dachte Lars. Benutzt hat er dich, für seine Zwecke. Winkler, das Ekel, hatte es geschafft, dass dieses Dummerchen sogar noch nett über ihn sprach.

Die Türklingel bimmelte, während hinter Lars eine Dame den Laden betrat.

»Guten Tag, Frau Herbstblut«, grüßte Gretchen in bester Geschäftsmanier.

Frau Herbstblut winkte ihr zu und freute sich.

»Gretchen, es ist immer eine Freude dich zu sehen. Du bist schmaler im Gesicht geworden.«

»Danke«, antwortete diese und wurde vor Verlegenheit noch roter. Dann sah sie zu Lars und lächelte wieder.

Vorderschinken, halt dich an den Vorderschinken, bläute er sich ein.

Frau Herbstblut bestellte vier Scheiben Bierschinken, ein Paar Wiener Würstchen, zwei Putensteaks und ein Zwiebelmett.

Als sie bezahlt und alles in ihrem Körbchen verstaut hatte, beugte sie sich verschwörerisch über die Ladentheke. »Ich glaub ja nichts von den Gerüchten. Das legt sich wieder. Keine Angst. Schließlich gibt es diesen Laden schon länger, als ich denken kann. Meine Großmutter hat hier schon mit ihrer Mutter eingekauft.« Sie klopfte als Ermutigung mit der geballten Faust auf das Glas der Ablagefläche und verließ den Laden.

Lars war neugierig geworden. »Welche Gerüchte meinte Frau Herbstblut?«

Bevor Gretchen antworten konnte, erschienen Herr und Frau Junghold. Es schien, als hätten sie im Hintergrund gehorcht und nun, da es brenzliger wurde, wollten sie das Gespräch weiter führen. Herr und Frau Junghold waren das genaue Gegenteil von Gretchen. Sie bestanden nur aus Haut und Knochen. Die beiden hätten miteinander zwei Mal in Gretchen gepasst.

Frithjof hätte sicher gefragt: »Sind Sie adoptiert worden?«

Herr Junghold musterte Lars eindringlich. »Sind Sie verheiratet?«

»Nein.«

»Gretchen auch nicht.« Dabei schob er sie ein wenig näher an die Ladentheke und Lars heran. Alle grinsten dumm.

»Sie sind wegen Winkler hier?« Er deutete auf die Waffe.

Lars nickte.

»Gut. Also kein Salamiraub.« Alle drei Jungholds lachten. Gretchen stimmte wieder ihr Lachen an, das Gläser fast zerspringen ließ.

Salamiraub! Lars musste sich beherrschen und dachte

wieder an Frithjof, der hätte den Jungholds jetzt sicher gezeigt, was Geschnetzeltes ist.

»Welche Gerüchte kursierten über ihre Fleischerei, Herr Junghold?«, durchbrach Lars das heitere Salamigelächter.

»Ich weiß nicht, was Sie meinen.« Unschuldig sah er zu seiner Frau. Sie konnte ebenso wenig lügen wie ihre Tochter. Sie wurde rot und sah verlegen zu Boden.

»Ich kann auch gerne Frau Herbstblut befragen«, drohte er und sah zur Tür. »Ich erwische sie sicher noch.«

Dann griff Lars an der Ladentheke vorbei zu einem Buch für Bestellungen, das neben der Kasse lag. »Darf ich?« Er hatte es so schnell aufgeschlagen, dass die Jungholds gar nicht reagieren konnten. Er entdeckte ein paar Bestellungen. Meist am Wochenende. »Sie liefern aus?«

»Ja. Wir machen auch Katring«, sagte Herr Junghold stolz.

»Sie machen was?«

»Katring.«

Gretchen half ihrem Vater. »Catering, Papa.«

»Früher hieß das ja einfach Party-Service«, meinte Lars.

Herr Junghold hob den Finger. »Davor hat man einfach nur gesagt: Ich bring euch ein paar Schnittchen vorbei.«

Lars blätterte einige Seiten vor und zurück, wobei ihm auffiel, dass in der letzten Zeit und in der näheren Zukunft Aufträge durchgestrichen waren.

»Was war der Grund?« Lars blätterte weiter. In der letzten Zeit häuften sich tatsächlich die Stornierungen.

Herr Junghold räusperte sich unbeholfen und strich mit seiner Hand auf der blank geputzten Arbeitsfläche hin und her. Irgendwann stieß ihn Gretchen an. »Erzähl es, Papa. Sie bekommen es doch eh irgendwann heraus.«

Widerwillig gab er seiner Tochter recht. »Es war Winkler, vermuten wir. Er kam irgendwann im letzten Jahr aus Kiel hierher. Wir haben uns im Kleingarten kennen gelernt und er hat sich ein paar Mal mit Gretchen auf einen Kaffee in seiner Parzelle getroffen. Dann hat er irgendwann gefragt, ob ich nicht eine Aushilfe bräuchte. Egal was. Er würde jede Arbeit machen. Ich fragte ihn nach Zeugnissen, die er nicht hatte.«

Herr Junghold wies auf mehrere Ehrenpreise und Urkunden, die hinter ihm gerahmt an der Wand hingen.

»Das konnte ich einfach nicht machen. Ich wusste ja nicht, wen ich mir da in den Betrieb hole. Schließlich ist das ein Familienunternehmen mit Tradition. Ich musste ihm also absagen.« Er sah Gretchen an. »Danach hat er sich nicht wieder mit Gretchen getroffen. Beschimpft hat er sie sogar, wenn er sie sah.«

Gretchen winkte schüchtern ab.

»Wissen Sie, es reicht heutzutage nur ein kleines Gerücht, um einen Menschen oder einen Betrieb in ein schlechtes Licht zu rücken. Aber es kostet enorme Schwierigkeiten, da wieder rauszukommen. Selbst, wenn nichts an den Gerüchten dran ist, denken die Menschen: Irgendwo muss das ja herkommen.«

»Welches Gerücht hat Winkler in die Welt gesetzt?«

»Wir würden unsauberes Fleisch verarbeiten. Gammelfleisch.«

Gretchen übernahm nun das Wort. »Wir konnten gar nicht glauben, wie schnell das die Runde machte. Zuerst waren es nur zwei, drei Kunden, die uns darauf ansprachen. Dann immer mehr und dann kamen die Stornierungen. Wir konnten gar nichts dagegen tun.«

»Und auf dem Sommerfest haben Sie ihn zur Rede gestellt?«, versuchte es Lars.

»Er hat sich über unser bayerisches Büffet lustig gemacht und gegrölt, was da wohl so alles draufliegt, wovon man besser gar nicht weiß, woher das stammt.«

»Wo haben Sie ihn zur Rede gestellt?«

»In seinem Garten.«

»Nicht auf dem Sommerfest?« Lars wurde hellhörig.

»Nein. Nicht vor all den Leuten. Das hätte nichts gebracht. Außerdem hätten dann alle etwas davon mitbekommen.«

»Wie lange dauerte der Streit?«, fragte Lars.

»Nicht lange. Weil es nichts brachte. Er war betrunken. Da habe ich es gelassen und wollte ihn mir die nächsten Tage vorknöpfen.« Der Metzger schaute Lars deprimiert an.

»Was ja nicht mehr ging.« Lars blickte herausfordernd zurück.

Herr Junghold zuckte mit den Schultern und sah auf seine Wurstauslage. »Was wirklich kein Verlust ist. Ganz ehrlich, ich trauere dem Mann nicht nach. Man soll ja nicht schlecht über Tote sprechen, aber über Winkler gab es, glaube ich, nichts Gutes zu sagen.«

Ein betretenes Schweigen entstand. Es war alles gesagt, überlegte Lars. Mehr würde er hier nicht erfahren.

Sie verabschiedeten sich und Lars ließ die betretenen Jungholds zurück hinter ihrer Theke.

Vor dem Laden knatterte ein tiefer gelegter VW-Golf vorbei, aus dessen heruntergekurbelten Fenstern Technomusik wummerte. Lars lief die Straße entlang in Richtung Holstein-Center. Als er in der Innenstadt ankam, musste er erst mal etwas trinken gehen. Bei Bülent bestellte er eine große Pepsi gegen seine ausgetrocknete Kehle sowie den leckersten Latte Macchiato der Stadt.

Er stellte sich mit seinen Gläsern an einen Stehtisch unter der Markise und beobachtete die Leute. Es ging nicht lange, da beschäftigten ihn schon wieder die Gedanken an die Kleingartenkolonie. Es war das erste Mal, dass jemand zugab, mit Peter Winkler in seinem Garten gestritten zu haben. Herr Junghold hatte das so offen erzählt, dass es schon mit dem Teufel zugehen musste, wenn er der Täter war.

Wer sonst konnte während des Sommerfestes in den Garten von Winkler gelangen, ohne dass er gesehen wurde? Wer hatte ihn erschlagen und in die Regentonne gestopft? Wer hatte den kurzen, heftigen Streit mit ihm?

13

Das Haus der Christiansens stand in einer Neubausiedlung. Es war eines jener Gebiete, die für junge Familien gegründet wurden. Die Straße durch das Neubaugebiet Sieversbek war noch nicht fertig gestellt, weil noch nicht alle Baugrundstücke erschlossen waren. Roberts BMW holperte über erhöhte Gullydeckel und fuhr durch unzählige Schlaglöcher.

Auf einigen Terrassen saßen Familien. Kleinkinder spielten unter Sonnenschirmen in Sandkisten, während die Mütter am gerade errichteten Gartenzaun klönten. Sie hielten Gläser in den Händen, in denen Eiswürfel gegeneinander schlugen.

Robert parkte am Seitenrand hinter einem Wagen der Autoverleihfirma Sixt. Gerade als er vor Christiansens Haus aus seinem Auto steigen wollte, erkannte er im Augenwinkel eine Gardine, die im ersten Stock zurückschwang. Nur ganz leicht.

Doch als er mehrere Male an der Haustüre klingelte, öffnete ihm niemand. Unter dem Carport stand ein Golf, der Platz daneben war leer. Dahinter lehnten Fahrräder an der Wand, neben einer Schiebkarre, einem aufgerollten Gartenschlauch, Gartengeräten und säuberlich geschichteten Holzscheiten.

Robert trat einige Schritte zurück und spähte zu dem Fenster hinauf, in dem sich die Gardine bewegt hatte. Das war keine Einbildung und kein Luftzug, dachte er. Dort war jemand.

»Herr Christiansen«, rief er mehrere Male, erhielt jedoch keine Antwort.

Er ging auf einem schmalen Steinweg um das Haus herum. Der Garten sah frisch angelegt aus. Der Rasen stand in seinem allerersten zarten Grün, wobei ihm die Sonne an einigen Stellen bereits übel mitgespielt hatte. Manch einem Strauch erging es nicht besser.

Als Robert durch das Fenster zwischen den Kunstblumen hindurchschaute, erkannte er eine gemütliche Wohnstube mit offener Küche.

Auf der Terrasse stand ein Teakholz-Tisch mit einer Kaffeetasse darauf. Die Terrassentür war jedoch verschlossen. Er berührte die Tasse, die noch Wärme abgab. Lange konnte sie trotz der Sommerhitze nicht hier stehen.

Wieder rief er den Namen des Hausbesitzers und klopfte dazu an die Scheiben der Terrassentür. Mit jedem Rufen wurde sein Klopfen lauter und heftiger. Herr Christiansen musste es hören. Auch wenn er gerade einmal für kleine Jungs war, spätestens jetzt hätte eine Reaktion kommen müssen.

Robert setzte sich an den Gartentisch und schlug ein Bein über das andere. Sollte Christiansen ihn von oben beobachten, würde er jetzt sehen, dass der Störenfried nicht vorhatte, ihn so schnell wieder zu verlassen.

Nach fünf Minuten des Wartens öffnete sich die Terrassentür und Tobias Christiansen trat zu Robert.

»Was wollen Sie?«, fragte er in einem unfreundlichen Ton und baute sich vor Robert auf. Er war mittelgroß, hatte einen mittelmäßigen Haarschnitt und trug mittelmäßige Kleidung. Seine Erscheinung machte auf Robert keinen sonderlich großen Eindruck. Fast unbeweglich blieb er sitzen und lächelte sein charmantes Grinsen.

»Mit Ihnen reden«, antwortete Robert und legte seinen Ausweis auf den Tisch.

»Sie müssten langsam wissen, dass ich zu der Sache ohne meinen Anwalt nichts sage.« Christiansen verschränkte die Arme vor der Brust.

Robert blieb weiterhin ruhig sitzen und ließ sich von Christiansen nicht einschüchtern. »Sie meinen die Sache bei der AOK? Deshalb bin ich nicht hier.«

»Ich verstehe nicht«, sagte er jetzt unsicher. Weswegen sollte sonst jemand von der Polizei mit ihm sprechen wollen?

»Ich bin wegen Peter Winkler hier.«

Christiansen entspannte sich. Seine Arme glitten wieder neben seinen Körper. Die Schultern sanken herab. »Ach, wegen dem Arschloch.«

»Wieso nennen Sie ihn so?« Robert lehnte sich interessiert zurück.

»Er hat ständig über den Zaun gerufen, wenn das Kind seiner Meinung nach zu laut war. Und Ute hat er unanständig angemacht.«

»Inwiefern?«

»Dumme Sprüche, wissen Sie? Wenn sie was Knappes anhatte oder nur im Bikini im Garten auf der Liege lag. Bekloppte Proletensprüche eben.« Christiansen wischte die Sätze mit einer Handbewegung fort. »Eigentlich halb so schlimm, man hätte es übergehen können, wenn er es nicht andauernd und immer wieder gemacht hätte. Einige Male sind wir dann am Zaun aneinandergeraten.«

Robert setzte sich bequemer in dem Stuhl zurecht. Jetzt wurde es spannend.

»Wann haben Sie Winkler das letzte Mal gesehen?«

»Nach dem Sommerfest. In seinem Garten.«

»Alleine?«

»Zuerst ja. Er war ziemlich betrunken. Er grölte noch was zu uns rüber. Verstanden hat es keiner von uns.« Christiansen setzte sich zu Robert an den Tisch, der in der prallen

Sonne stand. Robert schien es wie immer nichts auszumachen. Christiansen schwitzte. »Wir haben mit Freunden gegrillt. Sie waren für ein paar Tage in Deutschland. Als Winkler schrie, haben wir ihnen erklärt, was für ein Arschloch er ist und haben über ihn gelacht.«

Dann machte er eine Pause und überlegte. Robert störte ihn nicht in seinen Gedanken und schwieg weiter.

»Ich meine, Solberg in Winklers Garten gesehen zu haben. Ich kann mich aber auch täuschen. Die Gärten liegen ja nebeneinander.«

Hier erfuhr Robert zum ersten Mal, dass jemand tatsächlich in Winklers Garten gewesen war. Er konnte ja nicht ahnen, dass auch Lars einen weiteren Kandidaten ermittelt hatte.

»Haben Winkler und Solberg gestritten?«

»Nein.«

»Sind Sie sich sicher?« Robert wurde misstrauisch und zog seine Augenbrauen zusammen. Sie wussten, dass es einen Streit in Winklers Garten gegeben hatte. Und nun soll Solberg einfach so dort gewesen sein? Das konnte er nicht glauben.

»Ja. Ich habe Solberg nur gesehen. Nicht gehört. Das wäre mir aufgefallen.«

»Wieso?«

»Weil er dieses Pfeifen in der Stimme hat. Er stößt mit der Zunge an. Fast wie ein Lispeln.« Christiansen richtete sich gerade auf. »Nein, Solberg hat nichts gesagt. Und Winkler hätte man gehört. So, wie der immer geschrien hat, wenn er betrunken war.«

Von innen wurde vorsichtig an die Terrassentür geklopft. Ute Christiansen stand dort. Fragend sah sie die beiden Männer an. Schnell stand Tobias Christiansen auf und gab ihr einen Kuss auf die Wange. »Hallo, Schatz. Das ist Herr ...?«, er merkte, dass Robert sich nicht vorgestellt hatte.

»Van Versendaal. Ich hatte einige Fragen bezüglich Peter Winkler.«

Ute Christiansen nickte. »Warum bist du nicht bei der Arbeit?«

Christiansen sah schnell zu Robert, der keine Anstalten machte ihn zu verraten.

»Herr Jung hat einigen im Büro freigegeben«, log Christiansen seine Frau an. Er wurde weder rot noch verriet ihn seine Körperhaltung. Robert fand das bemerkenswert. In den Seminaren auf der Kieler Akademie hatten sie die Körpersprache von Menschen analysiert, und meistens verriet sie einen Menschen. Nicht bei Christiansen. Was konnte er noch alles verbergen?

Christiansen deutete auf die Sonne, die herunterknallte.

»Jung meinte, es ist im Moment nicht so viel los und wir sollten das Wetter genießen. Wir müssen doch Überstunden abbauen, sagte er.« Er streichelte seiner Frau über den Arm. »Nett von Jung, nicht wahr?«

»Ja, wirklich.« Sie lächelte. Im Haus klingelte das Telefon. Frau Christiansen ging ins Haus, um das Gespräch anzunehmen.

Verlegen sah Christiansen zu Robert.

»Sie müssen es Ihrer Frau sagen.«

»Ich weiß.« Er strich sich durch die Haare. »Ich warte den richtigen Moment ab.« Er machte eine Pause. »Nur kommt er nicht. Ich weiß auch nicht, wie ich es ihr erzählen soll.« Christiansen lehnte sich gegen die Terrassentür. »Das Haus ist nicht abbezahlt. Die Autos auch nicht. Ich habe keine Ahnung, wie wir die Kredite zahlen sollen.«

»Sie müssen das gemeinsam regeln. Nicht Sie alleine.« Robert stand auf und ging einen Schritt auf ihn zu. »Sie machen alles nur noch schlimmer. Je mehr Zeit vergeht, umso schwieriger wird es, wieder aus dem Kreislauf herauszukommen.«

»Das weiß ich«, fuhr er Robert an. »Aber kennen Sie das nicht, wenn Ihnen das Wasser bis zum Hals steht? Wenn man nicht weiß, wie man mit seinem Geld auskommen soll?«

»Nein. Das weiß ich nicht«, sagte er ehrlich. Robert musste sich noch nie Sorgen um Geld machen. Es war immer da gewesen. Seine Eltern waren reich. Sein Konto immer gefüllt durch monatliche Schecks.

Christiansen sah ihn verwundert an. Er konnte nicht begreifen, dass ein junger Mensch diese Probleme nicht kannte. Dann sah er an Robert herunter. Die Sachen waren nicht billig, dachte er. Er erinnerte sich an den Wagen, den Robert in der Einfahrt geparkt hatte. Christiansen blickte Robert ins Gesicht. In Robert war diese unerklärliche Schönheit, die Menschen gegeben war, wenn sie sich um finanzielle Dinge nicht kümmern mussten.

Er fand, Robert war der falsche Gesprächspartner. Zudem zu jung. Er konnte gerade erst 30 sein, höchstens.

»Gibt es noch weitere Fragen?« Er wollte diese Unterhaltung beenden.

»Nein. Im Moment noch nicht.« Robert griff zum Abschied Christiansens feuchte Hand.

»Sprechen Sie mit Ihrer Frau, Herr Christiansen.«

Christiansen ließ Roberts Hand nicht los, sondern drückte sie unnatürlich fest. »Halten Sie sich da raus«, zischte er, »Sie sind wegen Winkler hier. Nicht wegen mir. Halten Sie sich da raus! Was wissen Sie denn schon? Ihnen hat Papi doch immer den Rücken gestärkt, wenn es Probleme gab, oder?«

Trotzdem Robert merkte, dass es eine rein rhetorische Frage war, antwortete er. »Meine Mutter war es, die immer da war – wenn Sie mich schon direkt angreifen. Mein Vater starb, als ich klein war.«

Christiansen gab Roberts Hand frei. Er sagte nichts. Robert hörte, wie er schluckte. Als er um das Haus herumging, ließ er Christiansen an der Hauswand stehen. Er wusste nicht, wieso, aber er hoffte für den Mann, dass er die Sache gut überstand. Christiansen hatte sich etwas Kleines, Eigenes aufgebaut. Ein Zuhause, in dem er mit seiner Frau und seinem Kind wohnen wollte. Ein kleiner Traum, bestehend aus wenigen Zimmern, einem Carport mit zwei Autos, Garten und winkenden Nachbarn, die sich halfen, wenn Not am Mann war.

Ein kleiner Traum konnte schnell zerplatzen, wenn man nicht Acht gab. Wenn man zu viel wollte. Wenn man aus etwas Kleinem etwas viel Größeres machen wollte.

Anscheinend hatte Christiansen es geschafft, die Seifenblase platzen zu lassen, und versuchte nun, verzweifelt zu retten, was nicht mehr zu retten war.

Armer kleiner Traum.

14

Als Frithjof gerade den M4-Flur im Präsidium betreten wollte, hörte er, wie Gabrielle über den Gang rief: »Nein, Frau Bommel! Das ist keine so gute Idee!« Dann gab es ein klickendes Geräusch, auf das ein greller Aufschrei folgte. Er schien von Frau Bommel zu kommen. Danach eilte Gabrielle mit wippenden Locken hektisch über den Gang und sah im Augenwinkel Frithjof.

»Frau Bommel hat wohl die Schlagkraft unseres Tackers entdeckt«, rief sie nur schnell und nahm den Erste-Hilfe-Kasten von der Wand.

Frithjof machte auf dem Absatz kehrt und verließ schleunigst das Stockwerk. Er überquerte die Straße und betrat das Gebäude der Gerichtsmedizin. Am Eingang saß ein junger Mann, der in einem Buch Eintragungen kontrollierte. Als er aufblickte und Frithjof sah, sagte er, dass er Blanca im Kriminallabor im ersten Stock finde.

Seine Schritte hallten in den leeren und nüchternen Gängen. Das ganze Gebäude roch steril. Fast wie in einem Krankenhaus. Er musste unwillkürlich an das Frühjahr denken, als sie aus der Tonkuhle eine Wasserleiche gefischt hatten. Tagelang bekam er den penetranten Geruch nicht mehr aus der Nase.

Durch eine Glastüre erkannte er, wie Blanca Tüten der Spurensicherung beschriftete und sich dann über einen Papierberg hermachte. Auch hier beschriftete sie die Etiketten.

Er klopfte. Als sie Frithjof entdeckte, winkte sie ihn zu sich.

»Du kannst es wohl nicht abwarten, was?« Als sie ihn anlächelte, sah sie schon fast wieder aus, wie er sie kannte. Irgendwie hatte sie es geschafft, die Müdigkeit von heute Morgen verschwinden zu lassen. Der Grund musste in den Tüten liegen, die sie beschriftet hatte. Frithjof kannte dieses Lächeln nur zu gut. Er wusste, sie hatte etwas gefunden. Ansonsten würde sie italienisch fluchend durch die Gänge stampfen.

Sie deutete auf Tonscherben, die vor ihr in einer durchsichtigen Tüte lagen. »Da soll noch mal jemand sagen, Gartenzwerge seien harmlos.«

Da meinte Frithjof nüchtern: »Fritz ist auch tot.«

»Wer bitte?« Blanca sah ihn mit großen Augen an.

»Fritz. Der Gartenzwerg von Solberg.«

»Hast du ihn ...?« Sie wusste um die linken Füße und Hände von Frithjof.

»War'n Unfall. Tragischer Tod.«

»Die Guten gehen immer zuerst, nicht wahr?«, scherzte Blanca.

»Nicht immer. Winkler ist vor uns gegangen.« Er nahm die Tüte mit den Tonscherben in die Hand. »Wurde Winkler mit einem Gartenzwerg erschlagen?«

»Ja. Aus seiner Kopfwunde haben wir die hier gezogen«, sie wies auf kleine Tonsplitter, die dunkel verfärbt waren. Einige waren nur wenige Millimeter groß. »Die großen Scherben haben wir vor der Laube eingesammelt.«

»Winkler wurde dort erschlagen und dann um die Laube herum getragen, bis zur Regentonne?«

»So müsste es gewesen sein. Ich habe keine anderen Spuren in der Wunde entdeckt.«

Winkler ist betrunken. Es gibt einen Streit. Kurz und heftig. Der Gartenzwerg steht vor der Laube. Es geht ganz schnell. Ich bin wütend. In meinem Gehirn setzt etwas aus. Ich empfinde nur noch Wut und Hass. Ich hole aus. Der Gartenzwerg trifft Winkler. Blut spritzt. Tonscherben fallen vor der Laube ins Gras. Winkler bricht zusammen. Das Blut sickert aus der Kopfwunde und färbt den Boden rot. Ich lasse Winkler nicht liegen.

Warum nicht?

»Himmel«, fluchte Frithjof laut. »Wieso lässt der Täter Winkler nicht einfach liegen? Es ist doch dunkel und Winkler wird niemand so schnell vermissen?« Er wendet sich zu Blanca. »Jeder muss froh gewesen sein, als er das Sommerfest verließ.«

»Das ist dein Job, Frithjof.« Sie hielt eine weitere Tüte hoch. »Das hier ist meiner!« In der Tüte befand sich ein kleines, goldenes Herz. »Müsste von einer Kette sein. Nicht teuer. Das Gold ist nicht echt. Bekommt man wahrscheinlich in jedem billigen Geschenkladen.«

»Also einem Mann gehörte das nicht.« Frithjof besah sich das Herz mit seinen verspielten Formen. »Wo lag es?«

»In der Mitte von Winklers Garten im Gras.«

»Kann es da schon länger gelegen haben?« Er drehte die Tüte hin und her, um sich das Schmuckstück von allen Seiten anzusehen. Die Tüte knisterte.

»Könnte«, antwortete sie, »aber sieh mal.« Sie zeigte auf eine kleine Stelle auf dem Herz. »Ich habe überprüft, wie teuer das Schmuckstück sein könnte, und habe etwas von der oberen Schicht abgeschabt.« Blanca fuhr an dem Herz entlang, sodass Frithjof die kleinen Risse entdecken konnte, die sich gebildet hatten, als sie die Oberschicht beschädigt hatte. »Die Farbe ist sofort gerissen. Das Billigste vom Billigsten.« Sie sah ihn an. »Meine Meinung: Hätte es länger dort gelegen, sähe es ziemlich ramponiert aus.«

»Eine Frau soll Winkler erschlagen haben?«, fragte er laut.

»Warum nicht? Winkler war nicht groß. Wenn er zudem

vielleicht noch getorkelt wäre und ungünstig während des Streites stand, wieso nicht?«

»Er wurde auf der linken Seite getroffen. Also gehen wir von einem Rechtshänder oder einer Rechtshänderin aus.«

»Ob Frau oder Mann, wenn es bei einem Streit letztendlich zu solch einer Tat kommt, ist es fast egal, ob man Rechts- oder Linkshänder ist.«

Frithjof sah sie fragend an.

»Wenn man sich streitet und zuschlägt, hat man nicht automatisch einen Mord im Kopf.« Sie stemmte ihre Hände in die Hüfte und sah auf die vor ihr liegenden Beweisstücke.

»Man drischt einfach mit dem nächstbesten Gegenstand zu, ohne sich Gedanken über die Folgen zu machen. Du hast recht, Blanca. Da ist es wirklich egal, ob es ein Mann oder eine Frau ist.«

»Richtig, wenn es zu solch einer Tat kommt, steckt durch Wut und Hass eine enorme Kraft hinter dem Schlag.« Blanca klopfte auf die Tonscherben. »Der hier war ziemlich massiv. Keiner der billigen Gartenzwerge, die sofort kaputt gehen.«

Frithjof überlegte. »Sind Fingerabdrücke drauf?«

»Einige«, sie zog einen Ordner hervor und öffnete ihn. »Winklers Abdrücke fand ich im Computer. Die anderen nicht. Aber das verwundert auch nicht, den Zwerg hatten unter Umständen viele Leute in den Händen: Hersteller, Verkäufer, Kunden. Die Abdrücke sind alle gescannt und gespeichert. Sollten wir später einen Verdächtigen haben, können wir sie vergleichen.«

Frithjof dachte an den Garten von Winkler, an den nicht gemähten Rasen, die nicht gestutzten Sträucher, an den mit Unkraut überwucherten Weg. Die schäbige Gartenlaube. Das Chaos im Inneren. »Winkler sieht mir nicht danach aus, als hätte er Gartenzwerge. Mir sind dort keine aufgefallen. Dir?«

»Nein. Ich habe mich das auch schon gefragt und Sebastian noch mal hingeschickt. Er hat von dort angerufen und keinen weiteren Zwerg gefunden.«

Wie war das mit Herrn Harders, überlegte sich Frithjof. Der wollte sich nicht mit Winkler anlegen, als er vermutete, dass er sich Rosen von seinen Stauden abschnitt. Harders konnte nicht beweisen, dass die Rosen auf Winklers Gartentisch aus seinem Garten waren.

Aber Solberg? Er gab seinen Gartenzwergen Namen. Fritz war tot. Das hatte Solberg getroffen. Würde Solberg nicht einen gestohlenen Gartenzwerg wieder erkennen, wenn er ihn in Winklers Garten sah?

Denkfehler, dachte Frithjof. Solberg würde ihn zwar wieder erkennen, ihn jedoch nicht auf den Schädel von Winkler schlagen. Dafür waren ihm die Gartenzwerge zu persönlich.

Denkfehler Nummer zwei, sinnierte Frithjof. Wut und Hass lassen einen das Gehirn ausschalten. Es konnte ein Ausrutscher gewesen sein. Der Zwerg war nicht mehr Zwerg, sondern eine nützliche Waffe, die zufällig da war.

Blieben noch zwei weitere Tüten, die auf dem Tisch lagen. Die eine zog Blanca heran und öffnete sie. »Wir haben Winklers T-Shirt trocknen lassen.« Sie zog das Hemd heraus, das Winkler getragen hatte, als er starb. Ein schäbiges, letztes Totenhemd. Auf der Vorderseite prangte das Symbol des 1. FC Bayern München.

»Wahrscheinlich wurde er deshalb erschlagen«, witzelte Frithjof.

Blanca ignorierte diese Bemerkung, faltete das T-Shirt auseinander und legte es glatt auf den Tisch. Am unteren Saum erkannte Frithjof Löcher, nicht größer als ein Zwei-Euro-Stück.

»Wir haben die Löcher ausgeschnitten«, sagte Blanca und wies auf das T-Shirt. Neben den Löchern befanden sich dunkle Flecken. »Diese Flecken gab es auf beiden Seiten«, berichtete sie. Dann zog sie einen weiteren Ordner mit Unterlagen hervor. Sie präsentierte Frithjof eine Tabelle mit Zahlen und Balken, nachdem sie sich den Pferdeschwanz ihrer dunklen Haare fester gezogen hatte. »Es sind Lackspuren.«

Frithjof studierte die Tabellen. »Das sind tatsächlich Inhalte, die in Holzlacken vorkommen.«

Frithjof las die Inhaltsstoffe laut vor. »Dauerschutzlasur enthält Naphtha (Erdöl), Wetterschutz Zaunweiß enthält Acrylatdispersion, Pigmente, Füllstoffe, Additive und Konservierungsmittel. Und als Letztes: Wetterschutzfarbe enthält Kunstharzdispersion.« Er sah Blanca fragend an.

»Sind die von Winkler?« Frithjof erinnerte sich nicht daran, dass die Pforte oder ein Stück vom Zaun neu gestrichen worden war. Winklers Garten war eine Katastrophe gewesen.

»Nein. Irgendjemand muss seinen Zaun oder seine Laube gestrichen haben und als er Winkler packte, muss er diese Spuren hinterlassen haben.«

»Das ergibt keinen Sinn, Blanca.« Er sah sich die Tabellen an. »Es ist zwar richtig, dass das Inhaltsstoffe von Holzlacken sind, aber die trocknen doch, wenn man sich die aus Versehen auf die Finger streicht.«

»Tja, ich befürchte, du hast recht«, grübelte Blanca vor sich hin. Diese Stoffe konnten nicht in der Mordnacht auf das Hemd gekommen sein. Niemand strich in der Nacht während des Sommerfestes einen Zaun. Das machte man am Tage. Nur, dann wäre der Lack längst auf der Haut getrocknet. Wenn nicht sogar für das Fest abgewaschen worden.

»Wer weiß, wo Winkler war, als er sich die Hände am T-Shirt abgewischt hat. In der Nacht können die Spuren auf alle Fälle da nicht hingekommen sein.«

»Konntet ihr einen Fingerabdruck in den Lackspuren erkennen?«

Sie verneinte. »Sie waren zu verwischt, als dass wir einen deutlichen Abdruck hätten nehmen können.«

Hinter der Glastür ging Sebastian vorbei. Er sah Frithjof und kam herein. »Hier sind die Unterlagen aus Winklers Wohnung. Dann muss ich sie nicht erst rüber bringen.«

Frithjof bedankte sich und bat ihn, noch einmal in Winklers Garten zu gehen. »Sieh bitte nach, ob dort irgendwo Lacke herumstehen oder irgendwas in den letzten Tagen gestrichen wurde.«

Sebastian sah zwischen Blanca und Frithjof hin und her. Er war doch erst im Garten gewesen wegen der Gartenzwerge. »Könnt ihr beiden nicht einfach einen Zettel machen, und wenn der voll ist, schickt ihr mich los?«

»Die Lacke«, sagte Frithjof grinsend.

»Ich bin hier echt der Hiwi.«

Frithjof und Blanca lachten. Frithjof deutete auf Sebastians Gesicht. »Alter, was ist das für eine Schramme auf deinem Gesicht?«

»Du bist krank, Frithjof. Echt!« Grinsend verließ er den Raum.

Blanca kümmerte sich wieder um ihre Beweismaterialien. »Ich erzähle euch morgen mehr von den Proben der Kleidung, der Wohnung und der Laube.«

Frithjof verabschiedete sich von ihr. Im Flur griff er nach seinem Handy und rief Gabrielle an. Er wollte sich die Unterlagen von Winkler zu Hause durchsehen und nicht mehr ins Präsidium kommen. Nach Frau Bommel fragte er nicht.

Gerade wollte er davon eilen, als Blanca Frithjof sanft am Arm berührte.

»Danke, dass du gestern da warst«, sagte sie leise.

Er blickte sie an und meinte, »dafür sind Freunde da.«

Er nahm sie in den Arm und spürte, wie sie sich fallen ließ. Lange standen sie so da. Und als sie sich voneinander lösten, sah er sie an. »Ist alles in Ordnung? Geht es dir gut?«

»Nein«, sagte sie und schüttelte den Kopf. Ihr Pferdeschwanz schwang hinter ihrem Kopf hin und her. »Das wird aber schon.«

»Ja. Das wird schon.« Er gab ihr einen Kuss auf die Wange. »Das wird schon.« Er kannte dieses Gefühl nur all zu gut. Und egal wie dumm der Spruch *Die Zeit heilt alle Wunden* auch war, es gab keinen Satz, der der Wahrheit näher kam. Man musste abwarten, in sich gehen, neue Eindrücke auf sich wirken lassen, Neues an sich heranlassen, nicht abblocken, den Blick schweifen lassen, sich eingestehen, dass sich alles verändern kann, und dann bereit sein, irgendwann, ganz unerwartet loszulassen.

Er war so weit, er hatte diesen Schritt getan, er hatte sich Zeit gegeben und sich getraut, neu zu beginnen. Nicht, um sich der Qual der Erinnerungen nicht zu stellen, sondern um weitermachen zu können. Er hatte sich dazu entschieden, das Kalte, Raue und Kühle abzustreifen wie eine Schlangenhaut, wie die Metamorphose einer Raupe zu einem Schmetterling. Etwas Neues zu wagen, sich nicht im Selbstmitleid zu ertränken, im Alkohol, in der Erinnerung oder in der Selbstaufgabe.

Er ließ die Eisberge zu, die sich an ihm rieben, einfach so, nicht weil sie es wollten, sondern weil sie es mussten, um ihren Weg fortzusetzen, weil es kein Entrinnen gab. Man musste weiter machen, weil es keine andere Alternative gab. Und das war im Grunde auch gut so.

15

Der chinesische Laden von Herrn Bing und Frau Huiy lag am Berliner Platz, in der Innenstadt von Itzehoe. Das alte Kopfsteinpflaster ließ Lars' Golf vibrieren. Er parkte vor einem alteingesessenen Zigarren- und Spirituosenladen, in dem man fantastische, erlesene Whiskys kaufen konnte. Zu besonderen Gelegenheiten hatte er hier seinem Vater einen teuren Malt gekauft.

Er brauchte nur wenige Schritte zu gehen und schon entdeckte er ein Schaufenster mit allerhand chinesischem Kleinkram. Drinnen war es dunkel, trotz der Sonne, die mächtig ihre Kraft demonstrierte. Sie blieb in all den künstlichen Blumengestecken, kitschigen Porzellanfiguren und bunten Fächer hängen. Man kam sich vor, wie in einem windigen Laden mitten in Hongkong.

Die Regale und der Boden waren ebenso vollgestopft wie die Fensterfront. Vermutlich machen die Chinesen deshalb solche kleinen Tippelschritte, dachte Lars, weil sie immer Angst haben, etwas herunterzureißen oder zu zertreten.

Vorsichtig bahnte er sich mit Schuhgröße 45 seinen Weg zum Verkaufstresen, hinter dem Herr Bing lächelnd stand. Er war klein, hatte ein freundliches Gesicht mit dunkler Gesichtsfarbe und wirkte zierlich, fast zerbrechlich, wie er Lars so gegenüberstand.

Neben Herrn Bing glimmte ein Räucherstäbchen. Schwer schlängelte sich der Rauch in die Höhe, der bei Lars innerhalb kürzester Zeit Kopfschmerzen auslöste.

Er zeigte seinen Ausweis und erklärte Herrn Bing den Grund für seinen Besuch. Augenblicklich verschwand das freundliche Asiatenlächeln. »Kein guter Mensch. Immer Ärger. Er laut. Sehr laut«, meinte Herr Bing. »Sagte immer Schlitzauge zu mir.«

»Gab es zwischen Ihnen Streit?«

»Nein. Nicht so wie bei anderen. Da Streit. Immer.«

»Warum nicht mit Ihnen?« Lars wunderte es, dass Winkler ihn verschont hatte mit verbaler Tyrannei.

Der Jasmin-Rauch hatte sich entschieden, ausschließlich in Lars' Richtung zu ziehen. Seine Augen brannten unangenehm.

»Wir nicht den ganzen Tag dort. Im Garten. Nur abends, wenn Geschäft geschlossen. Da war Herr Winkler immer betrunken und hat geschimpft.« Herr Bing faltete seine Hände auf dem Ladentisch neben dem Körbchen mit kleinen, rötlich schimmernden Glückskeksverpackungen. Herr Bing fragte, ob Lars einen Keks wolle. Der verneinte höflich.

»Diese Glückskekse gibt es nicht in China. Nur hier«, erklärte Herr Bing.

»Genauso, wie es keine Döner in der Türkei gibt«, erwiderte Lars und besah sich das schimmernde Zellophan. Automatisch bekam Lars einen trockenen Geschmack im Mund. Diese drögen Fertigprodukte waren nichts für ihn. Er war ein Junge des Nordens und mochte die deftigen Gerichte, die es in Schleswig-Holstein gab. Was gab es Schöneres als ein dick belegtes Krabbenbrot oder eine geräucherte Forelle. Im Winter musste er oft zusätzliche Trainingseinheiten einschieben, weil er den kulinarischen Versuchungen nicht widerstehen konnte.

Herr Bing lächelte weiterhin, während hinter ihm Frau Huiy in den Laden trat. Der Perlenvorhang, den sie zur Seite geschoben hatte, raschelte leicht gegeneinander und erzeugte ein wohlklingendes Geräusch. Ihre schwarzen Haare waren zu einem strengen Zopf zusammengebunden. Ihr Gesicht war blass. Schüchtern ging sie auf Lars zu und sah ihn nur einmal kurz bei der Begrüßung an. Für den Rest des Gespräches stand sie mit gebeugtem Kopf neben ihrem Mann. Sie war sogar einen Kopf kleiner als er.

»Was haben Sie von dem Streit auf dem Sommerfest mitbekommen?«, fragte er beide.

»Unnötiger Streit«, sagte Herr Bing. »Wie immer bei Herrn Winkler. Er dann gegangen. Betrunken.«

»Haben Sie Herrn Winkler später noch einmal gesehen?«, fragte Lars und wedelte den Rauch des Räucherstäbchens zu Seite. Einmal musste er kurz husten.

»Nein. Nur Herrn Solberg.«

Lars stutzte. »Wieso Herrn Solberg? Ich verstehe nicht ganz.«

»Er in Herrn Winklers Garten. Später, nach Streit.«

Das war neu für Lars. »Sie haben Solberg in Winklers Garten gesehen, aber nicht Winkler?«

»Richtig«, unsicher sah Herr Bing schnell zu seiner Frau, dann wieder zu Lars. Jedoch nicht so schnell, als dass Lars es nicht bemerkt hätte. Was verbarg Herr Bing?

»Was hat Solberg gemacht?«, wollte Lars wissen.

»Gerufen.«

»Was hat er gerufen?« Lars zog die Augenbrauen zusammen und sah Herrn Bing ernst an.

»Namen von Herrn Winkler. Sehr laut.«

»Solberg hat ...«, Lars verstand nicht richtig. »Er war in dem Garten von Winkler und hat nach ihm gerufen? Wieso haben Sie Winkler nicht gesehen? Er muss es doch sicherlich gehört haben, wenn jemand so laut ruft?« Lars schob den Behälter mitsamt dem Räucherstäbchen zur Seite. Der Qualm hinderte ihn am Denken.

»Herrn Winkler habe ich nicht gesehen. Herr Solberg ist wieder gegangen.«

»Wissen Sie das genau?«

»Vermutung. Nur Vermutung, nicht mehr.« Wieder sah Herr Bing kurz zu seiner Frau, die weiterhin den Kopf gesenkt hielt.

»Herr Solberg rief laut. Ich war auf Weg nach Hause. Ich bin Rosenweg hinuntergegangen, vom Festplatz. Da habe ich gehört und gesehen.«

Lars sah Frau Huiy an. »Haben Sie das auch gesehen und gehört?«

Sie schüttelte den Kopf, ohne aufzusehen. »Ich früher zurück als mein Mann. Ich war müde.«

»Bei mir hat Solberg nicht gerufen. Er hat leise geredet mit anderem Mann.«

Jetzt verstand Lars gar nichts mehr. »Welcher andere Mann?«

Langsam wurde die Sache komisch. Erst gibt es einen Streit auf dem Sommerfest und niemand hat Winkler danach gesehen. Und nun tauchen immer mehr Leute in der Parzelle von Winkler auf?

»Karl-Heinz Martens. Sie sagen Kalli.«

»Solberg war mit Martens in Winklers Garten?«, Lars stutzte und fand es gleichzeitig hochinteressant.

Frau Bing nickte.

»Damit ich Sie beide richtig verstehe: Bei Ihnen, Herr Bing, hat Herr Solberg Winklers Namen gerufen – und bei Ihnen, Frau Huiy, hat Herr Solberg geflüstert, und zwar mit Karl-Heinz Martens?«

Herr Bing und Frau Huiy nicken eifrig.

»Herr Bing, war Herr Martens auch in dem Garten, als Sie Solberg rufen hörten?«

Herr Bing überlegte. »Ihn nicht gesehen.«

»Nur Solberg?«

»Ja.«

»Frau Bing, konnten Sie hören, was Solberg und Martens geflüstert haben?«

»Nein. Deshalb wohl Geflüster. Damit niemand hört.«

»Herrn Winkler haben Sie aber nicht gesehen?«

»Nein. Nur zwei Männer.«

»Was haben Sie gemacht?«

»Geflüstert.«

»Ja, aber was noch?«

Sie verstand nicht.

Lars holte sich das Bild von Winklers Garten ins Gedächtnis und versuchte, Frau Bing einen Eindruck zu vermitteln. »Sind die Männer bei der Laube gewesen? Im Garten? Neben der Laube? Auf dem Weg? Auf dem Rasen?« Lars ruderte mit den Händen, was fiel ihm noch ein? »Standen sie nur so dort? Haben sie etwas gemacht? Haben sie etwas getragen? Haben sie sich umgesehen?«

»Ja.«

»Was, ja?«

»Sie standen vor der Laube und haben sich umgesehen.«

»Wie lange haben Solberg und Martens dort vor der Laube gestanden?«

»Kann nicht sagen. Ich bin auf Rosenweg gegangen. Nicht stehen geblieben. Nur Kopf gedreht bei Geflüster in Herrn Winklers Garten.«

»Das hat Sie nicht gewundert? Nach dem Streit auf dem Sommerfest stehen plötzlich Solberg und Martens in Peter Winklers Garten?«

Sie schüttelte den Kopf. »Herr Solberg Chef von *Kleinklee*. Dachte, er will mit Herrn Winkler sprechen. Wegen Streit. Geht mich nichts an, was da war.«

Damit war für Frau Bing das Gespräch zu Ende. Sie

sah an Lars vorbei und verbeugte sich. Herr Huiy sah ihr kurz hinterher. Etwas schien er noch sagen zu wollen, verkniff es sich aber, dachte Lars. Wenig später trat wieder ein Lächeln auf sein Gesicht und auch für ihn schien alles gesagt zu sein.

Noch habt ihr mir nicht alles gesagt, was in Winklers Garten abgegangen ist, dachte Lars. Ließ es aber fürs Erste auf sich beruhen. Hier würde er nicht weiterkommen, sollte er weiter bohren. Für ihn reichte die Erkenntnis, dass sich nach Winklers Rundumschlag auf dem Sommerfest mehr Leute als zuerst bekannt in seinem Garten befanden.

Vor dem Geschäft von Herrn Huiy atmete Lars einige Male kräftig durch. Der Geschmack des Räucherstäbchens klebte in Nase und Mund. Zum Glück war gleich nebenan der türkische Imbiss *Avanti*, den er mochte. Er brauchte jetzt dringend etwas, um den Geschmack loszuwerden. Ein gute Gelegenheit, das beste Cordon bleu weit und breit zu essen.

Lars wurde mit Handschlag vor dem Laden begrüßt.

»Cordon bleu?«, fragte Harkan. Lars bejahte und setzte sich draußen in den Schatten.

In seinem Kopf schwirrten die Aussagen von Herrn Bing und Frau Huiy herum. Wieso ruft Solberg nach Winkler? Und was machte Solberg mit Martens in der Parzelle? Was war dort vorgefallen?

Frau Huiy war vor Herrn Bing gegangen, als Solberg mit Martens geflüstert hatte. Dann war Herr Bing gegangen. War Martens noch dort? An der Regentonne? Aber wieso ruft Solberg dann Winklers Namen? Das ergibt keinen Sinn.

Er war gespannt darauf, was seine Kollegen bei ihren Befragungen herausbekommen haben. Was, wenn dort erzählt wurde, niemand hätte Winkler nach dem Sommerfest gesehen? Warum würden die *Kleinklee*-Gärtner lügen? Was verbargen sie? Was war in der Mordnacht geschehen?

Und wenn andere Kleingärtner zugaben in der Parzelle von Winkler gewesen zu sein, wie passte das alles zusammen? Was taten die Menschen in dem Garten des ungeliebten Nachbarn?

Ohne weiteres würde niemand zugeben, Winkler erschlagen zu haben? Hatte es vielleicht jemand beobachtet und schwieg?

Nachdem Lars gegessen und gezahlt hatte, schlenderte er am Berliner Platz entlang, die Turmuhr der St. Laurentii Kirche schlug zur vollen Stunde. Die letzten Mittagspäusler gingen zurück in ihre Geschäfte.

Am Anfang des Berliner Platzes befand sich auf der anderen Seite die Commerzbank. Hier arbeitete Leon Berger, der Gartennachbar von Gretchen Junghold.

Als Lars in den Schalterraum eintrat, fühlte er sich gleich wohler, denn die Filiale war gut klimatisiert. Die Angestellten saßen in schicken Anzügen hinter ihren Schreibtischen. Es war eine ruhige, angenehme Atmosphäre. Eine freundliche Dame trat auf ihn zu und fragte, ob sie ihm helfen könne. Er zückte seinen Ausweis und bat darum, mit Leon Berger zu sprechen.

Die Dame sah misstrauisch auf den Ausweis, dann sah sie Lars an. »Herr Berger sitzt im ersten Stock. Gibt es Schwierigkeiten?« In der Frage war Neugierde sowie Besorgnis.

»Nein, nein«, beruhigte Lars und setzte ein freundliches Lächeln auf. »Ich bräuchte nur einige Minuten von Herrn Bergers Zeit.«

Gab es Anlass für diese Besorgnis?, fragte sich Lars, oder war es wirklich nur Neugierde?

Er folgte der Dame eine geschwungene Treppe hinauf. An den Wänden der Bank hingen geschmacklose Aquarelle. Fast alle zeigten Tulpen in blassen Farben. Unter den Bildern klebten kleine Schilder, auf denen die Titel standen. *Rote Tulpe. Gelbe Tulpe.* Bei solchen Titeln würde ich erst gar keine Schilder anbringen, schoss es Lars durch den Kopf.

Die Dame klopfte an eine Türe und öffnete sie sogleich, ohne ein Signal von innen abzuwarten. Lars blickte in das kleine Büro, wo Leon Berger hinter einem Schreibtisch saß und hektisch mit der Maus herumklickte. Erschrocken sah er zu den Gästen auf, als sie sein Büro betraten. Das Klopfen musste er überhört haben.

Das Aussehen von Berger erinnerte Lars ein wenig an Robert, der ebenfalls gerne teure Stoffe trug und immer einen perfekten Eindruck machte.

Berger trug sein Haar glatt und tief in die Schläfen gestrichen, war gebräunt und trug einen gepflegten Dreitagebart.

»Leon, der Herr ist von der Kripo und möchte mit dir reden«, sagte die Dame. In ihrer Stimme klang wieder Besorgnis mit.

Als Lars Leon Berger die Hand gab, blieb die Dame, ohne sich zu rühren, in der Tür stehen. Erst als Lars sie ansah und mit Blicken andeutete, er wolle mit Berger alleine sein, schloss sie die Tür hinter sich. Jedoch nicht vollständig. Lars war sich ziemlich sicher, dass sie dahinter stehen blieb und lauschte.

»Ihre Kollegin scheint besorgt zu sein, dass die Kripo da ist«, versuchte es Lars einfach, auch wenn er glaubte, sich täuschen zu können.

»Ach was«, meinte Berger. »Frau Zahlmann ist ein wenig neugierig und wittert immer irgendwelche Geheimnisse. Sie liebt Tratsch und Klatsch.« Berger lehnte sich in seinem Stuhl zurück und verschränkte seine Arme hinter dem Kopf. »Was meinen Sie, wie die Gerüchteküche brodeln wird, wenn Sie die Filiale verlassen.« Berger lachte. »Da muss ich durch – jeder. Frau Zahlmann ist einfach so. Auf der anderen Seite nimmt man das Gerede aber auch nicht allzu ernst. Gott sei Dank.«

Er holte aus einem kleinen Kühlschrank zwei Flaschen Bionade Holunder. »Möchten Sie?«, fragte er und stellte Lars die geöffnete Flasche hin.

»Herr Berger, Sie können sich denken, wieso ich hier bin?«, sagte er und trank einen Schluck aus der Flasche.

»Bestimmt wegen Winkler«, Berger tat ganz weltmännisch.

»Wie sind Sie mit ihm klargekommen?« Lars nahm ihm gegenüber Platz. Berger schien sorglos, wie er fand. Ganz entspannt saß er Lars gegenüber und schaute ihm ohne Scheu in die Augen.

»Gar nicht. Winkler war ein Arschloch.« Berger lehnte sich auf den Tisch. »Ich bin mir sicher, Sie haben bisher noch nichts anderes gehört, oder?«

Lars antwortete nicht auf die Frage, sondern wollte wissen, weshalb er Streit mit Winkler hatte. Nicht ohne Grund nennt man einen anderen ein Arschloch.

»Ich habe immer im Garten gearbeitet«, er zeigte auf Berge von Unterlagen und Akten, die sich auf dem kleinen Schreibtisch türmten. »Im Schrebergarten hat mich niemand gestört. Ich habe mein Handy ausgeschaltet und bin die Unterlagen durchgegangen. Über Wireless Lan habe ich Zugang zum Internet und mehr brauche ich nicht.« Berger schmunzelte. »Die vorgeschriebene Gartenarbeit von wegen: ein Drittel der Parzelle muss mit Gemüse bewirtschaftet werden und so weiter, das lief nebenher. So gut ich das eben konnte, um mir keinen Ärger einzufangen. Ich bin 34, da hat man mein Bemühen als Gärtner wohlwollend betrachtet und mir immer wieder unter die Arme gegriffen.«

»Und im Gegenzug haben Sie den anderen geholfen.«

Bergers Gesichtszüge wurden plötzlich hart. »Wie meinen Sie das?«

Lars wunderte sich etwas über Bergers Reaktion.

»Sie haben denen, die Ihnen im Garten geholfen haben, sicher auch auf eine Art und Weise geholfen. Eine Hand wäscht doch die andere.«

Berger schwieg. Er wartete Lars' nächste Worte ab.

»Ich meine Schriftkram. Ausfüllen von Formularen. Schließlich sitzen Sie hier nicht umsonst in einem eigenen Büro. Man wird Sie doch sicher gefragt haben, ob sie nicht einmal einen Blick auf bestimmte Unterlagen werfen könnten.«

»Sicher.« Berger gab sich wortkarg. Er sah Lars zwar weiter in die Augen, seine Körperhaltung verriet dennoch, dass die anfängliche Sorglosigkeit in Verteidigungsstellung gewechselt hatte. Anscheinend konnte er nicht genau einschätzen, in welche Richtung diese Befragung gehen würde.

»Den einen oder anderen Vertrag über einen Kredit oder dergleichen haben Sie sicher auch abgeschlossen, oder?«

»Nein«, antwortete er barsch. »So etwas macht man nicht in einem Schrebergarten.«

»Aber man spricht darüber«, sagte Lars gelassen, dessen Talent, so ruhig wie möglich zu bleiben, hier wieder Früchte trug. »Bei einem Bierchen beim Grillen. Bei einem Plausch über die Gemüsebeete hinweg.«

»Sicher, das kam vor. Aber nicht oft.«

Lars schlug ein Bein über das andere, trank wieder von der Bionade und sah Berger an. »Haben Sie mit Winkler auch über solche Dinge gesprochen?«

Leon Berger setzte sich gerade auf. »Weshalb fragen Sie? Sind jetzt alle *Kleinklee*-Pächter verdächtig?«

»Ich will ehrlich sein, Herr Berger. Peter Winkler starb

nach dem Sommerfest in seiner Parzelle. Ein Fremder wäre aufgefallen. Es waren ja nur Pächter dort, an diesem Abend. Oder haben Sie jemanden gesehen, der nicht dazu gehörte?«

»Die blonde Frau zum Beispiel.«

Lars zog seine Augenbrauen nach unten. Seine Augen wurden zu kleinen Schlitzen. »Welche blonde Frau?« Das war neu, wie so vieles an diesem Tag, und er verspürte das ungute Gefühl, dass da noch mehr auf ihn und die Kollegen zukommen würde. So einfach, wie zuerst gedacht, war dieser Fall wohl doch nicht. Was hatte es nun wieder zu bedeuten, dass eine fremde, blonde Frau an jenem Abend des Sommerfestes auftauchte? Wer war sie?

Berger schien Lars' Gedanken gelesen zu haben und redete weiter.

»Sie sah gut aus. Ich hatte sie vorher noch nie gesehen. Sie gehörte sicherlich zu den paar Gästen, die mit auf dem Sommerfest waren.«

Das war richtig, dachte Lars. Es gab einige Fremde auf dem Fest. Dennoch wollte er wissen, wieso Berger sich gerade an diese Frau erinnerte.

»Sie sah gut aus. Braungebrannt. Eine gesunde Bräune, nicht von der Sonnenbank«, sagte er leise, als würde er sich schämen. »Solberg hat an dem Abend zu mir gesagt, ich solle die Frau nicht die ganze Zeit anstarren. Das wäre ja schon fast peinlich.« Er verdrehte die Augen. »Ich habe mich gefühlt, wie ein Teenager, der beim, na, Sie wissen schon was, erwischt wird.«

»Haben Sie die Frau später noch einmal gesehen?«

»Nein. Sie ist früh gegangen, glaube ich. Jedenfalls habe ich sie dann nicht mehr gesehen.«

»War das vor oder nach dem Streit, den es mit Winkler während des Sommerfestes gab?«

»Davor. Ich glaube, Sie hat nichts von dem Streit mitbekommen.«

»Ist Ihnen nach dem Sommerfest etwas aufgefallen? Ein Streit in Winklers Garten zum Beispiel?«

Berger überlegte. Für Lars sah es jedoch so aus, als würde er abwägen, was er sagen sollte. »Was geht Ihnen im Kopf herum, Herr Berger? Was ist Ihnen aufgefallen?«

Überrumpelt blickte Berger ihn an. Damit hatte er nicht gerechnet. Er zuckte mit den Schultern und atmete tief aus. »Bevor es sowieso herauskommt und es dann in einem falschen Licht erscheint, Herr Hennings«, er rieb sich mit der flachen Hand über die Augen. Rote Stellen bildeten sich dadurch auf seinem Gesicht. »Winkler muss Streit mit Gretchen gehabt haben.«

»Muss? Sie sind sich nicht sicher?« Er überlegte. Nachdem zuerst niemand in Winklers Garten gewesen sein wollte, tauchte nach Martens und Solberg nun auch noch Gretchen Junghold dort auf. Was hatte sie dort gemacht? Wieso war sie dort? Sie, oder vielmehr ihr Vater, hatte doch erzählt, dass sich Winkler nicht mehr mit ihr abgegeben hatte, seit der Weigerung ihm einen Job in der Fleischerei zu geben. Was hatte sie dort also zu suchen?

»Bevor ich mich hinlegte, habe ich noch gemütlich einen Whisky Cola vor meiner Laube getrunken. Da hörte ich plötzlich jemanden weinen. Als ich hinter meine Laube ging, entdeckte ich Gretchen in ihrem Garten. Sie war vollkommen aufgelöst.«

»Hat sie Ihnen erzählt, worum es bei dem Streit ging?«

Berger rutschte unruhig auf seinem Lederstuhl hin und her. »Gretchen ist ein lieber Mensch. Sie hat in jedem – auch in Winkler – versucht, das Gute zu sehen.« Berger drehte sich ein wenig mit dem Stuhl und blickte ins Leere. »Sie hat wohl mit ihm reden wollen. Wegen der ständigen Beleidigungen bezüglich ihres Gewichtes. *Miss Piggy* hat er immer zu ihr gesagt. So, wie er Herrn Bing und Frau Huiy immer Schlitzauge nannte.«

»Was ist passiert?«

»Er hat sie angegriffen. Das vermute ich«, Berger deutete auf seinen Hals. »Gretchen hatte rote Stellen am Hals. In ihrer Hand hielt sie ein Goldkettchen, das abgerissen war. Winkler hat, als er ihr zu nahe kam, die Kette kaputt gerissen.«

Solberg und Martens waren also definitiv nicht die Einzigen, die in der Mordnacht in Winklers Garten waren. Hielt sich Gretchen nach oder vor den anderen beiden Gärtner dort auf? Hatte es bei dem Streit ein böses Ende gegeben? War sie deshalb so aufgelöst?

Wenn Solberg und Martens nach der Tat in dem Garten gewesen waren, was hatte Gretchen Junghold dann in der Zwischenzeit mit der Leiche getan? Hatte sie sie in die Regentonne gestopft? Die Kraft hätte sie dazu. Oder hatten das Solberg und Martens erledigt?

Lars hatte ja erfahren, dass man nach Winkler gerufen hatte. Das hieße, die Leiche war nicht vor der Laube.

Und wenn Gretchen Junghold nach Solberg und Martens dort gewesen war?

Leon Berger trank einen Schluck von der Bionade. »Gretchen hatte ihr Herz verloren, sagte sie. Zuerst verstand ich nicht, was sie meinte. Ich hatte sogar befürchtet, sie hätte sich in diesen Arsch verliebt. Gretchen ist eine von diesen Frauen, die nicht wissen, dass sie sich selber schaden und in den Abgrund reißen, egal, in wen sie sich verlieben.«

»Gretchen meinte es aber anders«, sagte Lars, der den Gedanken von Berger bezüglich des verlorenen Herzens nicht außer Acht lassen wollte.

»Ja. An der Kette war wohl ein kleines Herz. Gretchen sagte, es sei nicht teuer gewesen, aber sie hatte es gemocht. Es müsste irgendwo bei Winkler im Gras liegen.«

Lars würde Blanca und Sebastian fragen, ob sie ein solches Schmuckstück gefunden hatten. Er hatte noch immer nicht die Chronologie der Besucher in Winklers Garten verstanden. »Haben Sie jemanden in Winklers Garten gesehen, nachdem Winkler das Sommerfest verlassen hatte?«

»Nein. Mein Garten liegt nicht neben dem von Winkler. Dazwischen kommt noch der von Johann Heidmöller. Und ich bin nach dem Sommerfest auf kürzestem Wege in meine Parzelle gegangen. Sie liegt gleich neben dem Festplatz.«

Gerade als Lars weiterfragen wollte, kam ihm Berger zuvor. »Jemand hat in der Nacht nach Winkler gerufen. Daran erinnere ich mich.«

»Wer es war, können Sie mir auch sagen?« Er wurde hellhörig. Er musste einfach hinter die Chronologie dieser Nacht kommen.

»Nein. Jemand hat nur ständig seinen Namen gerufen. So, als würde man nach jemandem verzweifelt suchen.«

»Es war kein wütendes Rufen?«

»Nein. Irgendjemand hat Winkler versucht zu finden«, erklärte Berger ruhig und verstand wohl Lars' Aufregung nicht.

In seinen Gedanken gefangen trank Lars seine Bionade aus und bedankte sich bei Berger für die Zeit, die er ihm geopfert hatte.

»Wenn Ihnen noch etwas einfällt, Herr Berger, in Bezug auf diesen nächtlichen Rufer, informieren Sie mich bitte.«

Lars schob ihm eine von seinen Karten über den Tisch hinweg zu. Berger betrachtete sie kaum und nickte.

In der Breiten Straße stand Lars einen Moment reglos in der Sonne. Passanten gingen an ihm vorbei. Zwei Jugendliche fuhren mit dem Rad an ihm vorbei und scheuchten die Tauben auf, die vor seinen Füßen umherliefen. Ein Kind schrie in einem Kinderwagen. Das ganze Treiben um ihn herum störte ihn nicht. Es lenkte ihn nicht ab. Noch immer war er in jener Nacht, in der Winkler erschlagen wurde. Er konnte förmlich das Feuer auf dem Festplatz riechen. Er sah Schatten, die sich vor ihm bewegten, und andere Schattengeister, die in Winklers Garten umhergingen.

Frithjof schlüpfte in die Schuhe der Täter, während Lars die Schatten halfen, um sich einen Tathergang vorzustellen. Noch war es zu dunkel, noch waren die Schatten zu durchsichtig, nicht greifbar, um etwas erkennen zu können.

Nur so viel:Es waren nicht nur Winklers Schatten und der des Mörders, die Lars sah. Da waren noch andere. Irgendwann würden sie ihr Gesicht zum Feuer drehen und ihr Gesicht zu erkennen geben.

Wieso will jemand Winkler in jener Nacht unbedingt finden? Winkler war doch in seinem Garten.

Wo war er, dass man ihn nicht fand?

16

Frithjof war noch einmal ins Präsidium gefahren, um die Besprechung für den nächsten Tag vorzubereiten sowie um Gabrielles Rat zu befolgen, seinen Schreibtisch aufzuräumen.

Gerade als er damit anfangen wollte, hörte er Schritte im Gang. Die kamen ihm wie gelegen, denn dann musste er sich nicht gleich mit der leidigen Arbeit befassen. Neugierig spähte er durch den Spalt der Tür und sah gerade noch, wie Robert in sein Büro ging und die Tür hinter sich schloss.

Frithjof trat auf den Gang und ging leise auf die Bürotür seines Kollegen zu.

Alter, es geht dich nichts an, was Robert so spät noch hier macht. Wahrscheinlich bereitet er sich genau wie du auf die morgige Besprechung vor.

Er wollte gerade wieder kehrt machen, als er hörte, wie Robert telefonierte.

»Ich weiß, dass es riskant ist, schließlich bin ich bei der Polizei. Aber ich habe keine andere Möglichkeit, scheiße!«

Wieder trat Frithjof an die Tür heran und lauschte.

»Heute Nacht darf nichts schief gehen. Wenn das herauskommt, bin ich meinen Job los. Mein Chef wird langsam misstrauisch. Es war dumm von mir, mich von Ihnen zur Arbeit fahren zu lassen! Und tauchen Sie hier nicht wieder im Präsidium auf!«

Das reichte Frithjof, schon zu lange hatte er still zugesehen, was Robert hier trieb. Nun bestätigte sich seine Vermutung, dass hier etwas nicht mit rechten Dingen zuging. Entschlossen, die Sache ein für alle Mal zu klären, drückte er die Klinke der Tür herunter und wollte sie öffnen.

Sie war verschlossen.

»Robert?«, rief Frithjof. Seine Stimme war zornig. Niemand hatte sich in seiner Abteilung einzuschließen. Diese Geheimniskrämerei musste ein Ende haben. Mit geballter Faust hämmerte er an die Tür. »Robert! Mach auf!«

»Einen Moment«, rief Robert zu ihm hinaus. Roberts Stimme hatte die Selbstsicherheit, die sonst in ihr lag, verloren. Sie klang ertappt, wie die eines Kindes, wenn es bei etwas erwischt wurde und es nicht mehr abstreiten konnte.

»Sofort!«, schrie Frithjof.

»Warte kurz ...«

»Ich schlag die verdammte Tür ein!« Mit voller Wucht schlug er gegen die Tür. Sie zitterte in ihrem Rahmen.

Sein nächster Schlag hätte Robert um ein Haar getroffen. Frithjof holte aus und im gleichen Moment riss Robert die Tür auf und Frithjofs Faust segelte knapp an dessen Ohr vorbei ins Leere. Erschrocken sah Robert Frithjof an.

»Himmel, Frithjof! Was ist los mit dir?«

Frithjof packte Robert an seinem Polo Hemd und beförderte ihn in das Büro. Frithjof war einen Kopf größer als Robert und rasend vor Wut. Er hatte kein Problem den jungen Kollegen vor sich herzutreiben.

Roberts Rücken knallte gegen die Wand, nachdem sie das Büro einmal durchquert hatten. Robert war es nicht gelungen, trotz wilder Abwehr, sich aus Frithjofs Griff zu befreien.

»Was spielst du hier?«, polterte Frithjof los, sodass einzelne Speicheltropfen in Roberts Gesicht flogen.

»Was meinst du?«, keuchte Robert, der seine Hände

um Frithjofs Arme gelegt hatte, um sie von sich weg zu bekommen. Jedoch ohne Chance.

»Hör verdammt noch mal mit den Spielchen auf, Freundchen!« Frithjof ließ ihn los und schlug Roberts Hände fort, die sich noch immer auf seinen Armen befanden.

Sichtlich mitgenommen strich sich Robert das Polo Hemd glatt und versuchte, in dem Raum etwas zu finden, was seinen Blick beruhigt hätte, auf dem er ruhen konnte, um sich zu erklären. Er fand nichts. Immer heftiger glitt sein Blick umher. Er sitzt in der Falle, dachte Frithjof. Dein kleines Spiel, das du hier spielst, ist aufgeflogen!

»Rede!«, brüllte Frithjof ihn an.

Für eine Sekunde schien es, als würde Robert nachgeben, doch dann besann er sich eines Besseren und sah Frithjof an. Immer noch war sein Blick unsicher, seine Stimme jedoch hatte die gewohnte, dunkle Stärke. »Es geht dich nichts an«, sagte er bestimmt.

Frithjof konnte sich gerade noch zurückhalten, ihm seine Faust nicht ins Gesicht zu schlagen. Er konnte es nicht fassen, dass dieser noch die Frechheit besaß, so etwas zu sagen. Er war aufgeflogen und meinte tatsächlich, er müsse nicht reden?

»Du bist raus aus der Abteilung!« Frithjof deutete angewidert mit dem Zeigefinger auf ihn. »Verschwinde! Ich kann niemanden gebrauchen, dem ich nicht vertrauen kann!«

Robert stand nun reglos vor Frithjof. Er atmete schwer, während er unmerklich den Kopf schüttelte. Langsam strich er sich die ins Gesicht gefallenen Haarsträhnen hinter die Ohren und schluckte.

»Frithjof, es ist …«

»Verschwinde!« Frithjof hatte die Faust schon geballt, um sie dieses Mal tatsächlich einzusetzen.

Mit gesenktem Blick ging Robert an Frithjof vorbei, er streifte ihn sachte, als er auf die Bürotür zuging.

Zu Frithjofs Überraschung ging Robert nicht hinaus, sondern schloss die Tür von innen und sperrte ab.

Was geht hier vor?, schoss es Frithjof durch den Kopf. Was sollte das?

Verwundert sah er Robert an. »Was hast du vor?«

»Ich möchte es dir erklären«, sagte er leise und hoffte, Frithjof würde ihn nicht hinauswerfen, ohne dass er erklären konnte, was er hier tat.

Frithjof verschränkte die Arme vor der Brust und baute sich vor seinem Kollegen auf. »Wenn ich das Gefühl bekomme, du lügst mich an, wirst du dir wünschen, mir nie begegnet zu sein.«

Robert ging an ihm vorbei und setzte sich hinter seinen Schreibtisch. Aus einer Schublade zog er mehrere Akten heraus und legte sie vor sich hin, ohne sie zu öffnen.

Frithjof blieb stehen, auch der Aufforderung von Robert, sich zu setzen, kam er nicht nach. Er quittierte die Einladung mit: »Wir wollen es nicht gemütlich erscheinen lassen.«

Robert legte eine Hand auf den Stapel Akten und sah Frithjof traurig an. »In diesen Akten liegt meine Vergangenheit.« Er schluckte und sein Blick wurde leer, er sah auf nichts Bestimmtes. »In diesen Akten liegt meine Zukunft. In diesen Akten liegt mein Schicksal.«

Frithjof stemmte seine Fäuste in die Hüfte. »Hör mit dem verdammten Scheiß auf. Vergangenheit, Zukunft, Schicksal, spiel mir nichts vor! Du verbirgst etwas, was nicht ganz koscher ist, das Gefühl hatte ich schon länger. Und eben habe ich gehört, was du am Telefon gesagt hast. Was läuft hier?«

Langsam öffnete Robert die oberste Akte des Stapels und begann ruhig vorzulesen. »Bankierssohn van Versendaal entführt.« Er blätterte eine Seite weiter. »Bankierssohn weiterhin verschwunden.« Wieder umblättern. »Bankierssohn van Versendaal seit über einer Woche vermisst.« Nächstes Blatt. »Keine Spur von van Versendaals Sohn. Ist er tot?« Umblättern. »Entführer fordern Millionenlösegeld.« Nächste Nachricht. »Millionen sollen gezahlt sein. Sohn des Bankiers van Versendaal weiterhin verschwunden!« Weitere Nachricht. »Zahlt Bankier van Versendaal für toten Sohn? Lebt Robert van Versendaal?« Umschlagen der Seite. »Bankier van Versendaal bei Geldübergabe getötet.« Zittrig umgeblättert. »Sohn des getöteten Bankiers van Versendaal weiterhin vermisst.«

Robert sah auf. Er hatte angefangen zu weinen. Seine Stimme hatte das nicht verraten. In geraden Linien waren die Tränen seine Wangen hinuntergelaufen.

»Eine Woche, nachdem die Entführer meinen Vater getötet hatten, wurde ich freigelassen. Auf einem verschneiten Feld auf Föhr. Ich wurde aus einem Wagen gestoßen. Ich hatte einen Spiderman-Pyjama an und einen Stoffsack über dem Kopf. Der Wagen fuhr davon und ließ mich zurück.« Robert zitterte. Die Farbe war aus seinem Gesicht gewichen. Es schien, als würde er die Momente aus seiner Kindheit noch einmal erleben. »Ich habe mich nicht getraut, mich zu bewegen und mir den Sack vom Kopf zu ziehen. Ich hatte Angst, sie würden noch irgendwo stecken und mir etwas antun. Ich habe ganz still im Schnee gelegen. Mein Pyjama wurde nass, die Haut kalt. Ich fror und zitterte. Ich wusste nicht, was ich machen sollte und was nun geschehen sollte in diesem Nichts um mich herum.« Roberts Körper schien sich zusammenzuziehen. Ganz eng hielt er seine Arme am Körper, als würde er sich wärmen, als würde die Kälte von damals sich wieder anschleichen, ganz langsam, in jedes Glied, jeden Knochen. »Ich habe mich ganz vorsichtig zusammengekauert, damit mir warm wurde, aber das nutzte nichts. Es war so kalt, so unbeschreiblich kalt, Frithjof.« Er stockte und weinte lautlos. Seine Lippen formten zitternd Wörter, die nicht sofort herauskamen. Nervös fuhr er sich durch die Haare, während er hektisch blinzelte. »Ich war doch nur ein Kind, ein kleiner Junge, und wusste nicht, was da geschah. Und es war so kalt, so unfassbar kalt …«

Frithjof stand immer noch unbeweglich da, doch seine Wut war verschwunden. Schon seit er den Zeitungsüberschriften gelauscht hatte. Es war ihm bekannt, was Robert als Kind erlebt hatte. Er hatte jedoch nie gewagt, weiter nachzufragen. Er wollte nicht in alten Wunden bohren oder als Voyeur erscheinen.

Er ging um Roberts Schreibtisch herum und wollte ihn in den Arm nehmen, das war er ihm schuldig, wie er fand. Schließlich hatte er ihn gezwungen, über seine Vergangenheit zu reden.

Robert wich abrupt in seinem Stuhl zurück. »Nicht«, sagte er schnell. »Mir sind Berührungen unangenehm.«

Rau, kalt, kühl.

Frithjof kannte dieses Gefühl. Niemanden an sich heran zu lassen, alles von sich abzuschirmen, keine Gefühle zu zeigen und keine Angriffsfläche zu bieten. Immer hart sein, sich nicht offenbaren, keine Berührungen zulassen, weil sie Nähe heraufbeschwören und Bindungen zu anderen Menschen zur Folge haben.

»Ich wollte das nicht«, entschuldigte Frithjof sich.

Wütend stand Robert auf. »Was wolltest du nicht?«

Frithjof wusste es nicht.

»Was wolltest du nicht?« Dieses Mal klang Roberts Frage schärfer. »Was hast du denn erwartet, was ich mache?«

»Ich weiß es nicht …« Er wusste es tatsächlich nicht. Es war eine Kurzschlussreaktion gewesen, aber nun bereute er den Schritt, ihn bloßgestellt zu haben. Was hatte er für ein Recht in seiner Vergangenheit herumzuwühlen?

»Robert, was sind das für Männer, die hier ständig auftauchen? Wieso musst du dich vor mir vorsehen? Wieso denkst du, dass ich misstrauisch bin und wieso könnte ich denn misstrauisch sein?«

Robert schien sich wieder gefasst zu haben. Er deutete auf die zweite Akte, die auf dem Tisch lag. »In der da liegen Informationen, die mich zu den Männern bringen sollen, die meinen Vater getötet und mich in der Kälte alleine gelassen haben.«

Frithjof stockte der Atem. Erschrocken sah er von der Akte zu Robert, wieder zurück und wieder zu Robert. »Was hast du vor?«

»Es ist meine Vergangenheit, meine Zukunft und mein Schicksal. Wie ich sagte.«

»Auf was hast du dich da eingelassen?« Oder sollte er lieber fragen: auf wen? »Wer sind diese Männer, Robert?«

Robert trat ans Fenster und betrachtete sein Spiegelbild. Dahinter sah man das nächtlich erleuchtete Itzehoe.

»Ich habe versucht, Informationen zu sammeln. Zuerst auf dem legalen Weg: Polizeiakten, Befragungsprotokolle, Einsatzprotokolle, Presseartikel. Ich habe mit einer Menge Menschen gesprochen. Irgendwann jedoch führten diese Informationen zu nichts mehr. Wie damals. Der Fall ist bis heute nicht geklärt.«

Frithjof trat an ihn heran. Ihm war nicht wohl bei dem Gedanken, wie die Geschichte weiterging.

»Und du hast etwas gefunden?«, fragte er.

»Wir als Polizisten haben unsere Quellen, unsere Informanten und die wiederum haben ihre Quellen und ihre Informanten. Mit dem gewissen Geld erhält man mehr Informationen als auf dem üblichen, dienstlichen und legalen

Weg.« Er sah Frithjof an und zuckte mit den Schultern. »Was sollte ich denn tun? Meine Nachforschungen drohten im Nichts zu enden. Ich drohte, wie damals, alleine im Schnee zu erfrieren. Niemand konnte mir helfen.« Er machte eine Pause und sah wieder sein Spiegelbild an. Seine Körperhaltung hatte sich leicht entspannt.

»Und dann trat Schiller in mein Leben.«

»Schiller?«

»Ich nenne ihn so. Frag mich nicht wieso. Es ist so. Er nannte mir keinen Namen und ich wollte ihm einen geben. Wieso ich auf Schiller kam, kann ich dir wirklich nicht sagen.« Robert atmete tief aus. »Er hatte erfahren, dass ich nach den Männern suche, die meinen Vater getötet haben, und gab mir Informationen, die ich weiterverfolgen sollte.«

Es war fast Begeisterung in Roberts Gesicht, als er sich zu Frithjof drehte. »Schiller hatte recht! Seine Informationen führten mich weiter, als ich je gedacht hatte.« Er legte Frithjof eine Hand auf die Schulter. »Frithjof! Ich dachte, ich sei am Ende meiner Recherche, da gab es nichts mehr, was ich hätte überprüfen können, da gab es keine offenen Punkte mehr, denen ich hätte nachgehen können – und plötzlich komme ich weiter als je zuvor!«

Frithjof ging einen Schritt von Robert weg. Ihm war unheimlich. So kannte er ihn nicht. Robert war besessen, wie er fand. »Woher hatte Schiller diese Informationen?«

»Ich weiß es nicht!?«, Robert klatschte in die Hände und hörte gar nicht mehr auf zu grinsen. »Aber das ist doch auch egal, Frithjof! Er hat diese Informationen und heute Abend ...«

»Heute Abend?«

»Heute Abend werde ich Schiller zum ersten Mal begegnen und er wird mir die Namen der Männer liefern, die meinen Vater getötet haben!«

Frithjofs Hand knallte mit voller Wucht gegen den Aktenschrank.

»Du hast sie doch nicht mehr alle, Robert!«

Perplex stand Robert da und wusste nicht, was er sagen sollte.

»Du hast keine Ahnung, auf was du dich da einlässt, Himmel!«

Roberts Gesichtsausruck veränderte sich, seine Augen funkelten, als er Frithjof provokant anstarrte. »Ich könnte Schiller auch nach Bentes Mörder fragen.«

Der Faustschlag, der Robert mitten auf den Mund traf, kam so unerwartet, dass er rücklings zu Boden ging.

Frithjof trat über ihn. »Ich prügle dich windelweich, wenn du nur noch einmal von Bente anfängst!«

Robert verschränkte schützend, auf dem Rücken liegend, seine Arme vor der Brust. »Willst du nicht auch wissen, was damals geschehen ist? Wer sie getötet hat?«

Frithjof holte aus und wollte auf Robert einschlagen, der drehte sich jedoch zur Seite und konnte dem Schlag ausweichen.

»Sei doch ehrlich, Frithjof! Wieso bist du so, wie du bist? Wieso steht auf der Rückseite der Eisberge, dass du kalt, rau und kühl bist? Wieso warst du auf Island?« Robert rappelte sich hoch und stellte sich in sicherer Entfernung zu Frithjof auf. »Wieso bist du damals in die Einsamkeit von Island geflüchtet? Wieso lässt du niemanden an dich heran?« Er bewegte sich von Frithjof weg, der langsam auf ihn zukam. »Weil du nicht zur Ruhe kommst. Weil du immer noch nicht weißt, wer sie dir genommen hat, und weil da draußen irgendwo jemand rumläuft und sein Leben weiter lebt, ohne dafür bestraft zu werden. Ist es nicht so?«

Seit Jahren hatte Frithjof nicht eine solche Wut und einen solchen Zorn empfunden wie in diesem Augenblick. Er war drauf und dran Robert zu vermöbeln, ihn zusammenzuschlagen. Danach würde er das Büro in Schutt und Asche legen, dann wären das ganze Stockwerk und schließlich das Präsidium fällig.

Robert spürte, wie schlecht es um ihn bestellt war, und ging schützend auf die Bürotür zu. Schnell öffnete er sie und gelangte auf den Gang.

Frithjof folgte ihm dicht auf den Fersen. Er hatte seine Fäuste immer noch geballt und schnaufte zornig, sodass seine Nasenflügel bebten.

Das geht nicht gut aus, dachte Robert und ging rückwärts den Flur entlang.

Du kleiner, mieser Wicht, dachte Frithjof und trieb Robert weiter den Flur entlang. Du kleiner, schnöseliger Wichser!

Als Robert am Ende des Ganges ankam, gab es kein Entrinnen mehr, also entschied er sich für die Flucht nach vorne. »Komm mit, Frithjof. Triff Schiller.«

Ausdruckslos sah Frithjof Robert an. In seinem Kopf schwirrten die Gedanken herum. Sie prasselten auf ihn ein, schlugen und vergewaltigten ihn. Seine Wut auf Robert wich der Wut der Unerträglichkeit, die sich über all die Jahre in ihm festgesetzt hatte wie eine Zecke, wie ein Parasit. Er hatte sie immer mit sich herumgetragen. Dieser Umschwung passierte zu schnell. Gab es tatsächlich die Möglichkeit mehr über Bentes Tod zu erfahren, auch wenn es nicht legal war? Schließlich war er Polizist. Er vertrat das Gesetz. Wie konnte er die Möglichkeit überhaupt in Betracht ziehen?

Frithjof dachte an Roberts Worte: Wieso bist du so, wie du bist? Wieso bist du damals in die Einsamkeit von Island geflüchtet? Wieso lässt du niemanden an dich heran? Weil du nicht zur Ruhe kommst. Weil du immer noch nicht weißt, wer sie dir genommen hat. Ist es nicht so?

Frithjof hatte Robert geschlagen. Wie konnte er jetzt

auf das Angebot eingehen? Wollte er das überhaupt? Wenn das herauskam, würde sein Job in Gefahr sein. Wollte er wieder in diese Lethargie verfallen, aus der er jetzt endlich herausgekommen war? Wollte er riskieren, wieder rau und kalt zu werden? Was würde aus ihm werden, wenn er Informationen bekommen würde? Würde er Johanna weiter lieben können oder würde Bente wieder in sein Leben treten, ohne jemand anderem Platz zu gewähren? Wollte er das wirklich riskieren?

Frithjof lehnte sich mit dem Rücken erschöpft an die Wand. Sollte er diesen Abschnitt seines Lebens abschließen und neu beginnen. Den ersten Schritt hatte er bereits getan. Johanna würde bei ihm einziehen.

Was war ihm wichtiger? Johanna oder Bente?

Die Zukunft oder die Vergangenheit?

Sein Schicksal ...

Ihn verband mehr mit Robert, als er sich hätte vorstellen können.

»Ich komme mit.«

Robert fuhr seinen Wagen durch das unwegsame Gelände der heruntergekommenen Alsen-Fabrik. Seit Jahren stand sie wie eine offene Wunde am Rande der Stadt. Von fern strahlte die Leuchtreklame des Burger King. Fahles Licht. Ein Zug fuhr über die Eisenbahnbrücke. Die erleuchteten Fenster zeigten wenige Menschenschatten. Die Geräusche der Bahn vermischten sich mit denen von Roberts BMW. Kies knirschte, Sand sprang und prallte gegen die Radkästen des Wagens. Es war kurz vor 11. Die Nacht hatte sich ausgebreitet. Die Wärme des Tages hatte sich in den verfallenen Ruinen der Fabrik und deren restlichen Gebäuden verkrochen.

Frithjof und Robert hatten auf dem Weg hierher kein Wort gesprochen. Frithjof fühlte sich nicht wohl. Er wusste nicht, worauf er sich hier einließ. Legal war es nicht, das wusste er. Immer wieder hatte er sich durch den Kopf gehen lassen, ob es richtig war, hier dabei zu sein. Sein Kopf sagte nein, sein Bauch, seine Gefühle für Bente, die Vergangenheit, die Antwort auf einen Täter sagten ja.

Sicherlich würden Schillers Leute Robert und Frithjof in diesem Moment beobachten. Die Scheinwerfer des BMWs waren die einzige Lichtquelle in diesem kriegsähnlichen Gebiet von zerfallenen Ruinen und zerschundenen Mauern.

Roberts Herz schlug schnell. Seine Augen suchten die Umgebung ab. Schattenwerfende Gebäude und Schornsteine ragten um ihn empor. Die Silos standen schwarz neben seinem Wagen. Bei den Sprayer-Silos schaltete er den Motor und die Scheinwerfer aus. Stille.

Sein Atem ging schnell.

So lange hatte er darauf gewartet. Jetzt durfte nichts schief gehen. Robert biss seine Kiefer aufeinander, als er wartete, und sah zu Frithjof hinüber. Der hatte den Blick starr in die Dunkelheit gerichtet.

Von weit her hörten sie Autos, die am Alsen-Gelände vorbei fuhren. Das Geräusch war ein schwacher Begleiter, der ihre Anspannung verstärkte. Immer wieder blickten sie sich nach allen Seiten um. Die Dunkelheit verbarg die Gestalten, die in ihr ruhen mussten.

Man hatte bestimmt auf ihn gewartet. Sicher war das Halten des BMWs einigen Augen nicht verborgen geblieben.

Wo waren die Männer, die Robert die Namen von damals bringen sollten?

Etwas bewegte sich zwischen den Silos.

Nur ein Schatten. Fast nicht zu bemerken.

Jemand kam auf das Auto zu. Robert setzte sich auf. Seine Hände umklammerten das Lenkrad.

Frithjof registrierte die angespannte Haltung seines Kollegen und sah sich um. Was hatte Robert gesehen? Er wurde unruhig. Immer mehr verspürte er, dass es falsch war, hier zu sein.

Er sah in die Dunkelheit, doch da war nichts, was er erkennen konnte.

Robert bemerkte in seinen Augenwinkeln weitere Bewegungen. Schatten. Umrisse. Menschen.

Sie kamen auf den BMW zu.

Robert sah sich um.

Frithjof wurde unruhig. Scheiße, wo bin ich hier reingeraten, dachte er. Er traute sich nicht zu fragen, was Robert so nervös machte. Wieder sah er sich um, sah aber außer Dunkelheit nichts. Machte er sich selbst verrückt?

Auf den Silos konnte Robert schemenhafte Gestalten erkennen. Sie waren wie die Nacht: dunkel, verborgen und unheilvoll.

Aber dort bewegte sich etwas, da war sich Robert sicher!

Das sind zu viele!, dachte er. Für eine Übergabe von Informationen sind das zu viele Männer, schoss es ihm durch den Kopf. Irgendetwas stimmte nicht!

Wieder blickte er sich um. Weitere Gestalten kamen neben den Silos aus dem Verborgenen heraus.

Zu viele ...

»Scheiße, was ist los?«, fragte Frithjof, dem Roberts Unruhe nicht gefiel.

»Siehst du sie?«

»Wen?«, wieder starrte Frithjof in die Dunkelheit.

»Das sind zu viele!«

»Zu viele?«

»Hier stimmt was nicht.«

»Weg!«, flüsterte Frithjof. »Lass uns hier verschwinden!«

»Nein. Warte!«

Wieder Bewegungen. Kein Licht. Keine Scheinwerfer. Nur lautlose Bewegungen.

Robert schluckte. Unter seinen Achseln begann es feucht zu werden. Immer fester krampften sich seine Hände um das Lenkrad.

Dann erkannte auch Frithjof die Gestalten, die auf den heruntergekommenen Gebäuden krauchten. Er hörte sie sogar!

Es knirschten Steine. Die Umrisse auf den Silos erstarrten. Keine Bewegung.

Robert griff nach seiner Dienstwaffe. Etwas lief hier nicht nach dem verabredeten Plan. Auch wenn er nicht wusste, was es war. Sein Gefühl signalisierte Gefahr.

»Hast du deine Waffe dabei?«, fragte er Frithjof.

»Nein. Die ist im Tresor.« Er hatte nicht damit gerechnet, seine P6 bei dieser harmlosen Übergabe benutzen zu müssen.

Roberts Hand umklammerte den kalten Griff seiner Waffe, als er sie aus seinem Halfter zog und sie entsicherte.

Er fühlte sich ausgeliefert in seinem BMW. Wie Wild auf freier Fläche. Zum Abschuss freigegeben.

Wie dumm war er gewesen? Wie dumm war er, Frithjof mitzunehmen?

Wer war Schiller wirklich?

Dann fiel ein Schuss.

Die Kugel durchschlug die Rückscheibe des Wagens.

Robert und Frithjof gingen instinktiv in Deckung. Schnell lösten sie ihre Sicherheitsgurte, beugten sich tief nach unten und lauschten. War da ein Knacken?

Ein weiterer Schuss.

Ein Mann schrie.

Wieder ein Schuss. Ganz nah. Robert roch das Schießpulver. Es musste ganz in seiner Nähe geschossen worden sein.

Frithjof zitterte und fühlte sich ohne Waffe ausgeliefert wie ein Tier. Was ging hier vor? Worauf hatte er sich eingelassen?

Mit ganz langsamen Bewegungen kam Robert hoch und sah vorsichtig am Lenkrad vorbei. Auf dem Silo bewegten sich die Gestalten nun schneller. Aber immer noch wohl überlegt, nicht hektisch.

Zwischen den Silos rannten Männer umher. Wahllos. Sie hielten Waffen in den Händen. Schüsse fielen.

Bei jedem Schuss zuckten Robert und Frithjof zusammen.

Was war hier geschehen? Wer waren die Männer?

Wo war Schiller?

Robert öffnete die Tür seines Wagens und glitt hinaus. Dicht am Boden robbte er zu einem der Silos. Weitere Kugeln trafen nun den Wagen. Die Fensterscheiben zerbarsten. Der Lack wurde durchlöchert wie ein Schweizer Käse und aus einem der Löcher lief Benzin.

»Raus aus dem Wagen!«, schrie Robert Frithjof zu, der noch immer wie versteinert im Wagen hockte.

Raus, raus, raus!, feuerte sich Frithjof an und glitt ebenfalls aus dem Wagen. Er kroch auf ein Silo zu, das neben dem BMW aus dem Boden emporragte. Hier kauerte er sich in den Schatten und hoffte auf ein Ende des Albtraums.

Gerade als Robert die sichere Wand eines Gebäudes gefunden hatte, wo er sich verdeckt halten konnte, feuerte jemand eine Kugel in den austretenden Fluss des Benzins. Nur einige Funken reichten aus, um das Gemisch zu entzünden.

Die Explosion zog die Luft in ihrem Umkreis zusammen. Sand, Geröll und Kleinstteile wurden zu dem Auto und der Detonation gesogen. Robert spürte den Sog und die darauf folgende Hitze. Sein BMW ging in einem Feuerball auf.

Auch Frithjof bekam die Wucht der Explosion zu spüren. Steine trafen sein Gesicht und schnitten blutige Linien hinein.

Die entweichende Luft und Hitze der Explosion schleuderte alles vorher Angesogene mit brutalster Wucht zurück.

Steine prasselten auf Robert, während die Hitzewelle ihn gegen die Gebäudewand schleuderte.

Für einen Moment herrschte Stille. Robert kroch weiter an der Wand entlang. Zitternd hielt er seine Waffe in den Händen, nicht wissend, auf wen er sie richten sollte.

Nach der Explosion erwachten die Gestalten auf den Silos wieder. Die Männer krochen zwischen den zerfallenen Trümmern hervor. Helle Lichtkegel von Schussläufen flammten auf. Für Bruchteile von Sekunden erkannte man Gesichter. Doch sie waren so schnell wieder verschwunden, wie sie erschienen waren.

Schreie vermischten sich mit dem Knallen der Schüsse. Es roch nach Ruß.

Roberts Körper zitterte. Wo sollte er hin? Wohin konnte er? Wo war er sicher? Wo war Frithjof?

Seine Waffe schleifte auf dem Boden. Robert konnte seine Hand kaum heben. Ungläubig sah er den Lichtblitzen zu.

Kugeln schlugen neben ihm ein. Der Schotter spritzte auf.

Kugeln, die in die Gebäudewand einschlugen, ließen Putz und Mauerwerk auf ihn niederrieseln.

Der Staub, die Steine und das Mauerwerk vermischten sich mit dem Blut, das an seiner Schläfe herunterrann. Robert hörte jemanden etwas rufen. Konnte aber nicht verstehen, was. Immer weiter hangelte er sich an der Wand entlang. Weitere Kugeln schlugen um ihn herum ein.

Wo um Himmels willen war Frithjof? Wieso hörte er nichts von ihm? Wo war er?

Ein schwarzer Körper fiel lautlos vom Silo hinunter und schlug auf dem Boden auf.

Leblos blieb der Körper liegen.

Auf wen soll ich schießen?, fragte sich Robert und sah sich um. Er erkannte Männer. Gestalten. Schwarz. Versteckt. Bewaffnet.

Wer gehörte zu Schiller?

Wer nicht?

Robert verfluchte seine Vergangenheit. Wieso war er so weit gegangen? Warum musste er wissen, was damals geschah?

Eine Kugel zischte an seinem Kopf vorbei.

Er schrie kurz auf. Dann sah er das Blaulicht, das zwischen den alten, zerfallenen Gebäuden hindurchschimmerte.

Robert hörte Sirenen. Die Gestalten auf den Silos verschwanden. Ebenso die, die zwischen den Trümmern gelauert hatten. Schwarz wurde wieder Schwarz. Keine Bewegungen.

Nur blaues Licht und der Feuerschein, der sein brennendes Auto umgab, erhellten die Szenerie.

Mit letzter Kraft konnte Robert seinen Polizeiausweis aus der Tasche ziehen, als ein bewaffneter Polizist mit gezogener Waffe vor ihm stand.

»Ich bin Polizist«, sagte Robert einige Male und ließ unbewusst, als würde er sich schuldig fühlen, seine Waffe fallen. Er hob die Arme.

»Schon gut«, sagte der Polizist und ging weiter um den brennenden Wagen herum.

Roberts Handy klingelte in seiner Hosentasche. Verstört zog er es heraus. Auf dem Display stand: Schiller.

Das Blaulicht der Einsatzfahrzeuge zauberte unwirkliche Schatten in die alten Ruinen der Alsen - Fabrik. Zusammengekauert hockte er dort, als er das Gespräch annahm. Schillers Stimme, wie immer dunkel und hart, fragte ihn, was schief gelaufen war.

»Das will ich von Ihnen wissen«, antwortete Robert. Blut lief ihm noch immer aus der offenen Wunde am Gesicht herunter.

»Meine Männer hatten die Unterlagen für Sie, Herr van Versendaal.«

»Ich habe sie nicht bekommen.« Er schluckte und sah auf seinen brennenden Wagen. »Wer waren die?«

Schillers Stimme wurde eisig. »Haben Sie gedacht, wenn Sie in einem Hornissennest herumstochern, würde nichts passieren?«

»Ich habe gedacht, Sie würden mich schützen.«

»Vor was? Den Hornissen?«

Die Verbindung wurde unterbrochen. Wieder wäre es nicht möglich gewesen, Schillers Aufenthaltsort zurückzuverfolgen.

17

Gabrielle erstarrte, als sie Frithjof am nächsten Morgen über den Gang gehen sah. Um ein Haar wäre ihr die Kaffeekanne aus der Hand gefallen. Erschrocken sah sie ihn an.

»Was hast du jetzt wieder gemacht?«

Über Frithjofs Gesicht verliefen etliche längliche rote Schrammen und mitten auf der Stirn prangte ein großes Pflaster.

»Ich stand einem Stein im Weg«, sagte er leise und kniff die Augen zusammen. Er hatte mörderische Kopfschmerzen und wäre am liebsten im Bett geblieben.

»Ein Stein?« Gabrielle kam auf ihn zu, er winkte jedoch ab.

Gerade als Gabrielle sich umdrehen wollte, um ins Besprechungszimmer zu gehen, erstarrte sie erneut. Robert betrat hinter Frithjof den Flur.

»Ihr solltet nicht miteinander spielen«, scherzte Gabrielle und besah sich die Blessuren von Robert. Anders als bei Frithjof trug er ein großes Pflaster an der Schläfe.

»Ihr seht bescheuert aus.« Sie ging in das Besprechungszimmer, wo die anderen bereits auf sie warteten.

Frithjof sah Robert an. Sie hatten gestern Nacht nicht mehr über den Vorfall gesprochen. Nachdem beide verarztet und von den Einsatzkräften vernommen worden waren, hatten sie entschieden, später über das Desaster zu sprechen. Es waren einfach zu viele Menschen um sie herum.

Bevor sie Gabrielle folgen konnten, kam Alfred aus dem

Zimmer auf sie zu und nahm sie zur Seite. Auch er blickte den beiden erschrocken ins Gesicht. »Mein Gott, ihr seht aus, als kämt ihr aus dem Krieg!«

So ganz unrecht hast du da gar nicht, dachte Frithjof. Das, was da gestern Nacht geschehen war, erinnerte tatsächlich an eine Kriegsszene, mit den Heckenschüssen, den Kugeln, die um sie herum eingeschlagen hatten, und dem BMW, der vor ihren Augen in die Luft ging.

»Was war da los?« Alfreds Stimme klang ernst, er wollte die Wahrheit hören und keine Geschichte. Er mochte es nicht, wenn Kollegen seiner Abteilung in etwas verwickelt waren und er die Konsequenzen nicht abschätzen konnte.

»Wir wollten einen Burger essen«, log Frithjof und kam Robert zuvor. »Wir haben kurz vor dem Drive-In etwas Verdächtiges in der alten Fabrik gesehen.« Kurz sah er zu Robert, der weiter log.

»Wir dachten, es wären Kinder oder Jugendliche, die da rumklettern.«

Alfred schien die Sache nicht ganz zu schlucken. »Und dann geratet ihr in eine Schießerei, die wunderbar in einen Actionfilm gepasst hätte?«

Genau hier wollte Frithjof nicht her, nicht an diesen Punkt. Gestern hatte er sich diese Frage gestellt. Würde er seinen Kollegen noch in die Augen sehen können? Er hatte sich dazu entschieden, Informationen außerhalb von Polizeikreisen einzufordern. Und nun log er seinen Chef an.

»Wir haben gestern schon zu Protokoll gegeben, dass wir selber überrascht waren, was da plötzlich über uns hereinbrach ...«

Alfred unternahm noch ein paar Versuche, Licht in dieses Dunkel zu bekommen, merkte aber, dass die beiden Kollegen sich entweder abgesprochen hatten oder diese irrwitzige Geschichte tatsächlich stimmte. Er würde sie im Auge behalten.

Im Besprechungszimmer duftete es nach Kaffee. Noch immer war keine Wolke am Himmel in Sicht. Schon jetzt schwitzte jeder. Die Hände waren klebrig, noch bevor man etwas tat.

Gabrielle erklärte, dass sich Frau Bommel krankgemeldet hätte. Nachdem sie sich am vorherigen Tag die Hand mit dem Tacker verletzt hatte, war es ihr geglückt, die andere Hand nur wenige Stunden später an der Kante einer Kaffeedose aufzuschneiden. Sie hatte vergeblich versucht, den verbliebenen Rest Kaffee vom Boden der Dose zu schaben, der nicht einmal mehr für einen Löffel gereicht hätte.

Lars verdrehte die Augen. »Ich glaube, die Bommel hat nicht mehr alle Nadeln an der Tanne.«

»Und ich glaube«, ergänzte Frithjof, »die steht auf einer kahlen Lichtung und da ist noch nie was gewachsen …«

Alfred schüttelte nur den Kopf und verkniff sich weitere Kommentare zu Frau Bommel. Im Grunde war er froh, dass sie nicht da war. Jedenfalls würde der Feueralarm heute nicht wieder ununterbrochen losgehen.

Er bat Blanca, mit den Ergebnissen der Laube und der Wohnung anzufangen. Blanca zog sich die Tastatur heran und alle sahen auf den Bildschirm, der an der Wand hing. Einige Male klickte sie sich durch Menüs, bis sie einen Ordner erreichte, auf dem *Gartenlaube/Winkler* stand. Sie öffnete ihn und schon erschienen unter- und nebeneinander Bilder des Gartens von Peter Winkler sowie Außenaufnahmen der Laube und des Inneren.

Blanca öffnete das erste Bild in der Reihe. Es zeigte den ungemähten Rasen vor der dreckigen Terrasse. »Zwei Dinge haben wir hier gefunden, die augenscheinlich nicht hierher gehörten.« Durch weiteres Klicken erschienen neben dem Rasenbild zwei weitere Fotos. Das Erste zeigte den goldenen Anhänger einer Kette. Es war der, den Blanca

Frithjof gestern gezeigt hatte. Auch den anderen Kollegen erklärte sie, wie sie den Anhänger untersucht hatte.

»Der könnte Gretchen Junghold gehören«, klärte Lars auf. Die anderen sahen ihn neugierig an. Erklärend zeigte er auf seinen Notizblock. »Ich habe gestern mit Leon Berger gesprochen. Winkler und das Mädchen hatten Streit. Nach dem Sommerfest. Bei diesem Streit muss die Junghold das Herzchen da«, er zeigte auf den Bildschirm, »verloren haben.«

Dann erinnerte er sich noch an etwas Anderes, was ihm zuerst nicht aufgefallen war, und wenn doch, hatte er es nicht in einen Zusammenhang gebracht.

»Sie hat versucht die Spuren, die sie nach dem Kampf am Hals zurückbehalten hat, mit einem Tuch zu kaschieren«, sagte er und ärgerte sich, dass ihm das verrutschte Halstüchlein in der Metzgerei erst jetzt aufgefallen war.

»Das heißt«, folgerte Frithjof, »wir haben jemanden, der in dem Garten war. Wohlgemerkt: nach dem Streit auf dem Sommerfest.«

Fast gleichzeitig erklärten Robert und Lars, Frithjof solle einen Augenblick Geduld haben, sie würden ihm noch mehr Parzellennachbarn nennen können, die in der Mordnacht dort waren.

Interessiert blickte Frithjof von einem zum anderen. Er wartete auf weitere Details. Wer war alles in Winklers Garten gewesen? Was hatte die Nacht aus einem von ihnen gemacht?

Doch Blanca fuhr fort, indem sie den Anhänger fortklickte und ein weiteres Bild öffnete. Eine Zigarettenkippe erschien. Sie war zur Hälfte aufgeraucht und dann ausgetreten worden. »Winkler hat geraucht«, sagte sie. »Jedoch Marlboro. Wir haben in der Laube und in seiner Wohnung mehrere Stangen gefunden. Immer die gleiche Marke. Auch in den Aschenbechern in Laube und Wohnung fanden sich nur Marlboro-Zigarettenstummel.«

Die Zigarette auf dem Foto war eine Ernte 23.

»Seebach raucht diese Marke«, berichtete Frithjof. »Er hat mir eine davon angeboten, als ich bei ihm war.«

»Wir müssen davon ausgehen, dass nicht nur Seebach diese Marke raucht«, sagte Blanca mahnend. Sie kannte Frithjof nur allzu gut. Er war ein brillanter Ermittler, doch wenn er sich in etwas verbiss, war es schwer für ihn, wieder davon loszukommen. »Ebenso wenig wissen wir, wann die Zigarette dort ausgetreten worden ist. Sie kann auch schon vor dem Mord dort hingeworfen worden sein.«

»Wenn es tatsächlich Seebachs Zigarette ist, muss sie ab jener Nacht, wo der Mord stattfand, dort fallen gelassen worden sein.« Frithjof fummelte nachdenklich an seinem Pflaster herum.

»Wieso denkst du das?«, fragte Alfred.

»Weil Seebach mir sagte, er wäre nie in dem Garten von Winkler gewesen. Man hätte sich immer nur über den Zaun unterhalten. Oder vielmehr: angeschrien.«

Alfred hob zwei Finger in die Luft. »Also schon zwei Menschen, die dort waren.«

»Abwarten«, sagte Robert. Lars nickte.

Blanca öffnete ein Bild, das das Innere der Laube zeigte. »Hier haben wir nichts Interessantes gefunden. Bis auf dieses.« Ein weiteres Bild öffnete sich. Es zeigte einen zusammengeklebten Beleg. Er war nicht ganz vollständig. Man konnte in der oberen rechten Ecke aber deutlich das Logo der Commerzbank erkennen. Der Name war nicht zu identifizieren, da genau dort ein Riss war. Jedoch konnte man die Kontonummer lesen. »Ich habe bei der Commerzbank angerufen. Die Kontonummer gehört Leon Berger! Winkler selber hatte sein Konto bei der Volksbank.«

»Berger?« Frithjof setzte sich auf. »Wie kommt dieser Beleg in Winklers Laube?«

»Das ist euer Job. Ich bin für das Finden zuständig.

Wie sagt man noch? Auch ein blindes Huhn findet mal ein Ei!«

»Das sagt man nicht, Blanca«, berichtigte Gabrielle. »Es findet ein Korn.«

»Wer?«

»Das Huhn.«

»Ich verstehe«, behauptete Blanca, doch ihr Gesichtsausdruck sagte etwas Anderes.

»Vielleicht hat Winkler die Dienste von Berger in Anspruch genommen. Berger hat einigen Leuten von *Kleinklee* bei Formularen und dergleichen geholfen«, berichtete Lars, auch er konnte nicht verstehen, wie dieser Beleg in die Laube kam. Berger hatte ihm nicht erzählt, dass Winkler seine Dienste in Anspruch genommen hatte oder dass er je in Winklers Garten war. Also noch jemand?

»Wenn Berger Peter Winkler bei diesen Formalien geholfen hätte, dann hätten wir Belege von Winkler gefunden und nicht die von Berger«, berichtigte Robert.

»Wir werden Berger fragen«, beendete Frithjof die Spekulationen. Blanca sollte bitte weiter machen.

Sie öffnete weitere Bilder, die nebeneinander erschienen. Sie zeigten die Wohnung von Winkler.

»Nur Müll. Hier haben wir gar nichts gefunden, das uns weiterhelfen könnte.« Sie deutete auf die Akten, die neben Frithjof lagen. »Außer die da. Das musst du machen, Frithjof.«

»Ich möchte erst hören, was Robert und Lars herausbekommen haben. Ich bin schon neugierig, wer noch alles an dem Abend in dem Garten war.«

Lars begann von seinen Besuchen zu berichten, danach war Robert an der Reihe. Als sie fertig waren, hatten sie folgende Namen, die in der Mordnacht bei Winkler gesehen wurden: Gretchen Junghold, Wilhelm Solberg, Karl-Heinz Martens sowie eine Gestalt.

»Wer ist die Gestalt, die Berger gesehen hat?«, wollte Gabrielle wissen.

Lars musste passen. »Berger konnte sie nicht erkennen.«

»Vielleicht Winkler?«, vermutete Alfred.

»Wenn Berger die Junghold erkennen konnte, dann sicher auch Winkler. Nein, ich glaube nicht, dass das Winkler war.«

»Wer dann?«, fragte Gabrielle wieder.

Frithjof sah auf die Namen, die er sich notiert hatte. Etwas wunderte ihn. »Wieso hat niemand Winkler gesehen? Schließlich war es sein Garten.«

»Vielleicht war er gar nicht in seinem Garten«, versuchte es Lars, nachdem niemand etwas sagte.

»Wo dann?«

Es herrschte wieder Schweigen.

»Winkler muss dort gewesen sein. Blanca, du hättest sicherlich irgendwelche Spuren gefunden, wenn Winkler an einem anderen Ort erschlagen und dorthin gebracht worden wäre, oder?«

»Das hätte ich. Dem ist aber nicht so. Sebastian hat in Winklers Garten eine Menge Blut gefunden, das sich an Findlingen befand. Winkler wurde erschlagen und ist dann dort hingefallen. Das Blut ist aus seiner Wunde gesickert und hat die Steine verfärbt. Sebastian hat Proben vom Boden genommen. Der Eisengehalt war sehr hoch.« Sie schüttelte den Kopf. »Nein. Winkler wurde nicht hin und her getragen. Er starb in seinem Schrebergarten.«

Ich erschlage Winkler. Es ist ein Streit. Ich wollte ihn nicht töten. Es ist einfach passiert. Ich kann gar nicht mehr sagen, wie. Es ging alles so verdammt schnell. Ich verstecke Winkler. Ich verschwinde.

»Wieso verstecke ich Winkler?«, fragte Frithjof und merkte gar nicht, dass er in der ersten Person sprach. So, als wäre er immer noch in den fremden Schuhen.

»Er war im Weg«, vermutete Gabrielle.

»Eine Leiche ist immer im Weg.« Frithjof drehte sich zu Robert. »Passt dieses Verstecken zu der Tat?«

»Du meinst, weil es kein geplantes Verbrechen war? Aus dem Affekt heraus?«

Frithjof bejahte dieses. »Du gehst auch nicht von einem geplanten Verbrechen aus, nicht?«

»Nein. Tue ich nicht. Es gab einen Streit. Am Ende wird Winkler erschlagen. Das ist nicht geplant. Es hat vielleicht etwas damit zu tun, was auf dem Sommerfest gesagt wurde. Irgendjemand wollte ihn zur Rede stellen.« Er fuhr sich vorsichtig über das Pflaster. »Das war dämlich. Winkler war betrunken. Es war spät. Man hätte eine Nacht warten müssen. Wahrscheinlich hat Winkler nicht aufgehört weiter zu pöbeln und der Gegenüber hat dann kurzen Prozess gemacht.«

»Und das Verstecken?«

»Keine Ahnung.«

»Keine Idee?« Frithjof wunderte sich, dass Robert ihm nichts weiter sagen konnte. Er war es, der immer wieder neue Ansätze ins Spiel brachte.

»Der Mord, oder vielmehr der Totschlag im Affekt, geschieht genau, wie es heißt: im Affekt. Es ist eine heftige Gemütsbewegung, eine starke Erregung, eine Aufgeregtheit, eine Emotion, eine Überspannung – am Ende liegt Winkler tot vor der Laube.« Er machte eine kurze Pause. Er leckte sich über die Lippen und überlegte. »Und die natürliche Reaktion wäre?« Robert sah Gabrielle an.

»Ich würde fortlaufen«, sagte sie.

»In der Regel ist dies auch die natürlichste Reaktion. Solche Verbrechen werden relativ schnell aufgeklärt: a) weil der Täter viele Spuren hinterlassen hat. Er hat vor der Tat gar nicht versucht oder daran gedacht, keine zu hinterlassen. Es war ja nicht geplant! Und b) durch das Fortlaufen lässt der Täter automatisch Spuren zurück. Oder c) er versucht, die hinterlassenen Spuren zu verwischen. Meistens geht das schief. Später verstricken sich diese Menschen in Lügen.« Wieder machte er eine Pause. »Wenn es geplant war, achtet man darauf, keine Spuren zu hinterlassen.«

»Aber wir haben doch kaum Spuren gefunden«, stellte Lars fest. »Die Spuren, die wir gefunden haben, führen uns zu keinem Täter.«

»Wir haben eine Zigarette, die ausgetreten ist. Einen Anhänger. Einen Bankbeleg. Einen Gartenzwerg«, zählte Robert an einer Hand auf und hielt sie vor sich.

»Was ist mit Spuren, die nicht da sind?« Frithjof lehnte sich auf die Tischplatte und ließ seinen Blick von einem zum anderen wandern.

»Ich verstehe nicht«, sagte Robert.

»Ich meine, die Dinge, die du gerade aufgezählt hast, haben wir zwar gefunden, aber kann der Täter nicht seine Spuren verwischt haben und ihm kommt es jetzt zunutze, dass wir die anderen Dinge finden.«

»Das kann sein. Aber wer wäre so clever?« Robert überlegte, was die Nachbarn bisher gesagt hatten. »Zu viele Menschen sind um Winklers Garten herum. Zudem ist noch das Sommerfest. Niemand ist so leichtsinnig, an solch einem Ort und zu diesem Fest einen Mord zu planen.«

»Vielleicht gerade, weil es dieses Fest gab«, warf Blanca ein. »Es hat ihm vielleicht genutzt, dass so viel los war. Bisher wissen wir von einigen Leuten, wer alles in dem Garten war. Wir wissen aber nicht, wer der Mörder ist. Der Täter kann das ausgenutzt haben. Zu viele Menschen können in diesem Fall gar nicht schlecht sein.«

»Was wissen wir über den Ablauf? Was geschah in der Gartenparzelle?«, fragte Alfred, der sich immer und immer wieder mit einem Stofftaschentuch den Schweiß von der Stirn wischte.

Lars war der Erste, der anfing, die Chronologie des Mordabends aufzuzählen. »Solberg ist in Winklers Garten. Er ruft nach ihm. Später ist Martens bei ihm. Vielleicht war Martens auch schon die ganze Zeit bei ihm. Vielleicht war er hinter der Laube und man hat ihn erst später gesehen.« Er blickte zu Frithjof, der ihm bedeutete weiter zu machen. »Davor, oder danach, haben Winkler und Gretchen Junghold Streit. Ihre Kette geht kaputt.« Er knetete seine Unterlippe zwischen den Fingern.

»Christiansen sagte, Solberg hätte nicht gerufen, als er ihn gesehen hat«, korrigierte Robert.

»Leon Berger hat Solberg doch auch rufen gehört, oder?«, fragte Gabrielle und sah zu Lars.

»Er sagte, er denke, dass er es war.«

»Wie lange war Solberg wohl mit Martens in Winklers Garten?« Blanca trank einen Schluck Kaffee, der bereits kalt geworden war. »Es könnte uns erklären, warum Christiansen Solberg nicht rufen gehört hat. Erst später hat er nach Winkler gerufen, als Christiansen längst wieder bei seinem Besuch war.«

»Herr Bing hat Solberg ebenfalls nach Winkler rufen gehört«, sagte Lars. »Frau Huiy sah dann Solberg und Martens.«

»Hat Frau Huiy erzählt, ob Solberg gerufen hat?«, hakte Alfred nach.

»Nein. Solberg und Martens haben geflüstert. Was, konnte sie nicht verstehen.«

Frithjof rieb sich die Augen und atmete aus. »Also: Solberg schweigt, ruft und flüstert. Das alles in Winklers Garten. Was hat er da gemacht?« Frithjof trommelte unruhig auf der Tischplatte herum. Zuerst war niemand in Winklers Garten, plötzlich erfährt er, dass die Anzahl der Leute, die in jener Nacht dort waren, für eine Cocktailparty gereicht hätten, und am Ende weiß niemand, wer wann was gemacht hat. Er brauchte einen klaren, roten Faden und nicht etliche Vermutungen. Außerdem gingen seine verdammten Kopfschmerzen nicht weg und unter dem Pflaster juckte es.

»Was hat Solberg dort mit Martens gemacht«, ergänzte Robert den Fragenkatalog. »Und wo war Winkler?«

»Tot?«, warf Gabrielle in die Runde. Unsicher sah sie sich um. »Vielleicht haben Solberg und Martens Winkler sprechen wollen. Schließlich ist Solberg der Chef der Kolonie. Winkler hatte den Bogen auf dem Fest überspannt und er wollte ihn zur Rede stellen.«

Die Kollegen sahen zu Gabrielle, die sichtlich ins Stocken kam. »Winkler war aber schon in der Regentonne und sie haben ihn nicht gefunden. Solberg hat nach ihm gerufen. Martens und Solberg haben geredet. Dann sind sie wieder gegangen, weil sie Winkler nicht im Garten, sondern zu Hause vermuteten.«

»Er war aber nicht zu Hause«, sagte Frithjof. »Die Schlüssel zu seiner Wohnung lagen in der Laube.«

»Zudem gab es noch den Streit mit Gretchen Junghold.«

»Könnte es Gretchen Junghold gewesen sein?«, fragte Alfred. In seiner Stimme klang Unsicherheit mit.

Blanca knackte mit ihren Fingern und schürzte die Lippen, jetzt versuchte sie, eine Chronologie herauszubekommen.

»Gretchen Junghold könnte Winkler getötet haben. Der Schlag im Affekt hatte eine enorme Kraft. Schließlich hat man Winkler die Schädeldecke eingeschlagen. Wenn die Junghold wütend war und der Gartenzwerg gerade passend dort stand, könnte sie es gewesen sein.« Blanca brach ab. In ihrem Kopf bildete sich das Bild, wie Gretchen Junghold Winkler um die Laube trug und ihn in der Regentonne versenkte. »Lars, du hast gesagt, die Junghold sei kräftig ...«

»Mehr als kräftig«, antwortete er schmunzelnd.

»Winkler war ein Leichtgewicht. Jedoch kann ich mir nicht vorstellen, dass sie Winkler nach dem Erschlagen aufgehoben hat und so abgebrüht gewesen sein soll, ihn in der Regentonne zu verstecken«, meinte Blanca.

Auch Lars teilte ihre Ansicht. »Zudem hat sie später Leon Berger von dem Streit erzählt. Das hätte sie verschwiegen, wenn sie es war, die Winkler in die Tonne gestopft hätte.«

Alfred wuchtete seinen Körper aus dem Stuhl und ging in dem Raum umher. »Das sitzen bringt mich um«, sagte er und hielt sich das Kreuz. »Wobei das Rumgehen auch nicht besser ist«, scherzte er. »Wenn die Junghold Winkler getötet und den Tatort verlassen hat, könnten Solberg und Martens Winkler in die Regentonne gesteckt haben.«

»Warum?«, fragte Lars. »Das ergibt keinen Sinn. Sie hätten ihn einfach liegen lassen können.«

»Zudem hat Solberg in Winklers Garten nach ihm gerufen. Sollte er es gewesen sein, der mit Martens den Körper dort hineingeworfen hat, hätte er sich ruhig verhalten.«

Gabrielle besah sich ihre Stichworte zu diesem Fall. »Bisher haben weder Solberg noch Martens gestanden, in Winklers Garten gewesen zu sein. Auch Gretchen Junghold hat dies nur Leon Berger gesagt. Nicht dir, Lars.«

Lars faltete seine Hände. »Wäre ja auch schön doof von denen, zuzugeben, in Winklers Garten gewesen zu sein, wo der doch tot in der Regentonne lag.«

»Doof ist«, merkte Frithjof an, »dass sie alle geglaubt haben, niemand würde etwas davon mitbekommen. Da passt doch der eine besser auf als der andere.«

»Wie ein Schusshund!«, sagte Blanca stolz endlich eine Redensart, die sie kannte, anzubringen.

»Schießhund, Blanca«, sagte Gabrielle. »Man passt auf wie ein Schießhund.«

»Ich verstehe!«, meinte sie. Schusshund? Schießhund? Wo war da der Unterschied?

Frithjof zog die Unterlagen, die Sebastian aus Winklers Wohnung beschlagnahmt hatte, zu sich. Unbewusst strich er an den Seiten der Aktendeckel entlang. Gespannt sahen die Kollegen zu ihm. Leicht schüttelte er den Kopf. Gestern hatte er, bevor er Robert im Gang erspäht hatte, in den Notizen gelesen, die Winkler geführt hatte. Er war verblüfft und erstaunt gewesen.

»Ich weiß nicht, wie Peter Winkler es geschafft hat, aber in dem kurzen Jahr, in dem er in Itzehoe war, hat er gründlich recherchiert. Er hatte sich zur Aufgabe gemacht, jeden seiner Gartennachbarn zu durchleuchten. Wohl immer mit dem Hintergedanken: Jeder hat ein Geheimnis. Egal wie tief und versteckt es ist. Man muss nur tief genug graben, um es zu finden.«

Die Frage war nur, wieso hat er das getan?

18

Nach der Besprechung wollte Frithjof noch einmal in den Schrebergarten fahren. Ihn störte etwas an der Chronologie der Besucher, die sich am Tatabend in Winklers Garten aufhielten. Er wollte sich vor Ort noch einmal umschauen, von wo aus man einen Einblick in die Parzelle hatte.

Seine Überlegungen konzentrierten sich immer stärker darauf, herauszufinden, wer dort gewesen war. Es spielte möglicherweise keine große Rolle, womit Winkler die einzelnen Nachbarn erpresste, an jenem Mordabend war es zu einer Affekthandlung gekommen. Die Reihenfolge der Besucher musste entschlüsselt werden, um den Tathergang rekonstruieren zu können.

Sand wirbelte hinter Frithjofs Volvo auf, als er den Weg in Richtung Kleingartengelände entlang fuhr. Er sah zum Fußballstadion herüber, wo bolzende Jungs nur mit Shorts bekleidet über den Platz wetzten.

Es war Mittagszeit, als Frithjof *Kleinklee* betrat. Links im Garten saß Holger Seebach unter der Pergola und war gerade dabei einen Salat zu essen. Wahrscheinlich alles gesunde Zutaten aus dem eigenen Garten, dachte Frithjof.

Hans und Edith Harders konnte er auf der rechten Seite nicht sehen, aber er bestaunte für einen Moment ihre Rosenpracht, die sich vor seinen Augen ausbreitete. Der süße Duft betäubte einem fast die Sinne und war noch einige Meter weiter zu riechen.

Frithjof ging den Rosenweg weiter hinauf. Er rückte seine Sonnenbrille zurecht und spähte in den Garten von

Rudolf Meyer, der schnarchend auf einer Liege im Schatten lag.

Hasan Özens Parzelle daneben war leer, auch die von Johann Heidmöller ihm gegenüber.

Wahrscheinlich waren die Kleingärtner vor dieser flirrenden Mittagshitze geflüchtet.

Plötzlich hielt Frithjof inne und streckte seinen Kopf aus. Er sah Karl-Heinz Martens über die Hecken hinweg. Jedoch nicht in seinem Garten!

Er befand sich in Herrn Bings und Frau Huiys Garten und schaute sich nach allen Seiten um.

Schnell sprang Frithjof über die kleine Gartenpforte zu Leon Bergers Parzelle und duckte sich.

Berger war bei der Arbeit, vermutete Frithjof. Er würde es nicht merken, dass sich ein Eindringling hier befand.

Frithjof reckte seinen Kopf, um Martens weiter beobachten zu können. Hastig ging der in seine Parzelle und verschwand in der Laube.

Was hast du da gemacht, Kalli?, fragte sich Frithjof und dachte an die übrigen leeren Parzellen. Da hatte sich Karl-Heinz Martens eine günstige Zeit ausgesucht, um dort ... ja, was hat er dort gemacht? Geschnüffelt? Es sah jedenfalls so aus. Sonst hätte sich Martens nicht so oft umgesehen.

Plötzlich rülpste jemand neben Frithjof, vielmehr in der Nachbarparzelle.

Wie ein Indianer pirschte sich Frithjof an der Hecke entlang zu Solbergs Garten und lugte durch die Hecke. Wilhelm Solberg saß auf der Terrasse und trank Bier. Wohl eines von vielen an diesem Vormittag, vermutete Frithjof und kniete sich bequemer hin.

Solbergs Augen, das konnte Frithjof von seinem Versteck aus erkennen, waren wie immer glasig. Einige Rülpser entfuhren ihm noch, als er seinen Garten betrachtete.

Solbergs weißes Unterhemd hatte auch schon einmal

bessere Tage erlebt. Es klebte ihm an seinem Wanst und darauf sah man die Spuren von Erde, Schweiß und Bierflecken. Zu Mittag hatte er sich ein Stück Fleisch gegrillt. Der leere Teller stand noch vor ihm.

Dann rief jemand Solbergs Namen.

Frithjof ging in Deckung und versuchte durch die Zweige der Hecke den Ankömmling zu erkennen. Es war Kalli.

Frithjof blieb bewegungslos hinter der Hecke sitzen, damit Martens ihn nicht entdecken konnte. Wie so'n Kleinkind, das Winnetou spielt, ging es ihm durch den Kopf. Aber wahrscheinlich würde er hier im Verborgenen mehr Informationen bekommen als offiziell in Solbergs Parzelle.

Karl-Heinz Martens schwenkte in seiner Hand einen Sixpack Jever. Mit der anderen Hand winkte er Solberg zu. Der wiederum deutete Martens mit einer Armbewegung an, sich willkommen zu fühlen.

Frithjof schlich noch wenige Meter weiter, sodass er näher an die Terrasse von Berger herankam. Er war fast gleichauf mit Solberg. Fast wäre er wegen einer mitten auf seinem Schleichweg liegenden Harke in die Rabatten gesegelt, konnte sich aber gerade noch abfangen. Jetzt wollte er das Agentenversteckspiel auch durchziehen.

Kalli trat zu Solberg und blickte auf die fast leere Kiste Astra, die neben ihm auf dem Boden stand.

»Nachschub«, sagte Kalli und stellte die gekühlten Biere auf den Tisch. Zwei Jever zog er aus der Packung und öffnete sie mit einem Feuerzeug. Eines reichte er Solberg, der nun zwei Biere gleichzeitig trank.

Kalli setzte sich. Beide sahen einen Moment schweigend in den Garten. Dann fachsimpelten sie kurz über das Wetter, das Gemüse und die Blumen, bis sie zu dem Anlass kamen, warum Kalli hier war.

»Die Schlitzaugen haben ein Schloss einbauen lassen.«

Ohne Solberg anzusehen, ließ er diese Bemerkung so stehen und trank einen großen Schluck Bier.

»Die Schlitzaugenfrau weiß was. Da bin ich mir sicher.«

»Hat sie uns gesehen?«, fragte Solberg nach einer Weile des Schweigens und kratzte sich im Schritt.

»Ich glaube ja. Sie hat zu uns hinüber gesehen«, flüsterte Martens, obwohl er eigentlich davon ausgehen konnte, dass ihm und Solberg niemand zuhörte.

»Das heißt noch nichts«, sagte Solberg, an dessen Mundwinkeln Bierschaum hinauslief. »Es war dunkel.«

Wieder schwiegen sie.

Was konnte Frau Huiy wissen? Frithjof hoffte, ganz nah an der Aufklärung des Mordes zu sein. Was konnte sie in der Nacht gesehen haben? Sprachen sie über die Mordnacht? Oder eine andere?

Lars hatte erzählt, dass Frau Huiy schüchtern gewesen wäre und ihn nur einmal angesehen hätte. Wenn sie nun etwas in dem Garten beobachtet hat, würde sie es auch erzählen?

Wie könnte sie Solberg und Martens belasten? Was hatte Martens an der Laube der beiden Chinesen gesucht?

Die beiden Männer öffneten weitere Bierflaschen und stießen wortlos an.

»War Hans in Winklers Wohnung?«, fragte Kalli.

Solberg rülpste. »Er sagt nein.«

»Er hatte zwei Tage Zeit.«

Frithjof stutzte. Hans? Doch nicht etwa Hans Harders, der Rosenzüchter?

»Hans sagt, er hätte keine Gelegenheit gehabt, sich die Schlüssel zu nehmen.«

»Wir wissen also nicht, was in der Wohnung war?«

»Nein.«

Wütend schlug Martens auf den Tisch. »Wir hatten abgemacht, dass er dort nachsieht.«

»Hans ist zu gutmütig. Er hatte Angst.«

»Das könnte zu einem Problem werden.«

»Es ist bereits ein Problem. Wer weiß, was die Polizei in Winklers Wohnung gefunden hat.«

»Dieses Arschloch.«

»Wer?«

»Winkler, natürlich.«

Kallis Körperhaltung spannte sich an, das konnte Frithjof genau beobachten. Irgendetwas geschah da.

»Du musst aufpassen, Wilhelm«, flüsterte Kalli geheimnisvoll und sah sich um.

Solberg drehte träge seinen Kopf. »Wie meinst du das?«

»Seit längerer Zeit reden die anderen über dich«, Kalli deutete auf den Astra-Kasten. »Sie sagen, dir läuft das alles aus dem Ruder.«

»Was meinst du mit alles?«, fragte Solberg wütend. Er knallte seine Bierflasche auf den Tisch. Schaum spritzte auf seinen Arm und die Tischdecke.

»Du lässt dich gehen, Wilhelm. Wie soll ich es sagen?«, Martens stockte.

Na, das wird ja jetzt interessant, dachte Frithjof und schob weitere Zweige zur Seite, um noch mehr sehen zu können.

»Denkst du das auch?«, polterte Solberg. »Redest du auch?«

Kalli schwieg. Das war für Solberg Antwort genug. Er packte Kalli am Arm und drückte fest zu. »Wer redet über mich? Was sagen sie?«

Kalli wischte Solbergs Arm fort. »Sieh dich doch an, Wilhelm. Das sagt mehr als 1000 Worte.«

»Es ist Seebach, nicht? Er will meinen Posten.«

»Darum geht es doch gar nicht.«

»Um was dann? Ihr sägt an meinem Stuhl.« Solberg

stand auf und ging um den Tisch herum. Seine Schritte waren unsicher. Er schwankte. »Wenn ihr wüsstet, wie es gerade in mir aussieht!«

»Was ist los, Wilhelm?« Kalli setzte sich auf. »Ist es wegen ...«, er schien zu überlegen, um Solberg nicht noch weiter in Rage zu bringen. »Hatte Winkler recht? Gab es da ... Hatte Winkler recht?«

»Scheiße!«, brüllte Solberg und schleuderte eine der leeren Jeverflaschen quer durch den Garten auf die Hecke zu, hinter der Frithjof hockte. Das ging alles so schnell, dass Frithjof gar keine Zeit blieb, auszuweichen.

Die Flasche segelte schnurstracks auf seine Stirn zu und traf ihn auf dem Pflaster.

Er krümmte sich vor Schmerzen, zog sein T-Shirt hoch und biss in den Stoff, um nicht laut aufzuschreien. Trifft der Arsch genau die Stelle mit der Wunde, schoss es ihm durch den lädierten Kopf. Es dauerte eine Weile, bis er sich wieder gefangen hatte. Der Schmerz klopfte über seinen Augenbrauen.

Kalli sah sich um, so, als befürchte er Zuhörer.

»Sie ist weg«, sagte Solberg. Seine Stimme war nun wieder etwas ruhiger. Schwankend stand er vor Kalli. »Hast du gehört? Sie ist weg«, lallte er.

»Wer ist weg?«

»Angelika.«

»Deine Frau?« Er sah Solberg fragend an.

»Kennst du noch eine Angelika?«

»Nein. Entschuldige.«

»Sie hat gehört, was Winkler gesagt hat. Auf dem Sommerfest.«

»Er hatte tatsächlich recht?«, flüsterte Kalli. Er sprach es mehr zu sich als zu Solberg.

»Woher er das wusste, weiß ich nicht?«, sagte Solberg und nahm sich ein weiteres Bier. »Es konnte niemand wissen.« Solberg schleuderte den Kronkorken in den Garten. »Es hat niemand gewusst! Außer Winkler.«

Frithjof spähte an den Heckenblättern vorbei und hatte sich nun auf die Knie fallen lassen, um noch länger ausharren zu können.

Was hatte Winkler über Solberg herausbekommen, sodass seine Frau ihn verlassen hat?

Was hatte Seebach noch erzählt? Solberg würde sich mehr um seine Chefsekretärin kümmern, als um seinen Posten als Vorsitzender bei *Kleinklee*.

»Und Angelika hat Winkler mehr geglaubt als dir?«

Solberg lehnte sich an einen Pfosten seiner Pergola. Er blickte auf sein aus dem Boden sprießendes Gemüse. »Ich habe nicht gelogen, als sie mich gefragt hat.« Er trank einen Schluck Bier. »Ich kann nicht lügen. Das konnte ich vor Angelika noch nie.«

Es herrschte Schweigen. Dann ließ Solberg sein Bier sinken. Er schien verloren. Ein alter Mann, der nicht wusste, wo er da hineingeraten war.

»Kalli, ich bin fast 70. Angelika ist 63. In diesem Alter trennt man sich nicht. Da bleibt man bis zum Schluss zusammen.«

In diesem Alter fängt man auch nichts mehr mit einer anderen Frau an, dachte Frithjof.

»Holger sollte sein Maul halten«, entfuhr es Solberg. »Er steckt da mit drin.«

»Wir sollten auch vorsichtig sein. Es hilft der Sache nicht, wenn du jetzt auf ihn losgehst. Er hat uns in der Hand.«

»Diese verdammte Nacht«, sagte Solberg. »Wieso konnte Winkler seinen Mund nicht halten?«

Womit hatte Seebach die beiden in der Hand? Frithjof überlegte, wie das alles zusammenpasste. Frau Huiy ist eine Gefahr für die beiden, ebenso wie Seebach.

Martens versucht in dem Chinesengarten etwas zu finden, was nicht gelingt, weil ein zusätzliches Schloss montiert wurde.

Wieso ein weiteres Schloss? Was verstecken die Chinesen?

Weiß Seebach davon? Wieso müssen Solberg und Martens vorsichtig sein? Was hat Seebach gesehen oder erfahren?

Kalli kam aus seinem Gartenstuhl hoch und stellte sich neben Solberg. »Es wird schon gut gehen. Die Polizei wird nicht herausfinden, was geschehen ist.«

Solberg lachte. »Meinst du?«

»Wir sind hier nicht im *Tatort*. Und Frau Furtwängler ist auch nirgends zu sehen. Dann sähe es schlecht aus. Aber so?« Kalli klopfte Solberg auf die Schulter, als er den Garten verließ. »Man wird nicht herausbekommen, was in jener Nacht geschehen ist. Dafür gab es zu viele Zufälle. Das kann niemand rekonstruieren.«

Denkst du, sagte Frithjof leise zu sich.

Solberg sah Kalli hinterher, der in seinem Garten verschwand.

Als Solberg aufstehen wollte, wankte er dermaßen, dass er sich schnell wieder setzen musste. Erst beim dritten Anlauf kam er zum Stehen und ging auf seine Laube zu. Wahrscheinlich um sich für ein Mittagsschläfchen hinzulegen, dachte Frithjof.

Am Eingang seiner Laube stolperte er jedoch über einen kleinen Sack Dünger. Mit einem hässlichen Geräusch kam er auf dem Boden auf und blieb dort wie ein Walfisch liegen.

Frithjof kam langsam hoch. Seine Knie knackten, als er sich streckte. Vorsichtig sah er sich um und lief einige Schritte in Richtung Rosenweg. Plötzlich schoss ein Stiel nach oben und erwischte ihn frontal im Gesicht. Für einen Moment wusste er nicht, wo er war, überall sah er Lichtpunkte, die ihn schwindelig machten. Der Stiel der Harke hatte genau die Verletzung getroffen. Seine Knie gaben nach und er sackte langsam nach unten. Es war zu heiß, die Nacht zu kurz und der Schlag einer zu viel. Das machte der Körper nicht mit. Sanft fiel Frithjof in die Erdbeerpflanzen und blieb dort liegen.

So bemerkte er nicht, wie sich eine Gestalt aus dem Dunkel von Solbergs Gartenlaube löste, über den am Boden liegenden Kleingärtner stieg und die Gartenlaube verließ.

19

Robert hatte noch immer das Gespräch mit Schiller von gestern Nacht im Kopf.

Wo waren die Unterlagen?

Er musste noch einmal zur Alsen Fabrik, entschied Robert. Irgendwo dort mussten die Informationen liegen. Sie mussten dort liegen! Wo sonst?

Er war zu weit gegangen, um umzukehren. Zu weit, um nicht weiter zu machen. Zu weit, um sich nicht seiner Geschichte zu stellen. Irgendwo würde er Antworten bekommen. Er musste vorsichtig sein. Das hatte ihm die letzte Nacht gezeigt.

Robert konnte nicht wissen, wer alles davon wusste.

Das machte ihm Angst.

Jetzt musste sich Robert auf den Verkehr konzentrieren. Er war wieder einmal nicht mit den Gedanken bei den anderen Verkehrsteilnehmern und auch nicht beim aktuellen Fall. Das kannte er so nicht von sich.

Gleichzeitig quälte ihn das schlechte Gewissen, weil er Frithjof mit in diese Geschichte hineingezogen hatte. Das Angebot, ihn zu dem Treffen zu begleiten, war ihm aus lauter Wut herausgerutscht, als Frithjof ihn zur Rede gestellt hatte. Er hätte nie im Leben geglaubt, dass er einwilligen würde.

Es dauerte eine Weile, bis Robert sich konzentrieren konnte und aus dem Wagen stieg, der ihm für die nächste Zeit zugewiesen worden war. Ein alter Subaru, der roch, als hätte eine afghanische Ziegenherde einen Monat darin übernachtet.

Das kleine Endreihenhaus, in dem die Familie Özen wohnte, lag in der Carl-Stein-Straße. Der rote Klinker war im Laufe der Jahre rissig geworden. Auch das Dach hatte schon bessere Zeiten gesehen. Wahrscheinlich musste es demnächst neu gedeckt werden. Dann würde der kleine Vorgarten, indem nur niedrige Bodendecker wuchsen, noch zusätzlich leiden. Der Zugangsweg zur Straße war mit grauen Waschbetonplatten ausgelegt. Das ganze Grundstück machte einen gepflegten, wenn auch ärmlichen Eindruck.

Von hier aus konnte man bequem den Schrebergarten erreichen. Dies dauerte höchstens 10 Minuten zu Fuß, rechnete er aus.

Robert hatte sich telefonisch bei Frau Özen angemeldet. Während des Gesprächs hatten im Hintergrund Kinder geschrien, bis jemand etwas auf Türkisch rief, dann herrschte augenblicklich Ruhe.

Frau Özen war eine kleine Frau. Sie trug einen bunt bedruckten Rock und ein Hardrock-Café T-Shirt, dessen Schrift schon ziemlich ausgewaschen war. Die Reise und der Besuch dort mussten schon einige Jahre her sein, dachte Robert, da er die Stadt des Cafés nicht mehr lesen konnte.

Ihre dunklen, rabenschwarzen Haare waren unter einem Sonnenhut verborgen.

Ihre Füße zierten Flip Flops, auf denen eine grelle Plastiksonnenblume thronte.

Frau Özen redete schnell. Nur manchmal hörte man den türkischen Akzent. Nachdem sie Robert hereingebeten hatte, setzten sich beide in die weiße Kunststoffküche, wie es sie tausendfach in Mietwohnungen gab. Auf dem Herd köchelte etwas in einem großen Topf, dem ein wunderbar fremder Duft entströmte. Eine Brotbackmaschine summte vor sich hin. Einige türkische Souvenirs versuchten, die Eintönigkeit zu verdrängen.

Frau Özen schenkte aus einer Karaffe Eistee ein. Durch das Glas sah man die Zitronen- und Orangenschalen, die auf der Oberfläche des Eistees schwammen.

»Ich weiß, dass man nicht schlecht über die Toten reden soll«, antwortete sie, als Robert nach Winkler fragte. »Aber Herr Winkler war ein schlechter Mensch.« Sie zwirbelte Locken um einen Finger und nippte an ihrem Getränk.

»Inwiefern?«

»Er hat uns schlecht behandelt. Nicht wie Menschen. Es hat mich gewundert, dass er seinen Schädel nicht kahl rasiert hat, so fremdenfeindlich war er. Es war schon Hass, wie er mit uns gesprochen hat.« Sie korrigierte ihre Aussage. »Eigentlich hat er nicht mit uns gesprochen. Er hat uns angeschrien und angepöbelt: Ausländerpack. Hitler habe schon gewusst, warum er die Deutschen vor solchen wie uns schützen wollte.« Frau Özen schüttelte verständnislos den Kopf. »Wir mussten aufpassen, wenn unsere Kinder dabei waren. Sie sind sechs und acht. Sie haben manchmal gefragt, was er damit meinte.« Sie trank einen Schluck Eistee und sah auf den Topf auf dem Herd. »Zuerst haben wir versucht darüber hinwegzugehen und ihnen gesagt, sie sollen es nicht so ernst nehmen, was er da brüllte. Aber irgendwann haben wir uns dann entschlossen, sie aufzuklären.«

»Wurde er auch handgreiflich?« Robert lehnte sich zurück und sah die Türkin an.

»Herr Winkler? Nein. Der hatte eine große Klappe, mehr nicht. Mit gezielten Antworten hatte man ihn immer schnell mundtot gemacht. Dann ist er wild fluchend in seine Laube gegangen und hat dort mit Sachen geschmissen. Von Zeit zu Zeit hat er dann immer wieder über den

Rosenweg gerufen, es wäre eine Schande, dass so ein Pack wie wir einen deutschen Schrebergarten hätten.«

Robert rollte das Glas hin und her. Es war angenehm kalt. »War Ihr Mann einmal im Garten von Winkler?«

»Nicht, dass ich wüsste. Wieso sollte er auch? Es war besser, Herrn Winkler aus dem Weg zu gehen.«

»Auf dem Sommerfest ist Winkler sicher auch über sie hergefallen, nicht wahr?« Robert erinnerte sich, dass Winkler dort einen Rundumschlag gemacht hatte.

»Das Übliche, eben«, sagte sie und stand auf, um den Inhalt des Topfes umzurühren.

»Was geschah danach? Nach dem Sommerfest?«, wollte Robert wissen.

»Herr Winkler ist gegangen. Er war ziemlich betrunken.«

»Haben Sie ihn danach noch einmal gesehen?«

»Nein«, sie schmeckte das Gericht mit Gewürzen ab und rührte erneut um.

»Haben Sie etwas Ungewöhnliches in dieser Nacht bemerkt? Ich meine, in dem Garten von Winkler?«

Frau Özen überlegte und lehnte sich an die Arbeitsplatte.

Gerade als sie etwas sagen wollte, stürmte eine ältere Frau in die Küche. Sie war sicher über 70, jedoch noch rüstig. Zwischen ihren Fingern hielt sie ein Ohr.

Das Ohr gehörte zu einem wimmernden Mädchen. Tränen waren ihr über das Gesicht gelaufen.

»Was ist nun schon wieder?«, fragte Frau Özen genervt.

Die ältere Dame öffnete ihren Mund und zeigte ihre Zähne.

Beim Anblick der Zähne brach Frau Özen in lautes Gelächter aus. Auch Robert konnte sich ein Schmunzeln nicht verkneifen.

Die Alte zeterte etwas auf Türkisch, was Robert nicht verstand.

»Nein. Entschuldigung, Oma, das ist nicht witzig«, kicherte Frau Özen.

Das Mädchen hatte die Zahnprothese genommen, als die Alte schlief und jeden einzelnen Zahn farbig bemalt.

Wieder wetterte die Alte etwas. Robert verstand nur das Wort *Edding*. Um nicht noch mehr lachen zu müssen, wandte er sich ab und sah aus dem Fenster.

Es dauerte eine Weile, bis Frau Özen die Situation so weit geklärt hatte, dass die Alte das Ohr losließ, die Küche wütend verließ und das kleine Mädchen schluchzend aus dem Raum lief.

»Meine Großmutter ist zu Besuch hier. Und meine Mädchen haben es sich anscheinend zur Aufgabe gemacht, sie in den Wahnsinn zu treiben.«

Frau Özen setzte sich wieder an den Tisch und rückte ihren Sonnenhut zurecht. »Und in den Wahnsinn treiben können meine Mädchen einen gut! Ich sage nur soviel: sprüht man Wollmäuse mit Haarspray ein und fährt mit Rollerblades drüber, entzünden sie sich!«

Robert sah sie erstaunt an.

»Domestos und Bremsflüssigkeit ergeben Rauch, viel Rauch!«, sie deutete mit weit ausgedehnten Armen an, wie viel Rauch es einmal gewesen sein musste. »Und eine Katze kann, nach einem Besuch in der Waschmaschine, auch wenn er nicht lange war, das doppelte ihres Körpergewichts erbrechen.«

»Aha«, konnte Robert da nur sagen und sah an Frau Özen vorbei in den Flur. Er hoffte, die Kinder würden das Haus nicht in den nächsten Minuten abfackeln.

Frau Özen schien da keine Angst zu haben, sie kam auf Roberts Frage zurück. »Sie haben mich gefragt, ob ich etwas Ungewöhnliches in Herrn Winklers Garten bemerkt habe.« Sie sah Robert an, als wüsste sie nicht recht, wie sie es ausdrücken sollte. »Jetzt, wo ich darüber nachdenke, ist es schon komisch, dass ich Herrn Seebach dort gesehen habe.«

»In Winklers Garten?« Robert schloss seine Augen zu Schlitzen.

Das war neu!

Bisher waren nur Solberg und Martens dort gewesen. Ebenso Gretchen Junghold.

»War Winkler bei Seebach?«

»Nein. Deshalb erinnere ich mich jetzt daran. Aber auch nur, weil Sie fragten, ob es etwas Ungewöhnliches gab, nach dem Sommerfest. Winkler und Seebach hatten immer Streit.« Sie lächelte »Jeder hatte Streit mit Winkler. Aber dass Seebach dort war, ist schon ungewöhnlich.«

Hatte Frithjof nicht erzählt, Seebach wäre nach eigener Aussage nie in Winklers Garten gewesen? Er hatte gelogen.

Das würde auch den Fund des Zigarettenstummels der Marke Ernte 23 erklären. Seebach rauchte diese Marke.

»Wie hat sich Seebach verhalten?« Robert notierte sich alle neuen Informationen und klopfte mit dem Stift auf den Block.

Frau Özen sah ihn fragend an.

Robert versuchte, es zu erklären. »Hat Seebach gerufen? Mit jemandem gesprochen? Was hat er gemacht?«

Sie überlegte und schob ihre Unterlippe ein wenig nach vorne. »Er war bei Herrn Winklers Laube.«

»Und trotzdem konnten Sie ihn erkennen?«

»Er hat sich eine Zigarette angezündet. Da habe ich sein Gesicht gesehen. Nur ganz kurz, aber er war es!«

»Wann war das, Frau Özen? Wann haben Sie Seebach dort gesehen?«

Sie sah aus dem Fenster. Ihr Hut rutschte ihr in die Stirn.

Sie schob ihn hoch. »Nach dem Sommerfest.« Sie zuckte mit den Schultern und blickte ihn wieder an. »Keine Ahnung. Ich habe nicht auf die Uhr gesehen.«

Robert musste wissen, wann das war. Wann Frau Özen Seebach dort erkannt hatte. Bisher hatten sie keinen Ablauf der Besucher rekonstruieren können. Und nun gab es noch jemanden, der dort war!

»Wieso sind Sie an Winklers Garten vorbeigekommen?«

»Ich wollte Zigaretten holen. Ich hatte eine neue Packung im Wagen, den ich beim Schotterweg geparkt hatte. Deshalb bin ich den Rosenweg runter gegangen.«

»Haben Sie jemanden getroffen?«

Ihre Finger strichen über die Tischplatte, während ihr Blick auf einen imaginären Punkt an der Wand gerichtet blieb.

»Als ich zurückkam, grüßte ich Herrn Bing. Er verließ gerade den Festplatz.«

Robert notierte das. »Sonst niemanden?«

»Leon war wahrscheinlich in seinem Garten, denn dort brannte Licht. Womöglich arbeitete er wieder.«

»Nach dem Sommerfest?«

»Keine Ahnung. Vielleicht hat er auch nur im Internet gesurft.«

»Aber den Computer konnten Sie erkennen?«

»Ja. Ich sah das blaue Licht des Bildschirms.«

Von irgendwo aus dem Haus hörte man ein grelles Schreien. Erschrocken fuhr Frau Özen zusammen. »Oma kommt, glaube ich, nie wieder, wenn das so weitergeht«, schmunzelte sie. »Ich müsste mal kurz ...«, sie wies mit der Hand in die Weiten des Hauses. »Irgendwo dort werde ich gebraucht.«

Robert erhob sich, bedankte sich für den Eistee und bestätigte Frau Özen, dass sie ihm sehr geholfen hätte.

Vor dem Haus blieb er noch einmal stehen und besah sich den Vorgarten. Alles war akkurat deutsch gepflegt. Dann kam ihm das Bild von Frau Özen in den Kopf, mit Sonnenhut, buntem Rock und Flip Flops. Was war deutsch? Was türkisch?

Im Grunde war es egal. Die Vielfalt machte eine Gesellschaft interessant und zu etwas Besonderem.

Ob Oma Özen genauso dachte, bezweifelte er. Als er an die bunten, mit Edding bemalten Zähne dachte, musste er nochmals laut vor sich hinlachen.

Es war seit Tagen das erste Mal, dass er gelacht hatte.

20

Lars' Mutter war ganz aufgeregt, als sie ihn anrief. »Dein Vater ist nicht zurückgekommen«, hatte sie gesagt und brauchte dafür mehrere Anläufe.

Peter Hennings war bei seiner halbjährlichen Zahnarztuntersuchung gewesen und wollte danach nach Hause kommen.

Heidi Hennings hatte auf der Terrasse den Tisch gedeckt. Als er dann nicht kam, hatte sie sich irgendwann Sorgen macht.

Peter Hennings besaß kein eigenes Handy. Er und Heidi teilten sich eines. So rief Heidi besorgt in der Zahnarztpraxis von Dr. Ruthkowski an und erkundigte sich nach ihrem Mann.

»Ihr Mann ist vor einer Stunde gegangen, Frau Hennings«, berichtete die freundliche Sprechstundenhilfe.

Heidi Hennings legte auf und ging unruhig in ihrem Haus umher. Nach einigen Minuten betrat sie die Stufen, die in das Obergeschoss führten. Sie ging in ihr gemeinsames Schlafzimmer und öffnete den Kleiderschrank.

Ihre erste Sorge bestätigte sich nicht. Die Sachen ihres Manns waren noch dort. Mit schlechtem Gewissen schloss sie den Schrank wieder.

Erst im Frühjahr hatte ihr Mann seine Sachen gepackt und die Koffer in den Flur gestellt. Weiter war er nicht gekommen.

Peter Hennings wollte nicht sie verlassen. Auch nicht Rai, sondern das Leben, das um ihn herum war. Harte, starre Wände, die nicht zu durchbrechen waren. Das Leben, wie die Hennings es sich vorgestellt hatten, war einem Leben gewichen, das sich ausschließlich auf die Pflege von Rai konzentrierte.

Peter Hennings hatte gemerkt, wie es ihn zerbrach. Ebenso Heidi. Sie konnten nicht über das anders verlaufende Leben reden. Jeder hatte Angst, sich das Scheitern einzugestehen. Sie lebten nebeneinander her. Es gab kaum noch etwas Intimes zwischen ihnen.

In einem kurzen Moment war er aufgesprungen, hatte seine Sachen gepackt und wollte feige alles hinter sich lassen. Das war nicht seine Art. War es nie gewesen.

Im Flur hatte er es gemerkt, als die Türklinke zur Hauseingangstür bereits in seinen Händen lag. Herunterdrücken konnte er sie nicht. Er ließ die Koffer stehen und setzte sich ins Wohnzimmer. Dort saß er, als Heidi nach Hause kam. Dort verstand sie, wie dünn das Eis geworden war, auf dem sie sich bewegten.

Als Lars an diesem Abend nach Hause kam, ermahnte er sie, sich endlich von Rai zu trennen. Sie müssten ihr eigenes Leben führen. Sie müssten loslassen.

Lars hatte Gabrielle mitgeteilt, er wolle kurz bei seinen Eltern, vielmehr bei seiner Mutter, vorbeizuschauen. »Ich möchte nur wissen, ob es ihr gut geht«, hatte er gesagt, »vielleicht ist es ja nichts und mein Vater hat nur einen Abstecher zu einem Freund in der Gegend gemacht.«

Das glaubte Lars zwar nicht wirklich, weil sich sein Vater immer abmeldete oder zumindest sagte, wo er war.

Mit einem mulmigen Gefühl betrat er das Haus seiner Eltern. Er selber wohnte nur einige Straßen entfernt.

Vielleicht nicht mehr lange, dachte er, als er den Krankenhausgeruch wahrnahm, während er nach seiner Mutter rief.

Verweint sah er sie oben auf der Galerie auftauchen.

Sie winkte ihm zu. In ihrer Hand hielt sie ein Hemd von Peter.

»Was ist los, Mama?« Er ging schnell die Stufen hinauf.

Verloren stand Heidi vor ihrem Sohn. Sie wusste nicht, was sie machen sollte. Sie zitterte, weinte, flüsterte etwas, alles zusammen, alles nicht koordiniert, alles fahrig.

Lars nahm sie in seine kräftigen Arme und drückte sie. »Was ist los, Mama? Hat Papa sich gemeldet?«

Sie schüttelte den Kopf an seiner Brust. »Das Krankenhaus hat angerufen«, schluchzte sie.

»Das Krankenhaus?«, Lars' Herz schlug schneller.

»Dein Vater hatte einen Schlaganfall. Sie haben ihn in seinem Auto gefunden. Er muss etwas geahnt haben und ist an den Seitenrand gefahren.«

Heidi Hennings löste sich von ihrem Sohn. Sie hob das Hemd vor sein Gesicht. »Ich muss einige Sachen packen. Für das Krankenhaus. Zahnbürste, Waschzeug, Puschen, all das Zeug.«

»Lass, ich mach das«, sagte Lars und wollte ihr das Hemd aus der Hand nehmen.

»Nein. Du weißt nicht, wo alles ist.«

»Natürlich weiß ich das.«

»Guck bitte nach Rai. Das hilft mir jetzt am meisten.« Dann verschwand sie in ihrem Schlafzimmer, um weiter zu packen.

Lars drehte sich zu Rais Zimmer um. Daneben war sein eigenes Jugendzimmer. Zwei Türen. Zwei Zimmer. Zwei Geschichten. Zwei Brüder. Zwei verschiedene Schicksale.

Er betrat das Zimmer seines Bruders. Neben dem Bett schwebte ein Ballon. Darauf stand *Happy Birthday*. Lars wusste nicht, inwieweit Rai mitbekam, dass er wieder ein Jahr älter geworden war. Er wusste nicht, was in seinem Bruder vorging.

Routiniert sah er auf die Anzeigen der Maschinen. Der Brustkorb seines Bruders bewegte sich ruhig auf und ab.

Heidi hatte ihm vor seinem Geburtstag die Haare geschnitten. Sie waren so blond wie die von Lars. Würde Rai die Augen öffnen, würde man Lars' Augen sehen. Hellblau, fast durchsichtig, umrahmt von beinahe weißen, wunderschön geschwungenen Wimpern.

Rai hatte wie Lars einen vollen Mund. Grübchen hatten sich gebildet, wenn Rai sprach und lachte.

Der Mund hatte schon viele Jahre nicht mehr gelacht.

Schon lange hatte es keine Grübchenbildung mehr gegeben.

Lars hielt Rais Hand. Er berichtete von den schrecklichen Nachrichten, die seine Mutter für ihn gehabt hatte.

Rais Atem veränderte sich nicht, als Lars es ihm erzählte.

»Hast du gehört? Papa ist im Krankenhaus.«

Stille. Kein Laut. Nur ein leises Geräusch des Atmens durch die Nase.

Lars tippte den Luftballon an, der träge hin und her schwang.

Zu Rais Geburtstag hatte Lars ihm die aktuelle CD von Lucie Silvas geschenkt. Sie befand sich in der kleinen Anlage neben dem Bett. Lars stellte auf ›On‹ und drückte auf ›Play‹.

Breathe in life and breathe out / Wipe the dust from your sweet smile and breathe in life.

Leben ausatmen. Leben einatmen. Seine Lungen mit Leben füllen. Seine Augen öffnen für das, was jenseits des Tellerrands wartet. Offen sein. Sich fallen lassen. Der Hektik des Alltags trotzen. Kleingeistern mit einem Lächeln gegenübertreten.

Lars küsste Rai auf die Wange. »Ich bin so unendlich traurig, dass das Leben dich nicht länger kennen gelernt hat.«

Heidi stand in der Tür und betrachtete ihre beiden Söhne. Kraftlos ließ sie die gepackte Tasche fallen. »Was haben wir nur verbrochen?«, fragte sie. »Ich wollte eine Familie. Einen Mann, zwei Söhne und einen Rasen hinter dem Haus. Mehr nicht! Ich wollte nie mehr. War das zu viel?« Sie vergrub das Gesicht in ihren Händen. »Habe ich zu viel verlangt? Ich glaube nicht.«

Fast drohte sie am Türrahmen herunterzurutschen. Gerade, als Lars auf sie zugehen wollte, hob sie den Arm und bedeutete ihm, sitzen zu bleiben.

»Eine Mutter sollte dieses Bild nicht sehen«, sagte sie und blickte auf Rai. »Man wünscht sich so vieles für seine Söhne. Man opfert sich auf, man gibt sein Leben, man kämpft wie eine Löwin, damit alles gut wird. Damit etwas aus demjenigen wird, den man unter seinem Herzen getragen hat. Dessen Herzschlag man gespürt hat, dessen Tritte einen in der Nacht begleitet und wach gehalten haben.«

Heidi Hennings ging auf Rai und Lars zu. Kurz vor ihnen blieb sie stehen. »Ich habe mir mein Leben anders vorgestellt.«

Sie setzte sich auf die Lehne des Sessels. Lars legte ihr seinen Arm um die Hüfte und hörte ihr zu.

»Rai hat es geliebt, wenn ich ihn durch die Luft fliegen ließ. Dann hat er immer gelacht und mich mit großen Augen angesehen, als würde er sagen: Mach es noch einmal, Mama.« Sie strich Lars über die Hand. »Du weißt, wie er ohne Worte, nur mit seinen Augen, sprechen konnte.« Ihre Lippen zitterten. Sie senkte ihren Kopf. Ihre Hand wurde kalt. »Ich vermisse ihn. Er ist so weit weg. Wo ist mein Sohn?«

»Rai ist hier«, sagte Lars leise. »Er hört uns. Er spürt uns.«

»Tut er das?«

»Mama ...«

»Ich vermisse es, wie er mich ansah. Ich vermisse seine Umarmungen. Ich vermisse unseren Streit und ich vermisse den Unfug, den er anstellte. Ich vermisse seine Freunde, die hier alles in Schutt und Asche verwandelt haben. Ich vermisse seine Musik, die die Gläser in der Vitrine zum Zittern brachte. Ich vermisse unser gemeinsames Essen. Ich vermisse seine Stimme. Sein Lachen. Seine Haut. Sein Atem. Seine Grübchen. Ich vermisse, ich vermisse, ich vermisse ...«

Heidi lehnte sich an ihren Sohn. Den Sohn, der sie drücken konnte. Der sie in den Arm nehmen konnte. Ihre mit Tränen benetzten Augen waren weiter auf Rai gerichtet. »Was fühlt er?«

»Uns.«

»Auch unsere Trauer?«

»Viel mehr.«

Sie saßen schweigend und eng umschlungen vor dem Krankenbett. Die Musik lief im Hintergrund.

Irgendwann fragte Lars seine Mutter. »Was waren das für Heftchen, die Rai versteckt hat?«

Sie lachte. »Du bist unmöglich!«

21

Frithjof wusste nicht, wie lange er in dem Erdbeerbeet gelegen hatte. Lange konnte es jedoch nicht gewesen sein. Als er aufstand und zur Laube von Solberg hinüber sah, lag der ebenfalls noch auf dem Boden.

Er trug keine Uhr, doch die Sonne hatte sich nicht viel weiter bewegt und noch kaum etwas von ihrer Heizkraft verloren.

Mit vorsichtigen Schritten stakste er durch Leon Bergers Garten, bis er den Rosenweg erreichte. Auf ihm lagen in langen, schlangenähnlichen Linien gelbe und grüne Schläuche.

Er betrachtete den Garten von Peter Winkler. Was hatten denn nur all die Leute in der Mordnacht darin zu suchen? Welche neuen Aspekte ergab das Gespräch von Solberg und Martens?

Seebach hatte die beiden in der Hand. Nur womit wusste Frithjof noch nicht.

Auch Frau Huiy hatte etwas mit dem Vorsitzenden und Kalli zu tun. Auch hier die Frage: Was?

Mit einem Mal tauchte Rudolf Mayer direkt vor Frithjof auf. Er hatte unterhalb der Hecke in seinem Garten Unkraut gerupft. Erschrocken sah Frithjof ihn an.

Rudolf Mayer trug eine Baseballmütze auf seinem kahlen Kopf. Die Disney-Figur auf der Vorderseite der Mütze winkte Frithjof fröhlich zu. Bei dem Versuch, sich den Schweiß aus dem Gesicht zu wischen, verteilte er Erdkrümel darin zu braunen Schlieren.

»Moin«, grüßte er freundlich. »Wollen Sie zu mir?«

»Ja, ja«, Frithjof fing sich schnell wieder. Er fühlte sich ertappt.

»Was haben Sie mit ihrem Gesicht gemacht?« Meyer deutete auf Frithjofs Pflaster.

»Das fing mit einem Stein an, ging mit etwas Gläsernem weiter und endete unglücklich in einer Slapstick Nummer.« Mehr sagte Frithjof nicht und Mayer fragte nicht nach. Verstanden hatte er den Hauptkommissar jedoch nicht.

»Kommen Sie«, lud Mayer Frithjof ein, ihm in seinen Garten zu folgen.

Frithjofs linker Fuß blieb in einer Schlauchschleife hängen, als er Mayers Parzelle betrat. Mit Schwung riss er ihn hoch und muss wohl gleichzeitig irgendwo etwas abgerissen haben, denn von weiter her hörte man plötzlich Wasser rauschen.

Frithjof nahm seinen Fuß schnell aus dem Schlauchgewirr und tat, als wäre nichts geschehen.

»Ein Bier?«, fragte Mayer.

»Sonst gerne, aber ich bin im Dienst.«

»Na und?«

»Da haben Sie auch wieder recht.« Frithjof fasste sich an die Stirn. Jetzt war auch ein Bier egal, fand er. Verdient hatte er es sich auf alle Fälle.

Mayer verschwand in seiner Laube. Sie war nicht besonders groß, aber sehr gepflegt. Massive Eichenbretter vermittelten den Eindruck von Beständigkeit. Obwohl sie verwittert waren, wirkten sie sehr edel. Auch die Veranda war mit wetterbeständigem Holz ausgelegt. Darauf standen Holzstühle und ein dazu passender runder Holztisch. Wenig später kam er wieder heraus. »Glas?«

»Flasche.«

Er setzte sich zu Frithjof. Sie stießen an und tranken.

»Genau das Richtige bei dem Wetter«, sagte Mayer.

»Können Sie sich erinnern, dass es im Juni schon mal so heiß war?«

»Nein.«

»Das soll noch so weiter gehen.« Er trank einen weiteren Schluck Bier. »Meine Frau sagt, das macht schlank.«

Frithjof sah auf seine Flasche. »Das Bier?«

»Nein. Das Wetter. Das heiße Wetter mache sie schlank, sagt meine Frau.«

»Hat ihre Frau das auch erklärt?« Frithjof lehnte sich im Gartenstuhl gemütlich in das weiche Polster.

»Klar. Die erklärt alles. Auch wenn es nichts zu erklären gibt. Die redet nur, um zu reden.« Er lachte Frithjof kumpelhaft an. »Kennen Sie den? Fragt jemand den Mann an seiner silbernen Hochzeit: Und, was reizt Sie nach all den Jahren noch an Ihrer Frau? Sagt der: Jedes Wort.«

Frithjof lachte. »Was ist denn nun mit dem Schlankwerden?«

»Ach ja. Meine Frau macht das auch immer fuchsig, wenn ich nicht auf die eigentliche Frage antworte und abschweife. Wissen Sie früher ...«

»Das Schlankwerden, Herr Mayer.«

»Sehen Sie, schon wieder. Aber nun: Sie meint, kein Mensch isst bei diesen Temperaturen fettige Sachen. Salat, Salat, mehr isst sie gerade nicht. Und die Schokolade würde ihr auch zwischen den Fingern davonlaufen.«

»Muss Ihre Frau denn abnehmen?«, fragte Frithjof, obwohl ihn Mayers Frau im Grunde nicht interessierte.

»Abnehmen? Solch eine lange Dürre könnten wir gar nicht haben, bis sie wieder in ihr Hochzeitskleid passt.«

Sie tranken aus ihren Bierflaschen, während eine Wespe um ihre Köpfe schwirrte. Die Schleswig-Holstein-Fahne vor der Laube baumelte lustlos am Mast.

»Herr Mayer, warum ich hier bin«, fing er an und dachte

an Winklers Unterlagen, die er durchgesehen hatte. Auch der Name »Mayer« tauchte darin auf.

»Weiß Ihre Frau von Veronika?«

Mayer verschluckte sich an dem Bier. Mit großen Augen starrte er Frithjof an. »Um Himmels willen! Woher ...? Wie ...? Nein!«

»Wieso haben Sie es ihr nie erzählt? Veronika ist wie alt? 20?«

»Ja. Woher wissen Sie von Veronika?« Mayer sah erschrocken um sich.

Ein Phänomen in diesem Kleingarten, befand Frithjof. Unter den ordentlich gestutzten Beeten mussten eine Menge Leichen liegen.

»Bei unseren Befragungen gab es eine für uns zuerst nicht so interessante Beobachtung. Man sah Sie und ein Mädchen, das Sie besuchte. Immer nur dann, wenn Ihre Frau nicht da war.«

Frithjof schaute Mayer konzentriert an. »Zuerst dachten wir, das hätte nichts mit dem Fall Winkler zu tun. Eine private Sache zwischen Ihnen und dem Mädchen. Aber dann fanden wir gewisse Bankbelege, Kontoauszüge.«

»Wo haben Sie die gefunden?«

»Ist das wichtig?«

Er wischte sich Schweiß aus dem Gesicht. »Nein. Mich interessiert nur, wie Sie darauf gekommen sind.«

»Dazu komme ich später«, würgte Frithjof die Fragen ab. »Zuerst möchte ich Ihnen erklären, wieso Veronika, das Mädchen, das mit Ihnen gesehen wurde, doch zu diesem Fall gehört.«

Mayer hatte sich gerade aufgesetzt. Er schluckte. Offensichtlich gefiel es ihm nicht, was hier gerade passierte.

»Können Sie sich nicht denken, wo ich diesen Beleg gefunden habe?«

»Nein. Wirklich nicht.«

»Sie haben ihn nicht vermisst?«

»Nein. Ich werfe die Dinger immer weg. Ich bewahre die nicht auf.«

Bevor er wieder abschweifen konnte, unterbrach ihn Frithjof.

»Wir haben ihn in der Wohnung von Peter Winkler gefunden.«

»Wie hat Winkler den Beleg bekommen?« Dies schien Mayer tatsächlich zu wundern.

»Genau das war auch meine Frage. Was macht *Ihr* Beleg in seiner Wohnung. Was steht da Wichtiges oder Belastendes für Sie drauf, dass Winkler ihn aufbewahrt hat?«

»Ich weiß nicht, was Winkler da so interessant fand.« Mayer tat unbekümmert.

»Kommen Sie, Mayer, ich weiß es doch, sagen Sie schon.« Frithjof lächelte ihn an. Er wollte es aus Mayers Mund hören. Die Spur, die zu Veronika geführt hatte.

»Winkler hat herausgefunden, dass ich monatlich Geld überweise. Ein Dauerauftrag an Veronika Danner. Sie wohnt in Looft.«

»Wir haben bei der Bank nachgefragt. Diese Überweisungen gehen jetzt ins 21. Jahr. Das schloss für mich eine Bezahlung für Liebesdienste aus. Nahe lag dann die Vermutung, Veronika Danner könnte Ihre Tochter sein.«

Rudolf Mayer schwieg. Langsam strich er über die Blümchentischdecke. Ganz behutsam strich er an den Verzierungen entlang. »Veronika ist meine Tochter.«

»Wieso halten Sie es geheim?«

»Wieso?« Überrascht durch diese Frage sah er auf. »Ich bin 60, jetzt kann ich das nicht mehr offen legen. Der Seitensprung vor über 20 Jahren war Vertrauensbruch genug. Was meinen Sie, was meine Frau sagen würde, wenn Sie erführe, dass ich sie über all die Jahre getäuscht habe.«

»Und Veronika?«

»Als sie 18 wurde, hat ihre Mutter es ihr erzählt. Bis dato hatte sie geglaubt, der Mann, der mit ihrer Mutter verheiratet ist, wäre ihr Vater. Sie hatte also eine Vaterfigur in ihrem Leben. Sie hat nicht nach mir gesucht.«

»Und die Mutter?«

»Bärbel? War ebenfalls verheiratet, als wir nach einer Betriebsfeier in einem leeren Büro verschwanden.« Er schmunzelte schelmisch. »Es war ein Mal, Herr Arndt. Es gab nichts davor und nichts nach diesem Fest. Nur das eine Mal in dem Büro. Wir hatten getrunken, eins ergab das andere und es war passiert.«

»Woher wussten Sie, dass Sie der Vater sind?«

»Bärbels Mann konnte keine Kinder zeugen. Sie musste es ihm erzählen. Abtreiben wollte sie nicht. Das kam für sie nicht infrage.«

Wäre schon komisch gewesen, wenn Frau Danner mit schwangerem Bauch herumläuft und ihr Mann zeugungsunfähig ist. »Wie hat der Mann darauf reagiert?«

»Überraschenderweise ruhig. Bärbel erklärte, was passiert war, dass es eine einmalige Sache war. Er hat ihr verziehen.«

»Wie lief es dann weiter?«, fragte Frithjof.

»Wir haben uns zusammengesetzt. Das klingt wirklich eigenartig, wenn man das jetzt so im Nachhinein betrachtet. Wir haben uns ganz vernünftig hingesetzt und geschaut, was wir machen sollen. Bärbel wollte das Kind bekommen und Klaus hatte plötzlich die einmalige Gelegenheit, doch noch Vater zu werden. Wissen Sie, die beiden wollten unbedingt Kinder haben.«

Mayer ging in die Laube, um neues Bier zu holen. Als er wieder im Türrahmen auftauchte, kramte er seine Brieftasche hervor und zeigte Frithjof zwei Fotos. »Meine beiden Töchter. Beide erwachsen. Sie waren klein, als die Sache mit Bärbel war. Ich konnte nicht zu meiner Frau gehen und es ihr sagen.« Er öffnete zwei Bier, eins stellte er vor Frithjof auf den Tisch. »Wir haben uns darauf geeinigt, Klaus als Veronikas Vater zu präsentieren. Ich erhob keinen Anspruch auf das Kind. Dann einigten wir uns auf einen Betrag, den ich zahlen sollte und wollte.« Er trank ruhig einen Schluck Bier. Er hatte sich wieder gefangen und erzählte ruhig von der Geschichte von damals.

»Das Geld ging auf ein Sparbuch. Veronika sollte damit später Studium, Auto, Wohnung oder dergleichen bezahlen können. Es war keine Unterhaltszahlung. Das wollte Bärbel nicht. Auch Klaus nicht. So einigten wir uns auf dieses Modell.«

Frithjof stand auf, weil er sich die Beine vertreten musste. Er ging einige Schritte auf der Veranda herum. Als er aus dem Schatten in die Sonne trat, machte ihn die Helligkeit fast blind, denn seine Sonnenbrille lag noch auf dem Tisch.

Schnell trat er einen Schritt beiseite in den Schatten und rammte mit dem Kopf gegen eine Blumenampel. Sie hakte aus dem Ring aus, in dem sie befestigt war, und segelte steil auf ein am Boden liegendes Reh aus Ton. Ampeltopf und Rehtonscherben vereinten sich in einem hässlichen Haufen.

»Das ist mir aber peinlich«, sagte Frithjof kraftlos. Erst Fritz und nun hatte er Bambi getötet.

»Lassen Sie«, tröstete ihn Mayer, »halb so wild. Das mach ich nachher.«

Frithjof war erleichtert, nicht wieder eine Tonfiguren-Sterbediskussion führen zu müssen.

»Wissen Sie, Herr Mayer, was mich wundert?« Er wartete die Antwort gar nicht ab und sprach weiter, so konnte er von Bambi ablenken: »Diese Geschichte von damals wäre für uns gar nicht wichtig gewesen. Das geht uns überhaupt nichts an. Nur«, er tippte sich auf die Lippen, »woher hatte Winkler diesen Beleg? Wieso hatte er ihn aufgehoben? Hat er mit Ihnen darüber gesprochen? Gab es Streit zwischen Ihnen?«

»Nein.«

»Wie? Nein? Gab es keinen Streit zwischen Ihnen?«

»Doch. Ich meinte, ich weiß nicht, woher er den Beleg hatte.«

»Wo bewahren Sie die Belege auf?«

»Wie gesagt, ich werfe sie weg. Es kann sein, dass sie ein, zwei Tage bei mir zu Hause auf dem Schreibtisch lagen.«

»Hatten Sie keine Angst, ihre Frau könnte davon erfahren?«

»Sie interessiert sich nicht für die finanziellen Dinge. Das habe ich übernommen. Sie würde nie darauf gucken. Das interessiert sie nicht.« Das berichtete er nüchtern und Frithjof glaubte ihm.

»War Winkler einmal bei Ihnen zu Hause zu Besuch?«

»Bei aller Liebe, nein. Den Teufel hätte ich eher hereingelassen.«

Trotzdem war es Winkler gelungen, an diesen Beleg zu kommen, dachte Frithjof. Dann überlegte er, wo Winkler den Schlüssel für seine Wohnung deponiert hatte: in seiner Laube.

»Wo befindet sich Ihr Wohnungsschlüssel, Herr Mayer?«

»Zu der Laube?«

»Nein. Zu Ihrer Wohnung.«

Mayer deutete nach hinten. »Auf dem Tisch vermutlich oder auf der Kommode. Ich hab es nicht so mit Schlüsseln.«

»Und zu dieser Laube? Wo befindet sich der Schlüssel?«

»Steckt. Dann muss ich den wenigstens nicht suchen, wenn ich abends abschließe.«

Frithjof dachte an seinen Schreibtisch im Büro. Er konnte Mayer verstehen.

»Haben Sie einen Zweitschlüssel für die Laube hier im Garten versteckt?«

»Sicher. Hinten bei der Regentonne.«

»War der Schlüssel in der letzten Zeit mal verschwunden?«

»Nein. Keine Ahnung, ob der da überhaupt noch ist. Aber wer sollte den stehlen? Hier ist doch nichts Wertvolles drin. Und wenn hier jemand rein will, knackt er schneller die Tür, als nach dem Schlüssel zu suchen.«

Hatte Winkler sich den Schlüssel zu Mayers Wohnung hier genommen? Frau Mayer arbeitete und Herr Mayer konnte kurz den Garten verlassen haben, als Winkler dort hineingelangte. Der Garten liegt direkt gegenüber.

Mayer selber hatte gerade gestanden, nicht immer zu wissen, wo sich die Schlüssel befanden. Winkler konnte sie später einfach irgendwo hinlegen.

Hat Winkler einfach so ins Blaue gesucht? Oder hatte er eine Ahnung? Wenn man tief genug gräbt, findet man bei jedem Menschen etwas.

Winkler brauchte Geld. Es schien so, als hätte er es sich zur Aufgabe gemacht, alle Geheimnisse auszugraben.

Nur hatten sie bisher noch niemanden gefunden, der dafür bezahlte, dass diese Geheimnisse geheim blieben.

»Herr Mayer, ich kann mir nicht ganz vorstellen, dass Winkler Sie nicht darauf angesprochen hat. Was ergibt es für einen Sinn, sich diese Informationen zu besorgen und sie dann für sich zu behalten?«

»Wer sagt Ihnen, dass Winkler die Informationen bekommen hat, die *Sie* bekommen haben. Winkler wusste nichts von der Sache von damals.«

Er log. Frithjof wusste nicht, wieso er das dachte. Aber er log, da war er sich sicher. Warum sollte Winkler diesen Beleg sonst aufbewahrt haben?

»Das Sommerfest, Herr Mayer, wann haben Sie Winkler das letzte Mal gesehen?«

»Auf diesem Fest.«

»Nicht danach? In der Nacht? Am Morgen?«

»Nein.«

»Sie sind doch genau gegenüber. Da war gar nichts?«

»Winkler war nicht da. Und danach haben Sie mich schließlich gefragt. In dem Garten selber war schon was los. Da waren Wilhelm, Kalli und Hans. Sie haben Winkler gesucht.«

Hans? Das wurde ja immer mysteriöser. Hans Harders war bisher von keinem Kleingärtner zu dem Personenkreis gezählt worden, die sich in Winklers Garten befanden.

Hans Harders sollte Winklers Wohnung inspizieren, das hatte Frithjof herausgefunden, als er in Leon Bergers Garten spionierte. Aber dass er in dem Garten war?

»Warum haben sie Winkler gesucht?«

»Ich weiß nicht, ich habe sie nicht gefragt. Sie waren an der Laube, als ich auf dem Weg ins Bett war. Ich hatte getrunken und meine Frau war schon vorgegangen.«

»Wann war das?«

»Oh, Herr Arndt. Ich habe nicht auf die Uhr gesehen. Selbst wenn ich es getan hätte, hätte das nichts mehr gebracht.«

»Haben Sie jemand anderen auf dem Rosenweg gesehen?«

»Frau Huiy ist vor mir hergetippelt. Sie hat die Kolonie verlassen, als ich in meinen Garten ging.«

Das musste fürs Erste reichen. Frithjof entschuldigte sich beim Verlassen der Veranda noch einmal wegen Bambi und stand dann in der prallen Sonne auf dem Rosenweg. Er blickte in Winklers Garten.

Was hatten all die Menschen in dem Garten verloren?

Frau Huiy berichtete, sie hätte Solberg und Martens

gesehen. Von Hans Harders hat sie nicht gesprochen. Wo war Harders, als sie am Garten vorbei ging?

Die wichtigste Frage konnte Frithjof bis jetzt aber noch nicht beantworten: Wo war Winkler?

22

Johann Heidmöller sah Frithjof interessiert an, als er in seinen Volvo steigen wollte.

»Haben Sie den Täter?«, rief er lauter als er musste. Er stand neben seinem Hollandrad und linste neugierig, ob ihn jemand aus dem Kleingarten beobachtete.

»Haben Sie kurz einen Moment Zeit, Herr Heidmöller?«, fragte Frithjof, der eigentlich für den heutigen Tag genug Eindrücke gewonnen hatte.

»Sicher«, antwortete Heidmöller und öffnete das Gittertor zum Kleingarten.

Frithjof nahm seine Aktentasche vom Beifahrersitz und folgte Heidmöller den Rosenweg entlang zu dessen Parzelle.

»Bier?«, fragte Heidmöller, nachdem sich Frithjof unter einen alten, gelben Camel Sonnenschirm gesetzt hatte. Die Kunststoffstühle samt Auflagen waren von gediegener Qualität. Ein gepflegter Blumenkübel mit Bornholm-Margeriten stand neben der Tür zum Gartenhaus.

»Nein, danke. Sehr nett gemeint, aber Herr Mayer war schon so freundlich, mir ein Bierchen anzubieten. Ich muss noch fahren.«

»Eistee?«

»Gerne.«

Heidmöller trug eine dünne Trainingshose, die an den Knien hellgrüne Flecken hatte. Sein Hemd war nur halb zugeknöpft und hing über die Hose. Er sah dadurch aber nicht ungepflegt, sondern eher leger aus.

Als sie sich schließlich gegenübersaßen, hielt Frithjof nach eventuellen Tonopfern Ausschau. Etwas abseits erspähte er einen grünen Frosch mit Kussmund. Frithjof nahm sich vor, einen großen Bogen um die Tonfigur zu machen.

»Wie kann ich Ihnen helfen, Herr Arndt?«

Frithjof zeigte auf die Laube von Winkler. »In der Nacht des Sommerfestes, haben Sie da jemanden dort bemerkt?«

Heidmöller schüttelte den Kopf. »Nein. Nur Winkler, wie er rumpöbelte.«

»Wann war das?«

»Spät, ich weiß nicht genau.«

»Hat er sich mit jemandem gestritten?«

»Der hat sich immer mit jemandem gestritten.«

»Und an diesem Abend? Wer war es?«

»Ich weiß nicht, ich war nur kurz hier, weil ich noch eine Flasche Schnaps holen wollte. Da habe ich ihn gehört.«

»Haben Sie vielleicht jemanden gesehen?«

»Nein.«

Frithjof fand das merkwürdig. Der direkte Nachbar schaut nicht hinüber, wenn es einen Streit in Winklers Garten gab? Frithjof hatte in den letzten Tagen mitbekommen, dass hier nichts unentdeckt blieb. Außerdem hatten etliche Nachbarn von Heidmöller die verschiedensten Menschen beobachtet. Nur Heidmöller schien das verborgen geblieben zu sein?

Frithjof stand auf und ging an den Zaun zu Winklers Parzelle. »Sie wollen mir sagen, Sie haben sich nicht neugierig umgesehen?«

»Ich hatte es eilig.«

»Hand aufs Herz, Herr Heidmöller«, sagte Frithjof und trat wieder auf den Gärtner zu.

Leider auch an den Frosch, der in Schräglage geriet.

Der Kussmund kippte nach vorne und mit einem scheppernden Geräusch zerbarst der Kopf auf den Terrassensteinen.

Fritz, Bambi und nun Kermit.

Wenn der Fall länger dauern sollte, würden am Ende keine Tonfiguren in dieser Kleingarten-Kolonie mehr am Leben sein.

»Sie dezimieren unsere Figuren«, kommentierte Heidmöller trocken. »Ich habe von Fritz gehört.«

»Ja. Die Guten gehen immer zu früh.«

»Ich bin da nicht so«, beruhigte Heidmöller Frithjof. »Wilhelm ist da schon ein anderes Kaliber. Als Winkler ihm Burkhard geklaut hat, ist der fuchsteufelswild geworden.«

»Burkhard?«

»Ein Zwerg. Ein Gartenzwerg.«

»Burkhard ist ein Zwerg?«

»Natürlich. Winkler hatte ihn vor seine Laube gestellt. Wie eine Trophäe, die man im Krieg erbeutet.« Heidmöller lachte.

»Wo ist Burkhard jetzt? Hat Solberg ihn sich wiedergeholt?« Frithjof sah auf Winklers Parzelle, dann in Richtung von Solbergs Garten.

»Burkhard hat Winkler getötet.«

Frithjof war verwirrt. »Ich denke, Burkhard ist ein Zwerg.«

»Ja.«

»Reden wir aneinander vorbei?« Frithjof war sich nicht sicher, ob er nicht den roten Faden des Gesprächs verloren hatte.

»*Ich* rede über Burkhard.«

»*Ich* auch.« Frithjof hatte noch nicht einmal einen Ziehfaden, um in das Gespräch zurückzukommen, wie es schien.

Johann Heidmöller lächelte überlegen. »Burkhards Reste lagen überall auf dem Rasen. Ihre Kollegen von der Spurensicherung haben sie eingesammelt.«

»Und *vor* dem Sommerfest stand Burkhard noch vor der Laube.«

»Das war das erste Mal, dass ich ihn überhaupt dort habe stehen sehen.«

»Haben Sie nach dem Sommerfest Winkler noch einmal gesehen?«

»Nein.«

»War sonst jemand in dem Garten?«

»Nein.«

»Sie haben niemanden gehört oder gesehen?«

»Nein.«

»Sie sind doch direkt nebenan, Herr Heidmöller!« Frithjof verstand immer noch nicht, wieso alle möglichen Leute verschiedene Aktivitäten in Winklers Garten beobachtet hatten, nur Heidmöller nichts aufgefallen war. Der, der am nächsten dran war!

»Ich ging als einer von den Letzten auf dem Sommerfest. Da war alles ruhig bei Winkler, als ich kam.«

»Haben Sie noch einmal hinübergesehen?«

»Ich glaube nicht.«

»Wieso glauben Sie? Wissen Sie es nicht?« Frithjof wurde ungeduldig. Er mochte diese Art der Befragung nicht. Auf eine klare Frage sollte eine klare Antwort folgen. Heidmöller schaffte es, sich naiv zu stellen, was Frithjof nicht ausstehen konnte.

»Ich habe nichts Ungewöhnliches gesehen. Daher glaube ich, ich habe nicht hinübergesehen.«

»War Burkhard noch da?«

»Das weiß ich nicht. Herr Arndt, es war spät, dunkel und ich hatte zu viel Schnaps getrunken. Keine Ahnung, ob Burkhard da war oder nicht.«

Frithjof ging zurück an den Gartentisch und setzte sich. Er zog seine Aufzeichnungen aus der Aktentasche.

Wann war Winkler in die Tonne befördert worden?

Zu viele Menschen hatten sich dort aufgehalten. Sie hatten Winkler gesucht. War er da schon in der Regentonne? Wer war vor all den Besuchern dort gewesen?

Wie war die Reihenfolge, die ihm zeigte, wer sich wann und mit wem dort aufhielt?

Später, dachte er.

Er brauchte ebenso die Informationen der anderen Kollegen. Nun sprach er Heidmöller direkt an.

»Woher hat Winkler dieses Bild?« Frithjof schob ein Foto von Gretchen Junghold über den Tisch. Frithjof hatte es aus Winklers Akten.

Heidmöller hätte sagen können, Winkler hätte es irgendwo aufgenommen. Dies tat er aber nicht. Heidmöller starrte das Bild an und wusste genau, was Frithjof eigentlich wissen wollte.

Heidmöller fuhr an den Kanten der Fotografie entlang. Er war nicht aufgeregt oder nervös, eher schien es, als würde er die Fotografie träumerisch betrachten.

»Ich wusste nicht, dass Peter Winkler dieses Foto hat. Ich habe es vermisst.«

Frithjof schob weitere Fotos zu ihm hinüber. »Das sind alles Bilder, die wir bei Winkler gefunden haben.«

Alle Bilder zeigten junge Frauen, alle volljährig. Keines davon anzüglich oder pornografisch, doch alle Frauen waren übergewichtig.

»Ich habe gespürt, dass jemand in meiner Wohnung war«, erzählte Heidmöller ruhig. »Ich wusste nur nicht wer. Ebenso konnte ich mir nicht erklären, wieso jemand nur diese Bilder mitgenommen hat.«

»Fehlte sonst noch etwas?«

»Bargeld. Ich hatte es zwischen Hemden im Schrank versteckt. Ganz hinten.«

Frithjof klappte seine Aktentasche zu und stellte sie neben sich auf die Erde. »Was war zwischen Ihnen und Gretchen Junghold?«

»Nichts!«, sagte er schnell. Nachdenklich sah er auf die Bilder. »Ich bin ein alter Mann, der junge Mädchen mag. Auch wenn sie nicht dem Schönheitsideal entsprechen.«

»Sie sind Witwer, nicht wahr?«

Johann Heidmöller bestätigte dies.

»Sie sind Frühpensionär. Was haben Sie unterrichtet?«

»Deutsch und Heimat- und Sachkundeunterricht.«

»Wieso sind Sie in Pension gegangen?«

Heidmöller sah an Frithjof vorbei. Sein Blick schweifte weit weg. Es schien, als würde er abwägen, was er sagen sollte.

»Sie werden es wahrscheinlich eh herausbekommen«, sagte Heidmöller schließlich und fuhr sich über das Gesicht, »da erzähle ich es Ihnen lieber selbst. Bevor da Dinge hinzugefügt werden, die nie geschehen sind.«

»Was ist denn geschehen?«

»Man warf mir vor, ich hätte Mädchen bei Ausflügen unsittlich angefasst. Man konnte das später nicht beweisen.« Er sah Frithjof an. »Weil es nichts zu beweisen gab. Da war nichts dran.« Er strich sich über die Haare. »Aber wer glaubt einem, wenn die Gerüchte kursieren? Sie wurden immer wilder. Ich konnte mich irgendwann nicht mehr in der Schule sehen lassen.«

Er lächelte. Es war ein Lächeln, das Resignation zeigte, als hätte er aufgegeben und sich seinem Schicksal ergeben.

»Der damalige Direktor der Schule hat mir vorgeschlagen, in den Vorruhestand zu gehen. Wenn ich auf eine andere Schule gegangen wäre, hätte man schon vorher über mich gesprochen. Es war sinnlos.« Wieder das Lächeln, wieder der Blick in die Ferne. »Ich habe mich dann untersuchen lassen. Unter dem Vorwand, ich würde nervlich nicht mehr mit der Situation an der Schule zurechtkommen, wurde ich aus dem Schuldienst entlassen.« Heidmöller sah Frithjof in die Augen. »Unehrenhaft, sagt man beim Militär.«

»Winkler hat das gewusst?«

»Nein. Das kann ich mir nicht vorstellen. Er wusste nur von diesen Fotos. Aber die sind ja nicht schlimm. Das sehen Sie ja selber«, er deutete auf die lachenden Gesichter der Frauen. »Wäre an der Sache von damals etwas dran gewesen, würden Sie hier kleine Mädchen auf den Fotos sehen.«

»Und doch hat Winkler Sie auf diese Fotos angesprochen?«, versuchte es Frithjof, der keinen Beweis dafür hatte.

»Er hat mich immer wieder provoziert. Ob ich auf Fette stehe und solche Sachen. Zuerst konnte ich mir keinen Reim darauf machen, wie er das wissen konnte.«

»Bis Sie merkten, dass einige Bilder fehlten.«

»Richtig.«

»Wie ist er in Ihre Wohnung gekommen?«, fragte Frithjof.

»Er wird sich meinen Schlüssel genommen haben, als ich einmal nicht im Garten war.«

»Sie bewahren ihn in der Laube auf?«

»Ja. An einem Schlüsselbrett.«

»Ist Ihre Laube nicht abgeschlossen?«

»Wenn ich über Nacht nicht da bin, schließe ich natürlich ab. Aber nicht wenn ich zu Wilhelm oder Kalli gehe. Über Tag ist die Laube auf. Wer sollte hier schon was klauen. Es ist ja nichts Wertvolles drin.«

Das hatte auch Rudolf Mayer gesagt. Für Winkler musste es ein Leichtes gewesen sein, sich Zutritt zu fremden Wohnungen zu verschaffen.

»Wie viel wollte Winkler für die Bilder?«

Erschrocken sah Heidmöller Frithjof an. »Er hat sie mir nicht angeboten. Wirklich nicht.« Er wedelte verneinend mit den Händen in der Luft herum. »Ich habe immer nur vermutet, dass er die Bilder hat. Gezeigt hat er mir sie nie.«

Wieder dachte Frithjof, dass hier jemand log.

Was machte es für einen Sinn, diese Bilder zu klauen? Wieso setzte Winkler diese Bilder nicht gegen Heidmöller ein? Oder tat er es, und Heidmöller log?

Mayer hatte auch gesagt, Winkler habe ihm nicht gedroht, was die monatlichen Zahlungen an Veronika Danner betraf. Auch das ergab keinen Sinn.

Was hatte Winkler vor? Plante er etwas Größeres? Wartete er, bis er alle Informationen beisammenhatte? Wollte er dann den großen Schlag gegen seine Nachbarn wagen?

Aber wieso?, grübelte Frithjof. Es würde doch mehr bringen, wenn er jeden Einzelnen schröpfte. Keiner der Erpressten würde dem anderen etwas sagen. Das Geld, das in Winklers Tasche fließen würde, würde unbemerkt von den anderen fließen.

Ein Kahlschlag bei allen barg die Gefahr, dass man sich zusammenschloss und gegen den Erpresser vorging.

Frithjof stockte.

War es das?

War Winkler tatsächlich so dumm gewesen? Hatte er das bekommen, was er verdient hatte?

Hatte er es so gemacht? Alle auf einmal mit ihren Geheimnissen konfrontiert? Und sie hatten sich gewehrt?

Fehler, überlegte Frithjof, wenn sie sich tatsächlich gewehrt hatten, waren sie dumm. Dann waren sie zu auffällig. Man hatte sie in dem Garten von Winkler gesehen.

Als Frithjof sich von Heidmöller verabschiedete und noch einmal auf Kermit hinwies, versprach er ihm, dass er seine Fotos nach Beendigung des Falls wiederbekommen würde.

Frithjof wollte noch einmal ins Präsidium fahren und sehen, was die anderen erreicht hatten.

Auf der Fahrt in die Stadt fuhr er die Edendorfer Straße entlang. Kollegen der Streife kamen ihm entgegen. Sie grüßten höflich.

Vor einer Ampel stehend sah er auf der linken Seite eine Videothek. Er überlegte, wie lange er sich schon keinen Film mehr angesehen hatte. Es blieb einfach keine Zeit dafür. Irgendwo hatte er sicher noch seine alte Mitgliedskarte. Er hatte die große Videothek immer gemocht, denn die Angestellten waren stets freundlich.

Ein aggressives Hupen riss ihn aus seinen Gedanken heraus.

Wenig später erreichte er das Präsidium.

Gabrielle teilte ihm mit, dass keiner der anderen Kollegen sich hatte blicken lassen. »Sie kommen morgen früh zur Besprechung.«

Gabrielle reichte ihm ein Schreiben. Kurz überflog er es. Sein Gesicht hellte sich auf. »Frau Bommel kommt nicht wieder?«, fragte er begeistert. »Alfred muss schier ausgerastet sein vor Freude!«

»Zuerst ja«, sagte Gabrielle unheilschwanger.

»Und dann?«, eigentlich wollte Frithjof das gar nicht wissen, weil er Schlimmes befürchtete.

»Als sich Alfred von ihr verabschieden wollte, vergaß er in seiner Freude, dass die bommelschen Hände verletzt waren, und drückte trotzdem zu.«

»Bommelsche Apokalypse?«

»Sie schrie auf, krümmte sich und schlug mit ihrem Kopf gegen Alfreds. Der stieß gegen seinen Bürostuhl und krachte zwischen Tisch und Stuhl hindurch. Als Frau Bommel ihm hoch helfen wollte, verhedderte sie sich in dem Kabel der Tischlampe, die dann auf Alfred runtersegelte.« Gabrielle konnte sich ein Lachen nicht verkneifen. »Als die Bommel dann meinte, sie würde ihm helfen wollen, sagte er wohl nur, Sie bringen mich um, verschwinden Sie. Ganz weit weg.« Sie schüttelte ihren Kopf und deutete auf die Tür zum Treppenhaus. »Die Bommel ist tränenüberströmt hier herausgestürzt, hat das *Frisch gewischt* - Schild der Putzkräfte übersehen und drehte sich ein paar Mal, um zum finalen Rittberger anzusetzen.«

»Ich hätte nicht fragen sollen«, sagte Frithjof und verließ lachend das Stockwerk.

23

Er hatte sich den Schlüssel für die Wohnung aus der Laube genommen, so war es abgesprochen. Wohl war ihm nicht bei diesem Gedanken. Immer wieder hatte er Wilhelm und Kalli versucht zu erklären, dass er der Falsche für diese Aufgabe wäre. Und er meinte es wirklich so, auch wenn sie ihm nicht glauben wollten. Es entsprach nicht seinem Naturell, so etwas zu tun. Wer war er schon? Nur ein einfacher Eisenbahner im Ruhestand, der friedlich sein Leben gelebt hatte und niemandem etwas Böses wollte und konnte.

Nervös um sich blickend schloss Hans Harders die Hauseingangstür auf. Im Erdgeschoss lief ein Fernseher. Eine Toilettenspülung wurde gedrückt.

Langsam und mit pochendem Herzen ging er die Stufen in den ersten Stock hinauf. Harders lauschte, als er vor Winklers Wohnung stand. Aus dem Dachgeschoss hörte er Stimmen. Eine Frau lachte. Musik war aus einer Wohnung zu hören, irgendeine laute Gruppe der jungen Generation.

In dem Moment, als er den Schlüssel zu Winklers Wohnung ins Schloss steckte, öffnete sich die Tür der Dachgeschosswohnung. Ein junger Mann sagte, er würde sich melden. Die Frau, die gerade gelacht hatte, meinte, tust du ja eh nicht.

Ein Schlüsselbund fiel zu Boden. Der Junge lachte. Es war ein verlegenes Lachen. Hans Harders hörte ein Knutschgeräusch.

Er musste sich beeilen, denn er wollte nicht gesehen werden.

Er versuchte den Schlüssel zu drehen, doch das Türschloss zu Winklers Wohnung klemmte. Oder spielte ihm die Nervosität einen Streich?

Er musste die Tür fest zu sich heranziehen, dann klappte es. Der Schlüssel bewegte sich. Gerade als er die Tür hinter sich zugezogen hatte, hörte er das Klappern der Absätze draußen im Treppenhaus.

Mit klopfendem Herzen stand Harders gegen die Tür gelehnt. Er rümpfte die Nase. Aus der Wohnung kam ein übler Geruch.

Ein Schweinestall ist das, fand er, als er sich umsah. Das Schwein wohnt, wie es sich für das Schwein ziemt, dachte er.

Wilhelm und Kalli hatten ihm gesagt, er solle in der Wohnung von Winkler nachsehen, welche Informationen Winkler noch so gesammelt hatte. Die Aufgaben hatten sie in jener Nacht verteilt. Es musste schnell gehen. Niemand, außer zuerst Hans selbst, wies eine Aufgabe von sich. Dafür war keine Zeit. Zu viel stand auf dem Spiel.

Hans Harders hatte mitbekommen, wie Winkler andere Freunde des *Kleinklees* erpresst hatte. Auch Wilhelm und Kalli hatte Winkler in der Hand. Das hatten sie ihm erzählt. In der Nacht, als Winkler starb.

Aber was hätte er über ihn herausfinden können? Er hatte lange überlegt, doch ihm fiel nichts ein. Wirklich nicht.

Als Harders durch Winklers Wohnung ging, überlegte er immer wieder, was er über ihn hätte herausfinden können.

Nichts.

Es gab nichts in Harders Leben, das interessant genug gewesen wäre, um ihn damit zu erpressen. Er hatte ein langweiliges Leben geführt, ohne Aufregungen, ohne Skandale, ohne Affären oder Seitensprünge.

Warum bin ich dann hier?, fragte er sich. Sollten doch Wilhelm und Kalli die Drecksarbeit erledigen.

Mit dem Fuß stieß Harders gegen Zeitschriftenstapel, die zur Seite kippten. Er fand nichts Interessantes.

Bis er in das Schlafzimmer kam.

Pornoheftchen lagen auf dem Boden. Ebenso eine schäbige Matratze.

Das einzig Ordentliche an dem Raum war ein Schreibtisch. Auf ihm befanden sich Ordner und Schuber. Auch hier waren Unterlagen geordnet.

Harders hatte Handschuhe übergezogen und griff nach den Schubern. Er hatte Zeit, niemand vermutete ihn hier. In Ruhe sah er sich die Karteikarten an. Er erfuhr vieles über seine Freunde aus dem Kleingarten. Sein Name tauchte jedoch nicht auf.

Fast hätte er die Schuber wieder zurückgeschoben, als er den Namen seiner Frau entdeckte. Schnell überflog er die drei Seiten, die Winkler angefertigt hatte.

Sein Magen krampfte sich zusammen. Das, was er dort las, stellte seine geliebte Frau in ein anderes Licht.

Die Karten steckte er in seine Hosentasche.

»Wenn du etwas findest«, hatte Wilhelm gesagt, »nimm es mit.«

Hans Harders nahm nur die Aufzeichnungen mit, die seine Frau betrafen. Nichts anderes hatte mehr in seinem Kopf Platz.

Wie in Trance verließ er die Wohnung, ging durch den Knick und über den Schotterweg in die Kleingartenkolonie zurück.

Den Schlüssel zu Winklers Wohnung legte er in der Laube an seinen Platz. Dann ging er den Rosenweg zurück. Seine Frau erwartete ihn mit einem Glas Wein. Er stieß mit ihr an und dachte, was hast du nur alles durchgemacht, mein Schatz, von dem ich nichts wusste. Ich hätte dir so gerne geholfen.

Hans Harders hoffte, dass Winkler sie nicht auf ihre Vergangenheit angesprochen hatte.

Und wenn doch, war sein Tod gerechtfertigt.

Harders hoffte, seine Frau hatte keine Dummheit gemacht.

24

Blanca hatte ihre Mittagspause etwas ausgedehnt und sich mit ihrer Freundin Kirsten in Brunsbüttel verabredet. Von dort aus fuhren sie zum Elbdeich, da sie in der Stadt Werbeplakate mit dem Slogan *Wattolümpiade* gesehen hatten.

Nun liefen sie auf dem Deich entlang und folgten dem Besucherstrom. In einem abgegrenzten Areal sahen sie ein nicht alltägliches Spektakel. Verschiedene bunt gekleidete Mannschaften lieferten sich bei diversen Spielen im wahrsten Sinne des Wortes eine gigantische Schlamm- oder besser Wattschlacht.

Egal ob Volleyball, Fußball oder Aalstaffellauf, jeder hatte riesigen Spaß.

Das Rahmenprogramm war genauso bunt. Es gab Würstchenbuden, Eisstände, Getränkewagen und vieles mehr für das leibliche Wohl der Besucher. Selbst die Presse, regional und überregional, war bei allem mittendrin.

Den Zuschauern fiel das Geldausgeben nicht so schwer, da der Erlös dieses Nachmittags einer guten Sache gespendet werden sollte, in diesem Fall der Kinderkrebshilfe.

Nachdem Kirsten und Blanca alles bis zu den Siegerehrungen gesehen hatten, machten sie sich wieder auf den Heimweg. Sie beschlossen, in der nächsten Zeit so einen Nachmittag zu wiederholen. Was nicht schwer war, wo doch die Itzehoer Woche und bald danach die Kieler Woche starten würden.

Mit Elan fuhr Blanca auf den Hof der Kriminalpolizei

und stellte ihren Wagen ab. In ihrer Abteilung wartete nicht allzu viel Arbeit auf sie, denn die Proben liefen noch immer durch etliche Scanprogramme. Sie erledigte nur noch lange liegen gebliebenen Schriftkram und entschloss sich dann dazu, endlich einmal pünktlich Feierabend zu machen. Sie fuhr ihren PC herunter, verabschiedete sich von den Kollegen und fuhr nach Hause.

So auf das Beste gelaunt, betrat Blanca ihre Wohnung. Sie ging in ihre Küche, um sich ein Glas Grauburgunder einzuschenken. Aus dem Vorratsschrank nahm sie eine Packung Cracker. So beladen ging sie ins Wohnzimmer und von dort hinaus auf die Terrasse. Sie setzte sich in einen Gartenstuhl und genoss den frühen Abend. Ganz plötzlich sprang Cicero auf ihren Schoß und schmiegte sich an sie. Blanca dachte bei sich, wie schön es hier war.

Auf einmal beschlich Blanca ein mulmiges Gefühl. Sie hatte den Eindruck, als würde sie jemand beobachten. Bis zu diesem Moment hatte Blanca die Drohung auf ihrem AB, die sie Frithjof vorgespielt hatte, beinahe verdrängt. Aber nun war jedes Wort wieder mit aller Macht gegenwärtig.

Zögerlich drehte sie sich zu allen Seiten um, konnte aber niemanden entdecken. Sie beschloss, zurück ins Haus zu gehen. Auf dem Weg zur Küche sah sie, dass auf dem AB mehrere Nachrichten eingegangen waren, und drückte auf den Wiedergabe-Knopf: Jutta lud sie zum Grillen mit Freunden ein, die Zahnarzthelferin erinnerte an die nächste Kontrolluntersuchung, der Steuerberater brauchte noch einen Beleg und dann war Stille.

Nur der Atem eines Menschen war zu hören.

Ganz ruhig und gleichmäßig, sonst nichts.

Blanca spürte, wie sie sich unwillkürlich verkrampfte. Sie hatte so eine Nachricht nicht zum ersten Mal auf ihrem AB. Sie war sich nicht sicher, ob sie lachen oder weinen sollte. Auch wenn dieses Mal nicht gesprochen wurde, sie fühlte sich dadurch keineswegs sicherer.

Waren diese Anrufe lächerliche Streiche, um sie zu erschrecken? Oder stellten sie eine wirkliche Bedrohung dar? Blanca hatte eine vage Vermutung. Sollte die sich als wahr erweisen, würden damit große Probleme auf sie zukommen. Sie beschloss fürs Erste nichts zu unternehmen, bevor sie nichts Genaueres erfuhr.

25

Johanna wusste, wie schwer es Frithjof fiel, die alten, geliebten Details aus seinem früheren Leben zu verbannen. Oft hatte sie das Gefühl, dass er sich immer noch nach Bente sehnte, wenn er traurig war, und nicht nach ihr. Das tat weh, sie versuchte jedoch, nicht sauer auf ihn zu sein. Schließlich war sie es nun, die ihm half, mit seiner Vergangenheit klarzukommen. Sie war es, die jetzt seine Gegenwart war. Sie hoffte zudem, auch seine Zukunft zu sein.

Sie war überglücklich, als er sie bat, zu ihm zu ziehen. Das hatte sie sich so sehr gewünscht. Sie liebte ihn, auch wenn das nicht immer einfach war. Er war ein komplizierter Mensch. Einmal hatte sie auf einer Fotografie in seinem Büro eine persönliche Widmung an ihn gelesen: rau, kalt, kühl. Besser hätte sie ihn auch nicht beschreiben können, als sie sich kennen lernten. Viele Frauen wären sicher auf Distanz zu einem Mann gegangen, der so beschrieben wurde, sie jedoch sah in ihm einen anderen Menschen. Für sie war Frithjof liebevoll zärtlich, nachdenklich und schüchtern.

Irgendwo in seinem Leben waren diese Eigenschaften verloren gegangen und mussten nur wieder ausgegraben werden. Johanna hatte sich Zeit gegeben, nach ihnen zu forschen.

Sie hatte *ihm* Zeit gegeben.

Frithjof hatte die Andenken an Bente vor einiger Zeit in den Keller verbannt. Nur noch wenige Bilder schmückten Wände, Tische und Regale.

Als Frithjof vor einer Stunde nach Hause gekommen war, war er gleich zu Helene von gegenüber gegangen. Johanna wusste, dass er mit Helene über den Fall sprechen wollte. Des Öfteren nannte er sie seine Miss Marple. Sie zeigte ihm oft andere Ansichten, die für seine Ermittlungen hilfreich waren.

Johanna war nicht enttäuscht, dass er diese Details nicht mit ihr besprach. Im Grunde war sie glücklich darüber, die Ausführungen der Taten und die Absichten der Täter nicht präsentiert zu bekommen. Das war nicht ihre Welt. Frithjof wusste das. Ihr wurde damals schwindelig, als er versuchte, ihr einen Fall zu schildern. Und dass er in den Schuhen der Täter gehen konnte, machte ihr Angst.

»Du bist ganz blass«, hatte er zu ihr gesagt, als er ihr einmal seine Gabe erklärte.

»Es geht mir nah, Frithjof.«

»Das darf es nicht. Sonst macht es dich kaputt.«

Danach hatte er ihr nie wieder von einem Fall erzählt. Wenn seine Kollegen da waren, vermied sie es, bei ihren Besprechungen dabei zu sein. Dann sorgte sie für das Essen und Trinken oder stieß später, wenn es zum gemütlichen Teil überging, dazu.

Johanna wusste, dass Frithjof eine ganze Weile bei Helene sein würde. Helene würde ihn wieder bekochen. Sie würden sich mit Puma beschäftigen und am See einen Wein trinken.

Ein wenig hatte sie ein schlechtes Gewissen, als sie die Kellertreppe hinab stieg. Sie hatte sich vorgenommen, in der Vergangenheit zu forschen. Sie wollte begreifen, was Bente für Frithjof war.

Was für ein Mensch war sie? Was für Worte wählte sie in Briefen an ihn? Wie beschrieb Frithjof seine Gefühle? Wie erwiderte Bente sie?

Johanna war nicht eifersüchtig auf Bente. Es wäre geradezu sinnlos und pubertär, auf jemanden eifersüchtig zu sein, der längst tot war. Trotzdem wollte sie begreifen, was damals zwischen Frithjof und Bente war.

Vielleicht konnte sie etwas von Bente abschauen und es in ihre Persönlichkeit einbeziehen.

Das war pubertär!, dachte sie und rügte sich selber. Du bist eine erwachsene Frau, was brauchst du Hilfe von einer Toten?

Dennoch betrat sie den kleinen Raum, in dem die Kartons ordentlich in einem Regal standen. In ihnen befanden sich Briefe, Fotos, Schnappschüsse, Einladungen, Urlaubskarten und andere Dinge, die wichtig und besonders waren in der Beziehung von Bente und Frithjof.

Vorsichtig nahm sie einige Briefe aus dem obersten Karton und überflog sie. Ihre Hände zitterten, als sie die Worte las.

Nach drei Briefen legte sie sie wieder zurück.

»Das geht dich nichts an«, sagte sie laut und schob einen Schwall brauner Locken aus ihrem Gesicht. »Das ist nicht dein Leben.« Fest drückte sie den Deckel des Kartons zu und schob ihn wieder in das Regal.

Gerade als sie den Raum wieder verlassen wollte und für sich entschieden hatte, eine törichte Person zu sein, die wie eine Alte neugierig herumschnüffelte, sah sie auf einem Karton die Aufschrift: *Persönlich*.

Einen Moment haderte sie mit sich, griff aber dennoch nach diesem Karton.

Eigenartig, es war der einzige Karton mit Beschriftung.

Jeder der Kartons hätte schließlich diese Aufschrift tragen müssen. Der Inhalt jedes Kartons war persönlich.

Wieso hatte Bente gerade *diesen* beschriftet?

Johanna konnte nicht wissen, dass Frithjof aus diesem Grund die Finger von diesem Karton ließ. Er hatte ihn nach dem Tod von Bente in der hinteren Ecke eines Schrankes gefunden. Auch er hatte gestutzt, als er das Wort ›Persönlich‹ las, das Bente mit sorgfältigen Buchstaben angebracht hatte.

»Nimm deine Geheimnisse mit«, hatte er geflüstert. Er wollte nichts entdecken, was er nicht zu Lebzeiten entdeckt hatte. Er wollte sie, so wie sie war, in Erinnerung behalten.

Die ersten Briefe, die Johanna las, waren nicht anders, als die in den anderen Kartons. Bis sie eine Schrift ausmachte, die sie vorher noch nicht gesehen hatte.

Du musst es Frithjof sagen, stand dort.

Schnell öffnete sie den nächsten Brief, der darunter lag.

Du musst dich entscheiden, schrieb jemand.

Ich kann ohne dich nicht leben.

Johanna fröstelte es. Wer war dieser Briefschreiber, der als Unterschrift nur ein Kreuz machte?

Zuerst fand Johanna keine Antwort auf die Fragen. Keinen Brief von Bente. Ihre Hände wurden feucht, vorsichtig spähte sie aus dem Raum hinaus, um zu sehen, ob Frithjof nicht zurückgekommen war.

Sie war alleine.

Es gab nur Briefe mit Aufforderungen, es endlich Frithjof zu sagen. Der Schreiber wollte nicht länger warten, sie müsse sich entscheiden.

Dann kam ein Brief von Bente. Vielmehr nur eine Notiz, eine E-Mail, die sie ausgedruckt und in den Karton gelegt hatte.

Heute.

Mehr stand dort nicht. Nur ihre E-Mail-Adresse.

Warum hatte sie diese E-Mail ausgedruckt?, fragte sich Johanna.

Wollte sie den Fragen ein Ende machen und für sich,

für später sagen können, da habe ich mich getraut, es ihm zu sagen?

Johanna sah auf das Datum der E-Mail.

Es war der sechste August.

Am siebten August wurde Bente erschossen.

26

Leon Berger hatte die Unterlagen geordnet, die bewiesen, was er getan hatte und das Meiste vernichtet. Auch seine Festplatten hatte er so präpariert, dass nichts mehr nachvollziehbar war.

Ausgedruckte Formulare, die verraten könnten, was er die letzten Jahre getrieben hatte, wanderten durch den Reißwolf. Die kleinen, länglichen Schnipsel würde er im Schrebergarten verbrennen. Als er die Zettel in den schmalen Schlitz schob, wusste er, dass sie nicht vollzählig waren.

Winkler war auf ihn zugekommen. Bis jetzt war ihm unklar, wie er ihm auf die Schliche kommen konnte.

Zuerst hatte Winkler ganz unverfänglich mit ihm gesprochen. Das Gespräch fand in seinem Büro in der Bank statt. Von einem Kredit hatte Winkler gesprochen, er müsse wieder auf die Beine kommen, einen Neuanfang starten. Dazu brauchte er Geld.

Leon Berger prüfte alle erforderlichen Modalitäten. Am Ende musste er Winkler sagen, es sei ihm nicht möglich, ihm einen Kredit zu gewähren.

Winkler hatte nur gegrinst, seine fauligen Zähne präsentiert und sich die fettigen, schwarzen Haare aus dem Gesicht gewischt.

Dass Winkler so hämisch grinste, kam Berger merkwürdig vor. Als das Gespräch am Ende war, versuchte Berger, Winkler aus dem Büro zu bekommen. Er klatschte abschließend in die Hände, schob seinen Stuhl zurück, schaute auf die Uhr, als hätte er einen weiteren Termin.

Winkler blieb sitzen. Ruhig saß er vor dem Schreibtisch von Berger. Ein Bein über das andere geschlagen. Er fragte sogar, ob er eine Zigarette rauchen könnte, und machte keinerlei Anstalten zu gehen.

Nein, das wäre nicht möglich, hatte Berger gesagt. Im Haus sei das Rauchen verboten. Für jeden.

Wieder versuchte Berger, ihn aus dem Büro zu komplimentieren. Er stand auf und rückte seine Krawatte zurecht. Sie hing nicht schief, der Knoten war auch nicht aufgegangen. Es sollte einfach ein Zeichen sein, das Winkler bedeuten sollte, zu gehen.

Trotz der Bitte nicht zu rauchen, zog Winkler seine Zigaretten aus der Tasche und zündete sich eine *Marlboro* an.

Wieder lächelte er süffisant. »Guck doch noch mal wegen des Kredites, Berger«, sagte er herablassend. »Du kannst doch sicher was machen.«

»Nein. Das ist mir nicht möglich«, antwortete Berger sichtlich nervös. Er wusste nicht, wie er mit diesem ungebetenen, abscheulichen Gast umgehen sollte und wie er ihn loswerden konnte.

Berger kam um den Tisch herum und wollte zur Tür gehen.

Winkler hielt ihn plötzlich am Arm. Sein Griff war fest.

Ihre Augenpaare trafen sich. In Winklers Blick war etwas Hartes, Eisiges.

Berger erstarrte für einen Moment. Es war ihm nicht möglich, sich diesem Blick zu entziehen. Es waren die Augen des Teufels, dachte Berger, während ihn ein kalter Schauer durchfuhr.

Winkler nahm seine Hand von Bergers Arm. Dann schnippte er Asche auf den Boden.

»Mach was, Berger«, seine Stimme war fordernd. Die Tonlage hätte noch besser zu Winkler gepasst, wenn er eine Waffe in der Hand gehalten und sie auf Berger gerichtet hätte.

Auch ohne Waffe reichte die Tonlage, um Berger einzuschüchtern. Um sich blickend ging er langsam zurück zu seinem Platz. Schweiß lief ihm unter den Achseln herunter. Sein ordentliches Hemd bekam feuchte Flecken. Das musste Winkler bemerken und er wusste, er war an seinem Ziel angekommen: Berger in die Enge zu treiben, ihm Angst zu machen und ihn in der Hand zu haben.

Unsicher spielten Bergers Finger mit der Tischunterlage, als er sich wieder an seinen Platz setzte. Hinter ihm war die Jalousie zugezogen. Trotzdem blendete die Sonne auf dem Bildschirm. Es war ihm nicht klar, wieso Winkler ihn so dermaßen einschüchtern konnte.

Er hätte Hilfe holen können. Die Sicherheitskräfte hätten Winkler hinausbegleiten können und die Sache wäre unter Kontrolle gewesen. Aus einem unerfindlichen Grund tat er es nicht.

Schnell tippte er auf seiner Tastatur herum. Er gab keine Befehle ein, er klickte mit der Maus auch keine Menüs an, er tat gar nichts. Er schindete Zeit, um am Ende zu sagen, »es ist leider nichts zu machen, Herr Winkler.«

»Du solltest dich bemühen, Berger, und nicht so einen Scheiß erzählen.« Winkler beugte sich zu Berger hinüber.

Der Zigarettenrauch schlängelte sich behäbig um Winklers Arm, als er sich auf den Tisch stützte. »Mach was, Berger.« Ekliger, rauchiger Atem drang zu Berger. Die Augen des Teufels fixierten ihn. Bergers Bein zuckte nervös, ohne dass er etwas dagegen tun konnte.

»Sie können mir nicht drohen, Herr Winkler«, sagte Berger und ihm war noch während er sprach bewusst, dass seine Stimme nicht überzeugend klang.

»Ich glaube doch«, und Winkler zog aus seiner Gesäßtasche einen Beleg, den er Berger über den Tisch hinweg zuschob.

Bergers Körper bewegte sich nicht. Nur seine Augen wanderten zu dem Wisch, den Winkler ihm hingelegt hatte.

Sofort sah er, dass es einer von denen war, die er in seiner Gartenlaube versteckt hatte. Versteckt in einer Kassette.

Winkler musste den Schlüssel gefunden haben, um an diesen Beleg zu kommen.

Aber wieso hatte er nach diesem Schlüssel gesucht? Woher wusste Winkler von den Belegen?

Berger schwieg. Das verriet ihn. Zu spät erkannte er dies. Es hatte keinen Sinn seine Verwunderung über diesen Beleg zum Ausdruck zu bringen.

»Du kriegst das schon hin, Berger«, meinte Winkler trocken und wies mit einem gelb verrauchten Finger auf den Monitor. »Und hör auf so zu tun, als würdest du da was eingeben! Mach was!«

»Ich werde sehen, was ich für Sie machen kann.«

Berger wollte den Beleg an sich nehmen, doch Winkler war schneller.

»Nicht doch, Berger.« Langsam schüttelte Winkler den Kopf und leckte sich über seine spröden, fischigen Lippen.

Leon Berger hörte ein Piepen auf seinem rechten Ohr, nicht zum ersten Mal. Bei großem Stress vernahm er immer öfter dieses unangenehme Geräusch. Jedes Mal wollte er sich darum kümmern, bevor es gesundheitlich Ernst wurde.

Es war alles so verdammt einfach gewesen. Wie konnte dieses Arschloch alles kaputt machen?

»Wir müssen uns treffen«, sagte Berger, »nicht hier.« Er überlegte. Dann fiel ihm das Sommerfest bei *Kleinklee* ein.

»Ich werde versuchen, Ihnen Geld zu besorgen«, fing Berger an.

»Ich weiß, dass du es kannst, Berger. Versuchen allein wird mich nicht zufrieden stellen.«

»Ich komme zu Ihnen. Ich brauche einige Tage.«

»Wann?«

»Auf dem Sommerfest. Ich komme zu Ihnen. Das ist unauffälliger als hier in der Bank.«

Winkler stand langsam auf und steckte den Beleg wieder zurück in seine Gesäßtasche. Die Zigarette ließ er auf den Boden fallen und trat sie aus. »Ich hoffe, du weißt, wie tief du in der Scheiße sitzt, Berger.«

Behände tippte Berger sinnlose Buchstabenkombinationen ein. »Ich werde es überprüfen, Herr Winkler.«

An der Tür sah Winkler noch einmal zurück, ein letztes Mal feuerte er seinen teuflischen Blick auf Berger. »Ich warte auf dich. Bis zum Sommerfest, Berger.«

Dann schloss er die Tür hinter sich.

»Bis zum Sommerfest«, flüsterte Berger vor sich hin. »Bis zum Sommerfest.«

27

Robert traf sogleich Bergers ernster und verkniffener Blick, als er in dessen Büro eintrat. Der Bankkaufmann blaffte ihn ungehalten an.

»Was wollen Sie denn schon wieder? Ich kann Ihnen zu Winkler nichts Neues mehr verraten.«

»Ich bin gar nicht wegen Winkler hier, Herr Berger. Im Grunde nur indirekt. Eigentlich komme ich wegen *Ihnen.*«

»Wegen mir?«

»Ja. Es interessiert mich, wie Sie Ihre Geschäfte führen.«

»Welche Geschäfte?«, Berger wurde unfreundlich.

»Warum so gereizt, Herr Berger. Ich möchte Ihnen nur einige Fragen stellen.«

»Worüber?«

»Wie eben schon gesagt, über Ihre Geschäfte.«

»Und ich frage wieder: Welche Geschäfte?«

»Hier in der Bank. Was machen Sie hier genau?«

»Das ist die Kreditabteilung.«

Robert nahm vor Leon Bergers Schreibtisch Platz. »Darf ich?«

Berger antwortete nicht.

»Herr Berger, Sie haben mir erzählt, Sie hätten keinen großen Kontakt zu Peter Winkler gehabt.«

»Das stimmt auch.«

»Haben Sie mit Winkler über Geschäftliches gesprochen?«

»Wie meinen Sie das?«

»Kredite.«

»Nein.«

»Hat Peter Winkler sie nicht einmal nach Geld gefragt?« Robert lehnte sich auf seine Oberschenkel und sah Berger in die Augen.

Berger wich dem Blick aus.

»Herr Berger?«

»Nein. Er hat mich nicht gefragt«, log er und drehte sich zum Fenster.

Robert spürte, dass Berger log. Er war ein schlechter Lügner.

»Aber es würde doch nahe liegen, dass er auf Sie zukommen würde. Schließlich sind Sie fast Nachbarn in der Schrebergartenkolonie. Und Sie haben auch Andere in diesen Dingen beraten.«

»Ja.«

»Was, ja?«

»Es liegt nahe. Aber es war nicht so.«

»*Hätte* Winkler einen Kredit bekommen, *wenn* er gefragt hätte?«

Berger zuckte mit den Schultern. »Wer weiß? Ich hätte ihn überprüft. Wahrscheinlich nicht. Und wenn, nur einen sehr kleinen. Aber ich glaube nicht.«

»Zu riskant, nicht wahr?«

»Ja.«

»Arbeitslos, Ex-Knacki, keine Rücklagen. Das sieht nicht gut aus für einen Kredit, was?«

Berger wusste nicht, was er antworten sollte. Ebenso wenig wusste er, in welche eine Richtung ihn der Polizist drängen wollte. Er setzte sich nun Lars gegenüber und richtete seine nicht verrückte Krawatte, ein Tick von ihm, wenn er nervös war.

»Wie stehen Sie in dieser Filiale? Ist Ihr Chef zufrieden mit Ihnen?«

»Ja. Ich denke schon.«

»Gut. Das ist immer gut. Dann stimmen wohl Ihre Zahlen«, sagte Robert und verbesserte sich gleich. »Ihre Abschlüsse, meine ich.«

»Ja. Es läuft gut.«

»Schön, schön«, Robert zog aus der Innentasche des Jacketts einen zusammengefalteten Beleg heraus.

Berger begann, zu schwitzen. Das konnte Robert erkennen. Dicke Schweißtropfen bildeten sich auf seinem Gesicht.

»Sie schwitzen, Herr Berger.«

»Es ist heiß. Dieses verdammte Wetter. Es muss unbedingt regnen.«

Robert schob Berger den nun auseinander gefalteten Beleg über den Tisch. Dies tat er wortlos. Dann sah er Berger an.

Die Hände von Berger zitterten leicht, als er nach dem Beleg griff. Er schürzte die Lippen, kniff die Augen zu kleinen Schlitzen zusammen und tat, als würde er lesen.

Robert wusste, dass er das nicht tat. Berger wusste genau, was er da in den Händen hielt.

»Ein Kreditantrag«, sagte Berger scheinheilig.

»Richtig.«

Berger verstand nicht. »Was soll damit sein?«

»Sie haben diesen Antrag bearbeitet, nicht wahr?«

»Ja.«

»Und? Wurde er bewilligt?«, fragte Robert, der genau wusste, dass dies der Fall war. Auf der unteren Hälfte waren Unterschriften und Stempel.

»Ja. Aber das sehen Sie doch hier«, Berger drehte den Beleg und deutete auf die Unterschriften. Er hatte schöne, kleine Finger.

»Können Sie sich vorstellen, wieso ich damit zu Ihnen gekommen bin?«

»Nein.«

»So, so, Herr Berger, wirklich nicht?«

»Nein«, seine Stimme wurde lauter.

»Wissen Sie vielleicht, wo wir das hier gefunden haben?«

»Nein.«

Oh doch, Freundchen, das weißt du, dachte Robert. Und deshalb geht dir gerade mächtig der Stift.

Robert war wie immer ruhig und fragte leise. »Soll ich es Ihnen sagen?«

Berger antwortete nicht. Er bekam große Schweißränder unter den Achseln. Sein blaues Hemd färbte sich dort dunkel.

»In Peter Winklers Wohnung.«

Berger sagte immer noch nichts.

»Herr Berger, was macht dieser Antrag, der nicht auf Peter Winklers Namen läuft, wohl in Peter Winklers Wohnung?«

»Woher soll ich das wissen?«

»Richtig, woher sollen Sie das wissen?« Robert schnalzte mit der Zunge. »Vielleicht kannte Winkler ja den Antragssteller und er hat das Schreiben bei Winkler vergessen.«

»Das kann natürlich sein«, sagte Berger schnell.

»Wie heißt der Mann, der den Antrag gestellt hat, noch mal?«

Berger sah auf das Schreiben. »Herbert Weiland.«

»Herbert Weiland«, wiederholte Robert. »Kennen Sie ihn näher?«

»Weiland? Nein. Nur von unseren Gesprächen bezüglich des Kredites.«

»Haben Sie eine Telefonnummer von Herrn Weiland?« Robert zog einen Kugelschreiber hervor und wollte sich die Nummer notieren.

Berger sah Robert erschrocken an. »Nein. Wieso?«

»Ich möchte ihn fragen, ob er Winkler gekannt hat.« Robert lachte künstlich. »Wie dumm, das muss er ja. Wie sollte der Beleg sonst in seine Wohnung kommen?«

Berger stimmte ebenso künstlich in das Gelächter ein.

»Haben Sie eine Adresse von ihm?«, Robert wurde plötzlich wieder ernst.

»Die steht doch hier drauf«, Berger tippte auf das Adressenfeld.

»Nein. Dort wohnt Herr Weiland nicht. Das habe ich überprüft.«

»Uns hat er diese Adresse angegeben.«

»Wenn Sie Ihre Antragssteller überprüfen, benötigen Sie doch auch die Adresse, oder?«

»Sicher.«

»Wie konnten Sie Herrn Weiland überprüfen, wenn die Adresse nicht richtig ist?«

»Vielleicht ist er umgezogen und hat uns seine neue Adresse nicht mitgeteilt.«

»Nein.« Mehr sagte Robert nicht. Er trieb ihn immer mehr in die Enge, trieb ihn zu immer weiteren Lügen. Robert wusste genau, was es mit Weiland auf sich hatte.

»Nein?«, Berger war unsicher. »Was meinen Sie?«

»Die Familie, die dort wohnt, wohnt schon über 20 Jahre in dem Haus. Da gab es keinen Herbert Weiland.«

Berger biss auf seiner Unterlippe herum. Er ahnte, dass der Polizist alles wusste. Er war nicht dumm. Er konnte eins und eins zusammenzählen.

»Herr Berger, wie kommt der Beleg in Winklers Wohnung?«

»Das habe ich Ihnen doch schon gesagt: Ich weiß es nicht.«

Es erstaunte Robert, dass Berger das Spiel weiter spielte. Er hätte gedacht, er würde spätestens jetzt aufgeben und gestehen. Berger war eisern. Das würde ihm später schaden. Immer weiter verstrickte er sich nun. Berger musste aufpassen, was er sagte, um sich nicht zu widersprechen.

»Ist es nicht so, dass Winkler in Ihre Wohnung oder in ihre Laube eingedrungen ist und diesen Beleg gefunden hat.«

»Nein.«

»Ist es nicht so, dass Winkler herumgeschnüffelt hat und hinter Ihr kleines Geheimnis gekommen ist?«

»Was für ein Geheimnis? Was reden Sie da?« Berger sah ihn zornig an. Seine Nasenflügel blähten sich auf.

Robert hielt Bergers Blick stand. Das war ihm ein Leichtes. Es gehörte schon viel dazu, ihn aus der Fassung zu bringen. »Sagte Winkler nicht auf dem Sommerfest, Sie seien ein Mann mit vielen Gesichtern?«

»Ich weiß nicht. Er hat viel gesagt. Meist Schwachsinn.«

»Was hat er damit gemeint? Mit den vielen Gesichtern?«

»Herrgott, woher soll ich das wissen? Was weiß ich, was in seinem kranken Hirn vorging?« Er stand auf und warf theatralisch seine Arme empor.

»Ist es nicht so, dass Sie sich Herbert Weiland ausgedacht haben?«

»Ausgedacht?«

Robert war tatsächlich verwundert über Bergers Dummheit, weiter den Ahnungslosen zu spielen.

»Es gibt keinen Herbert Weiland, nicht wahr?«

Robert wusste die Antwort. Er hatte sich erkundigt.

»Selbstverständlich gibt es einen Herbert Weiland. Schließlich haben wir einen Vertrag unterzeichnet.«

»Ist es nicht so, dass es keinen Herbert Weiland gibt, sowie es auch noch andere Namen nicht gibt, mit denen Sie Kredite abgeschlossen haben?«

»Nein.«

Mit einem Mal donnerte Roberts flache Hand auf die Tischplatte. Es knallte ganz fürchterlich.

Berger zuckte zusammen. Für einen Moment glaubte er, Robert würde nun auf ihn losgehen.

Bergers Wangenknochen zuckten. Schweiß lief dick in seinem Gesicht herunter. Seine Augen waren weit aufgerissen.

»Hören Sie auf mit dem Spielchen, Berger!«, brüllte Robert.

Er war nicht wirklich wütend, aber seine ruhige Art dumme Fragen zu stellen, brachte ihn nicht weiter. Nun versuchte er es auf diese Weise.

»Es ist für mich ein Leichtes dies zu überprüfen!«

Berger musste gar nicht lange überlegen, ob er weiter machte oder aufgab. Es hatte keinen Zweck. Es war leichtsinnig gewesen, was er getan hatte. Es war ein Kartenhaus, das beim leisesten Windhauch umfallen würde. Das wusste er von vornherein. Versucht hatte er es trotzdem.

»Sie haben recht. Es gibt keinen Herbert Weiland.«

»Wie auch einige andere Namen nicht, nicht wahr?«

Berger nickte. Seine Schultern waren nach unten gefallen. Er blinzelte oft und nervös mit den Augenliedern und setzte sich wieder Lars gegenüber.

»Bis zu welcher Summe können Sie die Kredite selbst vergeben, ohne dass Sie sich das O.K. von Ihrem Chef holen müssen?«

»25.000 Euro.«

Robert pfiff durch die Lippen. »Eine ganze Stange Geld, Herr Berger. Was haben Sie damit gemacht?«

»Ich habe es angelegt.«

»Im Namen der fiktiven Kunden.«

»Ja.«

Im Grunde war es einfach, dachte Robert. Die Gelder

erzielen Gewinne. Der Kredit wird zurückgezahlt, die Namen verschwinden aus den Unterlagen, der Überschuss wandert in Bergers Tasche.

Verluste werden durch andere Gewinne ausgeglichen.

»Überprüft das niemand?«, fragte Robert.

»Nicht unter dieser Geldgrenze, die ich bisher vergeben darf. Da werden dann nur die Abschlüsse gezählt. Niemand überprüft wirklich, ob es die Antragssteller gibt oder nicht. Solange die Kredite zurückgezahlt werden.«

Robert lehnte sich in seinem Stuhl zurück. »Erzählen Sie mir, wie der Beleg in Winklers Wohnung kam.«

»Das weiß ich nicht.«

Robert wollte gerade wieder die flache Hand auf den Tisch donnern lassen, als Berger ängstlich mit den Armen wedelte. »Nicht! Ehrlich! Ich weiß es wirklich nicht!« Er kratzte sich am Hals.

»Winkler kam vor einigen Tagen in mein Büro und wollte einen Kredit, Geld. Ich prüfte seine Daten und musste ihm absagen. Da hat er mir den Beleg von Herbert Weiland gezeigt.«

»Woher konnte Winkler wissen, dass es Herbert Weiland nicht gab?«

»Das müssten Sie ihn fragen. Wirklich, ich habe keine Ahnung.«

»Wo befand sich dieser Beleg?«

»In meiner Laube im Schrebergarten.«

»Ist das nicht ein wenig leichtsinnig?«

Berger schüttelte den Kopf. »Nein. Wieso?« Er lächelte. »Niemand hat seine Türen verschlossen, wenn er tagsüber seine Parzelle verlässt. Wissen Sie wieso? Weil dort nichts Wertvolles ist.« Er wischte sich Schweiß von der Wange und leckte sich über die Lippen. »Ich hatte eine Kassette, in der ich diese Unterlagen hatte. Sie war verschlossen, der Schlüssel versteckt. Winkler muss ihn gefunden haben.«

»Was hat er von Ihnen gefordert, Herr Berger?«

»Geld.«

»Wie viel?«

»25.000 Euro.«

»Das Geld, über das Sie verfügen können.«

»Ja.«

»Haben Sie es ihm gegeben?«

»Nein.«

»Nein? Er hatte Sie doch in der Hand. Wie konnten Sie ihn überzeugen, dass es Ihnen nicht möglich war, das Geld aufzubringen?«

»Gar nicht. Er war tot, bevor ich ihm das Geld geben konnte.«

»Was für ein Glück. Meinen Sie nicht auch?«

Empört stand Berger wieder auf. »Nein! Ich habe nichts damit zu tun.«

»Herr Berger, das ist schwer zu glauben.«

»Glauben Sie doch, was Sie wollen. Beweisen Sie mir, dass ich Winkler getötet habe.«

»Das werden wir, wenn Sie es waren.«

»Wars das?«

»Bitte?« Robert schüttelte den Kopf. »Nein. Rufen Sie bitte Ihren Chef an. Er möge doch einmal kommen.«

»Nein«, fahrig fuhr Berger sich durch die Haare und sah Robert flehend an.

»Zwei Möglichkeiten, Herr Berger. Erstens: Ich nehme Sie hier auf der Stelle wegen Betruges fest, oder zweitens: Sie beichten Ihrem Chef die ganze Sache und ich lasse Sie in Frieden.«

Berger überlegte kurz und wählte die Kurzwahl seines Chefs. Er bat ihn zu sich in sein Büro, dann legte er auf.

»Danke«, sagte Berger.

»Ich hoffe für Sie, dass Sie das wieder hinbekommen.«

Erschöpft setzte sich Berger auf seinen Stuhl. »Das hoffe ich auch.«

Robert war noch nicht ganz fertig mit Berger, auch wenn der dies dachte. »Wissen Sie, was mich die ganze Zeit beschäftigt?«

»Nein«, verloren sah Berger zu Robert.

»Wir haben uns bei unserer ganzen Fragerei in den letzten Tagen ein Bild davon machen können, was in der Parzelle von Peter Winkler geschehen ist. Wir suchen noch immer einen Ablauf in dem Ganzen.«

Berger blickte interessiert zu Robert. Was hatte der Polizist denn nun noch? Er konnte nicht mehr. Jeden Augenblick kam sein Chef. Er war noch jung, seine Karriere gerade erst am Anfang und es war schon alles vorbei. Wegen diesem Arschloch Winkler. Aber der hatte bekommen, was er verdiente.

»Wir konnten herausfinden, wer sich in dem Garten befand. In der Nacht des Sommerfestes, meine ich. Es waren alles Namen von *Kleinklee*-Mitgliedern. Nur *Sie* haben eine Gestalt gesehen.«

»Und? Dann habe *ich* sie eben nur gesehen.«

Robert stand auf. Er war im Begriff zu gehen. »Herr Berger, wir haben das mit den fingierten Krediten herausbekommen, wollen Sie die Geschichte mit der Gestalt noch einmal überdenken?«

»Nein. Wieso?«

»Waren Sie die Gestalt?«

»Nein.«

»Auch das bekommen wir heraus.«

28

Lars war spät dran. Hastig kam er den M4-Gang entlang gelaufen. Er hatte nicht gut geschlafen und immer wieder an seinen Vater denken müssen, der im Krankenhaus lag. Seine Mutter weigerte sich, von seinem Bett zu weichen. Sie wusste, dass Lars bei Rai war. Deswegen wollte sie bei ihrem Mann bleiben.

Rai hatte keine gute Nacht gehabt, immer wieder musste Lars nach ihm sehen. Am Morgen wachte er wie gerädert auf.

Trotzdem versicherte er Frithjof, es ginge ihm gut, als der ihn auf seinen Vater absprach.

»Es ist soweit alles in Ordnung«, beruhigte Lars. »Wir müssen jetzt die nächsten Tage abwarten.« Mit einem müden Lächeln beendete Lars das kurze Gespräch auf dem Flur. »Ich brauche jetzt erst einmal einen Kaffee.«

Er betrat die kleine Küche, die vollgestellt war mit allerlei Lebensmittelkartons der Kollegen sowie mitgebrachten Haushaltsgeräten. Es duftete nach frischem Kaffee und irgendwas Modrigem aus dem Biomülleimer.

»Du siehst müde aus«, sagte Gabrielle, die gerade Kaffee aus der Maschine zapfte.

»Gefühlte 3 Uhr nachts«, antwortete Lars und hielt Gabrielle seine Tasse hin.

»Wo ist die Bommel?« Lars sah sich um. »Ist so ruhig hier.«

»Die Bommel kommt nicht mehr. Hat Frithjof das noch gar nicht erzählt?«

»Nein, wir haben uns erst heute Morgen gesehen.«

»War wohl ein bisschen zu viel für die arme Frau.«

»Ein bisschen?«, Lars lachte.

Wenig später saßen alle zusammen um den Tisch des Besprechungszimmers. Frithjof berichtete von seinen Besuchen, die er gestern gemacht hatte. Ebenso erzählte er ihnen von dem aufschlussreichen Spionageeinsatz, den er in Leon Bergers Garten durchgeführt hatte. Die unglücklichen Momente sparte er aus.

»Was treiben Solberg und Martens da?«, fragte Lars und kritzelte etwas in seinen Block. »Wieso wollte Harders in Winklers Wohnung? Was haben sie da gesucht?«

Alfred spitzte seine Lippen und überlegte. »Entscheidend ist doch, dass Harders nicht in der Wohnung war, egal wie wichtig oder brisant das war, was sie in der Wohnung vermutet haben.«

Frithjof wandte sich an Gabrielle. »Sorg bitte dafür, dass die beiden hierher kommen. Wir müssen sie getrennt voneinander befragen und sie aus ihrem gewohnten Umkreis herausholen. Im Schrebergarten würden sie uns niemals erzählen, was in jener Nacht geschehen ist oder welche Geheimnisse sie vor uns haben.«

Robert kaute auf seinem Stift herum. »Denkst du, sie erzählen uns hier ihre Geheimnisse?«

»Warum nicht? Wir müssen sie einschüchtern, sie gegeneinander ausspielen. Sie werden sich in ihren Geschichten verstricken, da bin ich mir ganz sicher.« Frithjof schlug ein Bein über das andere und lehnte sich nach hinten. »Wenn ich das richtig verstanden habe, mussten die Männer in jener Nacht schnelle Entscheidungen treffen. Für so etwas sind sie nicht geschaffen. Die werden Fehler gemacht haben.«

Roberts Aufgabe war es gestern gewesen, noch einmal bei Leon Berger vorbei zu fahren. Frithjof hatte ihm die Unterlagen aus Winklers Wohnung gegeben.

»Berger war nervös«, berichtete Robert und ließ beim Sprechen den Stift im Mund, aber er merkte das schon gar nicht mehr. »Es hat ihn überrascht, dass ich noch einmal wiedergekommen bin. Er dachte wohl, die erste Befragung wäre reine Routine gewesen und danach sei er aus dem Spiel.« Robert rückte seine Brille zurecht. Noch immer trug er ein Pflaster an der Schläfe. In seinem braungebrannten Gesicht stachen die kleinen roten und hellen Stellen hervor, wo ihn Steine und Glas getroffen hatten.

»Berger dachte, es ginge wieder um Winkler. Er fuhr mich ein wenig schroff an. Er hätte mir doch alles gesagt und er wüsste nicht, wieso man ihn wieder stören müsste.«

Robert schloss die Augen und rief sich seinen Besuch in der Bank noch einmal ins Gedächtnis. Er sah Frithjof an: »Als ich Bergers Büro verließ, kam mir sein Chef entgegen«, berichtete er. »Der sah nicht so aus, als würde er dem Berger die Tricksereien durchgehen lassen.«

»Was glaubst du, Robert, könnte Berger Winkler getötet haben?«, fragte Frithjof.

»Ja.« Robert antwortete direkt und ehrlich. »Wir müssen davon ausgehen, dass Berger einen Haufen fingierter Kredite abgeschlossen hat. Wer weiß, wie viel Geld da im Umlauf ist.«

»Wir können nicht so tun, als wüssten wir von nichts«, sagte Alfred.

»Keine Angst«, sagte Robert, »das Betrugsdezernat habe ich schon informiert. Ich wollte Berger nur ein wenig hervorlocken.«

»Wenn Berger tatsächlich seine eigene Gestalt war, die er gesehen haben will, hat er Winkler erschlagen und in die Regentonne geworfen«, fing Lars an, »das würde erklären, warum ihn danach niemand gefunden hat. Solberg hätte so laut rufen können, wie er wollte.«

Frithjof trommelte mit dem Stift auf seine Blätter. »Wisst ihr, was mich stört?« Er stoppte in seinem Getrommel und sah nachdenklich aus dem Fenster. »Was haben all die Leute dort in der Nacht gemacht?«

Der Teufel ist betrunken. Er torkelt vor seiner Laube. Es gibt einen Streit. Ein Herz fällt zu Boden. Der Teufel ist wieder alleine, ich gehe auf ihn zu. Er sieht mich nicht. Ich schlage zu. Er geht zu Boden. Jemand ruft nach ihm. Ich stecke Winkler in die Regentonne.

»Sie wollten mit Winkler sprechen«, meinte Gabrielle.

»Wieso?«, wunderte sich Frithjof.

»Sie wollten den Streit klären, der auf dem Sommerfest ausgebrochen war.«

»Wieso?«, fragte Frithjof wieder. »Das ergibt keinen Sinn.«

Der Teufel ist betrunken. Er torkelt vor seiner Laube. Es gibt einen Streit. Wir stehen vor Winkler. Er kann sich nicht wehren. Ich erschlage ihn. Die anderen sehen zu. Wir lassen ihn liegen. Ein Herz wird später zu Boden fallen.

»Denkt doch mal nach: Winkler ist seit gut einem Jahr dort im Kleingarten. Er bepöbelt und beschimpft jeden der bei drei nicht schnell genug das Weite gesucht hat. Niemand hat Kontakt zu ihm. Niemand besucht ihn in seiner Parzelle. Niemand redet mit ihm. Jeder lässt ihn motzen und ignoriert ihn.«

Die anderen Kollegen merkten, worauf er hinauswollte.

»Und ganz plötzlich wimmelt es von Kleingärtnern in Winklers Garten«, sprach Robert für Frithjof weiter.

»Richtig«, stellte der fest. »Sie sind sogar besorgt. Erst der große Einmarsch in der Parzelle, und dann rufen sie nach ihm, suchen ihn. Schon komisch, oder?«

Ich ahne, wie die ganze Sache aus dem Ruder läuft. Winkler ist tot. Es war ein Streit. Er hat es provoziert. Er muss verschwinden.

Lars zog die Tastatur zu sich heran und öffnete in Word eine leere Seite. »Wen haben wir jetzt alles, der sich dort befand.« Er tippte das Wort: Gestalt. »Dann war da:

- Solberg.
- Martens.
- Harders.
- Gretchen Junghold.
- Seebach.

Habe ich jemanden vergessen?« Er sah in die Runde.

»Nein«, sagte Frithjof. »Was mich wundert, ist, dass Berger nicht in der Liste ist. Wenn wir davon ausgehen, er war die Gestalt, oder lass es die Gestalt gegeben haben und Berger war vor allen dort, müsste doch jemand gesehen haben, wie er Winkler durch die Gegend schleppte.«

»Vielleicht hatte er einfach Glück und zu dem Zeitpunkt ist niemand auf dem *Rosenweg* gegangen, oder hat von seinem Garten zu Winklers gesehen.«

»Etwas zu viel Glück, oder?«, fragte Alfred.

Gabrielle blätterte in ihrem Notizbüchlein. »Man hat Winkler vor seinem Tod streiten hören. Wenn das Leon Berger war, hätte man doch sicher Bergers Stimme erkannt.«

»Winkler hat geschrien«, bemerkte Lars. »Berger könnte ganz leise gesprochen haben.«

»Bei einem Streit, an dessen Ende ein Gartenzwerg über Winklers Schädel gezogen wurde?«, fragte Robert.

»Wie glaubwürdig ist für dich Heidmöller, Frithjof? Die Sache mit dem Zwerg und dass er nicht hinübergesehen haben will«, fragte Lars.

»Nicht sehr glaubwürdig«, antwortete er. »Bei jedem Furz, den man macht, recken sich die Köpfe hinter den Rabatten.«

»Du glaubst ihm nicht, oder?«

»Nein.«

»Könnte er es gewesen sein?«

»In diesem Fall könnte es *jeder* gewesen sein. Im Affekt kann jeder jeden verletzen und töten«, sagte Frithjof. »Heidmöller hat mir nicht gesagt, was Winkler von ihm verlangt hat. Er hat nur zugegeben, dass Winkler die Fotos aus seiner Wohnung hatte.«

»Wer weiß, inwieweit Heidmöller diese Fotos geschadet hätten«, sagte Robert. »Die sind noch nicht mal pornografisch. Der Alte steht einfach auf dralle Dirnen. Mehr nicht.«

»Wahrscheinlich hat Heidmöller zu Winkler gesagt: Behalt sie, und war durch mit dem Thema.«

Alfred sagte zu Frithjof, er habe ihn als Verdächtigen, nicht außer acht lassen wollen. »Ein Streit kann böse ausgehen. Das sehen wir.«

»Wir kommen nicht weiter, oder?« fragte Lars.

»Hat die Spurensicherung noch neue Erkenntnisse für uns?«

Frithjof schüttelte den Kopf. »Nein. Ich habe Blanca vor der Runde angerufen. Deshalb ist sie auch nicht dabei. Sie sagte, sie kümmere sich lieber um einen vergifteten Teenager, der auf seine *Öffnung* wartete.«

Erneut blätterte Gabrielle in ihrem Buch. Frithjof hatte etwas gesagt, was sie stutzen ließ. Sie hatte sich schon einmal etwas notiert, was hier gerade wieder auftauchte.

»Kam nicht schon einmal Gift mit ins Spiel?«, fragte Gabrielle.

Frithjof runzelte die Stirn. Irgendwann hatte er etwas von Gift erzählt. Aber nur in einem Nebensatz. Er konnte sich nicht erinnern, in welchem Zusammenhang er es verwendet hatte. Aber Gabrielle hatte recht.

Fragend sah Lars zu Frithjof. »Winkler ist erschlagen worden. Blanca hat kein Gift im Körper gefunden.«

»Das ist richtig. Aber das Gift kam bei jemand anderem

zum Zuge. Wer weiß, wie Winkler das wieder herausbekommen hat. Könnte doch sein, dass er mit dieser Information an jemandes Tür geklopft hatte.«

Nur wer war es?

Ich habe jemanden getötet. Mit Gift. Winkler hat es herausgefunden. Ich weiß nicht wie. Er erpresst mich. Ich stelle ihn zur Rede. Es gibt Streit. Ich erschlage ihn. Ich höre Stimmen. Ich muss verschwinden. Winkler liegt tot vor seiner Laube. Blut läuft ihm über das Gesicht. Ein Herz fällt später zu Boden.

Gabrielle blätterte die Seiten schneller nach hinten. Sie hatte schon einige Male von vorne angefangen. Sie wusste, dass sie sich eine Notiz gemacht hatte.

»Hier!« Sie tippte mit ihrem Finger auf eine Seite. »Frithjof, dass mit dem Gift hast du im Zusammenhang mit deinem Besuch im Altenheim erwähnt.«

Richtig, dachte er.

»Elli hätte ein so schönes Leben haben können, wäre Gustav nicht gewesen. Er hat sie rumkommandiert. Manchmal auch geschlagen. Sie kam sehr oft zu mir und weinte sich aus. Sie sagte dann immer: Eines Tages werde ich ihn vergiften.«

Lilli Bach hatte über Elli gesprochen. Ihre Freundin, die sie seit Kriegstagen kannte. Elli. Elisabeth Wendelin.

»Himmel, Frithjof«, entfuhr es Lars, »Frau Wendelin ist 93.«

»Du hast gesagt, sie sei rüstig.«

»Aber ...«

»Winkler war betrunken, ging geduckt, der Gartenzwerg stand da und zack, gibt es ein paar Ton- und Schädelknochenscherben.«

»Du willst jetzt aber nicht versuchen zu erklären, wie eine 93-jährige Dame Winkler huckepack nimmt und in die Tonne stopft.«

Frithjof wollte es, gab aber schon bei dem ersten Versuch auf. Alle schmunzelten. Nein, das war unmöglich. Zudem war Frau Wendelin laut Aussagen nicht auf dem Fest gewesen.

Was hatte Lilli Bach noch gesagt?

Es ist schon eigenartig, wie das Leben Menschen zusammenführt.

Da hatte sie recht, dachte Frithjof.

Jetzt müssen wir nur herausfinden, wer den Zwerg mit dem Schädel zusammengeführt hatte.

Lars' Aussage von vorhin war richtig. Im Moment kamen sie nicht weiter.

Sie hatten sich bisher ausschließlich mit den *Kleinklee*-Gärtnern befasst. Das war ein Ansatz gewesen. Sie hatten ein Bild von Winkler zeichnen können. Es war kein schönes Bild.

Sie hatten mehrere Gründe gefunden, wieso jemand aus dem *Kleinklee*-Garten Winkler hätte töten können.

Ein anderer Ansatz musste jetzt das Umfeld von Winkler sein, außerhalb von *Kleinklee.*

Frithjof überlegte, wo sie anfangen könnten.

Die Parzellennachbarn hatten berichtet, dass Winkler nie Besuch hatte. Auch die Wohnung sah nicht danach aus, als hätte Winkler Freunde eingeladen.

Hätte er dies getan, wäre Winkler sicherlich auch dort auffällig geworden. Laute Musik, Geschrei, Lärm.

Der Mitarbeiter der Genossenschaft hatte ihm jedoch das Gegenteil bestätigt.

Sie mussten die Nachbarn von Winkler befragen.

Ebenso mussten sie herausbekommen, ob Winkler noch Kontakt hatte zu ehemaligen Freunden in Kiel oder zu seiner Familie.

Wenn er innerhalb eines Jahres die Kleingärtner gegen sich aufbringen konnte, mussten es eine Menge Leute sein, die er sich im Laufe seines Lebens zu Feinden gemacht hatte.

Außer den Freunden musste Winklers Anwalt von damals befragt werden. Schließlich hatte er sich ebenso ein Bild von ihm machen können.

Auf dem Gang vor dem Büro ließ jemand etwas fallen. Frithjof und die Kollegen zuckten zusammen.

»Ist die Bommel wieder zurück?«, fragte Lars.

»Wir sollten nicht gleich vom Schlimmsten ausgehen ...«

29

Den jungen Mann im Dachgeschoss traf Frithjof an, als er in die Heinrich-Rave-Straße fuhr.

Er sah verpennt aus. »Nachtschicht«, sagte er und entschuldigte sich dafür, dass er gerade aus dem Bett gekommen war.

Frithjof zeigte seinen Ausweis und stellte sich vor.

Auf dem Klingelschild stand: Jonas Witt.

»Sie sind sicher wegen dem Winkler hier«, sagte er und bat Frithjof herein. Er trug eine Boxershorts und ein Metallica T-Shirt. Seine braunen Haare waren vom Schlaf zerwühlt.

»Kaffee?«, fragte er und ging in die Küche.

»Gerne.« Frithjof folgte ihm.

Sie setzten sich in der kleinen Küche an einen winzigen Ikeatisch. Die Küche war für einen Junggesellen ordentlich und geschmackvoll eingerichtet. Poster mit Nudeln und Kaffeetassen hingen neben Ikearegalen. Ikeagläser standen in Reih und Glied umgestülpt darin.

Frithjof trank aus einem Ikeabecher seinen Kaffee. »Starker Kaffee«, meinte er und spürte, wie sein Herz schneller schlug.

»Ich muss ja irgendwie wach werden.«

»Herr Witt, Sie haben recht, ich bin wegen Herrn Winkler hier. Kannten Sie ihn näher?«

Jonas Witt stellte seinen Becher ab und umschloss ihn mit seinen Händen. Als würde er sich die Hände wärmen wollen.

Draußen waren es fast 30 Grad.

»Nein. Wir haben uns manchmal im Treppenhaus gesehen und uns gegrüßt.«

»Sie waren nicht bei ihm in der Wohnung? Oder er bei ihnen?«

»Wissen Sie, ich bin nicht so der Typ, der sich mit seinen Nachbarn anfreunden muss. Die machen ihr Ding und ich mache meins.«

»Haben Sie bemerkt, dass Herr Winkler mal Besuch bekommen hat?«

Jonas Witt überlegte. »Nein. Ich glaube nicht. Da war es immer ziemlich still. Bei gutem Wetter war er eh immer in seinem Garten und hat da gepennt.«

»Es ist schon merkwürdig, dass er keinen Besuch bekam, oder?«

»Mir egal. Aufgefallen ist es mir auch. Der Vormieter von Winkler hatte ständig Besuch und hat Partys gefeiert. Den hat man dann rausgeklagt.« Er wischte sich Schlaf aus den Augen und blinzelte Frithjof an. »Ich habe Schichtdienst bei Prinovis. Da braucht man seinen Schlaf. Unten im Erdgeschoss wohnt eine ältere Dame, Frau Reiter, die ist schier wahnsinnig geworden von dem Lärm.«

»Daher ist es Ihnen aufgefallen, wie ruhig Herr Winkler war.«

»Ja.« Sein Blick wurde ernst. »Manchmal hatte er so seine Anfälle, der Winkler.«

»Was meinen Sie mit Anfälle?« Frithjof trank einen großen Schluck Kaffee. Er würde bis übermorgen von dem Gebräu wach bleiben.

»Er hat geschrien und gebrüllt.«

»Was hat er geschrien?« Neugierig sah Frithjof ihn an.

»Das hab ich nicht verstanden. Auf jeden Fall muss der echt 'ne ziemliche Scheißwut auf jemanden gehabt haben, wenn er seine Anfälle hatte.«

»War das oft?«

»Nein. Oder ich habe sie nicht immer mitbekommen, wenn ich zur Arbeit war. Da müssen Sie Frau Reiter fragen.«

»Wann hatte er die Anfälle?«

»Abends, oder nachts. Dann muss er betrunken gewesen sein.« Jonas Witt lächelte. »Der war ständig betrunken.«

»Haben Sie mal mit ihm gesprochen, ich meine, was man so macht und so«, Frithjof wusste auch nicht genau, wie er es ausdrücken sollte.

Es wunderte ihn nur, dass Winkler so gar keinen Kontakt zu anderen Menschen hatte.

»Nein«, sagte Jonas Witt. »Hallo und Guten Tag. Das wars.« Er sah in Frithjofs Becher. »Noch'n Schluck?«

»Danke, lieber nicht. Sonst fang ich an zu zittern.«

Jonas Witt lachte.

»Ist Ihnen in den letzten Tagen etwas aufgefallen?«

»Was meinen Sie?« Irritiert sah er Frithjof an.

»War Winkler vor seinem Tod anders? Hatte er mehr Anfälle als sonst? Oder hat es in den letzten Tagen, nachdem Winkler schon verstorben war, Menschen gegeben, die nicht in das Haus gehörten? Die geklingelt haben? Vor dem Haus standen?«

»Nein. Nicht, dass ich wüsste. Da müssen Sie Frau Reiter fragen. Die hört alles.«

Frithjof bedankte sich bei ihm für den Kaffee. Er bildete sich ein, ab jetzt ein chronisches Problem mit seinem Herzen zu haben.

Die kleinen, schmalen Stufen in das Erdgeschoss musste er quer hinuntergehen, so schmal waren sie.

An der Tür zu Winklers Wohnung blieb er kurz stehen. Das Polizeisiegel war nicht verletzt worden. Niemand war nach ihrem Eintritt dort gewesen.

Im Erdgeschoss klingelte er an der Tür von Rosi Reiter. Der Fernseher dröhnte laut in den Flur, als sie die Tür öffnete.

Frithjof zeigte auch hier seinen Ausweis und stellte sich vor.

»Geht es um Herrn Winkler?«, krächzte die Alte, die nur noch wenige, krause, graue Haare auf dem Kopf hatte. Die allerdings hatte sie imposant auftoupiert, sodass man ihre blasse Kopfhaut sah.

»Ja, Frau Reiter.«

»Um Winkler?«, fragte sie wieder und schrie gegen den Fernseher an.

»Ja, Frau Reiter«, sagte Frithjof etwas lauter.

»Kommen Sie herein«, bat sie ihn. Sie trug eine Kittelschürze über einer blauen Bluse. An ihren Füßen trug sie dicke, warme Wollpuschen.

In dem kleinen Flur standen unzählige QVC Kartons. Aus dem Fernseher hörte er nun deutlich zwei Moderatoren, die die Zuschauer dringlichst baten, anzurufen, weil gleich alle Stückzahlen vergriffen waren.

Das Wohnzimmer war plüschig eingerichtet. Kleine Deckchen lagen überall, Fotos von Kindern und Enkelkindern standen herum, frische Blumen wechselten sich mit Kunstblumen ab.

Die Wohnung war akkurat sauber. In jedem Kissen befand sich ein ordentlicher Knick.

»Kaffee?«, fragte sie ihn. »Ist gerade frisch.«

Ohne eine Antwort abzuwarten, ging sie in die Küche. Er hörte Geschirr gegeneinander klirren.

Frithjof wurde schwindelig. Es war eine extreme Hitze in der Wohnung. Das kam nicht nur von draußen, sondern auch von dem Radiator, der in einer Ecke stand. Mit einem Blick erkannte er, dass Frau Reiter ihn tatsächlich in Betrieb hatte.

Bei Jonas Witt würde er einen Herzkasper bekommen, hier würde er eingehen.

»Setzen Sie sich doch«, bat sie ihn, als sie ins Wohnzimmer kam.

Frithjof setzte sich in ein altes Sofa. Ein kleiner Angstschrei entfuhr ihm, als er immer weiter nach unten sackte. Er hatte das Gefühl, sein Hinterteil würde schon fast den Boden berühren. Alter, hier kommst du nie wieder raus!, schoss es ihm durch den Kopf.

Frau Reiter stellte ihm eine eierschalenfarbene Kaffeetasse hin, auf der sich rote Rosen schlängelten. Sie goss Kaffee ein.

»Vorsicht«, meinte sie, »er könnte stark sein.«

»Bin ich gewohnt«, lächelte er höflich und malte sich sein geschundenes Herz aus.

Als er trank, schmeckte er braunes Wasser. Frau Reiter musste beim Kaffeekochen das Kaffeepulver neben die Maschine gestellt haben, so wenig Geschmack befand sich in der Plörre.

Frau Reiter trank ebenfalls. »Uh«, sagte sie, »ist der stark! Da mach ich mir lieber noch einen Schuss heißes Wasser dazu.« Sie stand wieder auf und es dauerte eine Weile, bis sie wieder kam.

Die Verkaufsmoderatoren plärrten weiterhin in das Wohnzimmer.

»Wie gut kannten Sie Ihren Nachbarn, Frau Reiter?«, fragte er, als sie sich zu ihm setzte.

»Ja, ja, nehmen Sie sich nur einen Keks«, sagte sie und schob den Teller zu Frithjof.

»Danke. Frau Reiter, wie gut kannten Sie Ihren Nachbarn?«, versuchte er es noch einmal. Diesmal etwas lauter.

Der Fernseher machte ihn wahnsinnig. Jetzt standen zwei Frauen vor einer furchtbaren Tischdecke, die sich beim weiter wegzoomen der Kamera als sportliche Hose entpuppte.

»Die ist aber schick«, meinte Frau Reiter und griff zum Telefon. »Ganz kleinen Moment. Sehen Sie, wie die Zahlen purzeln?«

Nach nur wenigen Minuten war die Hose bestellt.

»Wie war Ihre Frage, Herr Brandt?«

»Arndt.«

»Dann können Sie auch Rosi zu mir sagen.«

»Wie gut Sie Ihren Nachbarn kannten, habe ich gefragt.«

»Nur flüchtig, Herr Brandt ...«

»Arndt.«

»Ach ja«, sie gluckste, »ich kannte ihn nur flüchtig, Arndt.«

»Haben Sie mal mit ihm gesprochen? War er bei Ihnen zu Besuch oder Sie bei ihm?«

»Ich würde Sie auch gerne besuchen. Das ist aber nett von Ihnen – von dir, Arndt.« Sie errötete und richtete ihre Haare.

»Ob Sie mal bei Herrn Winkler waren?«, brüllte Frithjof.

»Nein. Herr Peter Winkler war lieber für sich. So war mein Eindruck. Er war sehr still.«

»Hatte Herr Winkler einmal Besuch?«

»Was für ein Buch?«

Sie nahm die Fernbedienung in die Hand und Frithjof hatte die Hoffnung, sie würde den Ton abstellen.

Die Hoffnung stirbt zuletzt.

Jetzt schaltete sie auf »Home Shopping Europe«, wo zwei Schwaben allerlei Schwämme und Kleidungstücke in ein Abflussrohr warfen. Hinterher kamen noch Nudelreste und zwei volle Windeln hinzu, die auf alles gestopft wurden.

»So ein Mist, jetzt ist das wieder verstopft!«, tönte der eine und der andere guckte ihn an, als würde er seinen Betreuer suchen.

Was tun die da denn alles rein?, fragte sich Frithjof.

Seine Frage wurde beantworte, indem einer der Schwaben ein hochmodernes Gerät hervorholte und irgendeine Flüssigkeit in das Rohr schoss.

Binnen Sekunden fetzten die verkanteten Teile an eine Studiowand. Das Rohr war frei, die Schwaben freuten sich und Frau Reiter hatte wieder das Telefon in der Hand.

Nachdem auch diese Bestellung getätigt war, fragte Frithjof abermals, ob Winkler Besuch hatte.

»Nein. Das hätte ich gehört. Ich habe noch ein sehr gutes Gehör.«

»Das ist schön.«

»Ein Föhn?« Sie sah auf den Fernseher. »Sie verkaufen einen Föhn?«

»Nein. SCHÖN!«

»Wobei ich einen Föhn habe.« Sie zappte wieder auf QVC. Eine dicke Frau pries hässliche Puppen an.

Frithjof winkte ab, er musste hier schnell raus. »Herr Winkler hatte also keinen Besuch?«

»Nein. Jonas hat ab und an Besuch. Das ist ein guter Junge.«

»Ist Ihnen die letzten Tage etwas aufgefallen?«

»Nein. Was sollte mir aufgefallen sein?«

Frithjof bekam Kopfschmerzen von der Hitze und dem Geplärre der Moderatoren. Dieses Gespräch brachte ihn nicht weiter. Er bedankte sich für den ausgezeichneten Kaffee und schaffte es nach mehreren Versuchen, aus dem Sofa hochzukommen.

»Sie hatten, glaube ich, keine Tasche dabei«, sagte Frau Reiter.

Frithjof rollte ungesehen von ihr mit den Augen.

»Das wüsste ich, ich habe noch ein sehr gutes Gedächtnis, Herr Brandt.«

»Arndt.«

»Rosi.«

30

Es war schon eigenartig, dass die 30 Grad auf der Straße Frithjof wie eine Erfrischung vorkamen. Im Präsidium würde er sich ein frisches Hemd anziehen müssen. Das was er trug, war vollkommen durchgeschwitzt.

Er kaufte sich auf dem Weg zum Präsidium im SKY-Markt etwas Kühles zu trinken. Im Moment hatte er das Gefühl, er würde gleich umkippen.

Als er am Dithmarscher Platz an der Ampel hielt, blickte er zu dem griechischen Restaurant *Basilios* hinüber. Dort saßen unter Sonnenschirmen einige Gäste, die lachten und aßen. Da merkte Frithjof, wie sein Magen knurrte.

Er sah auf die Uhr. Heute noch wollte er den früheren Anwalt von Peter Winkler anrufen. In seinem Notizbuch musste der Zettel stecken, auf den er dessen Nummer gekritzelt hatte.

Kurz entschlossen bog Frithjof auf den Parkplatz vor dem Restaurant ein, löste ein Parkticket und setzte sich an einen freien Tisch. Dieser befand sich ein wenig abseits von den anderen, was ihm gut passte, denn dann konnte er in Ruhe telefonieren und essen, ohne jemanden zu stören.

Ein freundlicher Ober kam mit der Karte heraus.

Frithjof bestellte ein großes Alsterwasser und, wie er es nannte, eine Gyros-Schlachtplatte.

Es war zwar unvernünftig bei diesem Wetter so fettig zu essen, aber er folgte seinem Appetit.

Während er auf das Essen wartete, wählte er die Nummer des Rechtsanwaltes Remmel. Eine Dame am Empfang verband ihn, dann meldete sich eine nasale Stimme. »Remmel.«

Frithjof erklärte kurz den Grund für seinen Anruf.

Remmel grunzte nur kurz. »Sie wissen, dass ich Ihnen nichts sagen darf, Herr Arndt.«

»Selbstverständlich weiß ich das, Herr Remmel. Jedoch hoffe ich auf Ihre Mithilfe. Schließlich war Herr Winkler ein Mandant von Ihnen«, versuchte es Frithjof freundlich, um ihm dennoch einige Informationen zu entlocken.

Wieder ein Grunzen von Remmel. Es klang abfällig.

»Wie war Ihr Verhältnis zu Herrn Winkler?«

Grunzen. Pause. Grunzen. »Er war mein Mandant. Mehr nicht.«

»Wie haben Sie ihn eingeschätzt?« Frithjof trank einen Schluck von seinem Alsterwasser, das ihm gebracht wurde.

»Unangenehm.«

»Vertreten haben Sie ihn schließlich doch.«

»Wenn ich nach Sympathie gehen würde, hätte ich kaum Mandanten.«

»Winkler war ja auch eine willkommene Einnahmequelle, nicht?«, fragte Frithjof süffisant.

»Wie meinen Sie das, Herr Arndt?«, seine Stimme, unangenehm von Anfang an, wurde noch abstoßender.

»Winkler kam aus dem Gefängnis und hatte keinen Job. Da zahlt doch der Staat Prozesskostenhilfe. Da konnten Sie sicher sein, dass da Geld kommt.« Frithjofs Stimme war freundlich jedoch falsch.

Grunzen.

Frithjof hasste diese Regelung. Normal arbeitende Menschen mussten sich drei Mal der Kosten wegen überlegen, einen Anwalt zu konsultieren. Winkler bekam das Geld vom Staat.

»Wie wirkte Herr Winkler auf Sie?«

»Wie meinen Sie das?«

»Hat er die Tat bereut?«, fragte Frithjof.

»Nein.« Das war deutlich.

»Er überfällt ein Mädchen, verletzt es lebensgefährlich und zeigt keine Reue?«

»Nein.«

»Hat Sie das nicht erschreckt?«

»Nein.«

»Bitte?« Frithjof war schockiert.

»Herr Winkler war nicht einer meiner Lieblingsmandanten. Bei seinem Fall habe ich die Tat nicht an mich herangelassen.«

»Das gelingt Ihnen?« Frithjof fand Remmel immer unsympathischer.

»Wie machen Sie das, Herr Arndt? Lassen Sie jeden Fall an sich heran?«

»Ich versuche, dass die Bilder mich nicht bis in den Schlaf verfolgen. Es gelingt mir jedoch nicht immer.«

»In Ihrem Kopf möchte ich nicht sein«, wischte er Frithjofs Antwort weg.

»Herr Arndt, um ehrlich zu sein, Herr Winkler war ein abscheulicher Mensch.«

Na, dann haben sich ja die Richtigen getroffen, ging es Frithjof durch den Kopf.

Der Besitzer des *Basilios* stellte die Schlachtplatte vor ihn hin und wünschte ihm einen guten Appetit. Frithjof nickte und sog den wunderbaren Duft ein, den die Gewürze verströmten.

»Hatte Winkler Freunde?«

»Das kann ich Ihnen nicht sagen. Wir haben nicht darüber gesprochen. Es war auch niemand mit ihm im Gericht.«

»Und seine Eltern?«

»Keine Ahnung. Waren nicht dabei. Winkler schien ziemlich alleine zu sein.«

Frithjof überlegte, wer alles zu ihm stehen würde, wenn er sich vor Gericht verantworten müsste. Er zählte in Gedanken die Menschen auf, die zu ihm halten würden.

»Inwieweit hatten Sie Kontakt zu der Familie des Opfers?«

»Gar keinen. Das lief alles über den gegnerischen Anwalt.«

»Hatten Sie Kontakt zu dem Mädchen?«

»Nein.«

»Nein?« Frithjof schob sich ein Stück Fleisch in den Mund. Es schmeckte großartig.

»Sie war nicht im Gericht. Das hätte sie nicht durchgestanden. Ihre Ärztin, Ärzte und Psychologen haben das alles geregelt.«

Mit den Fingern fischte Frithjof einen Pommes vom Teller und biss hinein. Mit vollem Mund fragte er Remmel, wie es dazu kam, dass Winkler kein Geld bezahlte und wieso die anfangs geforderte Summe heruntergehandelt wurde.

»Das ist doch ganz normal, Herr Arndt. Man vergleicht sich. Da geht der Preis immer runter. Die Gegenseite stellt einen überhöhten Preis fest und wir treffen uns in der Mitte.«

»In der Mitte? Es sind doch deutlich weniger geworden, als die geforderten 35.000 Euro.«

»Wie gesagt, ein überhöhter Betrag.«

Frithjof blieb der Pommes im Halse stecken. »Überhöhter Betrag?«, fragte er laut. Andere Gäste drehten sich zu ihm herum. »Sie finden, der Preis für ein Leben ist weniger Wert als 35.000 Euro?«

»Für Winkler ja.«

»Es geht also bei der Frage um den Wert des Lebens um die finanziellen Verhältnisse des Täters?«

»Ja.«

Frithjof konnte das nicht fassen. Auch Gabrielle hatte

sich schon einmal darüber ereifert. Wut stieg in ihm auf. Nach allem, was er über Winkler in den letzten Tagen erfahren hatte, wurde dieser Fall immer abscheulicher.

»Wäre Winkler steinreich gewesen, wäre der Wert des Mädchenlebens gestiegen?«

»Ja. So sieht die Rechtsprechung aus.« Grunzen. »Ganz ehrlich, Herr Arndt, was bringt es dem Opfer, wenn wir eine Forderung von zum Beispiel einer Million Euro verlangen?« Grunzen. »Herr Winkler hätte in seinem ganzen Leben keine Million zusammenbekommen.«

Frithjof widerte es an, wie selbstgefällig Remmel sprach. Für ihn war es selbstverständlich, wie ein Menschenleben geschätzt wurde.

Ohne die Konsequenzen abzuwägen, ohne darüber nachzudenken, sagte Frithjof laut: »Ganz ehrlich, Herr Remmel, Sie widern mich an.«

»Damit ist das Gespräch zu Ende, Herr Arndt. Herr Quint wird eine entsprechende Mitteilung von mir wegen dieser Äußerung bekommen.«

Remmel kannte also Staatsanwalt Quint. Das störte Frithjof nicht.

»Damit Sie Ihre Beschwerde vervollständigen können: Sie sind nicht besser als Winkler. Der hat auch keine Reue gezeigt.«

Frithjof legte auf und knallte das Handy auf den Tisch.

Wieder drehten sich einige Gäste um.

»Was?«, brüllte er und steckte sich einen weiteren Pommes in den Mund.

Die Gäste drehten sich schnell um.

Wenn Winkler keinen Menschen hatte, dem er sich anvertrauen konnte, war es dann so, dass er nur Feinde hatte? War er so unbeliebt? Konnte das ein Mensch schaffen?

Robert hatte die undankbare Aufgabe bekommen, die Eltern von Peter Winkler anzurufen. Ihm sprach Frithjof das meiste Feingefühl zu.

Die Winklers hatten sich geweigert, ihren Sohn zu identifizieren. Sie wollten nicht einmal nach Itzehoe kommen.

Kein letzter Abschied.

Als Frithjof vor einigen Tagen Helga Winkler am Apparat hatte, sagte sie nur kurz: »Dann is dat jetzt endlich vorbei.«

Frithjof wollte von ihr wissen, was jetzt vorbei wäre.

»Dat verkorkste Leben.«

Und Frithjof wusste nicht, welches sie meinte. Ihres oder das ihres Sohnes.

»Dat musste ja so kommen«, fügte sie noch hinzu. Ihre Stimme lallte. Sie war betrunken.

Robert traf sie im gleichen Zustand an, als er anrief. Es dauerte eine Weile, bis Helga Winkler das Gespräch annahm. Sie räusperte sich, als sie »Hallo?« sagte.

Robert stellte sich vor.

»Wir ham nichts mehr damit zu tun«, lallte Helga Winkler.

»Er war Ihr Sohn«, versuchte es Robert.

»Dat war er schon lange nich mehr.«

»Wie meinen Sie das?« Robert saß in seinem Büro und blickte durch das geöffnete Fenster auf die Innenstadt. Es kam kein Hauch von Wind herein.

»Peter war nie unser Sohn.«

Robert sagte nichts. Er wusste nicht, was sie meinte.

Nach einer Weile sprach sie weiter. »Er war nich gewollt.«

»Sie haben ihn dennoch bekommen.«

»Ja.«

»Wie war er, Frau Winkler?«

»Wie soll er schon gewesen sein? Wie sein Vadder, ein Nichtsnutz.«

Sie hatte, so vermutete Robert, niemals Muttergefühle zu ihrem Sohn entwickelt. Wahrscheinlich hatte sie in der Schwangerschaft weiter getrunken.

Er hörte, wie sie Luft einsog und dann ausblies.

Vermutlich hatte sie in der Schwangerschaft auch weiter geraucht.

»Wir versuchen Freunde von ihrem Sohn zu finden …«

»Freunde?«, lachte sie spöttisch. »Peter hatte keine Freunde. Nie gehabt. Und wenn, hat er sie später zu Feinden gehabt.«

Im Hintergrund grölte eine Männerstimme. »Wo ist das Bier?«

»Wo es immer ist«, grölte Helga Winkler zurück.

»Wo?«

»Scheiße, Rüdiger, wo ist wohl das scheiß Bier?«

Dann wurde eine Tür geknallt.

»Tschuldigung, mein Mann«, sagte Frau Winkler. »Sie wollen Freunde von Peter treffen? Vergessen Sie es. Da werden Sie keinen finden.«

»Ist er deshalb aus Kiel fort?«

»Ja. Geflüchtet ist er. Hat sich wie mein Mann nie dem gestellt, was er verbockt hat.«

Die Männerstimme kam zurück. »Was erzählst du da für einen Scheiß?«

»Lass mich in Ruhe, Rüdiger. Verzieh dich!«

»Rede nicht so mit mir, Schlampe.«

»Du kannst mich mal.«

Wieder wurde eine Tür geknallt.

»Tschuldigung, mein Mann.« Etwas gluckerte. Auch sie schien ein Bier zu trinken. Dann wieder einatmen und ausblasen von Rauch.

»Hatte Peter Geschwister?«

»Gott sei Dank nich. Was hätten wir mit noch so 'nem Balg tun sollen?«

»Hatte er eine Freundin?«

»Die er nicht geschlagen hat?«

»Was ist damals geschehen, Frau Winkler?«

Die Männerstimme kam erneut in den Raum. »Der Korn ist alle.«

»Dann kauf neuen.«

»Beweg gefälligst deinen Arsch und geh nach *Penny*.«

»Geh du nach *Penny*!«

Die leere Kornflasche schien gegen etwas geschmissen zu werden.

Robert zuckte zusammen. Für einen Moment hatte er Sorge, Helga Winkler hätte die Flasche abbekommen.

»Tschuldigung, mein Mann.«

»Frau Winkler, was ist damals geschehen? In der Nacht, als ihr Sohn das Mädchen überfallen hat?«

»Was weiß ich?«

Robert sah auf die Straße. Kinder gingen lachend die Große Paaschburg entlang. Sie gingen nach Hause. Robert wünschte sich für sie, zu Hause würde eine liebende Mutter auf sie warten.

»Warum waren Sie nicht in Itzehoe? Wieso wollten Sie keinen Abschied von Ihrem Sohn nehmen?«

»Wozu?«

Das klang gleichgültig. Helga Winkler hatte tatsächlich nicht das Bedürfnis, sich von ihrem eigenen Sohn zu verabschieden.

Robert erschreckte das.

Er bedankte sich für das Gespräch und legte auf.

Einen Moment saß er schweigend da und sah auf Itzehoe, den St. Laurentii Kirchturm, die Stadtbäckerei mit ihrem kleinen Türmchen auf dem Dach.

Er wählte die Nummer seiner Mutter.

»Van Versendaal«, meldete sie sich.

Robert lächelte. »Hallo, Mama«, sagte er behutsam.

»Hallo, mein Schatz. Was für eine schöne Überraschung!« Im Hintergrund hörte Robert Vögel zwitschern. Sie schien im Garten zu sein.

»Ja, ja, ich sitze im Garten und sehe auf die See«, sagte sie und erzählte von den letzten Tagen. Robert hörte schweigend zu und lächelte dabei.

Wie er ihre Stimme liebte! Wie er *sie* liebte!

Er mochte gar nicht daran denken, dass es sie irgendwann einmal nicht mehr gab.

Am Ende sagte er ihr, dass er sie lieb habe.

»Ich habe dich auch lieb, mein Schatz!«

Zwei verschiedene Welten, dachte er.

Die Familie Winkler und die Familie van Versendaal.

Zwei Familien und beide hatten eine Tragödie in ihrer Biografie.

31

Im ersten Moment hatte Frithjof das Gefühl, als würde sein Herz stehen bleiben, als er das Gespräch auf seinem Handy annahm. Er kannte die Nummer nicht. Mürrisch meldete er sich. Er hatte gerade die wunderbare Schlachtplatte verspeist und überlegte, ob er nicht von einem Gast eine Zigarette schnorren konnte. Er ließ es sein, als er an Johanna dachte. Schließlich hatte er es ihr versprochen.

Dann sprach eine Frau zu ihm. Die ersten Worte der Frau ließen ihn in seinen Stuhl zurückfallen. Sein Gesicht wurde bleich. Seine Hand, in der er das Handy hielt, zitterte. Zuerst konnte er nicht antworten, als die Frau ihn fragte, ob er der leitende Ermittler im Fall Peter Winkler wäre.

»Herr Arndt? Hallo?«, fragte die Frau wieder. Sie hatte sich mit Dr. Emma Weil vorgestellt.

Frithjofs Mund war trocken. Seine Lippen klebten aufeinander.

Die Stimme erinnerte ihn an Bente. Sie klang fast so, wie die seiner toten Frau.

Nicht nur fast, ging es in seinem Kopf herum: Es ist Bente!

Er schluckte und leckte sich über die Lippen. Fast unhörbar antwortete er. »Ja. Ich bin der leitende Ermittler.«

Verstohlen sah er sich um. In diesem Moment sehnte er sich nach Bente. Er wünschte sich, sie würde ihm gegenübersitzen, einen Krimi in der Hand und mit angestrengtem

Blick die Welt vergessen können. Egal was er anstellte, sie würde bis zum Schluss den Mörder finden wollen.

Dabei würde sie immer wieder die Augenbrauen hochziehen, wenn es eine neue Wendung gab. Sie würde hastig die Seiten umblättern, wenn es spannend war, würde das Buch anschreien, wenn der Autor wieder einmal ein Kapitel bei der aufregendsten Stelle abbrach und an einem anderen Ort weiter machte.

Nachts im Bett hatte sie immer im Traum gesprochen. Hatte ihre Verdächtigen beim Namen genannt und war dann wieder tief in ihre Träume versunken.

Dann und wann sagte sie seinen Namen.

Frithjof.

Dann lächelte er. Kuschelte sich an sie. Schlang seine Arme um sie, roch sie und küsste sie auf die nackte Haut. Schmeckte sie, sog sie auf.

Es gab schon lange keinen Frithjof mehr.

Keinen Geruch. Keinen Geschmack.

Und nun war da diese Stimme am Telefon. Nach einer Weile entschuldigte er sich dafür, nicht richtig zugehört zu haben. »Könnten Sie es noch einmal wiederholen?«, fragte er wie ein Kind, das noch einmal den Zaubertrick sehen wollte, um zu begreifen, wie das alles geschah.

»Herr Arndt, ich bin Psychologin. Ich betreue einige Patienten im Zuge meiner Arbeit an der Kieler Akademie für Polizeischüler. Gestern Nacht hat sich eine Patientin von mir umgebracht. Anke Lux.«

Frithjof setzte sich auf.

Anke Lux?

War das nicht der Name des Mädchens, das Winkler vor einigen Jahren überfallen hatte?

»Wir haben den Fall ›Anke Lux‹ und ›Peter Winkler‹ in meinen Vorlesungen an der Akademie behandelt«, erklärte Dr. Weil. »Als ich heute Morgen meine Vorlesung vorbereitet habe und mich über Winkler informieren wollte, erfuhr ich, dass er vor einigen Tagen erschlagen wurde.« Sie räusperte sich. »Mir kam das merkwürdig vor. Dass wenige Tage nach dem Tod von Peter Winkler Anke Lux Selbstmord begeht.«

»Da stimme ich Ihnen zu Dr. Weil.« Er hatte sich noch nicht ganz von seinen Erinnerungen erholt und versuchte nun krampfhaft, sich auf das Gespräch zu konzentrieren.

»Ich habe heute Morgen Zutritt zu dem Zimmer bekommen, in dem Anke gelebt hat.« Man hörte Unterlagen rascheln. »Ich habe Zeichnungen gefunden, Herr Arndt. Zeichnungen, die Anke zeigen sowie Winkler und einen anderen Mann.«

»Welche Zeichnungen?«, fragte er. »Welcher andere Mann?«

»Sie zeigen, wie Winkler erschlagen wird. Andere zeigen seinen Kopf.« Sie sog Luft durch den Mund ein. »Es sind grausame Zeichnungen. Winklers Kopf ist vollkommen zerschmettert. Überall ist Blut. Die Striche, die das spritzende Blut zeigen, sind stark in das Papier eingeritzt, als hätte Anke in großer Wut gezeichnet.«

»Dann können die Zeichnungen noch nicht alt sein.«

»Nein. Die Schwestern sagen, sie hätten sie vorher noch nicht gesehen.«

»Was ist mit dem Mann?«, wollte Frithjof wissen.

»Er ist nur in Umrissen zu erkennen. Nur Schemen.«

»Haben Sie eine Vermutung, wer es sein könnte? Wen sie dort gezeichnet hat?«

»Ja, ich habe eine Vermutung.«

»Und?«

»Sie hatte Besuch. Vor zwei Tagen.«

»Von wem?«

»Ihr Bruder war dort und hat sie besucht.«

Frithjof setzte sich auf. Das konnte nicht sein! Was hatte

Gabrielle ihnen erzählt? Der Bruder von Anke Lux arbeitete in Namibia. Er war dort als Arzt unterwegs, in der Organisation *Ärzte ohne Grenzen.*

»Sind Sie sicher, Dr. Weil?«

»Das sagen die Besucherunterlagen, die jeder ausfüllen muss, wenn er zu den Patienten geht.«

Konnte jemand anderer sich als Anke Lux' Bruder ausgeben?

Aber wer? Was ergab das für einen Sinn? Und wieso zeichnete Anke Lux vor ihrem Suizid den Totschlag an Peter Winker? Woher konnte sie das wissen?

Nur von dem Besucher.

Und dieser musste ...

Musste er dabei gewesen sein?, überlegte er.

Was hatten sie den Medien erzählt?

Konnte auch jemand anderer die Details wissen?

Warum brachte Anke Lux sich um?

Musste sie nicht froh sein, dass er tot war? War das nicht Genugtuung für sie? Nach all dem, was sie durchgemacht hatte? Für das Geld, das als Wert ihres Lebens bestimmt wurde?

Wieso brachte sich Anke Lux um? Im Grunde konnte sie nun abschließen. Im Vergleich zu Winkler war ihr Leben nun mehr Wert als seines. Ihres Betrug zuerst 35.000 Euro, auch wenn es später runtergehandelt wurde. Winkler starb wertlos. Ohne jeden Vergleich. Ohne einen Cent wert zu sein.

Trotzdem war Anke Lux nun tot.

Gerichtet durch sich selbst.

»Ich würde mir die Zeichnungen und das Zimmer gerne ansehen, Dr. Weil.«

»Das war im Grunde Sinn und Zweck meines Anrufes. Ich wusste, dass Sie mir dies sagen würden. Kommen Sie noch heute?«

»Ich mache mich sofort auf den Weg«, sagte er, als er nach dem Besitzer des Restaurants winkte.

»Wo kann ich Sie treffen, Dr. Weil?«

»Kennen Sie Kiel, Herr Arndt?«

»Nicht so gut.«

»Fahren Sie nach Kiel. An der großen Kreuzung bei Ikea fahren sie geradeaus. Von da an ist die Ostseehalle ausgeschildert. Halten Sie dort auf dem Exerzierplatz und rufen mich an. Ich hole Sie dann dort ab.«

Er notierte sich ihre Nummer und legte auf.

Wie schön es war, diese Stimme wieder einmal zu hören.

Es ist nicht *die* Stimme, sagte er sich. Es ist eine andere. Eine andere Frau. Nicht Bente.

Nachdem er aufgelegt hatte, rief er seine Nachbarin Helene an und bat sie, sich heute um Puma zu kümmern. Sie freute sich darüber.

»Wie lange bist du weg?«, fragte sie.

»Weiß nicht, heute, vielleicht über Nacht.«

»Wir werden schon klarkommen.«

Frithjof informierte Gabrielle, wohin er heute fahren würde. Sie sollte es den anderen ausrichten. Über Handy sei er erreichbar, sollte etwas passieren.

Als er aus der Stadt fuhr, sah er auf den wolkenlosen, blauen Himmel. Darunter erstreckten sich bis zum Horizont schreiend gelbe Rapsfelder, die langsam anfingen zu verblühen. Es war eine schöne Jahreszeit mit fröhlichen Farben: bunt und vielfältig. Die Natur verwandelte die eher triste Landschaft zu etwas, was dem Auge gut tat.

Die graue Jahreszeit passte eher zu Itzehoe. Farblos, heruntergekommen und ohne Perspektive.

Die Straße führte auf der B 77 am Hungrigen Wolf vorbei. Links tauchten die alten Bundeswehrkasernen auf, die zum großen Teil in einen Motorsportpark für Privatflieger umgestaltet worden waren.

Am Himmel kreiste eine einmotorige Maschine. Angestrengt sah Frithjof nach oben, um vielleicht einen Fallschirmspringer zu erblicken.

Er wechselte die CD und entschied sich für Till Brönners *Oceana*. Der Jazz war leicht und farbenfroh wie der Sommerflieder, der am Straßenrand leuchtend strahlte.

Ein großes Plakat auf einem Bauernanhänger kündete das nächste Irish Folk Festival auf dem Poyenberg an.

Vor Jahren war Frithjof einmal mit Bente dort gewesen. Er hatte die ausgelassene Stimmung und die freundlichen Menschen gemocht, auch wenn die Musik sonst nicht seinen Geschmack traf.

Doch auf dem Poyenberg war es anders. Er wurde mitgerissen, begeistert und elektrisiert.

Bewegungslos standen Windkraftanlagen auf den Feldern nach Hohenweststedt. Die Stadt schien wie eine endlos lange Straße zu sein. *Lego* hatte hier einen Firmensitz.

Die Straße schlängelte sich im weiteren Verlauf durch dichte Waldstücke. Heute hatte er Glück, da kaum Trecker auf der Straße fuhren, die den Weg nach Kiel sonst zu einer Tortur werden ließen.

Vor Rendsburg bog er nach Kiel ab. Die gewaltige Eisenbahnbrücke spannte sich über die Fahrbahn.

Vor Kiel erkannte er die Werbeschilder vom *Media Markt* und *Metro*. Sowie ein Stück weiter das der schwedischen Möbelfirma.

Es herrschte dichter Verkehr. Überall am Straßenrand wehten Flaggen verschiedener Nationalitäten.

Erst jetzt kam ihm die Kieler Woche in den Sinn, die seit einigen Tagen eröffnet war.

Daher dieser übermäßige Verkehr. Daher dieses schleppende Vorankommen.

Einmal im Jahr ändern die Kieler die geläufige Anzahl

der Wochentage. Aus sieben Tagen werden einfach neun, solange nämlich dauert die Kieler Woche, das größte maritime Segelfest der Welt und das größte Sommerfest im Norden Europas.

Höchstpersönlich nahm damals der deutsche Kaiser an der Kieler Woche teil. Auf den Booten des Kaiserlichen-Yachtclubs, kurz KYC. Noch heute heißt er so, anstelle des kaiserlichen Titels wurde das K für kaiserlich in Kieler Yacht Club umbenannt. Das traditionelle KYC wurde damit erhalten. Ausgesprochen wird es Küz.

In diesem Jahr wurden mehr als 5000 Segler aus über 50 Nationen bei den Regatten erwartet.

Frithjof fuhr über den Schützenwall in den Ziegelteich und sah die Ostseehalle, Heim des THW Kiels, mit ihrer neuen Außenfassade. Er fuhr auf den Exer, wie der Exerzierplatz genannt wurde. Trotz der Kieler Woche hatte er Glück und bekam einen Parkplatz.

Bevor er das Handy herausholte, dachte er an den Suizid des Mädchens.

Wer konnte der Mann sein, der bei Anke Lux gewesen war? Jemand aus dem Schrebergarten? Nur wer?

Bisher hatten sie keine Verbindung zu dem damaligen Fall gefunden. Niemand aus *Kleinklee* hatte den Namen Anke Lux erwähnt. Niemand hatte einen Grund, nach Kiel zu fahren, um ihr zu erzählen, dass Winkler tot war. Dass er erschlagen wurde.

In den Unterlagen, die sie bei Winkler gefunden hatten, erwähnte er Anke Lux nicht. Es gab keinen Verweis auf den damaligen Fall.

Das wäre von Winkler auch ziemlich dumm gewesen, sich dort selbst zu belasten.

Hatte jemand vielleicht Winklers Geheimnis herausgefunden?

So, wie er Geheimnisse herausgefunden hatte?

Hatte jemand den Weg nach Kiel auf sich genommen und Anke Lux von dem Tod Winklers berichtet?

Wenn das so war, mussten sie herausfinden, wer es war.

Ebenso musste geklärt werden, wieso diese Nachricht Anke Lux in den Suizid getrieben hatte.

Frithjof hatte ein ungutes Gefühl, was seine Fragen und Vermutungen betraf. Es ergab keinen Sinn.

Anke Lux würde sich nicht umbringen, wenn sie hörte, Winkler sei tot.

Da musste etwas anderes sein.

Vielleicht würden ihm die Zeichnungen helfen.

32

Mehrmals hupte ein Wagen an der Straße. Frithjof blickte erst spät hinüber. Eine Frau saß in einem Volvo und winkte ihm zu.

Das Seitenfenster wurde heruntergelassen. »Herr Arndt?«

»Ja.«

»Kommen Sie, steigen Sie ein«, bat sie ihn.

Sie reichten sich die Hände.

Frithjofs Hände waren trotz der Hitze kalt.

Es war, als säße Bente neben ihm in dem Wagen. Nicht nur die Stimme erinnerte ihn an sie, auch das Aussehen, die blonden, wirbelnden Locken, die wahrscheinlich kaum zu bändigen waren, das schmale Gesicht, der volle Mund.

Selbst ihre Bewegungen, wie sie das Lenkrad führte, ähnelten Bentes.

Du sagst es, ermahnte sich Frithjof insgeheim: Sie ähnelt ihr. Sie ist es aber nicht.

Dr. Weil fuhr den Ziegelteich hinunter und bog auf die Andreas-Gayk-Straße ein, die sich im weiteren Verlauf in den Düsterbrooker Weg verwandelte, der längs des Kieler Hafens verlief.

Immer wieder mussten sie Besuchern der Kieler Woche den Vortritt gewähren, die unachtsam über die Straße liefen.

Überall lachten Menschen, es roch wunderbar nach Gegrilltem und Musik der verschiedenen Bühnen der Radiosender hallte zu ihnen in den Wagen.

»Wie weit sind Sie in Ihren Ermittlungen?«, fragte Dr. Emma Weil.

»Wir stocken. Im Grunde klammere ich mich jetzt an Sie.«

»Das hört sich nicht gut an«, lachte sie und drückte die Hupe, um einen Fußgänger von der Straße zu fegen.

»Sie sagten, Sie arbeiten an der Kieler Akademie für Polizeischüler. Dann kennen Sie sicher Robert van Versendaal.«

»James Dean, klar.«

»Wieso nennen Sie ihn so?«, fragte Frithjof, wobei er Robert auch schon einmal mit dem amerikanischen Schauspieler verglichen hatte.

»Sehen Sie in Roberts Gesicht«, sagte Dr. Weil. »Verletzlich, traurig, melancholisch und zugleich rebellisch, offen und unheimlich begehrenswert. Wie bei James Dean. Zudem sieht er ihm auch noch sehr ähnlich.«

»Was hatten Sie für einen Eindruck von ihm?«

»Den, den sein Gesicht vermittelt«, scherzte sie. »Ehrlich, verletzlich, traurig, melancholisch, rebellisch, offen und unheimlich begehrenswert. Und das Schlimme an dieser Kombination: verdammt intelligent.«

»Was wissen Sie von seiner Vergangenheit?«

»Nur das, was in den Medien stand. Und selbst das habe ich aus Lehrbüchern. Wissen Sie, wir haben den Entführungsfall van Versendaal ebenfalls in meinen Vorlesungen durchgesprochen, außer in dem Semester, in dem Robert dort war, versteht sich.«

»Was ist damals genau passiert?«, wollte Frithjof wissen, der aus dem Fenster sah. Die Stadt war herausgeputzt für das große Ereignis. Lachende Menschen säumten die Straße. Wasserflugzeuge flogen über dem Hafen. Kleine Motorflugzeuge zogen Transparente hinter sich her.

»Robert war ein Kind, als er entführt wurde. Er war

der Sohn des Bankiers van Versendaal. Die genaue Summe, die gefordert wurde, weiß ich nicht mehr aus dem Kopf, aber sie war beachtlich. Der Junge war über eine Woche spurlos verschwunden, ohne dass sich die Entführer meldeten. Man glaubte schon, der Junge sei tot. Dann kam die Lösegeldforderung. Man wollte sich vergewissern, dass Robert nach diesen ganzen Tagen tatsächlich noch lebte. Er sprach kurz mit seinem Vater und es wurde ein Übergabeort ausgemacht.« Sie hielten an einer Ampel. Dr. Weil trommelte mit den Fingern auf dem Lenkrad und überlegte, wie die Geschichte weiterging. »Bis heute weiß man nicht, wieso der Übergabeort auf Föhr stattfinden sollte. Auf einem einsamen Feld in Osterland.«

Frithjof hatte nun die Zeitungsartikel und Bilder im Kopf, die Robert aus einer Akte gezogen hatte. Es war Winter. Schneebedeckte Felder. Ein kleiner Junge, zusammengekauert im Schnee.

»Die Entführer haben das Auto mit dem Bankier einfach in die Luft gesprengt. Das Feld war vermint, und zusätzlich konnte man diese Minen ferngesteuert zünden.«

Frithjof dachte an das Lösegeld, das der Vater für Robert bezahlen wollte. »Was ist mit dem Geld geschehen? Es war doch ziemlich dumm von den Entführern van Versendaal in die Luft zu sprengen und das Geld gleich mit.«

»Van Versendaal spielte ebenfalls ein falsches Spiel, zumindest glaubt die Polizei das.« Sie sah ihn verschwörerisch an. »Man hat in dem Autowrack keinerlei Spuren des Geldes gefunden. Man vermutet, dass die Entführer sich auf einem anderen Weg mit van Versendaal in Verbindung gesetzt haben, den die Polizei nicht mitbekommen hat. Die Entführer wollten auf Nummer sicher gehen.«

»Van Versendaal wird getötet, an anderer Stelle wird das Geld für den Jungen bezahlt und Robert kommt frei.«

»Konnte Robert etwas zu dieser Woche sagen, in der er entführt war?«

»Nein. Wie schon gesagt, in seinem Jahrgang haben wir diesen Fall nicht behandelt und ich habe ihn nicht darauf angesprochen. In den Büchern und in den Archiven steht nichts über diese eine Woche. Ich glaube, er hat niemandem etwas erzählt.«

Er trägt dieses Geheimnis mit sich herum, dachte Frithjof.

Was muss Robert in dieser Woche wohl alles durchgemacht haben?

Er dachte an die Nacht- und Nebelaktion auf dem Alsen-Gelände. Bisher hatten er und Robert keine Gelegenheit gefunden, sich darüber auszutauschen, immer waren Kollegen oder Fremde um sie gewesen. Frithjof musste bald von Robert erfahren, was da schief gelaufen war. Schließlich hatte er seinen Chef angelogen und in naher Zukunft würde er wegen der Schießerei befragt werden. Er musste sich mit Robert abstimmen. Das missfiel ihm, er hörte sich wie ein Verbrecher an, der er nicht war. Trotzdem würde er bei einer Befragung lügen. Das hatte er in seiner gesamten Karriere noch nie gemacht. Er war immer ein ehrlicher und loyaler Polizist gewesen.

Bente hatte ihn in diese Situation gebracht, denn er hatte sich nach dem Streitgespräch mit Robert in jener Nacht dazu entschieden, wieder Nachforschungen anzustellen. Und Robert konnte ihm helfen.

Ein gewisser *Schiller* konnte ihm helfen.

In seinen Überlegungen hatte er immer nur kurz an Johanna gedacht. Es tat ihm leid, wie er sie aus seinem Leben ausschloss, kurz, nachdem er ihr Zugang gewährt hatte. Er verachtete sich selbst dafür.

Frithjof wurde aus seinen Gedanken gerissen, als Dr. Weil vor einem imposanten Neubau hielt.

Sie betraten das Gebäude. Frithjof kam nicht umhin, ihr auf die schlanken Beine zu sehen. Ebenso wanderte sein Blick zum kleinen, festen Po unter ihrem sportlichen Rock.

Im Fahrstuhl drückte Dr. Weil den Knopf mit der Nummer 3 und drehte sich zu Frithjof.

»Wir müssen oben einfach nur geradeaus den Gang entlang gehen und am Ende links.«

Frithjof verstand nicht.

»Sie gehen vor, Herr Arndt. Dann kann ich mir *Ihren* Hintern begucken.«

Sein Mund klappte auf. Es hatte keinen Sinn zu leugnen. Er grinste. »Diese Hose hat einen ganz ungünstigen Schnitt.«

»Abwarten«, scherzte sie und sie betraten den dritten Stock. Frithjof ging voraus. Dr. Weil einige Schritte hinter ihm.

Er spannte seine Pobacken an.

Der kleine Empfangsbereich des Gebäudeteils war in freundlichen Farben gestrichen. Ruhige Bilder hingen an den Wänden. Überall standen Pflanzen herum. Es herrschte Ruhe.

Eine Schwester trat auf Dr. Weil zu, als sie sich am Tresen einfanden, und begrüßte die Gäste.

»Thekla, zeig mir doch bitte das Besucherbuch«, bat sie.

Schnell blätterte sie die Seiten um und schob Frithjof das Buch hin. »Arne Lux.«

Frithjof sah auf das Datum. Arne Lux hatte seine Schwester einen Tag nach dem Tod von Peter Winkler besucht.

»Kannten Sie Herrn Lux?«, fragte Frithjof die Dame.

»Nein. Er sagte, er sei die meiste Zeit des Jahres im Ausland.«

»Hat er einen Ausweis vorzeigen müssen?«

»Nein.« Sie war unsicher und sah zu Dr. Weil.

»Nein?«, fragte Frithjof. »Wieso dann das Eintragen der Namen?«

»Es ist schon üblich, dass wir die Ausweise sehen wollen. Einige der Patienten sind hier, weil sie schlimme Dinge durchgemacht haben, und wir wollen vermeiden, dass Personen hier eindringen, die für die Patienten gefährlich werden können.«

»Und dennoch haben Sie einen Mann zu Anke Lux gelassen, ohne zu prüfen, ob er tatsächlich ihr Bruder ist.«

Im Hintergrund klingelte ein Telefon. Ein Teekocher pfiff. Die Schwester sah wieder zu Dr. Weil. »Sie wissen, was hier manchmal los ist. Wir sind unterbesetzt. Immer mehr Arbeit bei weniger Kollegen. Ich kann mich erinnern, dass der Mann sympathisch war. Gleichzeitig hat die Zwei wieder verrückt gespielt.« Sie deutete den Gang hinunter. »Wir haben eine Ausnahme gemacht. Außerdem sagte er, er wäre nicht oft in Deutschland und hätte seinen Ausweis bei Freunden vergessen. Er war so schön gebräunt, ich habe ihm geglaubt und eine Ausnahme gemacht. Ich hoffe ich bekomme jetzt keinen Ärger?« Ängstlich sah sie zu Dr. Weil.

Die schüttelte den Kopf und bat darum, fortzufahren.

»Ich bin dann mit dem Mann in Ankes Zimmer gegangen und habe ihr gesagt, sie hätte Besuch.«

»Wie hat sie reagiert?« Frithjof lehnte sich auf den Tresen.

»Sie saß auf dem Bett und ihre Beine haben heruntergebaumelt. So saß sie meistens da und hat gegen die Wand gestarrt.«

Mit seinen Fingern spielte Frithjof mit einem Kugelschreiber, der an einer kleinen Kette befestigt war. »War Anke Lux überrascht?«

»Sie hat gelächelt.«

Wenn es tatsächlich Anke Lux' Bruder war, der sie besuchte, was war dann geschehen? Worüber hatten sie sich unterhalten, dass Anke Lux sich später umbrachte?

»Ist in der Familie Lux etwas geschehen, was ihr Bruder ihr erzählt haben könnte? Ein Todesfall oder dergleichen?«

Dr. Weil schüttelte den Kopf. Ein Schwall Locken rauschte ihr ins Gesicht. Sie wischte ihn energisch wieder nach hinten.

»Nein. Wir haben mit den Eltern gesprochen. Sie können sich nicht erklären, was Arne Lux ihrer Tochter erzählt haben könnte.«

»War Arne Lux tatsächlich in Deutschland?«

»Ja. Er hat seine Eltern besucht. Seine Mutter feierte Geburtstag.«

»Also können wir davon ausgehen, dass es Arne Lux war, der hier seine Schwester besucht hat.«

Dr. Emma Weil nickte. »Ich vermute ja. Wir könnten uns ein Bild von den Eltern geben lassen und Thekla könnte ihn identifizieren.«

Dr. Weil bedankte sich bei Thekla und ging den Gang des Flures entlang. Die Schritte verhallten in dem langen Gang. Eine gespenstische Stille herrschte nun.

Schwestern, die vorbeigingen, sprachen im Flüsterton. Angehörige streichelten Arme und Rücken. Kleine Küsse wurden auf Wangen und Handrücken verschenkt.

Die Schlüssel, die Dr. Weil aus der Tasche zog, klimperten aneinander. »Kein schönes Bild, Herr Arndt.« Sie drehte den Schlüssel im Schloss herum. »Wir haben es für die Polizei so gelassen, wie wir es vorgefunden haben. Spätestens heute Abend müssen wir anfangen, den Raum zu säubern. Wegen der Hygiene.«

»Oder ich zeige Ihnen einen richterlichen Beschluss«, ergänzte Frithjof.

»Richtig«, sagte sie und öffnete die Tür.

Das Tor zur Hölle.

»Oh, mein Gott«, entfuhr es Frithjof, als er das Zimmer sah.

Der ansonsten komplett weiße Raum war über und über mit dunkelrotem Blut gefärbt. Über die Wände verliefen längliche Farbbahnen, die auf dem Boden endeten. Blutlachen bedeckten große Flächen des Bodens. In ihnen erkannte man verwischte Fußabdrücke.

Das Bett war nicht bezogen. Es befand sich keine Matratze auf dem Rost.

Es roch nach Kupfer.

»Was ist hier passiert?«, fragte er leise.

»Anke Lux hat sich die Pulsadern durchgebissen.«

»Durchgebissen?« Er sah auf die surrealen Linien an den Wänden.

»Es gab hier nichts, womit sich Anke verletzen konnte. Eine Vorsichtsmaßnahme.«

»Und die Zeichnungen? Mit was hat sie gezeichnet?«

»Kohle.«

Dr. Weil zeigte auf einen kleinen Tisch, der an der Wand befestigt war. Dort mussten die Zeichnungen gelegen haben. Hier war kein Blut, nur DIN-A-4 große Rechtecke.

»Kommen Sie«, sagte Dr. Weil und schob Frithjof hinaus. »Ich wollte nur, dass Sie sich ein Bild machen können. Hier ist etwas zu Ende gegangen, was vor Jahren mit Peter Winkler begonnen hatte.«

Die Tür klackte leise, als Dr. Weil sie schloss. Hilflos stand Frithjof auf dem Gang. Seine Augen zeigten ihm noch immer den blutüberströmten Raum.

Er sah auf Landschaftsbilder, die an den Wänden hingen.

Blutlinien zogen sich über einen Leuchtturm, über Watt, Schafe und schwerelos schwebende Möwen. Er bekam die roten dunklen Linien nicht aus seinem Kopf. Sie hatte sich in seiner Iris eingebrannt.

»Es geht vorbei«, sagte Dr. Weil, die Frithjofs angestrengten Blick sah.

Frithjof folgte ihr den Gang entlang zu ihrem kleinen Büro.

Es war spartanisch eingerichtet. Zwei Sessel standen sich gegenüber, ein Schreibtisch am Fenster.

In einem kleinen Regal reihten sich medizinische Bücher und in Schubern standen Akten und Unterlagen mit dem Rücken zu den Besuchern.

»Setzen Sie sich.« Sie deutete auf einen Sessel. »Ein Glas Wasser?«

»Gerne.«

Als sie sich gegenübersaßen, reichte sie Frithjof die Zeichnungen, die Anke Lux vor ihrem Suizid gezeichnet hatte.

Unter Spritzern und Linien von Blut erkannte Frithjof schwarze Kohlezeichnungen. Sie zeigten eine Frau, die vor einem Busch stand. Der Mund war weit aufgerissen. Schwarze Löcher bildeten die Augen.

Ein anderes Bild zeigte zwei Männer. Der eine musste Winkler sein, das konnte Frithjof erkennen. Anke Lux war eine gute Zeichnerin gewesen. Sie hatte sich Mühe gegeben, Winklers Züge zu treffen. An seiner Schläfe waren schwarze Linien zu erkennen.

Blut, wie Frithjof dachte. Am Haaransatz gab es schwarze Kringel.

Neben Winkler stand ein Mann. Anke Lux hatte ihn von hinten gemalt. Der Mann war größer als Winkler.

Die nächste Zeichnung zeigte wieder eine Frau. Dieses Mal gebückt. Das Gesicht war unter wütenden Linien von Schwarz nicht zu erkennen.

Anke Lux musste den Kohlestift genommen haben und

das Gesicht so lange übermalt haben, bis es unkenntlich war.

Sie war wütend, dachte Frithjof. Nicht traurig, als sie die Bilder malte.

Das Gleiche, was mit dem Gesicht der Frau geschehen war, geschah mit einer männlichen Gestalt auf der nächsten Zeichnung. Frithjof konnte nicht erkennen, ob es Winkler war.

Das nächste Blatt erschreckte Frithjof.

Es war ein riesiges Auge. Anke Lux hatte filigran alle Details des Auges gezeichnet. In der schwarzen Pupille hatte sie sich selbst gezeichnet.

Wer sieht dich an? Welches Auge hast du da gemalt?

Dann erkannte Frithjof auf dem nächsten Bild Winkler, der am Boden lag. Sein Gesicht hatte sie verzerrt gezeichnet. Eine Hälfte des Gesichts war schwarz dargestellt.

Anke Lux hatte es bluten lassen.

Schließlich hatte sie schwarze Linien über die Zeichnung verteilt.

Wieder war sie wütend.

Warum war sie nicht froh und glücklich über den Tod von Winkler?

»Wieso diese Wut?«, fragte er Dr. Weil.

Sie drehte einige Locken zwischen den Fingern. »Das kann ich mir auch nicht erklären.« Sie sah Frithjof mit ihren schönen, leuchtenden Augen an. »Ich erstelle Täterprofile mit meinen Schülern und habe versucht, auch Anke Lux zu verstehen. Es ist mir nicht gelungen.« Sie atmete tief aus. »Wissen Sie, Anke Lux war ein ruhiges Mädchen. Sie sprach nicht viel. Sie ging langsam, hatte keinen Antrieb, kein Leben mehr in sich.«

»Und plötzlich bricht es aus ihr heraus?«

Noch einmal blätterte er die Zeichnungen durch. Er stockte.

»Sind das alle Zeichnungen?«

»Ja, sicher. Wieso?«, fragte sie interessiert.

Frithjof schüttelte nur den Kopf.

Er wusste selber nicht genau, was es war, das ihn stocken ließ. Aber etwas fehlte. Noch einmal schob er die Blätter hintereinander und besah sie sich genau.

Sie sind nicht vollständig, dachte er.

Irgendwo war ein Fehler!

Er kam jedoch nicht darauf, welcher es war.

Dr. Weil lehnte sich zu Frithjof hinüber. »Ich versuche Ihnen nun etwas zu erklären, was ich nur schwer in Worte fassen kann ...«

Interessiert sah Frithjof sie an und legte die Zeichnungen auf seine Oberschenkel.

»Ich versuche für die Polizei Täterprofile zu erstellen und ich werde vom OFA gerufen, wenn sie nicht weiterkommen. Das OFA ist eine Abteilung des Landeskriminalamtes, sie ist ziemlich neu und heißt nichts weiter als Operative Fall Analyse. Ich sehe mir die Untersuchungsberichte an, durchforste Biografien und versuche mir ein Bild zu machen, das die Menschen beschreiben soll, die etwas mit dem Tod des Opfers zu tun haben. Ich gehe an die Orte, an denen Menschen getötet wurden, und *sehe*.« Sie sah Frithjof an und hoffte er würde verstehen. »Ich lege mich auf den Boden und starre an die Decke. Nach einer Weile drehe ich meinen Kopf und betrachte diesen Ort, an dem ein Mord passiert ist. Und dann geschieht es ...«

Frithjof setzte sich auf. Er ahnte, was sie meinte.

»Wie Geister treten die Toten aus einem Bild, aus einer Wand, einem Sessel und ich sehe die letzten Minuten in ihrem Leben. Sie sind wie Geister. Schemenhaft, durchsichtig. Und ich sehe ihren Tod.« Dr. Weil legte ihre Hände auf das Gesicht. »Wenn es zu Ende ist, verschwinden sie in mir. Verstehen Sie?«

Pause.

»Ich spüre den letzten Hauch dieses Menschen.«

»Ein Geisterhauch«, flüsterte Frithjof. Sein Blick war starr auf sie gerichtet.

Sie hätte erwartet, er würde über ihre Beschreibung lachen oder schmunzeln. Aber er tat es nicht. Sein Blick war angestrengt. Nach einer Weile sah er aus dem Fenster.

Etwas war zwischen ihnen geschehen, das merkte Dr. Weil. Nur wusste sie nicht, was es war.

»Ich gehe in fremden Schuhen«, sagte er nach einer Ewigkeit.

»Ich bin der, der auf der anderen Seite ist. *Sie* sehen die Opfer. *Ich* bin der Täter.«

Zwei Gaben, zwei Flüche.

»Wie haben Sie Anke Lux gesehen?« Frithjof wusste, dass sich Dr. Weil auch in Anke Lux' Zimmer auf den Boden gelegt und versucht hatte, den Geisterhauch zu spüren.

Dr. Weil schluckte. »Bei Anke war es anders. Ansonsten sehe ich die Opfer wie ein Hauch von Nebel. Wie gläserne, schimmernde Fäden. Anke jedoch«, sie stockte, »bildete sich rot wie das Blut, das aus ihr gespritzt ist. Sie stand nur da. Sie tat nicht das, was in den letzten Momenten ihres Lebens geschehen war. Sie bildete sich, stand da, sah mich an und sank auf mich.«

»Sie war nicht wütend?«

»Nein. Deshalb kann ich mir nicht erklären, wieso die Zeichnungen diese extreme Wut zeigen.«

»Kann jemand anderes die Zeichnungen gemalt haben?«, fragte Frithjof.

»Ich wüsste nicht, wer Winkler so detailgetreu hätte zeichnen können. Und die Art des Zeichnens entspricht der von Anke.«

Arne Lux besucht seine Schwester. Er berichtet von Pe-

ter Winklers Tod. Anke Lux ist wütend. Nicht froh und glücklich. Sie bringt sich um. Sie beißt sich die Pulsadern durch. Sie steht in roten Schemen in ihrer Zelle.

Nur ein Geisterhauch.

33

Bente war der Teil von Frithjof, der ihn am Leben hielt. Die Luft zum Atmen, zu tasten, zu forschen, zu entdecken. Zwischen den Schultern, dem Po, den Achseln, den Lippen. Bente war sein zweites Ich. Der Mensch, mit dem er verbunden gewesen war. Die erste Liebe. Die erste Erfahrung mit der Lust. Über all die Jahre blieb die Begierde. Kein Blick auf jemand anderen. Nur Bente und er.

Der Schaum des Milchkaffees klebte träge auf seiner Oberlippe. Er leckte ihn fort.

Der Geruch des Cafés, in das er sich gesetzt hatte, als Dr. Weil ihn am Exer abgesetzt hatte, umgarnte ihn wie die Erinnerung an Bente.

Bente nahm sein Herz. Einfach so. Ohne zu fragen. Bente stand auf dem Abschlussball des Gymnasiums vor ihm und kniff ihn in den Hintern. Neben ihnen stand ihr eigentlicher Tanzbegleiter. »Mein Herz hat sich anders entschieden«, sagte sie zu ihm und er verschwand.

»Ziemlich kitschig, das mit dem Herz«, sagte Frithjof.

»Na und?« Dann küsste sie ihn. Es war ein langer Kuss, der alles besiegelte. Der für die Ewigkeit gedacht war.

Frithjof war glücklich. Bente war das Mädchen, das er auf dem Schulhof anstarrte, dem er die Gedanken in seinen Träumen widmete.

Auch nach der Ausbildung, Eigenheimbildung und Berufsalltag blieben sie ein Paar, das von allen beneidet wurde.

Frithjof wollte nie etwas anderes, als mit ihr alt werden.

Er wollte niemals darauf verzichten: auf das Lachen in peinlichen Momenten, das Herumhüpfen vor Begeisterung, das Händeklatschen vor ungebändigter Freude, das Herumtanzen, wenn einem bei Regen ein wunderbarer Song einfiel, das hemmungslose Weinen, wenn Meg Ryan Tom Hanks traf oder das verschmitzte Lächeln, wenn ein Foto geschossen wurde. Er liebte ihr Herausstreichen der Locken, wenn bei heftigem Verneinen diese ins Gesicht fielen, das Wippen der Füße, wenn das Lied durch alle Glieder ging, das Pfeifen, wenn er neue Sachen trug, die sie sexy fand, das erwartungsvolle und gespannte Lauschen, wenn er über einen neuen Fall sprach, das Blubbern mit Zahnpasta, wenn er abends ins Bad kam, das Kissenklauen, wenn er so tat, als würde er schlafen und sie ihn ertappte, das liebliche Zungenspiel, wo immer er sie liebkosen konnte. Dann lächelte und gluckste sie. Sie strich ihm über die Haare, die sie bei ihm immer für zu kurz hielt, und küsste ihn später in der Nacht auf den Nacken, auf die Stelle, die sich dort einwölbte, wo die kleinen Härchen wuchsen, die sie so sexy fand. Dann schliefen sie ein. Eng umschlungen. Mit den Körpern wie in den Träumen verbunden.

»Sie sehen traurig aus«, sagte plötzlich jemand hinter ihm.

Erschrocken sah er auf. Dr. Emma Weil stand neben dem Tisch. In ihrer Hand hielt sie ein Glas Wein. »Ich komme öfter hierher, wenn ich Feierabend habe.«

»Was für ein Zufall.« Er schob sein leeres Milchkaffeeglas zur Seite. Er bestellte bei der Bedienung, die gerade an ihnen vorbeiging, ebenfalls ein Glas Wein.

Emma setzte sich an seinen Tisch. »Ich hoffe, es ist o.k., wenn ich mich setze?«, fragte sie vorsichtig.

Nichts sehnlicher habe ich mir gewünscht, *Bente*, dachte er. Sie war die Frau, die ihm genommen wurde und jetzt plötzlich wieder da war. Er lächelte schüchtern und versuchte, sie nicht so häufig anzusehen, wie ein kleiner, pubertierender Jugendlicher, der seine Home-Coming-Queen anschmachtet.

»Was macht Sie so traurig?«

»Sie sind Psychologin. Sie müssen, glaube ich, so was fragen«, sagte er lachend.

Auch sie lachte. »Entschuldigung. Berufskrankheit.«

Die Bedienung brachte den Wein. Emma und Frithjof prosteten sich zu und tranken genüsslich die ersten Schlucke.

Aus einem Wein wurden vier, sodass sich Frithjof dazu entschied, sie nach einem Hotel in der Nähe zu fragen. »Fahren kann ich nicht mehr«, gab er zu und tippte auf sein leeres Glas. Ein dumpfer Ton erklang.

Sie hatten nicht über den Fall gesprochen. Es war wie ein erstes Treffen zweier, die nach etwas Neuem suchten.

Beim zweiten Wein waren sie beim Du gelandet, und nun lud Emma ihn ein, bei ihm zu schlafen. »Keine Angst, Frithjof. Mein Haus ist groß. Jeder hat sein eigenes Zimmer.« Sie legte ihren Kopf auf die Schulter. »Keine Angst. Das ist besser als ein Hotel.« Sie hickste. Beide mussten darüber lachen.

»Betrunken?«, fragte er.

»Nicht mehr als du.«

Ein Taxi fuhr beide aus Kiel hinaus zum Schönberger Strand. Einem kleinen Ort an der Ostsee.

Frithjof bezahlte die Rechnung des Taxis und stand mit Emma vor einem imposanten Haus mit Veranda, jugendstilartigen Verziehrungen an den Balken, einer wuchtigen Tür und Fensterbögen.

»Geerbt«, sagte Emma, torkelte auf das Haus zu und erklärte somit diese gewaltige Immobilie, die ihr mit einem Gehalt einer Psychologin gehörte.

Im Flur küsste Frithjof Emma. Ganz spontan, ohne zu hinterfragen, ohne an Johanna zu denken. Er hatte sie ausgeblendet, der Zugang war ihr wieder verwehrt, dies geschah einfach so, ohne dass Frithjof Einfluss darauf hatte.

Emma sträubte sich nicht. Als sie voneinander ließen, sah sie Frithjof tief in die Augen. »Ich werde dich verletzen. Du wirst dich in mich verlieben, wenn es nicht schon längst geschehen ist, aber du wirst es bereuen. Du musst vorsichtig sein. Ich bin nicht gut in diesen Dingen.«

»Verletze mich«, sagte er, »du weißt nicht, was ich schon ertragen habe.«

»Ich werde es nicht besser machen.«

»Wer weiß?«

»Ich bin auch niemand aus der Vergangenheit, Frithjof.«

Erschrocken trat er zurück und sah sie an.

»Ich kenne diesen Blick«, sagte sie. »Du siehst jemanden in mir. Jemanden, der weit weg ist. Der nicht mehr da ist.«

Frithjof schwieg.

»Verlieb dich nicht in mich, Frithjof.«

»Das sagtest du.«

»Ich werde dir wehtun.«

»Ich habe meine Wunden gezählt. Ich weiß, was Schmerz und Verlust bedeuten.« Er sah auf seine in sich gefalteten Hände, die er vor seiner Brust hielt. »Ich habe mich in dich verliebt.«

»Das ist nicht gut«, sagte Emma und küsste ihn.

Es gab keine getrennten Schlafzimmer. Sie hatten Sex miteinander. Ganz langsam und behutsam. Frithjof rutschte durch ein Zeitloch zurück zu einem Leben, nach dem er sich so lange gesehnt hatte.

Emma wusste das, sie ließ es zu. Sie wusste, dass sie für

Frithjof eine andere war. Das hatte sie an seinem Blick gesehen. Etwas erinnerte ihn an jemanden, als er sie ansah.

Sie lagen nach dem Sex nebeneinander. Frithjof hielt sie von hinten und streichelte ihren Bauch.

Keiner sprach ein Wort. Nach einer Weile schliefen sie ein.

34

Robert saß im *Cappuccino* und trank einen Wein. Er hatte sich an den Tresen gesetzt. Das Stimmengewirr um ihn herum lenkte ihn ein wenig ab. In den letzten Wochen und vor allem in den letzten Tagen war er nicht zur Ruhe gekommen.

Er hatte sich auf etwas eingelassen, was er nun nicht mehr kontrollieren und beeinflussen konnte.

Es war ebenfalls nicht gut gewesen, Frithjof mit hineinzuziehen. Die Konsequenzen konnte er noch nicht abschätzen. Was, wenn Schiller sich gar nicht darauf einließ, auch noch in Frithjofs Vergangenheit herumzuwühlen? Dann würde Frithjof weiterhin vor einem nie geklärten, nie gelösten Rätsel in seinem Leben stehen und hatte sich unnötig Hoffnung gemacht.

Ebenso hatte Robert das Gefühl, er könnte diese ganze Geschichte nicht mehr stoppen.

Aber wollte er das?

Nein, entschied er und trank einen großen Schluck Wein. Er bestellte einen weiteren Soave.

Jetzt bist du so weit gegangen, dachte er, du kannst nicht mehr zurück. Jetzt bist du so nah dran wie nie zuvor!

Schiller hatte sich nicht wieder gemeldet. Als er ihn kontaktieren wollte, teilte eine mechanische Stimme ihm mit, die Nummer sei nicht mehr vergeben.

Was war geschehen? Wieso meldete sich Schiller nicht? Wieso war seine Nummer nicht mehr aktuell?

Immerhin hatte Robert eine Menge Geld gezahlt. Ein weiterer großer Betrag würde folgen.

Bisher hatte er die entscheidenden Unterlagen nicht bekommen, die ihm Schiller versprochen hatte.

Er war noch einmal auf dem Alsen-Gelände gewesen und hatte das Gebiet weiträumig abgesucht, doch nichts gefunden.

Wie sollte er nun an die Unterlagen, die Informationen gelangen?

Er musste abwarten. Aber wie lange?

Was, wenn Schiller verschwand?

Um das Geld machte sich Robert keine Sorgen. Das war egal. Aber er wollte die Unterlagen, die Namen, die in ihnen standen. Orte, Handlungen, Vereinbarungen.

Auf den freien Barhocker neben ihn setzte sich eine rothaarige Frau. Sie lächelte ihm zu. Robert erwiderte es und sah auf sein Weinglas, das vor ihn gestellt wurde.

Leise Musik spielte im Hintergrund.

Die Frau stellte ihre Handtasche auf den Tresen und zog einen kleinen Handspiegel und einen Lippenstift heraus.

Langsam zog sie ihre Lippen nach und betrachtete ihre Arbeit in dem kleinen Spiegel.

Während sie sich die Lippen nachzog, sprach sie leise zu ihm: »Lade mich zu einem Getränk ein, Robert.«

Zuerst verstand er nicht.

»Sie sind draußen.« Man konnte nicht erkennen, dass sie sprach. Jeder, der sie betrachtete, würde sehen, dass sie ihre Lippen nachmalte. »Lade mich ein.«

Dann klappte sie den Spiegel zu und steckte ihn mit samt dem Lippenstift in ihre Handtasche. Sie duftete nach Chanel No 5.

»Darf ich Sie einladen?«, fragte Robert.

Sie lachte schüchtern. »Ja, sehr gerne.«

Sie tranken Wein. In Roberts Blick waren Fragen, die

sie mit einem Kopfschütteln fortwischte. Sie beherrschte es, das Gespräch auf alltägliche Themen zu lenken. Für Außenstehende sahen sie aus, als hätten ein Mann und eine Frau sich soeben kennengelernt.

Nach etwa einer Stunde beugte sie sich zu ihm hinüber und küsste ihn sanft. »Komm mit raus«, hauchte sie.

Robert bezahlte und sie verließen das *Cappuccino*.

Auf der Straße küsste sie ihn wieder. Ihre Lippen glitten über seine Wange und wanderten weiter zu seinem Ohr. Ihre Zunge spielte mit seinem Ohrläppchen.

»Schiller ist morgen Abend online. Er hat einen Chatroom gefunden, wo ihr euch unterhalten könnt«, flüsterte sie.

»Wo?«, fragte er. »Und welchen Namen soll ich verwenden?«

»Alle Informationen sind bereits in deiner Tasche.«

Unbemerkt musste sie es ihm untergeschoben haben.

Dann lachte sie laut und ging einen Schritt von ihm weg.

»Das war ein sehr netter Abend«, sagte sie laut. »Vielleicht treffen wir uns einmal wieder.« Noch ein letzter Kuss und sie ging den Sandberg hinunter.

Robert sah ihr hinterher.

Er bemerkte nicht, wie ein Wagen hinter ihm gestartet wurde. Zwei schwarze Männer saßen in ihm.

Er hatte ebenso nicht bemerkt, dass er den ganzen Abend über beschattet wurde.

Wer war die Frau?

Konnte er ihr trauen?

Gehörte sie tatsächlich zu Schiller? Oder war das nur ein Trick?

Was, wenn sie zu den Hornissen gehörte und ihn in eine Falle lockte?

35

Gabrielle hatte vergeblich versucht, Solberg, Martens und Harders zu erreichen, um sie für den morgigen Tag aufs Präsidium zu bestellen. Aus diesem Grund bot Lars ihr an, am Abend in der Schrebergartenkolonie vorbei zu fahren. Seine Mutter war auf Anraten der Krankenschwestern nach Hause gefahren und war wieder bei Rai. Ein abendlicher Spaziergang würde ihm gut tun, sagte er zu Gabrielle.

Er ließ seinen Wagen ein wenig abseits von der Kolonie stehen. Vielleicht hatte er ja ein ebensolches Glück wie Frithjof und würde im Dunklen einiges erfahren. Er war sich sicher, dass die Kleingärtner noch immer zusammenhocken würden, um sich zu besprechen. Noch war es ihnen gelungen, ihre kleinen Geheimnisse zu schützen.

Vorsichtig betrat Lars durch das Gittertor den Rosenweg. Er hatte Glück und schlüpfte unbemerkt von Holger Seebach, Karl-Heinz Martens und Hans Harders hinter Ligusterhecken.

Die drei saßen bei Seebach vor der Laube, die eine Lampionlichterkette schwach beleuchtete. Die drei Gesichter waren schattenüberzogen. Ein Windlicht stand auf dem Tisch.

In den umliegenden Lauben brannte vereinzelt Licht. Der Geruch von Grillfleisch schwebte noch über den Gärten. Mücken summten. Von irgendwoher hörte Lars Musik. Weit entfernt fuhren Autos.

Aus seinem Versteck sah er Gretchen Junghold, die an

Seebachs Garten vorbeiging, den Männern einen schönen Abend wünschte und winkte.

Die Drei hatten ihren Gruß erwidert.

Hasan Özens Kinder lärmten den Rosenweg herunter. Auch Özen und seine Frau grüßten.

Die Drei nickten nur.

»Berger ist schon seit zwei Tagen nicht mehr in seiner Laube«, grunzte Seebach seinen Gästen zu.

»Was willst du von ihm?«, fragte Harders.

»Ihr habt doch auch bei Berger was laufen, oder?«, zischte Seebach. »Er muss es rückgängig machen. Wenn die Polizei das herausfindet, sind wir verdächtig!«

»Das sind wir doch eh schon«, kam es von Kalli.

Seebach rauchte Kette. Es machte ihn sichtlich nervös, dass die Polizei noch immer herumschnüffelte.

Auch Kalli und Harders schien es nicht anders zu gehen.

Auf dem Tisch stand eine fast leere Flasche Korn.

Die drei Männer hatten sich in ihre Panik hineingesteigert.

»Wir müssen etwas unternehmen«, forderte Kalli.

»Was können wir jetzt noch machen?«, fragte Seebach gereizt.

»Wir haben uns nichts vorzuwerfen! Hört ihr? Wir haben nichts getan«, sagte Harders.

»Die Chinesen gehen uns aus dem Weg«, sagte Seebach.

»Solberg kümmert sich auch nur noch um seinen Alkoholpegel«, bemerkte Harders.

»Überhaupt«, meinte Kalli, und sah sich nach allen Seiten um, »seit Winkler tot ist, ist die Gemeinschaft zerrüttet.«

»Das Gegenteil sollte der Fall sein. Wir sollten froh sein, dass er tot ist.«

»Und nun guckt jeder, dass Winkler seine Geheimnisse nicht irgendwo gelassen hat, wo jeder sie findet.«

»Es ist gut, dass Winkler tot ist«, sagte Seebach.

»Wir müssen warten. Gras über die Sache wachsen lassen.«

»Solange die Polizei den Täter nicht hat, wird sie weiter Nachforschungen anstellen.«

»Wie gesagt, wir haben uns nichts vorzuwerfen.«

Er klang nicht von dem überzeugt, was er sagte.

Niemand widersprach ihm.

In diesem Augenblick trat Lars aus seinem Versteck und blickte über die Hecke zu den Dreien.

»N' Abend!«, rief er.

Wie von der Tarantel gestochen drehten sie sich zu ihm um. Verlegen sahen sie ihn an. Keiner grüßte zurück.

»Worüber muss erst einmal Gras wachsen?«, wollte Lars wissen, der nun Seebachs Garten betreten hatte und auf sie zukam.

»Winklers Tod«, kam es von Harders.

»Was haben Sie sich den vorzuwerfen?« Lars baute sich vor den Herren auf und verschränkte seine Arme.

»Nichts«, kam es unisono.

»Deshalb sollten Sie, Herr Harders, auch *nichts* in Winklers Wohnung suchen?«

Hans Harders fühlte sich ertappt. Wie konnte die Polizei das erfahren, schien sein Gesicht auszudrücken.

»Ich ... nein, ich wollte, ... nein, nein. Ich war nicht in der Wohnung«, stammelte er.

Lars grinste ihn höhnisch an. »Die Tatsache, dass Sie drei es in Erwägung gezogen haben, reicht doch schon, oder?« Erwartungsvoll sah er in die Runde.

Seebach schien sich ein wenig gefangen zu haben, schließlich war er selbsternannter Vorsitzender, wenn auch nicht offiziell gewählt. Er nahm die Verteidigung auf. »Winkler hat in unseren Leben herumgeschnüffelt. Irgendwo musste er doch diese Informationen gesammelt haben. Wir mussten doch nur sichergehen.«

Lars war verblüfft und sah Harders an. »Winkler hatte

diese Informationen und Sie gehen nicht in seine Wohnung, um danach zu suchen?«

Harders sah schnell zu Seebach und Martens. »Nein.«

»Wieso nicht?«

»Ich hatte Angst. Schließlich wusste ich, dass die Polizei in seine Wohnung gehen würde. Ich hatte Angst, Spuren zu hinterlassen.«

»Sie haben mehr an sich, als an die Gemeinschaft gedacht.«

Harders war es peinlich, darauf angesprochen zu werden, so sagte er ganz leise: »Ja.« Mehr nicht.

»Was ist in jener Nacht wirklich in Winklers Garten geschehen?«

Martens schlug empört auf den Tisch. Eine leere Bierflasche kippte zur Seite und rollte über die Tischkante. Sie zersprang auf dem Boden. »Winkler wurde erschlagen! Aber nicht von uns, wenn Sie das denken!«

Lars fuhr sich mit der Hand über sein Gesicht, und schien nachzudenken. »Was haben dann nur all die Menschen in Winklers Garten gemacht?«

Die Gärtner schwiegen.

Lars wollte nicht, dass die Herren sich hier wieder besprechen konnten. Es reichte aus, dass sie ins Schwimmen kamen.

»Sie sind bitte morgen früh auf dem Präsidium. Wir haben da noch einige offene Fragen, die geklärt werden müssen.«

Lars nickte zum Abschied in die Runde und verließ dann wortlos die Parzelle sowie *Kleinklee*.

Die Gemeinschaft ist zerrüttet, hatte Martens gesagt. In dieser Nacht würde noch manches böse Wort zwischen den Dreien fliegen.

Mal sehen, wie sich die Gemeinschaft vorbereitet, dachte Lars.

36

»Du musst gehen«, sagte Emma zu Frithjof, als er aufwachte.

Emma war bereits geduscht und für den Tag angezogen.

Seine Sachen hatte sie neben ihn auf das Bett gelegt.

Frithjof rollte sich auf die Seite, er war nackt.

»Können wir ...«, fing er an.

»Nein.« Sie trank einen Schluck Kaffee. Mit beiden Händen umfasste sie den Becher. Das hatte Bente auch immer gemacht.

Dann verließ sie das Zimmer.

Die Bettdecke raschelte, als er aufstand.

Von dem Schlafzimmer aus konnte er auf die Ostsee sehen. Gestern Abend war ihm das gar nicht aufgefallen.

Das Meer lag ruhig da. Der Sand blendete ihn, da die Sonne darauf schien. Der Anblick ließ ihn an nichts denken, was ihm in Anbetracht seiner Situation schon merkwürdig vorkam. Er hatte die Nacht mit einer Frau verbracht, die er keine 24 Stunden kannte, hatte sich innerlich auf weitere quälende Jahre des Suchens eingestellt und seine jetzige Beziehung dem Abschuss freigegeben.

Er zog sich an und ging durch das Haus. In der Küche hatte Emma den Rest Kaffee aus der Kanne gerade in die Spüle gegossen. Sie bot ihm keinen Kaffee an. Mit ihrer Aktentasche in der einen Hand und ihrem Autoschlüssel in der anderen bedeutete sie Frithjof, sie müsse jetzt los.

»Wir müssen gehen.«

»Emma, ich ...«

»Es war schön, aber ich bin nicht die, nach der du dich sehnst.« Emma schloss hinter ihm die Haustür. »Ich bin für dich ein Ersatz. In deinem Kopf bin ich eine andere Frau. Das werde ich immer sein. Ich, Emma, werde nie die Frau sein, an die du dich klammerst und nicht loslässt. Ich habe dir gesagt, dass ich dich verletzen werde. Ich habe dich gewarnt.«

»Ich dachte nicht, dass es so schnell sein wird.«

»Wieso sollte ich den Schmerz größer werden lassen?«

Ein Taxi fuhr auf das Haus zu. Schweigend setzten sie sich hinein. Auf der Fahrt steckte Emma ihm einen Zettel zu, auf dem die Adresse von Anke Lux' Eltern stand. »Vielleicht willst du mit ihnen reden. Sei aber bitte vorsichtig. Sie sind nicht stark. Die letzten Jahre haben sie äußerlich und innerlich gezeichnet.«

Er steckte den Zettel in seine Tasche.

»Vielleicht wissen sie, wo Arne steckt.«

»Hoffentlich nicht wieder in Namibia«, sagte Frithjof. »War er hier, nachdem Anke sich umgebracht hatte?«

»Nein. Nur seine Eltern.«

Wieso war er nicht hier gewesen, überlegte Frithjof.

Zuerst besucht er seine Schwester, um ihr zu sagen, dass Peter Winkler tot ist, und dann bleibt er der Klinik fern, als sie sich umbringt?

Frithjof hoffte wirklich, dass er noch nicht nach Namibia abgereist war.

Auf dem Exer stieg Frithjof aus. Emma drehte ihren Kopf zur Seite und schaute aus dem Fenster.

Frithjof verstand. Kein letzter Kuss, kein letztes Lachen.

»Grüß James Dean«, sagte sie und schaute weiterhin aus dem Fenster.

Er schlug die Tür des Wagens leise zu.

Das Taxi fuhr durch eine Menschenmenge, die zur Kieler Woche pilgerte. Das Taxi verschwand, mit ihm Emma und die Gedanken an Bente.

Mit seinem Wagen bahnte er sich einen Weg durch die Menschen, die Richtung Ostseehalle und Fußgängerzone pilgerten.

An einer Tankstelle fragte er nach dem Weg zu der Adresse, die Emma ihm notiert hatte.

Er hatte ein ungutes Gefühl, als er den Lorentzen Damm entlang fuhr. Für solche Befragungen war Robert zuständig, nicht er. Oft schien er wie ein Elefant im Porzellanladen zu wirken, wenn er seine Fragen stellte.

Das Haus der Familie Lux stand in einer Reihe mit weiteren Mittelschichthäusern. Die Einfahrt war ordentlich gepflegt. Vor dem Eingang stand ein Blumenkübel. Ein bunter Blumenkranz baumelte an der Hauseingangstür.

Frithjof stieg aus dem Wagen und erblickte ein bleiches Gesicht hinter einem der Fenster des Erdgeschosses.

Bevor er klingeln konnte, öffnete sich die Tür.

Frau Lux trat aus dem Haus wie ein Geist. Sie bestieg die Außenwelt wie eine im Nebel liegende Welt.

Unter den Augen verliefen dunkle Ringe. Das Weiß um die Pupille war einem Rot gewichen. Nervös fingerte sie an ihren dünnen Haaren herum.

»Mein Name ist Frithjof Arndt«, sagte er vorsichtig. Er wollte nicht gleich seinen Ausweis zücken und die Frau noch mehr beunruhigen. »Sind Sie Frau Lux?«

Die Frau blickte ihn kommentarlos an.

»Die Mutter von Anke Lux?«

Tränen flossen lautlos die Wangen hinunter. Immer noch sagte sie nichts.

Vorsichtig schob Frithjof seine Hand in seine Tasche und holte seinen Ausweis heraus.

»Ich weiß, dass es kein günstiger Zeitpunkt ist, Frau Lux, aber ich müsste Ihnen einige Fragen stellen.«

Er hasste sich dafür. Diese Frau hatte gerade ihre Tochter verloren und nun kam er daher und überfiel sie in ihrer Trauer, aber er konnte nichts dafür. Das war sein Job.

Ein undankbarer.

Schweigend ging sie in das Haus. Die Tür ließ sie geöffnet. Für Frithjof war das ein Zeichen, ihr zu folgen.

Das Haus war gemütlich eingerichtet, liebevoll. Überall hingen Bilder der Familie. Die Wände waren hellgelb getupft. Helle Möbel standen in den Zimmern, die Frithjof vom Flur aus sah.

Aus der Küche roch es nach Essen.

Frau Lux stand am Herd, als Frithjof die Küche betrat. Sie wendete Fleisch. Auf dem Tisch stand Salat. Es war für zwei Leute gedeckt.

»Sie ist tot«, sagte Frau Lux.

»Mein Beileid, Frau Lux, ich weiß.«

»Wieso sind Sie hier?« Ihr Blick war auf die Pfanne gerichtet. Sie stand mit dem Rücken zu Frithjof. Ein Schutz, damit er ihre Tränen nicht sah.

»Es geht um den Tod von Anke.«

»Sie hat sich umgebracht«, kam es knapp und klar von Frau Lux.

»Gerade deshalb muss ich Ihnen einige Fragen stellen.«

»Was gibt es da zu fragen? Sie ist tot. Sie hat sich umgebracht.«

»Können Sie sich vorstellen, wieso Anke diesen Schritt gewählt hat?«

Empört ließ sie den Bratenwender in die Pfanne fallen und drehte sich um. Ihr Körper zitterte, als sie auf Frithjof zuging.

»Haben Sie Ihre Arbeit nicht gemacht?«, fragte sie trotzig.

»Ich kenne die Geschichte Ihrer Tochter.«

»Wieso stellen Sie dann diese Frage?«

»Weil ich herausfinden möchte, weshalb es gerade *jetzt* zu dem Suizid gekommen ist.«

Frau Lux ließ ihre Schultern fallen und schloss die Arme um ihren Körper. »Es war Zeit.«

Frithjof verstand nicht und sah sie fragend an.

»Was meinen Sie, wie lange hält ein Mensch das aus?« Sie sah ihn traurig an. Wieder liefen ihr Tränen die Wangen hinunter. Sie schluchzte nicht. Die Tränen kamen einfach so, ganz lautlos.

»Anke hatte Angst. Jedes Geräusch machte sie ängstlicher. Sie hatte immer das Gesicht von diesem fürchterlichen Menschen im Kopf. Bei jeder Tür, die einem aus der Hand fiel. Bei jedem unbekannten Geräusch hinter ihr.«

Frau Lux ging in den Durchgang von der Küche zum Flur und deutete auf die Bilder an der Wand. »Wir waren eine glückliche Familie. So, wie man es sich als kleines Mädchen wünscht.«

Sie drehte sich langsam zu Frithjof. »Haben Sie Kinder?«

»Nein.«

»Dann können Sie sich nicht vorstellen, wie es ist, wenn die eigene Tochter auf den Stufen vor dem Haus liegt. Voller Blut, krampfend, Blut spuckend ...«

»Nein«, kam es so leise aus Frithjof, dass er es selber kaum vernahm.

»Dann können Sie sich nicht vorstellen, wie es ist, seine Tochter in die Arme zu nehmen? Wie das Blut die eigene Haut beschmiert? Sie können sich nicht vorstellen, wie Blut der eigenen Tochter schmeckt, wenn man den Kopf an sie legt, wenn man sie in den Arm nimmt und um Hilfe ruft?«

»Nein.«

»Sie können sich nicht vorstellen, wie es ist, als Mutter

hilflos den Körper der Tochter zu halten, der ganz langsam stirbt. Der einem wegstirbt, den man in sich trug, den man aufzog, den man liebt, der dann einfach nur ein Bündel Mensch ist.«

»Nein.«

»Dann können Sie sich nicht vorstellen, wie man im Krankenwagen um das Leben seines eigenen Kindes bangt.«

»Nein.«

»Dann können Sie sich auch nicht die Stunden vorstellen, die man auf sterilen, kalten Krankenhausfluren verbringt? Sie können sich nicht vorstellen, was man empfindet, wenn die Tür des Operationssaals geöffnet wird.«

Sie sackte kraftlos auf einen Sessel nieder.

»Jedes Mal denkt man, jemand kommt heraus und sagt einem, seine eigene Tochter ist gestorben. Sie hätte es nicht geschafft.«

Frithjof weinte, wie Frau Lux, ganz lautlos, ganz leise, einfach so, ohne dass er wusste, woher sie kamen, wo sie sich versteckt hatten, die salzigen, schweren Tränen, die seine Lippen trafen, die er mit der Zunge fortwischte.

»Sie können sich unsere Erleichterung nicht vorstellen, als man uns sagte, Anke würde durchkommen.«

Frithjof schaute Frau Lux nur schweigend an.

»Sie können sich auch nicht unsere Wut vorstellen, als es zur Verhandlung kam, als Ankes Leben heruntergehandelt wurde. Wir bekamen mit, wie mit dem Leben unserer Tochter gehandelt wurde. Wir bekamen mit, wie die Anwälte aushandelten, welchen Wert unsere Tochter hatte.« Sie schluchzte und sah Frithjof traurig an. »Sie können sich nicht vorstellen, was in einer Mutter vorgeht, wenn das Leben ihrer Tochter eingeschätzt wird – von einem Gericht, von Anwälten. Das Leben meiner Tochter ist so unendlich viel wert, aber diese Männer haben damit gehandelt wie mit einer Ware. Anke war kein Mensch mehr, sie war eine Nummer, etwas, das man eintauscht, was man bewertet. Können Sie sich vorstellen, wie man sich dann fühlt?«

»Nein.«

»Können Sie sich vorstellen, wie es ist, wenn die eigene Tochter versucht sich umzubringen?«

»Nein.«

»Können Sie sich vorstellen, wie es ist, wenn die eigene Tochter in die geschlossene Abteilung der Psychiatrie eingewiesen wird?«

»Nein.«

»Können Sie sich vorstellen, wie es ist, seine eigene Tochter dort zu besuchen?«

Rauchschwaden kamen aus der Pfanne, in der die Fleischstücke anbrannten. Schnell ging Frau Lux zurück zum Herd und stellte die Pfanne zur Seite.

»Dann gibt es heute nur Salat«, meinte sie freundlich. »Essen Sie mit uns? Mein Mann kommt gleich nach Hause?«

»Ich weiß nicht«, sagte Frithjof. Er war aufgewühlt. Er sah Frau Lux an und hasste und bewunderte sie zugleich für dieses Gefühlschaos, das sie in ihm ausgelöst hatte.

Zum ersten Mal verstand er wirklich, was in dieser Familie geschehen war. Es war nicht nur ein Name (Anke Lux), nicht nur ein Täter (Peter Winkler), sondern eine Tragödie, mit der Menschen versuchten, zu leben.

Er fragte nach Arne.

»Was soll mit Arne sein?«

»Hat er Sie besucht?«

»Ich hatte Geburtstag. Da kommt er immer aus Namibia nach Hause.«

»Und er hat Anke besucht.«

»Sie ist seine Schwester, natürlich war er bei ihr.«

Sie setzte sich an den Tisch. Die Salatschüssel stand in

der Mitte des Tisches, trotzdem rückte sie an ihr herum. »Warum fragen Sie?«

»Wissen Sie, worüber Arne mit seiner Schwester gesprochen hat, als er sie besucht hat?«

Frau Lux schüttelte den Kopf. »Nein. Er sagte, sie sähe traurig aus. Aber bald würde es sich geben.«

»Was meinte er damit?« Frithjof setzte sich ihr gegenüber und sah sie aufmerksam an.

»Das weiß ich nicht. Das müssen Sie Arne fragen.«

»Ist er denn noch in Deutschland?«

»Ja, ich vermute. Er ist bei Freunden. Er wohnt dort mit seiner Frau. Sie haben hier alles vor ein paar Jahren aufgegeben.« Frau Lux lächelte. »Natürlich könnte er auch hier mit uns wohnen, genug Platz gibt es ja, aber er versucht, den Kontakt zu seinen alten Freunden in Deutschland aufrecht zu erhalten.«

»Wo ist er gerade?«, fragte Frithjof.

»In Itzehoe, glaube ich.«

Frithjof erstarrte, dann setzte er sich auf. »Wo?« Ihm wurde schlecht, kalt und heiß zugleich. Das konnte nicht sein!

»In Itzehoe.«

Er wog ab, ob er Frau Lux folgende Frage stellen konnte, tat es aber dann. »Sie wissen, dass Peter Winkler tot ist?«

»Arne hat es uns erzählt.«

»Woher wusste er es?«

»Keine Ahnung. Er war zu der Zeit in Itzehoe, als es durch die Medien ging.«

»Bei wem wohnt er in Itzehoe?«

»Bei einem Freund aus Kindheitstagen.«

»Wie heißt er?« Auch wenn Frithjof den Namen bereits kannte.

»Tobias. Arne wohnt bei Tobias und Ute Christiansen.«

Einer der Kollegen hatte erzählt, dass Christiansen sich

von dem Sommerfest frühzeitig zurückgezogen hatte, um mit Freunden aus dem Ausland zu grillen.

Dass es Arne Lux war, konnte keiner ahnen.

37

Frithjof fuhr aus Kiel heraus. Gerne wäre er noch einmal über die Kieler Woche gegangen und hätte sich noch einmal eines der kostenlosen Konzerte auf der *Delta* Radiobühne am Kai-City angehört. Und wäre dann später am Ostseekai entlang gegangen, um an der NDR-Bühne bei einem Stefan-Gwildis-Konzert noch ein Flens zu trinken.

Doch er musste nach Itzehoe. Er fuhr schneller als die Richtgeschwindigkeit. Dabei war es egal, wie schnell er fuhr, ob 30 oder 160. Wenn Arne Lux längst wieder in Namibia war, konnte Frithjofs Fahrweise auch nichts daran ändern.

Er musste in Itzehoe einmal quer durch die Stadt fahren, um zum Neubaugebiet Sieversbek zu gelangen.

Telefonisch hatte er sich die genaue Adresse geben lassen.

Vor dem Haus stand ein Mietwagen. Er konnte nicht wissen, dass Robert diesen Wagen bei seinem Besuch bei den Christiansens ebenfalls bemerkt hatte, es aber nicht für erwähnenswert gehalten hatte.

Frithjof drückte auf die Klingel. Es dauerte nicht lange, als eine groß gewachsene Frau vor ihm stand. Sie war braun gebrannt und hatte weiches, blondes Haar. In einer Hand trug sie eine Zeitschrift, in der sie bis eben gelesen hatte.

»Frau Christiansen?«, fragte Frithjof.

»Nein. Ute ist gerade einkaufen gefahren. Kann ich ihr etwas ausrichten?«

»Ich bin auf der Suche nach Arne Lux. Kennen Sie ihn?«

»Das ist mein Mann, er duscht oben, aber was möchten Sie von ihm?« Die Frau sah ihn fragend an und lehnte sich gegen den Türrahmen.

»Ich müsste ihn persönlich sprechen.« Frithjof zog seinen Ausweis heraus und hielt ihn ihr hin.

»Mordkommission?«, erschrocken sah sie die Treppe hinauf in den ersten Stock.

»Keine Angst, sind nur Routinefragen.«

Sie bat ihn herein. Er sollte so lange auf der Terrasse warten, bis sie ihren Mann geholt hatte.

Frithjof setzte sich in den Schatten und sah auf die kleinen Gärtchen, die die neuen Hausbesitzer angelegt hatten.

Ich besuche meine Mutter. Sie hat Geburtstag. Ich besuche meine Schwester. Sie ist traurig. Nicht mehr lange, denke ich. Dann bringt sie sich um.

Wieso denkt Arne Lux genau das Gegenteil?

»Er sagte, sie sähe traurig aus. Aber bald würde es sich geben«, hatte Frau Lux Frithjof erzählt.

Ich besuche meine Schwester. Wir reden. Ich erzähle von dem Tod Winklers. Ich glaube, es freut sie. Sie wird keine Angst mehr haben müssen. Sie wird sich nicht ständig umdrehen. Winkler ist Tod. Das ist gut.

Trotzdem bringt sie sich später um.

Frithjof gab Arne Lux recht. Auch er hätte denken können, dass es mit Anke wieder bergauf gehen müsste.

Dann dachte Frithjof an die Zeichnungen von Anke Lux.

Ich bin wütend. Ich ziehe den Kohlestift über das Papier. Dicke Rillen hinterlasse ich. Ich übermale Gesichter und mache sie unkenntlich. Blut ist auf dem Gesicht. Ich zeichne den Tod Peter Winklers.

Da war er!

Ganz plötzlich hatte Frithjof den Fehler erkannt, den er zuerst nicht greifen konnte, als er mit Emma in ihrem Büro saß.

Anke Lux zeichnete den Tod Winklers.

Da waren nur die Laube, der Garten, Büsche und Steine.

Keine Regentonne.

Wieso zeichnet sie nicht auch, wie er dort hineingestopft wurde?

Wenn sie schon so gründlich und detailgetreu zeichnete, wieso ließ sie dies aus?

Wieso zeichnete sie nur das Erschlagen und das Liegen auf dem Boden?

Emma hatte ihm versichert, dass es keine weiteren Zeichnungen mehr gab.

Frage: warum dann unvollständig?

Ganz einfach, weil sie es nicht wusste, verstand Frithjof nun.

Ich besuche meine Mutter. Ich besuche meine Schwester. Sie sieht traurig aus. Wir reden. Ich glaube, bald wird alles besser.

Warum wird alles besser?

Antwort: weil Peter Winkler bereits tot ist.

Was hat Arne Lux seiner Schwester erzählt? Worüber haben sie sich unterhalten?

Was war es, weshalb Anke Lux sich später umbrachte und nicht, wie von Arne geglaubt, alles wieder besser werden würde?

Die Zeichnungen. Die fehlende Regentonne. Das Gespräch. Die Wut. Das Blut auf dem Gesicht. Rote Linien an weißen Wänden. Die fehlende Regentonne. Ein Gespräch. Alles wird besser.

Die Gedanken schwirrten blitzschnell durch Frithjofs Kopf. Langsam fügte sich ein Bild zusammen.

Ich besuche Tobias Christiansen. Ich besuche meine Schwester. Ich besuche meine Mutter.

Diese Reihenfolge machte Sinn.

Bevor Arne Lux seiner Mutter sagen konnte, die Schwester sähe traurig aus, musste er bei Anke gewesen sein. Ebenso musste er vor dem Besuch bei Christiansens gewesen sein, um Anke zu sagen ...

Ich besuche meinen besten Freund. Meine Frau begleitet mich. Wir grillen. Dieses Jahr hat der Norden Glück mit dem Wetter. Oft regnet es im Sommer, wenn ich meine Mutter besuche.

Wir stehen an einem Feuer. Ich trinke ein Bier. Dann höre ich eine Stimme. Sie lässt mich zusammenfahren. Ich kann nicht glauben, diese Stimme wieder zu hören.

Nur ein dummer Zufall? Frithjof sah sich um und schaute ins Haus. Noch war Arne Lux nicht zu sehen. Aus einem Fenster, das einen kleinen Spalt geöffnet war, hörte er aufgeregte Stimmen.

Gab es solche großen Zufälle?

Es machte Sinn, dachte er. Mit diesem Zufall ließ sich nun einiges erklären.

Ich sehe im Feuerfunkenregen das Gesicht des Mannes. Er hat das Leben meiner Schwester zerstört. Er hat sie niedergestochen. Bisher hat er keinen Cent bezahlt.

Wir verlassen das Feuer und gehen in die kleine Parzelle von Tobias. Es hat einen großen Streit gegeben auf dem Fest. Winkler verschwand.

Jetzt höre ich seine Stimme. Und die einer Frau. Sie ist erbost. Winkler ist laut.

Ich habe etwas beim Festplatz vergessen, lüge ich.

Das dicke Mädchen verlässt weinend Winklers Garten. Er steht angetrunken an der Laube.

Er versucht, mich zu erkennen.

Was wollen Sie?, ruft er.

Ich frage, ob er mich gar nicht wiedererkennt.

Winkler muss sich festhalten. Sonst würde er stürzen. Er steht gebeugt vor mir.

Verschwinde!, ruft er. Raus aus meinem Garten, lallt er weiter.

Ich nenne ihm den Namen meiner Schwester. Ich frage ihn, wann er beginnen wird, seine Schuld abzubezahlen. Frage ihn, ob er wüsste, was er ihr angetan habe. Ich will von ihm wissen, wieso er es getan hat. Wieso es Anke sein musste.

Er weiß zuerst gar nicht, wer ich bin. Dann lacht er. Jede Frage prallt an ihm ab.

Ich weiß nicht, wieso ich hierher gegangen bin.

Jetzt stehe ich vor ihm. Ich möchte Antworten.

Sch-sch-scheiß a-a-auf das be-zahlen, stottert er. Einen Sch-sch-scheißdr-dr-dreck ist die Klei-ne wert.

Ich beherrsche mich, ihn nicht zu packen.

Hätte ich die Fotz-tz-tze doch gleich um-um-gebracht.

Der Gartenzwerg steht neben mir.

Ich kann mich nicht mehr beherrschen. Mein Gehirn schaltet sich für den Bruchteil einer Sekunde aus. Mehr braucht es nicht, um den Schlag auszuführen.

Peter Winkler sinkt auf den Boden.

Jetzt kam Frithjof an die Stelle, die ihm seit Beginn der Ermittlungen Kopfzerbrechen bereitet hatte. Hier tauchte die Frage auf: Wieso versteckt der Täter die Leiche?

Arne Lux hatte gar keinen Grund Winkler zu verstecken.

Wenn es eine Affekthandlung war, würde er verschwinden, sich wieder in Tobias und Ute Christiansens Garten begeben und so tun, als wäre nichts geschehen.

Zur Ablenkung würde er vielleicht noch mit seinem Schlüsselbund in der Luft herumwedeln und sagen: »Hab sie wiedergefunden. Da ist ja noch mächtig was los, auf dem Platz.«

Niemand würde ihn verdächtigen.

Niemand würde den Zusammenhang zwischen einem Gast aus Namibia und Peter Winkler sehen.

Das hatten Frithjof und sein Team auch nicht.

Wie waren sie letztendlich auf ihn gekommen, fragte sich Frithjof.

Nur durch einen Zufall.

Noch ein Zufall, dachte Frithjof.

Aber es stimmte. Hätte Emma nicht noch einmal für ihre Vorlesungen alle Fakten gecheckt, wäre ihr nicht aufgefallen, dass der Täter von damals tot war. Wenige Tage vor dem Tod von Anke Lux.

Das bewies jedoch noch gar nichts, dachte er. Wären da nicht die Zeichnungen gewesen, die Anke Lux gemacht hatte.

Sie zeigten das Gegenteil von dem, was ihr Bruder vermutete.

Er dachte, sie würde die Nachricht von Peter Winkler freuen. Das tat es aber nicht.

Wieso?

Weil ihr Bruder ein Mörder war.

Es ist vorbei. Ich habe ihn erschlagen. Jetzt ist alles wieder gut.

Gar nichts war gut. Anstatt sich zu freuen, machte sich Anke Lux schwere Vorwürfe. Wegen *ihr* war ihr Bruder zum Mörder geworden. Nicht nur, dass *ihr* Leben einen tiefen Riss aufwies, auch ihr Bruder hatte nun eine Narbe abbekommen, die ihn sein ganzes Leben über begleiten sollte.

Konnte sie mit dieser Last nicht leben?

Welche Wut hatte sie in den Zeichnungen rausgelassen? War es die Wut über Winkler, dass er ihr Leben und nun auch das ihres Bruders beeinflusst hatte? Und nicht im positiven Sinne!

Oder war es die Wut auf ihren Bruder? Weil er so dumm gewesen war, in die Parzelle zu gehen?

Oder war sie sogar wütend auf sich selber? Um sie herum drehte sich das Leben, nur sie stand still und betrachtete die Wand.

Plötzlich schreckte Frithjof auf. Ein Wagen wurde gestartet und mit quietschenden Reifen raste er davon. Im letzten Moment konnte Frithjof die Rücklichter des Mietwagens erkennen, der durch das Neubaugebiet raste.

Frithjof rannte um das Haus herum. Während er mit großen Schritten die Straße erreichte, zog er sein Handy aus der Tasche und wählte das Präsidium an. Mit einem Satz sprang er über die Hecke vor Christiansens Haus und lief zu seinem Wagen. Die kurz leuchtenden Blinker verrieten ihm, dass die Entriegelung entsichert war. »Großfahndung! Unser Gesuchter heißt Arne Lux! Er steht im dringenden Mordverdacht! Flüchtig in einem weißen Ford Focus der Firma Sixt!«

»Kennzeichen?«

»Ruft bei *Sixt* an und fragt danach. Ebenso, ob die Wagen GPS-Sender haben.« Frithjof startete seinen Wagen und wendete ihn. Gerade als er Gas geben wollte, erschien Arne Lux' Frau in der Haustür. Frithjof ließ das Seitenfenster herunterfahren.

»Wo fährt Ihr Mann hin?«, rief er ihr zu.

»Ich habe versuch, ihn aufzuhalten.«

»WOHIN?«

»Ich weiß es nicht ...«, hilflos schwenkte sie ihre Arme.

»Wenn er sich meldet, geben Sie uns Bescheid!«

Frithjof trat das Gaspedal durch und raste los. Als er die Edendorfer Straße erreichte, knallte er sein Blaulicht auf das Dach. Dumpf klackte es, als es fest war.

Sein Handy klingelte, es war Lars. »Wir haben Zugriff auf den Sixt-Server. Der Wagen, den Lux fährt, hat tatsächlich einen GPS-Sender, wie du vermutet hast.«

»Wo befindet er sich?«

»Auf der A23 in nördlicher Richtung, Höhe Schenefeld.«

Mit angestrengtem Blick lotste Frithjof seinen Wagen durch eine Baustelle. Bauarbeiter sahen erschrocken auf. »Frau Lux muss abgeholt werden! Ebenso die Christiansens, sie sollen alle aufs Präsidium gebracht werden und getrennt voneinander verhört werden«, sprach er in Richtung der Freisprechanlage. »Wir müssen wissen, was an jenem Abend in der Parzelle der Christiansens geschehen ist!«

»Was hat Arne Lux mit Winkler zu tun?«, fragte Lars.

»Ich bin mir ziemlich sicher, dass er es war, der Winkler erschlagen hat.« Frithjof drängte ein Elektroauto, das mit 25 vor ihm hertuckerte zur Seite. Ein alter, tot aussehender Mann saß hinter dem Steuer und guckte panisch zu Frithjof hinüber, als der ihn überholte.

»Lux?« Lars' Stimme war unsicher. Er hatte keine Verbindung zu diesem Namen. Ebenso wenig, wie Winkler dazu passte.

In kurzen Zügen berichtete Frithjof, was er in den letzten Stunden in Kiel herausgefunden hatte.

Er fuhr durch einen Kreisel und auf die A23.

Wo will Lux hin? Wieso flüchtet er?, fragte sich Frithjof. Trotz Klimaanlage schwitzte er. Dieses schnelle Tempo mochte er nicht. Er hatte immer Angst, jemand zu übersehen und zu überfahren. Aber es nutzte nichts. Arne Lux hatte einen Vorsprung, den es aufzuholen galt.

Arne Lux' Mutter hatte ihm in Kiel gesagt, dass er in Deutschland alles aufgegeben hatte. Wohin konnte er fahren, um sich zu verstecken? Aber wieso? Wenn er tatsächlich glaubte, Frithjof hätte etwas gegen ihn in der Hand, dann war es komplett sinnlos zu flüchten. Früher oder später würden sie ihn schnappen.

War diese Flucht nicht ein Schuldeingeständnis? Glaubte Arne Lux wirklich, sie hätten etwas gegen ihn in der Hand? Etwas, was ihn in diese Flucht trieb?

Nur welcher Beweis war das? Was hatten sie übersehen?

Bisher hatte Frithjof nur eine Vermutung, dass Arne Lux der Mörder von Peter Winkler war. Aber keine Beweise! Nur eine vage Vorstellung, die er aus den Schuhen, aus den rekonstruierten Schritten zusammengefügt hatte.

Hektisch fuhren die Autos an die Seite oder auf die rechte Spur, als Frithjof mit Lichthupe hinter ihnen war. Das Blaulicht rotierte.

Die holprige Autobahn ließ ihn die Hände fester um das Lenkrad legen. Ein silberner Mercedes mit eingeschaltetem linkem Blinker weigerte sich beharrlich, zur Seite zu fahren. Frithjof hupte und gab die Nummer des Wagens an Lars durch.

»Sorg dafür, dass der Arsch ein Bußgeld bekommt!«, polterte Frithjof.

Im Hintergrund waren Stimmen des Präsidiums zu hören, als Lars ihm mitteilte, Lux wäre in Höhe Wacken von der Autobahn abgefahren, in Richtung Hadenfeld.

Nach dem Parkplatz Kaaksburg bog auch Frithjof von der Autobahn ab und hielt sich links. Bald erreichte er Hadenfeld, ein kleines Dorf, das inmitten von Feldern lag.

»Weiter gerade aus oder nach Hadenfeld?«, fragte er schnell, als er den Abbieger sah.

»Links nach Hadenfeld!«, dirigierte ihn Lars.

Alte Bauernhäuser standen hier, ein kleiner Bach schlängelte sich durch Koppeln, auf denen Pferde standen. Zwei Jungen beschossen sich mit Spielzeugpistolen. Alte, mächtige Bäume standen an der Straße, die heiße Luft flirrte auf dem schwarzen Asphalt. Ein Getreideanhänger wurde an einem Silo befüllt. Träger, feiner Staub wirbelte über die Fahrbahn.

»Wo lang?«

»Laut GPS-System muss er ganz in deiner Nähe sein, Frithjof. Diese ganzen kleinen Landwirtschaftswege sind nicht aufgeführt. Ich kann dir nur sagen, er ist irgendwo links abgebogen. Schau nach kleinen Wegen!«

»Hier sind nur kleine Wege. Das ist ein kleines Dorf.« Er sah sich um und drosselte das Tempo. Bis er auf einmal das Heck eines Fords sah, der hinter Bäumen verschwand. Ohne in den Rückspiegel zu sehen, bremste er und setzte zurück. Er lenkte den Volvo in die Schäferkoppel. »Ich hab ihn«, rief er.

»Frithjof, was hast du vor?«

»Was denkst du, was ich vorhabe?« Ihm war bewusst, dass er den Ruf hatte, manches Mal unüberlegt zu handeln. In diesem Fall war ihm klar, dass er überlegt handeln musste. Und er musste vorsichtig sein. Er kannte Lux nicht und wusste nicht, wie er reagieren würde, wenn er ihm zu nahe kam.

»Ich werde ihn festnehmen. Das habe ich vor!«

Es knackte in der Leitung, dann war Lars wieder deutlich zu hören. »Ein Einsatzteam ist mit dem Hubschrauber unterwegs, ein anderes jagt schon über die Straßen!«, berichtete er. »Warte auf sie!«

Der Weg, auf dem der Volvo fuhr, wurde schmaler und führte in eine Spurbahn. Das Gras in der Mitte war durch die Sonne vertrocknet und gelblich.

Was machst du hier, Arne Lux?, fragte sich Frithjof. Wohin fährst du in dieser gottverlassenen Gegend?

Er sah kurz zur Seite, nur Felder, kein Bauernhaus mehr.

»Lars, check bitte, ob Arne Lux Verwandte oder Freunde in der Gegend hat, wo er sich verstecken könnte.«

»Gabrielle rotiert hier schon, aber sie kann nichts finden. Nur dass Arne Lux vor Jahren Deutschland verlassen hat und in Namibia wohnt. Sonst keine Vorstrafen oder dergleichen.«

Frithjof überlegte. »Ruf die Mutter an. Frag sie, ob Arne Lux hier in der Gegend Freunde hat außer Christiansens.«

Mit schlechtem Gewissen dachte er an die arme Frau Lux, die vor ein paar Tagen ihre Tochter verloren hatte. Und nun war ihr Sohn auf der Flucht, weil er vermutlich einen Mann getötet hatte. Frithjof hoffte, sie würde sich nichts antun.

Oder wusste sie es?

Frithjof durchfuhr ein kalter Schauer. Hatte Arne es ihr erzählt? So, wie er es seiner Schwester erzählt hatte? Hatte Frau Lux ihm das verschwiegen? Was, wenn sie wusste, dass ihr Sohn den Mann getötet hatte, der Anke all das Schreckliche angetan und es für gut befunden hatte?

Ein Klärwerk tauchte unerwartet in dieser einsamen Gegend auf. Die Gebäude des Verwaltungstraktes erhoben sich in den grellen, blauen Himmel. Kurz nach dem Klärwerk endete die Straße in einem Wendehammer.

Dort stand ein Ford Focus.

Langsam fuhr Frithjof heran und spähte in das Wageninnere. Es schien, als würde sich niemand in ihm befinden.

»Ich habe den Wagen«, teilte er Lars mit.

»Wo ist Lux?«

»Keine Ahnung. Nicht in seinem Wagen.«

Frithjof parkte neben dem Ford und stieg aus. Er sah sich um. Nur Felder. Ein Hügel erstreckte sich neben dem Wendehammer weit in die Landschaft hinein. Ein Maisfeld. Die Pflanzen waren mannshoch. Die Sonne hatte dem Mais zugesetzt. Der Großteil war vertrocknet und doch bildeten die gelblichbraunen Pflanzen ein Labyrinth, in dem man nach wenigen Schritten einen anderen Menschen nicht mehr erkennen konnte.

Frithjof zog seine P6 aus dem Halfter und entsicherte sie.

»LUX!«, schrie er und lauschte.

Nichts.

Er griff in den Volvo und zerrte sein Handy von der Freisprechanlage. »Er muss in das Maisfeld hier gerannt sein«, berichtete er Lars. Noch einmal sah er sich um. Auf den Feldern hätte er Lux erkannt. Das Klärwerk und seine Anlagen waren durch einen hohen Zaun abgeschirmt. Auch hier konnte er nicht sein. Frithjof lief auf das Maisfeld zu, das Handy weiterhin am Ohr.

»Bleib, wo du bist, Frithjof!«, kam es jetzt von Alfred vom anderen Ende der Leitung. »Du wartest auf Verstärkung!« Wieder Knacken in der Leitung. »Du weißt nicht, was Lux für ein Mensch ist und du weißt nicht, ob er bewaffnet ist!«

Frithjof konnte sich nicht vorstellen, dass ein Arzt aus Namibia, der hier seine Mutter und Freunde besuchte, eine Waffe bei sich trug. Dennoch hatte Alfred mit seiner Vorsicht recht.

Trotz der Anweisung von seinem Chef lief Frithjof weiter auf das Maisfeld zu und stürzte sich nach einigen hektischen Blicken in das grüne Labyrinth. Er hatte keine Ahnung, in welche Richtung er sich durchkämpfen sollte.

Wieder schrie Frithjof Lux' Namen. Wieder kam keine Antwort.

Er streifte die vertrockneten Blätter der Pflanzen, die gegeneinander raschelten. Der Boden war trocken und feine Erde stob vor seinen Schuhen auf.

Er drückte auf seinem Handy auf Auflegen und steckte es in seine Hosentasche. Mit gestreckten Armen nach unten bahnte sich Frithjof seinen Weg in das Nichts. Seine Haltung war gebückt, sein Kopf drehte sich unablässig hin und her. Er hoffte, Lux für einen Moment zu erhaschen.

Doch vergeblich.

Immer weiter ging er in das Maisfeld hinein. Ihm war nicht wohl bei dieser Sache. Er sollte wirklich auf die Verstärkung warten. Wie konnte er wissen, dass Lux nicht tatsächlich bewaffnet war und ihn längst ausgemacht hatte und auf ihn zielte?

Dann hörte er das Geräusch über ihm, das ihn zusammenfahren ließ. Die dunkle Silhouette eines Hubschraubers tauchte auf und kreiste über dem Feld. Die Maispflanzen senkten sich durch den Windstrudel in einem gespenstischen Tanz zu allen möglichen Seiten. Sie schlugen ihm ins Gesicht, zerrten an seiner Kleidung und versperrten seinen Blick. Er musste seine Augen und seinen Mund schließen, da die Erde um ihn aufwirbelte und er, wie in einem Wüstensturm, nichts mehr sah. Schützend hob er eine Hand vor die Augen.

Da!

Abrupt blieb er stehen. Die Bewegungen des Hubschrauberrotors hatten für einen kurzen Moment den Blick auf Arne Lux freigegeben. Dann schwangen die Maispflanzen wieder zurück und er war verschwunden.

Frithjof spurtete los, durch die aufwirbelnde Erde, die ihm entgegenschlagenden Blätter und gegen den Druck ankämpfend, den der Hubschrauber über ihm entfachte.

Und wieder! Ein weißes Hemd, eine Gestalt, ein Mensch.

Was geschah plötzlich?

Frithjof blieb stehen. Arne Lux schien ebenfalls stehen geblieben zu sein. Er hatte sich zu Frithjof gedreht.

Hat er eine Waffe? Zielt er auf mich?

Frithjof duckte sich und atmete angestrengt ein und aus.

»Lux!«, schrie er gegen den Lärm des Hubschraubers über ihm an. »Geben Sie auf!«

Lux bewegte sich nicht. Vorsichtig ging Frithjof auf ihn zu, sah sich ab und zu schnell um. Wenn der Hubschrauber hier war, musste das Bodenteam auch bald eintreffen.

»Nehmen Sie die Hände hoch! So, dass ich sie sehen kann!«

Lux kam der Aufforderung nicht nach. Statt die Hände zu heben, schien es, als setzte er sich auf den Boden, zwischen den Mais.

Ich habe keinen Schuss gehört, schnellte es Frithjof durch den Kopf. Der Schuss konnte von den Rotorblättern geschluckt worden sein. Hat er sich selber gerichtet? Sah er keinen Ausweg mehr?

Schnell rannte Frithjof auf ihn zu. Die P6 jetzt ausgestreckt und auf Lux' Körper gerichtet.

»Nehmen Sie die Arme hoch!«

Noch ein letztes Mal schlugen ihm Maispflanzen ins Gesicht, als er Arne Lux erreichte.

Erschöpft saß der auf dem Boden. Er hatte keine Waffe in seinen Händen. Verloren hockte er da und sah zuerst zu dem Hubschrauber über ihm und dann zu Frithjof. Er weinte. Sein Gesicht war blass, trotz der afrikanischen Bräune. Entwaffnend streckte Lux seine Arme zu Frithjof aus und schüttelte leicht den Kopf.

Frithjof zog sein Handy aus der Hosentasche.

»Lasst den Hubschrauber abdrehen!«, rief er über den Höllenlärm hinein. Wenig später drehte der Hubschrauber ab und Frithjof schob das Handy wieder zurück.

Erleichtert steckte er die P6 in sein Halfter zurück und kniete sich vor Arne Lux nieder. Die Maispflanzen standen wieder träge und tot um sie herum. Die Gesichter der beiden Männer waren braun von der Erde, die um sie herumgewirbelt war.

»Das war dumm«, sagte Arne Lux leise.

Frithjof sah ihn an und schwieg. Er wollte, dass Lux weiter sprach.

»Ich habe Panik bekommen, als meine Frau mir sagte, Sie wollten mit mir reden.« Resigniert zuckte er mit den Schultern. »Das konnte nur eins bedeuten.« Mit seiner schmutzigen Hand wischte sich Lux über das Gesicht und hinterließ dort braune Streifen. Tränenbahnen durchliefen die Schicht aus Schmutz.

»Worüber haben Sie sich mit ihrer Schwester unterhalten, kurz vor ihrem Tod?«, fragte Frithjof, als er sich bequemer hinkniete.

Arne Lux sah ihm direkt in die Augen. In seinem Blick war keine Wut, keine Angst. In seinem Blick schien sich die Hoffnungslosigkeit eingenistet zu haben. Trauer und Ausweglosigkeit sahen Frithjof an und es durchfuhr ihn ein Schauer von absoluter Kälte.

Der Mann, der vor ihm saß, schien aufgegeben zu haben. Manches Mal hatte Frithjof diesen Blick schon gesehen. Dann, wenn er morgens, nach einer Nacht mit viel Alkohol und Cat Stevens aufgewacht war und sich im Spiegel angeblickt hatte.

»Ich habe Anke von Namibia erzählt. Das mochte sie, wissen Sie. Die Geschichten über bunt gekleidete Herero-Frauen, ihre wunderbaren Tänze und Geschichten. Über die Tiere in den Savannen, die Pinguine in Walvis Bay, die farbenfrohen Flamingos in der Nähe von Lüderitz. Sie genoss es, wenn ich ihr von der untergehenden Abendsonne erzählte, die die mit Wasser benetzten Flügel der Vögel verfärbte. Sie hat dann immer gelächelt. So, als wäre sie dort, und nicht in ihrem Zimmer in Kiel – mit den weißen Wänden. Es war, als hätte sie den Staub der Wüste in den Augen und den Geruch des Salzes der Salzfelder auf der Zunge.«

Frithjof dachte an das Gespräch, das er mit Frau Lux in

Kiel geführt hatte. »Was meinten Sie, als Sie Ihrer Mutter sagten, jetzt wird alles besser?«

Arne Lux faltete die Hände in seinem Schoß und sah Frithjof an. »Ich verstehe nicht«, sagt er.

»Sie erzählten Ihrer Mutter, dass Anke traurig aussah, sie aber das Gefühl hätten, jetzt werde es besser.«

»Ja.« Er zuckte wieder mit den Schultern.

»Wieso hatten Sie dieses Gefühl?«

»Sie war meine Schwester. Ich hatte einfach das Gefühl, sie würde langsam mit ihrer Last und mit ihrer Angst leben können.«

»Nur so ein Gefühl?«

»Ja.«

»Was haben Sie Ihrer Schwester über den Tod von Peter Winkler erzählt?«

Langsam malte Arne Lux Linien in den trockenen Boden und starrte auf seine braunen Hände. Die Haut unter den Fingernägeln war hell.

»Ich habe gesagt, dass Winkler tot ist.«

»Mehr nicht? Keine Details?«

»Ich glaube nicht«, sagte er.

Hatte Emma den Eltern nichts von den grausamen Zeichnungen erzählt?

Vermutlich sollten sie in die Akte von Anke Lux. Diese Bilder waren nicht für Elternaugen bestimmt.

»Wie kann es dann sein, Herr Lux, dass ihre Schwester kurz vor ihrem Suizid Zeichnungen angefertigt hat, die zeigen, wie Winkler getötet wurde?«

»Kann sein, dass ich doch etwas gesagt habe. Ich kann mich nicht erinnern. Ist das denn so wichtig?«

»Wichtig? Ich versuche, einen Totschlag im Affekt für Sie herauszuholen. Wissen Sie, was das heißt? Der Totschlag im Affekt könnte Sie nur einige Jahre Ihres Lebens kosten. Wenn Sie aber den Körper von Winkler versteckt haben, ist das Verschleierung, Vertuschung einer Straftat und bedeutet für Sie einige Jahre mehr im Kittchen!«

»Das ist doch jetzt egal, oder? Ich bin geflüchtet.«

In den Augenwinkeln erkannte Frithjof, wie sich schwarze Gestalten um sie herum bewegten. Das Bodenteam war eingetroffen und hielt sich bereit.

»Haben Sie Ihrer Schwester erzählt, Peter Winkler wäre in eine Regentonne gestopft worden?«

Arne Lux lächelte. »Was?«

»Haben Sie die Regentonne erwähnt?«

Ungläubig schüttelte Arne Lux den Kopf und musste lachen. »Ich weiß nicht, was Sie meinen.«

Frithjof war sich nun ziemlich sicher, dass Arne Lux es war, der Winkler erschlagen hatte.

»Es ist schon eigenartig, Sie erzählen Ihrer Schwester, dass Winkler tot ist, erwähnen aber das spannendste oder makaberste Detail an der ganzen Geschichte mit keinem Wort.«

»Eine Regentonne?« Auch Lux schien die Männer des Bodenteams bemerkt zu haben. Nervös sah er sich um und verkrampfte in seiner Haltung noch mehr.

»Richtig. Und hier kommen wir auf meine vorherige Anspielung: Vertuschung einer Straftat.«

Arne Lux wischte sich Schweiß von der Stirn. Schnell blinzelte er mit den Augen. »Ich kann Ihnen nicht folgen, Herr Arndt.«

»Sie hatten Streit mit Winkler. Das Leben hält die größten Zufälle für uns bereit. Sie haben ihn in Itzehoe wiedergetroffen, den Mann, der das Leben Ihrer Schwester zerstört hat. Der Ihre Familie zerstört hat. Diese kleine, glückliche Welt, wie Ihre Mutter sie beschrieben hat. Was hat Winkler zu Ihnen gesagt? Was hat Sie nach dem Gartenzwerg greifen und zuschlagen lassen?«

Arne Lux schwieg. Weder antwortete er auf die Fragen, noch bestritt er die Aussagen, die Frithjof ihm an den Kopf geknallt hat.

»Ich glaube Ihnen sogar, dass Sie von der Regentonne nichts wissen. Dass Peter Winkler tot ist, hatten Sie nicht aus der Zeitung, dann wüssten Sie von diesem Detail. Nein, *Sie* waren bei Winklers Tod *dabei*, weil Sie ihn eigenhändig erschlagen haben!«

Arne Lux schwieg.

»*Das* haben Sie Ihrer Schwester erzählt und *das* hat sie gezeichnet. Winkler in detailverliebter Genauigkeit und einen großen Mann. Das Gesicht ist nicht zu erkennen. Sie hat es schwarz gefärbt. Sie wollte Sie nicht verraten.«

»Sie konnte gut zeichnen. Die Gesichter glichen den echten«, sagte Lux erklärend.

»Wissen Sie, dass sie wütend war, als sie die Zeichnungen anfertigte?«

Er schüttelte den Kopf.

»Sie glaubten, jetzt würde alles besser werden, nicht wahr? Der Tod von Winkler würde Anke aufwachen lassen aus ihrem Dornröschenschlaf.«

Arne Lux stand auf und steckte seine Hände in die Taschen. Mit dem Rücken zu Frithjof stand er da und blickte wahllos in das Maisfeld. Das Bodenteam war nicht weit entfernt. Man konnte die schwarzen Männer erkennen.

»Ich wollte das nicht, das müssen Sie mir glauben. Ich habe eine Sekunde nicht nachgedacht. Es ist einfach so passiert. Ich konnte gar nicht darüber nachdenken, weil er in dem Augenblick schon vor mir lag.«

»Sie haben ihn in seinem Garten liegen gelassen.«

»Ja.«

»Haben Sie sich vergewissert, dass er tot war?«

»Nein.«

»Er hätte noch leben können. Sie sind doch Arzt.«

Er drehte sich wieder zu Frithjof um. Sein Gesicht war

rot vor Wut. »Und wenn er noch gelebt *hätte*, wäre es mir egal gewesen.«

Frithjof stellte sich die Ironie vor, die in dieser Aussage steckte. Sollte Winkler tatsächlich noch gelebt haben, lag er in der Nacht des Sommerfestes ebenso hilflos und Blut überströmt wie Anke Lux in jener Nacht in Kiel am Boden.

Anders als bei Anke Lux kam Peter Winkler niemand zu Hilfe.

Im Gegenteil, jemand nahm ihn auf und stopfte ihn in die Regentonne.

Arne Lux war es nicht. Nur wer war es?

38

Arne Lux wurde vom Bodenteam vorläufig festgenommen. Er leistete keinen Widerstand. Frithjof fuhr daraufhin zurück nach Itzehoe, um sich mit den anderen Kollegen in seinem Büro zu treffen.

Dort angekommen erntete er interessierte Blicke. Wieder einmal sah er aus, als hätte er seine Großmutter ausgegraben. Der Fall machte ihm nicht nur körperlich und seelisch zu schaffen, auch sein äußeres Erscheinungsbild litt extrem. Zu den rötlichen Schrammen auf seinem Gesicht, die von der Explosion an Roberts Wagen herrührten, und dem Pflaster auf seiner Stirn, schmückte ihn nun eine bräunliche Schicht aus Erde. Feiner Staub klebte in seinen Augenbrauen und hatte sich in seinen kurzen, blonden Haaren verfangen.

»Die Actionstars aus Hollywood sehen nach solchen Einsätzen immer sexy aus«, meinte er, als Gabrielle ihn erschrocken ansah.

»Die Actionstars aus Hollywood sehen nach solchen Einsätzen deshalb sexy aus, weil sie sexy sind«, konterte sie.

Er fasste sie an den Schultern an und grinste falsch. »Du weißt hoffentlich, wie froh ich bin, wenn du bald weg bist.«

Sie nahm seine Hände in die ihre. »Ich weiß, dass es nicht so ist.« Sie deutete auf ihren Arbeitsplatz. »Ich könnte auch die Bommel anrufen, und sie überreden zurückzukommen.«

»Du willst mich umbringen, oder?«

Sie lachten und gingen in das Besprechungszimmer.

Die Kollegen waren vollzählig versammelt. Alfred war der Erste, der etwas sagte.

»Wenn er seine Aussage nicht wiederholt, haben wir gar nichts gegen ihn in der Hand«, sagte er nüchtern.

»Er wird sie wiederholen«, sagte Frithjof. »Da bin ich mir sicher. Die Flucht von ihm war eine Art Schuldeingeständnis.«

»Hast du seine Aussage auf Band?«

»Nein. Erzähle ihm was von Haarfasern und Hautresten, DNA und dem ganzen CSI-Gequatsche. Sag ihm, wie gut seine Chancen stehen, dass ein Gericht ihm Totschlag im Affekt zuspricht.«

»Versuche ich«, sagte Alfred. »Stellt sich jetzt nur noch die Frage, wie Winkler in die Regentonne gekommen ist. Und wieso?«

Frithjof tippte sich auf die Lippen. »Das kann ich euch vielleicht erklären: Jemand findet Winkler und ist glücklich darüber, dass es jemand getan hat. Nun will man aber verhindern, dass Winkler gefunden wird. Er soll um Himmels willen nicht gerettet werden! Und auf gar keinen Fall soll jemand darauf kommen, wer die Schuld auf sich genommen hat, endlich das zu tun, was sich wohl alle längst gewünscht hatten.«

Frithjof pfiff kurz und klatschte in die Hände. Feiner Staub von dem Maisfeld wirbelte auf, der sich noch nicht weggewaschen hatte. »Weg. Winkler musste weg. Der, der ihn versteckt hat, wollte den anderen – den Täter schützen. Er konnte nicht wissen, ob Spuren auf Winklers Kleidung zurückgelassen worden waren. Ebenso hoffte der Regentonnenschubser wohl, die Tonne würde Winkler lange genug verbergen, um Spuren zu beseitigen.«

»Klingt gut«, sagte Lars. »Heißt für uns jetzt, wir nehmen einen großen Zettel und notieren alle Namen des Vereins und streichen durch. Und am Ende bleibt ein Name übrig.«

Robert rückte sich die Brille zurecht. Er hatte sein Pflaster bereits entfernt. »Wir brauchen gar nicht alle Namen zu notieren. Nehmen wir erst mal die, die wir eh schon haben.«

»Richtig«, sagte Frithjof und öffnete das Programm, in dem sie die Informationen gespeichert hatten.

- Gestalt
- Solberg
- Martens
- Harders
- Gretchen
- Seebach

»Die Gestalt können wir als Arne Lux umbenennen«, sagte Frithjof und markierte das Wort Gestalt und änderte es.

»Die anderen fünf wurden im Laufe des Abends oder der Nacht von anderen Kleingärtnern gesehen. Fangen wir an«, er zeigte auf Robert, »zu notieren, wer wen gesehen hat und wann es ungefähr gewesen sein muss.«

Robert blätterte in seinen Zetteln. »Also, Leon Berger sieht eine Gestalt – Lux und Gretchen Junghold.«

»In dieser Reihenfolge?«, wollte Frithjof sicher gehen.

Robert sah auf. »So habe ich es mir notiert. So hat er es mir gesagt.«

»O.K., weiter.«

»Ebenso hörte er Solberg rufen.«

Lars unterbrach ihn. »Herr Bing hat Solberg ebenso rufen gehört.« Er hob den Zeigefinger. »Tobias Christiansen hat Solberg auch gesehen. Nur hat er *nicht* gerufen.«

»Weiter«, forderte Frithjof. »Jetzt kommt alles auf den Tisch und später müssen wir gucken, was für uns richtig ist. Irgendwie müssen wir eine Chronologie dieses Abends herausfinden.«

»Frau Huiy sieht Solberg und Kalli«, sagte Gabrielle. »Sie berichtete, sie hätten geflüstert.«

»Mayer sieht ebenfalls Solberg und Kalli. Er jedoch sagt, Harders ist bei ihnen. Frau Huiy sagt eindeutig, es waren nur zwei Menschen in dem Garten.«

»Frau Özen sieht Seebach an der Laube. Ansonsten ist niemand im Garten.«

»Wer hat zu welchem Zeitpunkt das Fest verlassen?«, fragte Gabrielle.

»Zuerst die Christiansens mit ihren Freunden. Sie wollten in ihrer eigenen Parzelle weiterfeiern.«

Frithjof kratzte sich nachdenklich am Hinterkopf.

»Ich vermute, dass Arne Lux einen Streit gehört hat. Vermutlich den, den Winkler mit Gretchen Junghold hatte, als ihr Herz zu Boden fiel.

Lux hat ihn auf dem Sommerfest gesehen und wiedererkannt. Dann hört er Winkler mit einer Frau streiten. Er muss immer an seine Schwester denken und geht zu Winkler.«

»Du denkst, das alles geschah so früh?«

»Es muss«, sagte Frithjof und lehnte sich zurück. »Anders ergibt es keinen Sinn. Winkler muss tot gewesen und versteckt worden sein, als alle in den Garten kamen.

Gretchen Junghold, zum Beispiel, hatte mit Winkler Streit und hat ihn noch lebend gesehen.«

»Wer weiß«, meinte Robert. »Sie hat erst in ihrem Garten bemerkt, dass ihre Kette kaputt war. Sie ging den Weg zurück bis zu Winklers Garten. Auf diesem Weg kann sie noch einmal dort gewesen sein und hat Winkler gefunden. Und schwups – Regentonne.«

»Gretchen Junghold? Eine Frau?«, fragte Gabrielle.

»Wieso nicht? Gerade ein Frau!«, sagte Frithjof. »Er

hat sie verletzt. War sie nicht in ihn verschossen?« Frithjof blickte zu Lars, der nickte. »Nicht nur ihr kleines, billiges Goldherz wurde von Winkler auf den Boden geworfen, sondern auch ihr eigenes wurde schäbiges Opfer von Winkler.«

»Seebach wurde einmal rauchend vor der Laube von Winkler gesehen. Harders war dort, Mayer nicht.« Frithjof leckte über seine Lippen, sie schmeckten sandig. »Mayer ist mir noch ein Rätsel. Er hat zwar gesagt, Solberg, Kalli und Harders waren in Winklers Garten, *er* aber nicht.«

»Was ist daran so komisch?«, fragte Gabrielle.

Robert bat, zu erklären. Frithjof nickte.

»Es hat etwas mit Verbundenheit zu tun. Etwas mit der Gemeinschaft, mit Vertrauen und Zusammengehörigkeitsgefühl. Solberg, Kalli und Harders müssten Mayer eigentlich an diesem Abend mit einbezogen haben bei der Suche nach Winkler. Schließlich sind sie schon so lange dort zusammen in der Kolonie.«

»Doch Mayer taucht nicht in der Liste auf. Auch er hat, durch das Geheimnis um Veronika Danner, einen guten Grund gehabt, in Winklers Garten zu erscheinen.«

»Gnade!«, bat Gabrielle. »Diese ganzen Namen machen einen ja ganz rammdösig. Das ist nicht gut für die kleinen, grauen Zellen.«

Sie bat um eine kurze Pause. Die ganze Zeit hatte sie alles notiert, was gesagt und spekuliert wurde.

Die Kollegen ruckten mit den Stühlen nach hinten. Normalerweise gab es immer eine Pause, wenn einer darum bat. Nur dieses Mal sagte Frithjof: »Nein.«

Verwundert sahen ihn alle an. »Wartet noch einen kleinen Moment. Deine *kleinen, grauen Zellen* haben eben die Lösung genannt!«

»Bitte?«, Gabrielle sah in ihre Zettel. Irgendwo musste sie die Lösung übersehen haben.

»Was habe ich denn gesagt?«

Frithjof tippte etwas in den PC ein.

»Lilli Bach hat es mir auch gesagt. Dass ich da nicht schon viel früher drauf gekommen bin ...!«

»Um wen geht es denn?« Alfred setzte sich auf und betrachtete neugierig Frithjof.

»Samuel Ratchett.«

Alfred verstand nicht. »Ich wiederhole die Frage: Um *wen*?«

Niemand hatte den Namen Ratchett jemals gehört.

39

»Lilli Bach hat von ihm gesprochen – indirekt«, sagte Frithjof und sah geheimnisvoll in die Runde.

»Ich denke, Lili Bach hat dir von Elisabeth Wendelin erzählt und dass sie glaubte, sie würde ihren Mann irgendwann einmal vergiften.« Robert strich die Haare auf seiner Stirn zurecht. Er hatte keine Ahnung, wovon Frithjof sprach. Damit war er nicht alleine. Auch die Kollegen wussten nicht, was ihr Chef ihnen sagen wollte.

»Es war eine andere Sache«, sagte Frithjof. »Es ging um die *kleinen, grauen Zellen*. Sie sagte, sie möge Krimis, vor allem die mit Hercule Poirot.«

»Was hat das mit unserem Fall zu tun?«, fragte Lars ungeduldig.

»Der Orientexpress.«

Diese Äußerung brachte keine wirkliche Erleuchtung in die Gesichter und Gehirne der Kollegen. Gabrielle vermutete für sich, Frithjof sei bei seinen letzten Einsätzen auf den Kopf aufgeschlagen, ansonsten konnte sie sich diese merkwürdigen Gedankengänge von Frithjof nicht erklären.

»Meine Verletzung muss doch schwerwiegender sein, als die Ärzte mir sagten«, meinte Robert, der überhaupt nichts verstand.

»Sagt dir das Buch oder der Film *Mord im Orientexpress* von Agatha Christie etwas?«

Robert verneinte. Er stand mehr auf deutsche Filme, *Goodbye Lenin, Nach fünf im Urlaub, Elefantenherz, Das weiße Rauschen*.

Lars jedoch dämmerte etwas. »Warte, das ist doch *der* Film, in dem alle Zuggäste ein Motiv haben, Ratchett umzubringen.«

»Und am Ende tun sie es alle!«, erklärte Frithjof. »Jeder schlüpft in der Nacht in das Schlafabteil des Widerlings und sticht zu.«

Alfred lehnte sich auf den Tisch. »Den Mord an Winkler hat Lux doch schon gestanden, oder?«

»Aber wir wissen nicht, *wer* die Leiche versteckt hat. Was, wenn einer, der auf der Liste steht, in Winklers Garten gegangen ist und ihn dort vor der Laube liegen sah. Er dachte, gute Arbeit, das hätte ich auch nicht besser machen können, aber nun muss die Leiche weg.«

Lars sprach für Frithjof weiter. Er hatte verstanden, worauf er hinauswollte. »In dieser Nacht wird ein Plan gesponnen, in den mehrere Leute involviert sind. Sie inszenieren ein Schauspiel für alle anderen. Es soll so aussehen, als würden sie Winkler suchen. Das lenkt von sich ab.«

»Jetzt müssen wir nur sehen, wer eingeweiht war, in dieses kleine Spielchen!«

Nachdem sie in ihrer Pause kurz frische Luft geschnappt hatten, saßen sie wieder zusammen.

Robert hatte Leon Berger erreicht, der niedergeschlagen seine Fragen beantwortete. Zu seiner Situation bei der Bank fragte Robert ihn nicht. An seiner Stimme erkannt er, dass es ihm nicht gut ging.

»Du hast mich vorhin nach der Reihenfolge gefragt, in der Berger die Gestalt und Gretchen Junghold sah. Er glaubt sich zu erinnern, dass er zuerst Gretchen gesehen haben will.«

»Das ist gut«, sagte Frithjof. »Lux hört den Streit und geht hinüber. Gretchen verschwindet. Sie bemerkt Lux nicht, das hätte sie uns gesagt, wenn ein Fremder dort gewesen wäre. Lux erschlägt Winkler und geht zurück zu den Christiansens.«

»Was dann?« Alfred strich sich über seinen Bauch. Er war gespannt, wohin diese Unterhaltung führte.

»Ein Einzelner muss den Garten betreten und Winkler finden. Dann geht er und holt sich Verstärkung.«

»Seebach?«, fragte Gabrielle.

Robert schüttelte den Kopf. »Nein. Seebach hat sich vor der Laube eine Zigarette angezündet. Das macht man nicht, wenn man eine Leiche findet, ebenso würde er so schnell wie möglich da verschwinden, wenn er etwas mit der Leiche gemacht hätte.«

»Solberg?«, versuchte es Gabrielle noch einmal.

»Schon eher«, meinte Robert. »Einmal sieht man ihn leise in dem Garten, ein anderes Mal ruft er.«

»Hat er zuerst nach Winkler gerufen und ihn dann gefunden, oder hat er am Schluss den finalen Marktschreier gemimt?«

»Eher zum Schluss geschrien, um auch alle davon in Kenntnis zu setzen, dass man Winkler sucht.«

Gabrielle fuhr mit einem Finger ihre Notizen nach. »Also, Frau Özen sieht Herrn Seebach an der Laube stehen und trifft Herrn Bing, der gerade die Kolonie verlässt. Dieser sieht und hört Solberg rufen.«

Sie breitete ihre Skizze des Kleingartens vor sich auf dem Tisch aus, um besser mitzukommen.

Frithjof tippte etwas in den PC ein. Auf dem Bildschirm erschien:

- Gretchen Junghold/ Winkler Streit!
- Winkler wird erschlagen.
- Seebach steht vor der Laube und raucht.
- Solberg ruft Winkler.

»Dann bleiben uns nur noch drei Möglichkeiten, die wir einfügen müssen«, sagte Frithjof.

»- Solberg schweigt.
- Solberg, Kalli und Harders in Winklers Garten.
- Solberg und Kalli in Winklers Garten.«

»Ich würde da zwei Möglichkeiten draus machen«, sagte Lars. »Frau Huiy sieht Solberg und Kalli. Rudolf Mayer sieht Solberg, Kalli *und* Harders. Ebenso hat Mayer erzählt, er hätte Frau Huiy aus der Kolonie gehen sehen. Harders war vermutlich hinter einem Busch verdeckt oder in der Laube.«

»Oder hat den Deckel der Tonne geschlossen«, sagte Robert.

»Gut, bleiben zwei Möglichkeiten: Solberg schweigt und die drei Herren in Winklers Garten.«

Alfred überlegte und verschränkte seine Arme vor seinem imposanten Körper. »Ihr habt erzählt, Christiansens haben früh das Fest verlassen und Tobias Christiansen hat Solberg in Winklers Garten gesehen, wie er geschlichen ist.«

»Was heißt geschlichen?«, fragte Lars. »Es kam ihm nur seltsam vor, dass Solberg in Winklers Garten war.«

»Und hinterher grölt er rum?« Das war Alfred nicht logisch.

»Solberg ist das erste Mal in den Garten gegangen, weil er Winkler sprechen wollte«, sagte Frithjof. »Er hat normal den Garten betreten und ist auf die Laube zugegangen. Das *Schleichen*, wie du dich eben ausgedrückt hast, Alfred, war vermutlich nur ein langsames Gehen. Es kam ja nicht häufig vor, dass Solberg dort auftauchte.«

Gabrielle betrachtete die Liste, die über ihren Köpfen thronte. »Dann passt doch am ehesten, wenn man Solberg hinter Arne Lux stellt. Solberg sieht Winkler auf dem Boden liegen und informiert seine Kumpane.«

»Wie passt Seebach in das ganze Spiel?«, fragte Lars. »Er ist nicht mit den anderen Dreien gesehen worden. Er war alleine vor der Laube.«

»Arbeitsteilung. Winkler war aus dem Weg und Seebach bekam die Aufgabe in Winklers Laube nach Informationen zu suchen, die sie alle belasteten. Wenn von Seebach geredet wird, fällt immer das Wort: Laube. Wahrscheinlich, weil er gerade aus ihr kam und sich eine Zigarette anzündete.«

- Gretchen Junghold/ Winkler Streit.
- Winkler wird erschlagen.
- Solberg schweigt.
- Solberg, Kalli und Harders in Winklers Garten.
- Seebach steht vor der Laube und raucht.
- Solberg ruft Winkler.

»Jetzt haben wir alle Informationen dieses Abends zusammengetragen und sind auf diese Liste gekommen«, sagte Frithjof. »Beweisen können wir rein gar nichts.«

»Wir müssen noch einmal zu den Kleingärtnern«, sagte Lars.

»Ich habe es befürchtet«, meinte Frithjof leise und stand auf. Robert und Lars sollten ihn begleiten.

Alfred würde sich um Arne Lux kümmern und sie informieren, ob er seine Aussage wiederholte.

Jetzt kam es auf die kleinen, grauen Zellen an.

40

Holger Seebach und Wilhelm Solberg saßen zusammen in Seebachs Garten. Sie steckten ihre Köpfe zusammen, als sie Frithjof aus seinem Auto steigen sahen. Unsicherheit war ihnen anzusehen. Es gefiel ihnen nicht, dass der Polizist schon wieder kam.

»Gibt der denn nie Ruhe?« Solberg wischte sich Bierschaum aus den Mundwinkeln. Es war wieder einmal nicht das erste Bier des Tages gewesen.

Seebach trat an die Gartenpforte und begrüßte Frithjof. Seebachs Hand war trotz der Hitze kalt und schweißig.

Frithjof bemerkte, wie sich Seebach vor die Pforte stellte und ihn nicht hereinbat. Es schien, als würde Seebach das Gespräch kurz halten wollen.

Das würde nicht möglich sein, dachte Frithjof.

»Das trifft sich ja gut, dass Herr Solberg gleich mit da ist«, sagte Frithjof freundlich und winkte kurz Solberg zu.

Der winkte kurz zurück und nickte.

Auf dem Schotterweg fuhren Lars und Robert entlang. Die Wolke aus gelblichem Sand legte sich träge auf die parkenden Autos.

»Ist etwas passiert?«, fragte Seebach.

»Wir schließen gerade den Mordfall Peter Winkler ab.«

»Hier bei uns?« Erschrocken sah Seebach zu Lars und Robert, die mit energischen Schritten auf das Gittertor zugingen.

Sie grüßten mit einem Nicken und gingen den Rosenweg weiter hinauf. Lars ging zu Kalli Martens und Robert zu Harders in die Parzelle.

Seebach guckte interessiert hinterher. Solberg war aufgestanden und sein Kopf schien gar nicht mehr stillzustehen. Er wusste nicht, wohin er zuerst schauen sollte. Entweder zu Frithjof und Seebach oder in die Parzellen von Harders oder Martens.

»Ich möchte Sie beide bitte sprechen«, sagte Frithjof und schob Seebach sanft in seinen Garten.

»Was geht hier vor?«, blaffte Solberg von seinem Terrassenplatz aus.

»Ich hätte da noch einige Fragen bezüglich der Todesnacht von Peter Winkler.«

»Ich dachte, Sie schließen den Fall gerade ab«, fragte Seebach.

»Genau das mache ich hier gerade.«

»Der Mörder ist doch nicht einer von uns?«, fragte Solberg.

Frithjof wusste genau, dass seine Entrüstung gespielt war.

»Herr Solberg, wie oft waren Sie in der besagten Nacht in Winklers Garten?« Frithjof ging auf ihn zu.

Solberg stand empört auf. Wieder trug er eines seiner schmutzigen Unterhemden. »Einmal. Das sagte ich Ihnen bereits. Ich habe nach ihm gerufen.«

Frithjof bedeutete den beiden mit einer Handbewegung an, sich zu setzen. Er selber blieb stehen und ging um sie herum. Ein wenig fühlte er sich wie Hercule Poirot, wenn er am Ende des Krimis alle Beteiligten im großen Salon zusammenholte, die Ereignisse rekapitulierte und den Mörder präsentierte.

»Sie haben aber nicht erzählt, dass Sie mit Herrn Harders und Herrn Martens in Peter Winklers Garten waren.« Herausfordernd sah er beiden ins Gesicht.

Seebach und Solberg blickten sich an.

»Und Sie, Herr Seebach, was haben Sie in Winklers Garten gemacht? Sie sagten, Sie wären nie dort gewesen.«

»Das stimmt auch«, sagte er beharrlich.

Frithjof wies auf den vollen Aschenbecher, der auf dem Tisch stand. »Ernte 23, Herr Seebach. Eine von diesen Zigaretten haben wir in Winklers Garten gefunden.«

»Ich bin nicht der einzige Mensch, der diese Marke raucht.«

»Aber der Einzige, zu dem sicherlich die Speichelspuren gehören, wenn wir die Zigarette aus Winklers Garten mit einer von diesen hier vergleichen.« Frithjof griff in den vollen Aschenbecher und hielt einen kleinen Stummel in die Höhe.

Die beiden sahen sich wieder an und sagten nichts.

In Seebachs Kopf schien es zu arbeiten.

Frithjof wusste, dass Seebach nicht der Mörder war. Doch in diesem Moment ging genau *das* in Seebachs Kopf herum.

Meine Zigarette in Winklers Garten.

Mein Speichel, der verglichen wird.

Seebach wurde das Spielchen, das sie spielten, eindeutig zu heiß.

»Winkler war bereits tot, als wir ihn fanden«, sagte er schnell zu Frithjof.

»Holger!«, rief Solberg entrüstet.

»Was?« Seebachs Gesicht wurde rot. »Wir haben es nicht getan. Wir haben Winkler nicht getötet.«

»Aber Sie haben ihn in die Regentonne geworfen.«

Schweigen.

»Sie waren heilfroh, dass er tot war. Und überglücklich, dass jemand anderer ihnen diese Arbeit abgenommen hatte.«

Schweigen.

»Winkler sollte verschwinden. Sie konnten ja nicht ahnen, wer es war, aber verraten wollten Sie ihn auch nicht. Winkler sollte lange genug in der Regentonne bleiben, um alle Spuren zu verwischen.«

Immer noch Schweigen.

»Sie überlegten sich ein Schauspiel, das sie in Winklers Garten abhielten. Sie, Herr Solberg, haben Winkler mit Hilfe von Herrn Harders und Herrn Martens in die Tonne verfrachtet und Sie, Herr Seebach, bekamen die Aufgabe, nach den Unterlagen zu suchen, die Winkler gegen Sie gesammelt hatte.«

Weiterhin Schweigen.

»Und ganz am Schluss sind Sie, Herr Solberg, noch einmal in den Garten gegangen und haben nach Winkler gerufen. Da war alle Arbeit bereits getan. Es sollte so aussehen, als würden Sie immer noch nach Peter Winkler suchen.«

Schweigen.

»Sie warteten die Nacht ab. Es sollte spät sein, damit jeder glaubte, in dieser Nacht sei nichts geschehen. Sie sahen Leon Berger an seinem PC arbeiten und Herrn Bing, der die Kolonie verließ. Zwei Menschen mussten Sie also zumindest schon einmal hören. Alles andere kennen wir.«

Robert und Lars betraten die Parzelle von Seebach. Sie nickten Frithjof zu und bedeuteten ihm, dass sie sich nicht getäuscht hatten.

Frithjof grinste beide an und klatschte in seine Hände. »So, meine Herren. Wässern Sie noch einmal ihre Blumen, für die nächste Zeit müssen Sie sich eine Vertretung suchen.«

»Selbst im Tod macht er noch Ärger«, brach Seebach das Schweigen.

»Wer hat ihn denn nun erschlagen?«, fragte Seebach.

»Burkhard.«

Frithjof entschied, dass die beiden Männer nichts von der Geschichte um Anke Lux erfahren sollten. Das ging sie nichts an. Das war eine andere Geschichte.

Im Grunde konnte Burkhard, der Gartenzwerg, nichts dafür. Und trotzdem hatte er seinen Teil zu der ganzen, grausamen Geschichte beigetragen.

Eine Geschichte, die hier für Peter Winkler endete.

41

Arne Lux gestand vor Alfred den Totschlag im Affekt, während Staatsanwalt Quint der Vernehmung zuhörte.

Lux wollte reinen Tisch machen. »Winkler hat unsere Familiengeschichte verändert. Er hat nicht nur das Leben von Anke zerstört, er hat auch unsere Familie zerstört. Wir waren eine glückliche Familie«, sagte er.

Das hatte auch seine Mutter zu Frithjof gesagt.

Arne Lux konnte nicht begreifen, wieso sich seine Schwester umbrachte. Er konnte nicht verstehen, dass sie sich seinetwegen umgebracht hatte.

»Ich hätte ihr nur sagen sollen, dass Winkler tot ist. Dass er erschlagen wurde. Ich hätte ihr nicht sagen sollen, dass ich es war, der ihn tötete.«

Er fragte nach den Zeichnungen.

Quint verneinte seinen Wunsch, sie zu sehen.

»Sie müssen sie nicht sehen. Sie werden auch mit den Zeichnungen nicht verstehen können, was Ihre Schwester in den Suizid getrieben hat.«

Arne Lux verstummte und schien in sich hinein zu sehen. Er schluckte und holte sich das Gesicht seiner Schwester in Erinnerung. Ein Gesicht, das das Leben angelächelt hatte, das blutverschmiert und überströmt auf den Stufen ihres Elternhauses um Hilfe gefleht hatte. Das immer wieder versuchte, mit Gefühlsregungen Schritt zu halten, in einem Leben, das sie nicht mehr führte.

Peter Winkler hatte vor Gericht seine gerechte Strafe

nicht bekommen. Jedoch in der Kleingartenkolonie *Kleinklee*. Hier hatte er den Wert seines Lebens bezahlt. Wertlos war er in einer Regentonne gestorben. Niemand hatte ihm geholfen, man hatte ihn vor seiner Laube liegen gelassen. Arne Lux hatte nicht gewusst, ob sein Schlag tödlich war. Das war egal, auch wenn er nicht tot war, würde er verbluten. Das war gut so, hatte Lux gesagt.

Peter Winkler war eine traurige Gestalt, ein Mensch, der nie Liebe erfahren hatte, der sich auf andere Weise Aufmerksamkeit verschaffen musste.

Anke Lux war keine traurige Gestalt, sie war ein Mensch, der das Leben liebte, der Aufmerksamkeit erfuhr, weil sie ein liebender und geliebter Mensch war.

Beide trafen aufeinander.

Beide veränderten das Leben des anderen.

Beide bezahlten ihren Preis.

Für Solberg, Harders, Seebach und Martens ging es glimpflich ab. Sie wurden lediglich zu einer Geldstrafe wegen Störung der Totenruhe verurteilt. Der Richter zeigte sich in seinem Urteil milde, nachdem die Vier die Erpressungen, die Winkler an ihnen ausübte, gestanden hatten.

Frithjof konnte die fremden Schuhe zurückgeben. Neue würden für ihn bereitstehen. Irgendwann, hoffentlich nicht so bald, dachte er.

Als er am Abend der Verhaftungen nach Hause fuhr, dachte er an Emma.

An seiner Haustür sah er auf das Eingangsschild, auf dem noch immer Bentes Name stand.

Johanna saß am See und Puma rannte auf ihn zu.

»Wo warst du?«, fragte Johanna.

Sie hatte sich lange überlegt, was sie ihm bezüglich der letzten E-Mail von Bente sagen wollte.

Diese E-Mail befand sich ausgedruckt und zusammengefaltet in ihrer Gesäßtasche.

Heute würde sie ihm davon erzählen, hatte sie sich überlegt. Sie wusste zwar nicht, wie sie den Anfang machen sollte. Wie sie gestehen sollte, dass sie in den privaten Kartons im Keller gestöbert hatte, aber irgendwie würde sie das schon hinbekommen.

Frithjof setzte sich neben sie und begann von einer Frau zu sprechen. Ihr Name war Emma Weil. Er hätte sich in diese Frau verliebt, weil sie war wie Bente.

Es täte ihm leid, sie zu verletzen. Er habe sich entschieden, Bentes Tod aufzuklären. Er habe sich dazu entschieden, das Dunkel seiner Vergangenheit zu erhellen. Was er nicht erwähnte war, dass Johanna nicht daran teilnehmen würde.

Johanna saß einen Moment schweigend neben ihm, als er geendet hatte, und stand dann auf.

»Mach es gut«, sagte sie traurig und verließ Frithjof, Puma, den See, das gerade erst begonnene Leben, das viel mehr werden sollte, und legte in der Küche den Schlüssel zu Frithjofs Haus auf den Tresen.

Noch weinte sie nicht. Das würde später kommen, das wusste sie. Leise schob sie die Tür hinter sich zu, zog die E-Mail aus ihrer Tasche und steckte sie in den Briefkasten, der neben dem Tonschild am Eingang hing. Sie nahm sich vor, um diese Liebe zu kämpfen. So einfach gab sie nicht auf. Dafür liebte sie Frithjof zu sehr. Mit dieser E-Mail wollte sie Frithjof zeigen, wie sie mit ihm litt, wie sie mit ihm zusammen versuchen wollte, seine Vergangenheit, den Tod von Bente zu verarbeiten.

Noch einmal blickte sie auf das Haus und lächelte. »Ich gebe dich nicht auf, Frithjof«, sagte sie für sich, »ich bin da, immer, auch in den dunkelsten Momenten. Nur jetzt noch nicht. Ich gebe dir Zeit, Zeit, die du brauchst. Ich liebe dich, Frithjof Arndt.«

Frithjof saß nach seiner Beichte noch eine Weile am See und tippte dann Roberts Nummer in das Handy ein. Nach mehrmaligem Klingeln nahm Robert ab.

»Ich will, dass Schiller Nachforschungen anstellt.«

Robert schwieg.

»Ich will wissen, wer Bente ermordet hat.«

Mehr sagte er nicht und legte auf.

Am nächsten Tag würde er abends die E-Mail von Bente an den Unbekannten in seinem Briefkasten finden.

Mit zitternden Händen würde er sie lesen, sich auf die Stufen vor seinem Haus setzen und sie wieder und wieder lesen und glauben, Schiller hätte die Suche nach dem Mörder seiner Frau aufgenommen.

Während Frithjof mit Puma am See saß und wusste, er würde wieder zurückfallen in seine Depression und Lethargie, aus der ihm Johanna geholfen hatte, saß Robert in einem Internetcafé und tippte die Adresse im Web an, die ihm die rothaarige Frau gegeben hatte.

Schiller sollte nun auch für Frithjof einen Mörder suchen.

Im Moment jedoch war es Robert wichtig, Schiller überhaupt wieder zu erreichen.

Unter dem vorgegebenen Namen »Dalberg« meldete er sich an und wartete, bis sich Schiller unter falschen Namen zu erkennen gab.

Bisher hatte er Schiller nicht erreichen können.

Schiller hatte auch nicht versucht, ihn zu kontaktieren.

Ein weiterer Gast erschien im Chatroom: *Luise M.*

Beide Namen ließen auf Schiller deuten. Von Dalberg war Theaterintendant in Mannheim gewesen, wo Friedrich Schillers *Räuber* 1782 uraufgeführt wurde.

Luise M. war die Abkürzung für *Luise Millerin.* Dem

Stück, dem Friedrich Schiller später den Namen *Kabale und Liebe* gab.

Robert verabredete sich mit Luise M. in einem privaten Chatroom, wo kein anderer sie stören sollte.

Eine nüchterne, weiße Oberfläche tauchte in dem Chatroom auf.

Luise M.

Guten Abend, D.

Dalberg

Schiller?

Robert war unvorsichtig. Es war ihm egal. Zu viel war schief gelaufen. Er wollte seine Informationen.

Dalberg

Wo sind die Unterlagen? Wann bekomme ich sie?

Die Antwort schockte Robert. Seine Vermutung, dass die Rothaarige vielleicht gar nicht zu Schiller, sondern zu den Hornissen gehörte, wurde wahr.

Man hatte ihn hereingelegt.

Luise M.

Schiller ist tot.

ENDE

Weitere Krimis finden Sie auf den folgenden Seiten und im Internet: www.gmeiner-verlag.de

A. Thadewaldt / C. Bauer
Kreuzkönig

325 Seiten, 11 x 18 cm, Paperback.
ISBN 978-3-89977-678-2. € 9,90.

In einem Wald wird ein auf außergewöhnlich grausame Weise ermordetes Paar gefunden. Die blutige Art der Hinrichtung wirkt auf Hauptkommissar Frithjof Arndt wie eine große Inszenierung. Noch ahnt er nicht, wie nah er mit seiner Vermutung an der Wahrheit liegt …

Sigrid Hunold-Reime
Frühstückspension

231 Seiten, 11 x 18 cm, Paperback.
ISBN 978-3-89977-771-0. € 9,90.

Ein milder Tag Ende November. Nach dreißig Jahren Ehe verlässt Teresa Garbers Hals über Kopf ihren Mann Reinhard und Hannover.

Auf dem Weg an die Nordseeküste hat sie in der Nähe von Wilhelmshaven einen schweren Unfall. Sie kommt mit einem Schock davon und sucht sich ein Zimmer mit Frühstück. Das findet sie bei der gleichaltrigen Tomke Heinrich in Horumersiel. Die lebhafte Frau hat offenbar ein Geheimnis zu verbergen. Doch an ihrer Seite hat Teresa endlich den nötigen Abstand und Mut für ein neues Leben. Und leider bald auch eine Leiche zuviel …

KRIMI IM GMEINER-VERLAG

Wir machen's spannend

Das neue Krimijournal ist da!

2 x jährlich das Neueste
aus der Gmeiner-Krimi-Bibliothek

KRIMI Journal
Nr. 9 www.gmeiner-verlag.de Die Zeitung für Krimifreunde 2/2008
Gefangen im Narrenreich
Ein neuer Fall für Lübecks klügste Hebamme
Manfred Bomm
Krimi-Jubiläum
Die Spur des Henkers
Von Krimipreisträgerin Sabine Klewe
Bestseller im Frühjahr 2008

In jeder Ausgabe:

- Vorstellung der Neuerscheinungen
- Hintergrundinformationen zu den Themen der Krimis
- Interviews mit den Autoren und Porträts
- Allgemeine Krimi-Infos (aktuelle Krimi-Trends, Krimi-Portale im Internet, Veranstaltungen etc.)
- Großes Gewinnspiel mit ›spannenden‹ Buchpreisen

ISBN 978-3-89977-950-9
kostenlos erhältlich in jeder Buchhandlung

Ihre Meinung ist gefragt!

Mitmachen und gewinnen

Als der Spezialist für Themen-Krimis mit Lokalkolorit möchten wir Ihnen immer beste Unterhaltung bieten. Sie können uns dabei unterstützen, indem Sie uns Ihre Meinung zu den Gmeiner-Krimis sagen.

Senden Sie eine E-Mail an gewinnspiel@gmeiner-verlag.de und teilen Sie uns mit, welchen Krimi Sie gelesen haben und wie er Ihnen gefallen hat. Alle Einsendungen nehmen automatisch am großen Jahresgewinnspiel teil. Es warten ›spannende‹ Buchpreise aus der Gmeiner-Krimi-Bibliothek auf Sie!

KRIMI IM GMEINER-VERLAG

Wir machen's spannend

Alle Gmeiner-Autoren und ihre Krimis auf einen Blick

Anthologien: Mords-Sachsen 2 (2008) • Tod am Bodensee • Mords-Sachsen (2007) • Grenzfälle (2005) • Spekulatius (2003) **Artmeier, Hildegund:** Feuerross (2006) • Katzenhöhle (2005) • Schlangentanz • Drachenfrau (2004) **Bauer, Hermann:** Fernwehträume (2008) **Baum, Beate:** Häuserkampf (2008) **Beck, Sinje:** Totenklang (2008) • Duftspur (2006) • Einzelkämpfer (2005) **Blatter, Ulrike:** Vogelfrau (2008) **Bode-Hoffmann, Grit/Hoffmann, Matthias:** Infantizid (2007) **Bomm, Manfred:** Notbremse (2008) • Schattennetz • Beweislast (2007) • Schusslinie (2006) • Mordloch • Trugschluss (2005) • Irrflug • Himmelsfelsen (2004) **Bonn, Susanne:** Der Jahrmarkt zu Jakobi (2008) **Bosch van den, Jann:** Wintertod (2005) **Buttler, Monika:** Dunkelzeit (2006) • Abendfrieden (2005) • Herzraub (2004) **Clausen, Anke:** Ostseegrab (2007) **Danz, Ella:** Nebelschleier (2008) • Steilufer (2007) • Osterfeuer (2006) **Detering, Monika:** Puppenmann • Herzfrauen (2007) **Dünschede, Sandra:** Solomord (2008) • Nordmord (2007) • Deichgrab (2006) **Emme, Pierre:** Florentinerpakt • Ballsaison (2008) • Tortenkomplott • Killerspiele (2007) • Würstelmassaker • Heurigenpassion (2006) • Schnitzelfarce • Pastetenlust (2005) **Enderle, Manfred:** Nachtwanderer (2006) **Erfmeyer, Klaus:** Geldmarie (2008) • Todeserklärung (2007) • Karrieresprung (2006) **Erwin, Birgit/Buchhorn, Ulrich:** Die Herren von Buchhorn (2008) **Franzinger, Bernd:** Kindspech (2008) • Jammerhalde (2007) • Bombenstimmung (2006) • Wolfsfalle • Dinotod (2005) • Ohnmacht • Goldrausch (2004) • Pilzsaison (2003) **Gardein, Uwe:** Die letzte Hexe – Maria Anna Schwegelin (2008) **Gardener, Eva B.:** Lebenshunger (2005) **Gibert, Matthias P.:** Kammerflimmern (2008) • Nervenflattern (2007) **Graf, Edi:** Leopardenjagd (2008) • Elefantengold (2006) • Löwenriss • Nashornfieber (2005) **Gude, Christian:** Binärcode (2008) • Mosquito (2007) **Haug, Gunter:** Gössenjagd (2004) • Hüttenzauber (2003) • Tauberschwarz • Riffhaie • Tiefenrausch (2002) • Höllenfahrt (2001) • Sturmwarnung (2000) **Heim, Uta-Maria:** Das Rattenprinzip (2008) • Totschweigen (2007) • Dreckskind (2006) **Hunold-Reime, Sigrid:** Frühstückspension (2008) **Imbsweiler, Marcus:** Schlussakt (2008) • Bergfriedhof (2007) **Karnani, Fritjof:** Notlandung (2008) • Turnaround (2007) • Takeover (2006) **Keiser, Gabriele:** Gartenschläfer (2008) • Apollofalter (2006) **Keiser, Gabriele/Polifka, Wolfgang:** Puppenjäger (2006) **Klausner, Uwe:** Die

KRIMI IM GMEINER-VERLAG

Wir machen's spannend

Alle Gmeiner-Autoren und ihre Krimis auf einen Blick

Kiliansverschwörung (2008) • Die Pforten der Hölle (2007) **Klewe, Sabine:** Blutsonne (2008) • Wintermärchen (2007) • Kinderspiel (2005) • Schattenriss (2004) **Klingler, Eva:** Königsdrama (2006) **Klösel, Matthias:** Tourneekoller (2008) **Klugmann, Norbert:** Die Nacht des Narren (2008) • Die Tochter des Salzhändlers (2007) • Kabinettstück (2006) • Schlüsselgewalt (2004) • Rebenblut (2003) **Kohl, Erwin:** Willenlos (2008) • Flatline (2007) • Grabtanz • Zugzwang (2006) **Köhler, Manfred:** Tiefpunkt • Schreckensgletscher (2007) **Koppitz, Rainer C.:** Machtrausch (2005) **Kramer, Veronika:** Todesgeheimnis (2006) • Rachesommer (2005) **Kronenberg, Susanne:** Weinrache (2007) • Kultopfer (2006) • Flammenpferd • Pferdemörder (2005) **Kurella, Frank:** Das Pergament des Todes (2007) **Lascaux, Paul:** Wursthimmel • Salztränen (2008) **Lebek, Hans:** Karteileichen (2006) • Todesschläger (2005) **Lemkuhl, Kurt:** Raffgier (2008) **Leix, Bernd:** Waldstadt (2007) • Hackschnitzel (2006) • Zuckerblut • Bucheckern (2005) **Mader, Raimund A.:** Glasberg (2008) **Mainka, Martina:** Satanszeichen (2005) **Misko, Mona:** Winzertochter • Kindsblut (2005) **Ott, Paul:** Bodensee-Blues (2007) **Puhlfürst, Claudia:** Rachegöttin (2007) • Dunkelhaft (2006) • Eiseskälte • Leichenstarre (2005) **Pundt, Hardy:** Deichbruch (2008) **Senf, Jochen:** Knochenspiel (2008) • Nichtwisser (2007) **Seyerle, Guido:** Schweinekrieg (2007) **Schmitz, Ingrid:** Mordsdeal (2007) • Sündenfälle (2006) **Schmöe, Friederike:** Spinnefeind • Pfeilgift (2008) • Januskopf • Schockstarre (2007) • Käfersterben • Fratzenmond (2006) • Kirchweihmord • Maskenspiel (2005) **Schröder, Angelika:** Mordsgier (2006) • Mordswut (2005) • Mordsliebe (2004) **Schuker, Klaus:** Brudernacht (2007) • Wasserpilz (2006) **Schneider, Harald:** Ernteopfer (2008) **Schulze, Gina:** Sintflut (2007) **Schwab, Elke:** Angstfalle (2006) • Großeinsatz (2005) **Schwarz, Maren:** Zwiespalt (2007) • Maienfrost • Dämonenspiel (2005) • Grabeskälte (2004) **Steinhauer, Franziska:** Menschenfänger (2008) • Narrenspiel (2007) • Seelenqual • Racheakt (2006) **Thömmes, Günther:** Der Bierzauberer (2008) **Thadewaldt, Astrid/Bauer, Carsten:** Blutblume (2007) • Kreuzkönig (2006) **Valdorf, Leo:** Großstadtsumpf (2006) **Vertacnik, Hans-Peter:** Ultimo (2008) • Abfangjäger (2007) **Wark, Peter:** Epizentrum (2006) • Ballonglühen (2003) • Albtraum (2001) **Wilkenloh, Wimmer:** Feuermal (2006) • Hätschelkind (2005) **Wyss, Verena:** Todesformel (2008) **Zander, Wolfgang:** Hundeleben (2008)

KRIMI IM GMEINER-VERLAG

Wir machen's spannend